KB267888

눈 온 결 삼겹살

눈물 젖은 삼겹살

초판 1쇄 찍은 날 ｜ 2012년 9월 10일
초판 1쇄 펴낸 날 ｜ 2012년 9월 14일

지은이 ｜ 전혜진
펴낸이 ｜ 서경석

편집장 ｜ 권태완
편집책임 ｜ 이수민
편집 ｜ 장미연

펴낸곳 ｜ 도서출판 청어람
등록번호 ｜ 제1081-1-89호
등록일자 ｜ 1999. 5. 31
어람번호 ｜ 제5-0315호

주소 ｜ 경기도 부천시 원미구 심곡2동 163-2 서경B/D 3F (우) 420-822
전화 ｜ 032-656-4452 팩스 ｜ 032-656-4453
http://www.chungeoram.com
E-mail ｜ chungeoram@chungeoram.com

ⓒ 전혜진, 2012

ISBN 978-89-251-2997-6 03810

전혜진 장편 소설

Chungeoram romance novel

눈 오겠은
삼겹살

도서출판
청어람

Contents

프롤로그

예감이 좋지 않았다.

이런 날은 꼭 무언가 일이 벌어지곤 했다. 그리고 그것은 좋았던 적이 한 번도 없었다.

혜민은 불안한 시선으로 단상의 한 귀퉁이에 앉은 네 명의 오케스트라 단원들을 다시 바라보았다.

옷도 잘 맞춰서 입었고, 떨거나 불안해하는 기색이 없다.

그녀들은 아닐 것이다. 실수를 한다 해도 프로답게 잘 넘어가줄 것이다.

이번에는 빼곡히 들어찬 객석을 쳐다보았다. 저들이 실수할 일은 없다.

다른 생각을 할 틈도 없이 마침내 결혼식을 거행한다는 사회자의 멘트와 함께 오케스트라가 웨딩마치를 연주하기 시작했다.

혜민의 불안한 마음과는 달리 몇 번의 경험이 있는 그녀들은 프로답게 실수 같은 것은 조금도 하지 않았다.

신랑이 입장하기 시작했다.

혜민은 방금 전의 불안감은 망각하고 또다시 만족스러운 미소를 지었다. 신부만큼이나 완벽한 신랑이다. 마스크야 원래 그리 나쁜 편이 아니었고 작은 키는 7센티미터 깔창을 깐 구두를 신겨서 보완을 했다. 여자로 치면 하이힐 수준이었지만 그리 싫어하는 기색은 없었다.

새하얀 예복도 신부의 드레스에 맞추려 했다기보다는 작은 체격을 커 보이게 하기 위해 입힌 것이었다. 다행히 신랑에게도 아주 잘 어울렸다.

마침내 신부가 입장을 하기 시작했다.

진주로 장식된 핑크와 화이트의 조화가 돋보이는 장미부케를 들고 새하얀 장미로 장식된 면사포를 쓴 신부의 자태는 그야말로 완벽했다.

혜민은 특히나 부케에 신경을 썼다. 신랑 측이 요구했던 그 '숭엄한 듯하고 장엄한 듯하고 아름답기 짝이 없는 분위기'를 위해 화이트 톤의 부케의 단조로움을 없애는 진주장식은 탁월한 선택이었다.

아버지의 팔에 한 손을 얹은 채 신부가 식장 안으로 걸어 들어오는 순간 식장 안을 메운 400명의 하객들의 입에서 절로 감탄사가 터져 나왔다.

수줍은 듯 고개를 약간 숙이고 조용한 걸음으로 음악에 맞추듯 천천히 걸어 입장하는 신부의 모습은 흡사 천상에서 내려온 천사

처럼 순결해 보였고 아름답다 못해 보는 이의 눈시울을 적실 정도
로 숭엄해 보이기까지 했다.

역시, 내 안목은 틀림없다니까.

혜민은 불안한 와중에도 만족스러운 표정을 지었다.

이 결혼식이 성공리에 끝난다면 아마도 몇 명의 고객이 더 생길
것이다. 열 달 전부터 준비한 결혼식이었기에 조금의 부족함 없
이, 완벽하게, 모든 면에서 고객의 만족도를 채우고 있었다. 누가
보아도 절로 미소가 지어지는 광경이어야 했다.

하지만 이내 신부의 얼굴을 본 혜민의 얼굴이 굳어졌다.

저 퉁퉁 부은 눈을 최대한 가려달라고 메이크업 아티스트에게
그렇게 당부를 했건만.

신부는 화장을 할 때도 울었고 머리를 세팅할 때도 울었다. 심
지어는 신부대기실에 앉아 기다리고 있는 동안에도 울었으니 고
작 메이크업 따위가 어찌 저 퉁퉁 부은 눈을 커버할 수 있을까.

"신부님, 이 경사스러운 날 그렇게 우시면 안 돼요. 나중에 결혼
식 앨범 나온 거 보시면 평생 후회하실지도 몰라요."

모든 신부들이 두려워하는 종류의 협박도 해봤지만 그것도 다
무용지물이었다.

"결혼식 앨범 따위는 죽을 때까지 안 볼 테니 신경 끄세요."

어차피 혜민에게 결혼식 준비를 의뢰해 온 것도 신랑 측이었다.
결혼식을 설레는 마음으로 기다리고 있어야 할 예비신부는 처음
부터 혜민에게 협조할 생각 따위는 조금도 없는 것 같았다.

그 마음을 이해하지 못하는 것도 아니었다. 누가 자세히 말해준

적은 없지만 그건 결혼식 준비를 하는 내내 보이는 신부의 수동적인 태도에서 드러났다.

어찌 보면 웨딩플래너인 혜민의 입장에서는 아주 고마운 경우였다. 다른 예비신부들에 비해 그녀는 혜민이 하자는 대로, 예식장이면 예식장, 혼수면 혼수, 거기다 웨딩드레스까지 한 번 싫다 소리 않고 그대로 받아들였던 것이다.

처음엔 편하게 가나 싶어 고마운 마음이 들었었는데, 나중에 가만히 그 태도를 생각해 보니 그건 협조가 아닌 체념이었다.

그때부터는 혜민의 마음도 편치 않았다. 아마도 원치 않는 결혼을 하는 모양이었다. 때로는 짜증이 나기도 했다. 그럴 거면 안 하겠다고 부모님에 맞서 싸우든가, 받아들이기로 했으면 새로운 인생을 설계한다 생각하고 좀 적극적으로 나설 것이지, 몸은 수동적인데다 마음은 손톱만큼도 열지 않고 있는 것이다.

혜민이 오늘 불안한 이유는 더 있었다. 계속 눈물을 흘리는 신부도 그러했지만, 오늘은 특히나 불길한 어떤 촉이 느껴지는 것이, 마치 머리꼭지에 벌레 한 마리가 앉아 스멀스멀 파고들어 가는 느낌이랄까. 자주 오는 것은 아니지만 혜민의 그런 느낌은 희한하게 잘 들어맞았는데, 많은 날들 중 하필 바로 오늘 그런 느낌이 드는 것이다.

그러니 지금 혜민의 마음은 일촉즉발 같은 이 순간이 어서 빨리 끝나기만을 기다리고 있을 수밖에.

"지금 제 앞에는 어느 누구보다도 아끼는 제자 고영수 군과 또 그의 신부가 될 박연희 양이 사랑이란 이름으로 하나가 되고자 나와 있습니다……."

마침내 신랑의 대학시절 지도교수였다는 주례의 주례사가 시작되었다.

그렇게 한참의 시간이 흐른 것 같다. 혜민은 남들 몰래 슬쩍 손목시계를 쳐다보았다. 신랑의 교수님은 주례시간을 강의시간으로 착각했는지 지루한 설교를 끝도 없이 잇고 있다.

제발 빨리 좀 끝내세요. 지금 신랑 신부에게 그런 말이 들릴 리가 없지 않습니까.

지루함 때문인지 초조함 때문인지 감도 못 잡고 혜민은 마음만 급해 속으로 발을 동동 굴렀다.

그녀의 바람이 이뤄졌는지 언제 끝날지 감도 안 왔던 길고 지루했던 주례사의 하이라이트, '검은 머리 파뿌리' 가 들리는 순간 혜민은 본분을 망각하고 하마터면 해방감마저 느낄 뻔했다.

자, 이제 빨리 예물교환을 하세요.

그래도 불길한 느낌이 사라지지 않자 혜민은 저도 모르게 초조한 마음에 속으로 재촉을 했다.

이것만 끝내면 되는 것이나. 또 한 건의 일을 성공적으로 끝내게 되는 것이다. 머리꼭지에서 스멀대던 느낌은 이제 점점 두통으로까지 번지려 하고 있었다.

조금만 지나면 된다. 조금만 지나면 저 두 사람은 부부가 되는 것이고 더 이상 망쳐질 일이 없다.

그러나 나쁜 예감은 맞는 법이었다. 특히 혜민의 그 스멀거리는 나쁜 예감은 언제나 100퍼센트 맞았다.

식장의 문이 왈칵 열리는 순간 혜민은 이번 일은 그리 성공적으로 끝나지 않을 거라는 것을 깨달았다. 새벽에 잠자리에서 눈을 뜬 그때부터 느껴졌던 그 불길한 느낌은 바로 이 순간을 위한 것이었다.

한 남자, 남의 결혼식에 오면서 정장을 갖추지 않은 모습부터 심상치 않았다. 신부를 노려보는 그 이글거리는 눈빛은 더욱 심상치 않았다. 아니, 그를 놀란 눈으로 쳐다보는 신부와 그 곁에서 입을 벌리고 서 있는 신랑, 자리에서 벌떡 일어선 신부의 부모의 모습이 전부 다 심상치 않았다.

남자는 누가 말릴 새도 없이 곧바로 신부의 앞으로 걸어 들어갔다.

"누가 너 맘대로 결혼하래?"

이를 악물고 한마디 한마디 뱉어낸다.

오, 마이, 갓!

그녀의 머리꼭지 벌레는 오늘 일도 정확히 예감했던 것이다.

어쩔 줄 몰라 하면서도 혜민은 남자를 향해 다급히 달려갔다. 자신의 작품, 열 달을 준비한 이 아름다운 결혼식을 망치지 않기 위해서는 저 남자를 막아야만 했다.

"여기서 이러시면…… 안 돼요……."

그러나 결혼식을 지키겠다는 강한 의지와는 달리 혜민의 목소리는 이미 절반쯤부터 안으로 먹혀들어 가고 있었다.

남자의 분노에 찬 험악한 눈빛과, 대조적으로 눈물에 젖은 아련한 신부의 눈빛을 보며 어찌 방해하지 말라고 소리 지를 수 있겠는가. 차라리 체념하는 수밖에.

저 로맨틱한 사랑을 누가 방해할 수 있을까. 체념한 예비신부를 보며 하기 싫은 결혼을 하는 모양이라고는 생각했지만 사랑하는 남자가 따로 있다는 것을 어찌 알았겠느냐 말이다.

오, 저 두 사람은 로미오와 줄리엣이었던 것이다. 서로 열렬히 사랑하지만 집안의 반대로 이루어질 수 없는 사랑이었던 것이다.

그러려면 차라리 손을 잡고 끌고 나가! '졸업'의 한 장면처럼 로맨틱하게.

혜민은 속으로 외쳤다. 어차피 내 결혼식을 망치려면 그 정도는 멋지게 망쳐야지.

하지만 신랑도 호락호락하지는 않았다. 이내 신부의 손을 잡아 자신의 쪽으로 끌어당기는 것이었다.

어느새 혜민은 속으로 새로 등장한 남자의 편을 들고 있었다.

저 한주먹거리도 안 되는 신랑을 때려눕히고 데리고 가는 거야. 남자라면 그렇게 해야지.

바로 그 순간, 그녀의 말이 들리기라도 한 것처럼 혜민의 바람이 이루어졌다. 그가 주먹을 들고 상대의 얼굴에 펀치를 날렸던 것이었다.

다만, 그 대상이 서로 바뀌었을 뿐이지.

그녀가 생각했던 멋진 그림의 영화 같은 장면은 이미 구질구질한 삼류드라마로 바뀌어 있었다. 신랑에게 기습적으로 한 대 얻어맞은 남자는 바로 뒤에 있던 하객의 무릎으로 넘어졌다. 그러면서 식장을 장식했던 리본과 장미꽃 장식이 떨어져 나갔다.

남자는 곧바로 일어나 신랑을 향해 주먹을 날렸다. 또 한 무더기의 장식들이 바닥으로 떨어져 나갔다. 바닥에 쓰러진 신랑은 상황이 다급해지자 손에 잡히는 대로 남자에게 집어던졌다. 그러니까, 바닥에 떨어진 꽃장식, 리본, 꽃장식을 고정했던 스티로폼까지 말이다.

처음엔 호기심 어린 눈으로 구경을 하던 하객들은 자신들에게 피해가 오기 시작해서야 비명을 지르며 밖으로 나가기 시작했고 이 느닷없는 불청객을 잡기 위해 신랑 신부, 두 양가의 아버지들이 나서서 남자에게 주먹질과 발길질을 병행하기 시작했다.

신부는 아예 다 포기했는지 자리에 주저앉아 목 놓아 울었다.

방금 전까지 아름답다 못해 숭엄하기까지 했던 결혼식장은 이제 쓰레기장이나 다름없었다. 마구잡이로 짓이겨진 꽃들과 바닥에 굴러다니는 스티로폼 조각들, 손으로 잡아채는 바람에 천장에서 떨어져 형체조차 알 수 없는 장식들.

그 가운데서 혜민은 멍하니 서 있었다.

다 끝났다……. 열 달 동안 야심 차게 준비했던 결혼식이.

지금 이 순간 그녀가 바라는 것은 그저 오늘이 빨리 지나가는 것뿐이었다.

아름다운 로맨스영화처럼 끝날 것 같던 결혼식은 한편의 코미디영화처럼, 결국, 채 끝나지도 않고 그렇게 종지부를 찍고 말았다.

1

혜민은 좌절한 표정으로 책상에 머리를 쿵쿵 들이박았다.

그러다 다시 고개를 들어 무언가를 노려보았다. 그녀의 시선은 책상 앞에 놓여 있는 컴퓨터에 고정되어 있었다.

—영화보다 더 영화 같은 결혼식 난투극.

결국 우려했던 일은 현실이 되어버렸다. 디카로 촬영한 듯 마구 흔들려 보이는 결혼식의 난투극 장면은 이미 유튜브를 통해 전 세계로 퍼져나갔다. 조회 수만 해도 3만이 넘었다. 살아생전 이렇게 주목받아 본 적도 없을 것이다.

이것을 찍은 범인은 바로 식장 안에 있었을 것이다. 결혼식 장면을 처음부터 녹화한 것을 보면 아마도 신랑이나 신부 측 친구 중 하나였을 것이다.

대체 인간성이 어떻기에 친구의 망친 결혼식 장면을 찍어서 유튜브에 올릴 생각을 하냐고.

미친 듯이 서로 주먹질해 대는 두 남자, 우왕좌왕 달아나는 하객들, 마구 널브러진 꽃장식들, 주저앉아 통곡하는 신부와 싸움을 말리러 왔다가 작당하고 같이 남자를 향해 주먹을 날리는 양가 부친들까지, 한눈에 봐도 마치 무슨 드라마에나 나올 법한 희극처럼 보였다.

그리고 그 가운데 그녀가 서 있었다.

인정하고 싶지 않았지만 가장 압권은 바로 자신이라고 말할 수 있었다. 그 표정이나 자세는 차치하고, 하객들 중 한 사람이 찍은 것인만큼 결혼식의 두 주인공의 얼굴과 또 그 부모의 얼굴은 초상권을 지켜주기 위해 모자이크 처리가 되어 있었다. 그러니 얼굴이 그대로 드러난 자신만이 주인공처럼 보일 수밖에.

동영상 속의 혜민은 그 난리 틈에서 마치 전쟁 통에 가족을 잃은 사람처럼 넋을 잃고 서 있었다.

어찌 보면 조폭물 같은 그 장면은 혜민이 망연자실한 표정으로 우두커니 서 있음으로 인해 코미디영화로 탈바꿈했다. 혹시라도 웃음포인트를 놓칠까, 카메라는 나중에 그녀의 표정을 줌인까지 해서 강조하고 있었다.

그 덕분일까, 영상 밑에 달린 댓글들조차도 웃음 일색이었다.

─웃으면 안 되는데 서 있는 저 여자분 표정 때문에 웃게 되네요.

─표정 진짜 압권이다.

─대체 누군데 저런 얼굴을 하고 있을까? 나중에 온 남자를 짝사랑하는 여자?

─오랜만에 웃습니다. 오나전 코미디입니다.

─아, 웃프다.

대체 왜 그랬던 것일까? 왜! 왜! 왜냐구요! 왜냐하면…… 그 장면을 찍고 있는 것을 몰랐으니까.

지금이 그때라면 얼마나 좋을까! 어차피 망가진 것은 망가진 것이고, 이럴 줄 알았다면 그렇게 웃기는 표정으로 서 있지 않았을 것을! 망신살도 국제적으로 얻지는 않았을 것을!

그래, 국제적인 망신살을 산 것은 어쩔 수 없다고 치자. 당장은 창피해서 고개도 못 들 정도여도 시간이 지나면 잊힐 수 있는 문제니까.

더 큰 문제는 어찌어찌해서 저 망가진 난투극 결혼식의 웨딩컨설팅을 한 회사가 바로 그녀의 회사인 청실홍실이라는 것이 드러났다는 것에 있었다.

솔직히 말하면 혜민은 억울했다. 그 결혼식을 망친 책임을 누군가는 져야 한다고 법적으로 따진다 해도 혜민과 그녀의 회사는 단 1퍼센트의 책임도 없었다. 오히려 그녀의 플랜은 완벽했다. 신랑 측과 신부, 아니, 엄밀히 말하면 신부의 부모가 원하는 대로 마치 하늘에서 내리는 눈처럼 숭엄하고 아름답고 화려한 결혼식을 기획했고 결혼식 당일 신부 어머니의 입에서도 이보다 좋을 순 없단 말을 들을 정도로 그녀의 웨딩플랜은 완벽했다.

결혼식을 망친 것은 결혼하는 당사자들이었지 절대로 혜민은 아니었다.

그런데. 어떻게 알았는지 전국의 예비부부들에게 망친 결혼식에 대한 얘기가 퍼져나가면서 그 피해를 혜민과 그녀의 회사가 입게 되었던 것이다.

그 때문에 한때 최고라는 말을 들을 만큼 잘나가던 혜민의 웨딩 컨설팅 회사 청실홍실은 그 결혼식이 끝난 지 한 달이 지난 지금 심한 하락세를 맞고 있었다. 한 달 전까지 웨딩플래너만 25명을 보유하고 있던 청실홍실은 이젠 다들 제 살길 찾아 나가고 의리 상, 혹은 갈 데 없어 남은 직원이 비서와 사무직까지 다 합해 여덟 명밖에 없었다.

아무렇지도 않은 얼굴로 출근을 해도 그녀는 아직 아무것도 모르는 고객이 찾아올 때가 아니면 사무실 밖으로 한 발자국도 내딛지 않았다.

하지만 요즘 같은 때는 차라리 어디 외근할 일이라도 있었으면 좋겠다. 굳이 외근이 아니라 해도 회사가 아니면 어디라도 가 있고 싶었다.

지금 이 순간 혜민이 가장 보고 싶지 않은 사람은 저 결혼식을 한 당사자도 아니었고 또 옳다구나 입방아를 찧고 다니는 동종업계 사람들도 아니었다. 바로 같은 회사를 다니는, 사무실을 나란히 붙이고 쓰는 이 회사의 사장이자 동업자인 정수였다.

캐나다에 유학 갔을 때 만났던 룸메이트에서 친한 단짝 친구가 되었고 또 그 인연으로 같이 회사도 차렸다.

청실홍실이 잘나갈 땐 좋은 친구이자 동업자였는데, 지금은 이 모든 하락세가 마치 혜민의 잘못인 양 정수는 그녀에게 곱지 않은 시선을 보내며 불편한 심기를 여과 없이 드러냈다.

그러니 사무실에 콕 박혀 앉아 있는 이 자리가 어디 가시방석에 비할까.

하지만 고객님들이 알아서 떨어져 나가주시는 통에 외근을 하고 싶어도 딱히 갈 곳이 없으니 지금은 그저 이 불행이 빨리 지나가 버리길 바라는 수밖에.

혜민은 또다시 책상에 머리를 박았다. 죽고 싶다는 말은 바로 이럴 때 하는 말이다.

전화벨이 울렸다.

경계하듯 먼저 발신자를 확인하니 사촌언니인 은희다. 이젠 걸려 오는 전화도 겁이 난다. 어떻게 알았는지 하루에도 몇 통씩 장난전화가 온다. '내 여자친구가 결혼한다는데 그거 맡아서 처리해 주실래요?' 하거나 혹은 그냥 킥킥거리고 웃다 끊거나. 이럴 때 보면 정말로 머리 검은 짐승이 가장 잔인한 것을 통감한다.

"응, 은희 언니."

[괜찮아?]

느닷없이 걸려 온 안부전화도 마찬가지로 경계대상이었다. 아마 은희도 그 동영상을 봤던 모양이다. 마음 같아선 다른 장난전화들처럼 일말의 고려도 두지 않고 끊고 싶었지만 그렇게 했다가는 아마도 당장 은희가 그녀의 엄마에게 전화를 걸어 '혜민이 괜찮아요?' 하고 물을 것 같아서 차마 그렇게까지는 하지 못했다.

아직 혜민의 엄마 아빠는 그 사실을 모르고 계신다.

"뭐가?"

괜찮냐고 묻는 이유를 빤히 알면서도 혜민은 어쩔 수 없이 그렇게 물어야 했다. 혹시라도 다른 이유로 그리 물을 수도 있으니까.

[그 결혼식 말이야. 동영상 올라온 거 봤어. 너 괜찮냐고. 인기가 엄청 좋던데.]

그러나 그건 헛된 희망이었다. 더군다나 그로 인해 회사가 지금 몰락하고 있는 후폭풍은 모르고 있는지 반은 장난스럽기까지 하다. 역시 사촌도 잔인해질 땐 무척이나 잔인해지는구나.

"그냥 그렇지 뭐."

심드렁하게 대답이 나왔다.

[난 또 혹시 그것 때문에 구덩이라도 파고 있는 건 아닌가 싶어서 전화해 봤어. 네 성격에 그냥 모른 척 일하고 있진 않을 거 같고 계속 동영상 돌려보면서 자학하고 있는 건 아닌가 싶어서.]

혹시 사무실에 나 몰래 CCTV라도 설치된 건가?

혜민은 저도 모르게 사무실을 두리번거렸다. 그렇지 않고서야 이렇게 정확히 자신이 하고 있는 일을 콕 집을 순 없는 거다.

"그럴 리가. 그런 데 신경 쓸 시간이 어디 있어? 안 그래도 바빠 죽겠는데."

고객의 발걸음이 뚝 떨어진 덕에 사무실에 앉아 동영상을 재탕해 보며 구덩이를 파고 있을지언정 절대로 그렇다고 말해줄 수는 없었다.

[많이 바빠? 지수가 이모 바꿔달라고 옆에서 보채는데.]

　그 말에 혜민의 입가에 절로 미소가 지어졌다. 혜민은 자타공인 조카바보였다. 외동딸이라 친조카는 있을 턱이 없어 더욱 하나뿐인 오촌조카를 예뻐했다.

　"아무리 바빠도 우리 지수하고 얘기할 시간은 있지. 바꿔줘."

　잠시 후 앳된 지수의 목소리가 전화기를 타고 들려왔다.

　[이모.]

　"응, 우리 예쁜 지수, 잘 있었어?"

　[이모.]

　"응, 왜?"

　[이모.]

　예쁜 조카는 혜민이 한가하다는 것을 너무도 잘 알고 있었다.

　"응, 지수야."

　참다못해 옆에서 '이모한테 사랑한다고 말해' 하고 훈수 두는 소리가 들렸다.

　[이모, 사랑해.]

　"응, 우리 지수, 이모도 너 많이 사랑해."

　'쪽' 하고 전화기에 입 맞추는 소리가 들리고 이내 허무하게 끊겼다.

　짧은 시간이었지만 즐거웠어. 지수야, 네 덕에 잠시 현실을 잊었다.

　혜민의 시선이 다시 컴퓨터로 향했다. 마우스로 또다시 동영상을 클릭했다. 그리고 또다시 책상에 머리를 박기 시작했다.

　"실장님……."

언제 문을 열었는지 그런 그녀의 모습을 미스 홍이 빤히 쳐다보고 있었다.

"왜? 그냥 나 이대로 죽게 내버려 둬."

"그런다고 책상이 부서지겠어요?"

이 회사에서 아군은 아무도 없는 것이 분명하다.

"왜 불렀어?"

책상에 머리를 박은 채로 혜민이 물었다.

"사장님이 들어오셨어요."

"그래?"

"지금 실장님을 찾으세요."

"바빠서 못 간다고 그래."

책상에 머리 박으며 곱게 자존감 지켜가며 죽을 궁리를 하고 있느라 바쁘다.

"바쁘게 책상에 머리 박고 있을 거라며 지금 오시래요."

저 능구렁이 정수. 누가 사장 아니랄까 봐. 여튼 이 사무실에 분명히 CCTV 같은 것이 달려 있는 것이 분명해. 내 언젠가 사무실을 다 뒤져서 찾아내고 만다.

사장실의 문을 열고 들어갔을 때 정수는 자신의 책상에 앉아 무언가를 열심히 들여다보고 있었다.

뭐, 딱히 할 일이 없어 보이는 것은 정수도 마찬가지였다. 밖에 나갔던 일도 아마도 뭐라도 어떻게든 해보려고 나갔었겠지.

하지만 고개를 든 정수의 얼굴을 본 혜민의 얼굴도 정수와 같이 밝아졌다. 분명 뭔가 좋은 일이 있는 것이 분명하다. 어쩌면 이 난

관을 딛고 설 수 있는 큰 고객을 물고 왔을지도 모른다.

그녀는 얼른 다가가 정수의 두 손을 맞잡았다.

"고맙다, 정수야. 아니, 사장님."

"뭐가?"

"그 표정, 뭔가 큰 건을 물고 온 표정이잖아."

혜민의 말에 정수는 서프라이즈 파티를 시작 전에 들킨 표정이었다. 역시, 뭔가 좋은 일이 있는 것이 분명하다.

"빨리 말해. 어디 대기업 총수 딸 결혼식이라도 물고 온 거야?"

"황 실장, 대기업 총수 딸이 그렇게 호락호락 아무한테나 결혼식을 맡기니?"

그럼 아니라는 소린가? 못할 것도 없지. 지난해만 해도, 대기업에 속하는 큰 기업의 전무이사 딸의 결혼식과 부장님 딸의 결혼식을 해냈고 올해는 업계 탑은 아니어도 어느 정도 유명한 연예인 결혼식을 맡은 적도 한 번 있었으니까.

그런 게 바로 정수의 능력이었다. 타고난 친화력과 발 빠른 정보력으로 동업자라는 동등한 위치에서 당당히 사장의 자리를 차지했고 혜민 또한 그것에 이의를 제기할 생각이 전혀 없었다.

"그렇다고 해서 아무 성과도 없이 온 건 아니고."

딱 잡아뗄 기세더니 혜민의 절박한 표정에 그럴 맘이 사라졌는지 정수가 슬쩍 운을 뗐다.

"뭐야, 그럼. 한 건 잡았어?"

"이 일이 잘되면 이번 난관도 해결이 되면서 회사의 입지도 한 단계 올라설 수 있는 좋은 건수가 있어. 그러니까 잘되기만 한다면 말이지.”

그러면서도 아직 더 애를 태우고 싶은지 정수는 여전히 뜸을 들였다.

“말하라니까.”

“삼정물산의 총수 딸.”

정수의 말에 혜민은 숨이 넘어가는 표정을 지었다. 그게 사실이라면 지금까지 한 번도 해본 적이 없던 최고의 고객을 맞이하게 되는 것이다.

다시 말하자면 삼정물산 총수 딸의 결혼식은 어떠한 예산적 제재 없이, 최고의 것들로만 선택해서 기획할 수 있는 꿈의 무대인 것은 물론이요, 그녀의 회사 청실홍실이 상류층 정 가운데로 들어갈 수 있는 발판이 될 것이란 뜻이었다.

“우리 회사가 지금 상황이 좋지 않은 건 너도 알고 있지? 지금 우린 까딱하면 도산하고 길에 나앉게 생겼다는 것도 알고 있지?”

뭐가 아쉬운지 정수의 부연설명이 계속되자 혜민은 얼른 손을 들어 정수의 말을 제지했다.

“그런 말은 안 해도 다 알고 있어. 그러니까 뭐가 필요한 거야? 어떻게 하면 우리가 이 건을 맡을 수 있어? 가능성은 큰 거야?”

정수는 하던 말을 계속 이었다.

“물론 너한테 그 책임을 미루고 싶지는 않지만 너도 책임이 없지 않다는 건 알고 있지?”

정수가 저렇게 책임을 운운할 땐 분명 뭔가 있는 것이다.

뭔가 혜민의 머리 뒤꼭지에서 스멀거리기 시작했다. 바로 그 느껌이었다. 불길한 느낌. 좋지 않은 그 무언가.

"이 일이 우리에게까지 기회가 온 것은, '단미'가 거의 완벽한 플랜을 짜고도 삼정물산 총수 딸 한예은이 가장 원하는 한 가지를 성공하지 못했기 때문이야. 그래서 계약이 틀어졌다고 들었어."

그러니까 그 '가장 원하는 한 가지'를 이루면 우리에게 이 건이 넘어온다는 말이지?

"그게 뭔데?"

뭔가 희망적인 이 상황에서 왜 불길한 느낌이 점점 더 커지는지 모르겠다.

"사진. 한예은이 완벽한 사진삭가를 원해."

"우리도 웨딩포토 잘 찍는 업체가 다섯 곳이나 있잖아."

"'단미'도 그런 업체하고 제휴한 건 마찬가지야."

정수는 혜민을 똑바로 쳐다보고 있었다. 오, 그 눈빛. 혜민은 정수가 아주 작은 소스만 말했음에도 불구하고 그녀가 말하려는 바를 알아채고 말았다.

"사진작가 서강진. 한예은은 그 사람이 웨딩사진을 찍어주길 바래. 그게 조건이야."

불길한 느낌은 언제나 예외 없이 들어맞는다.

"그리고 나는 네가 그 일을 충분히 해낼 수 있다고 봐."

희망에 가득 찬 정수의 얼굴과는 달리 혜민의 표정은 이미 절망의 나락으로 빠져들고 있었다.

이미 정수가 삼정물산의 얘기를 직원들에게 흘렸는지 바짝바짝

타들어가는 혜민의 얼굴과는 달리 회사는 축제 분위기였다. 남들이 보면 꼭 큰 계약 한 건을 성사시키고, 계약뿐 아니라 이미 결혼식을 훌륭히 끝낸 분위기였다.

물론 그 심정을 이해 못하는 것은 아니었다. 근 한 달간, 의뢰인의 수는 눈에 띄게 줄어들었고 이 상태가 계속된다면 회사 이름을 바꾸든지 문을 닫아야 하는 극단적인 상황이 올 수밖에 없었으니. 어찌 보면 지금 정수의 계산대로 이 난관을 딛고 서면서 몇 단계 더 도약을 할 수 있는 절호의 기회라면 기회였다.

"나 못하는 거 알잖아. 차라리 네가 해. 돈을 많이 준다면 한다고 할지도 모르잖아."

하지만 혜민은 고개를 내저을 수밖에 없었다. 비록 정수의 두 눈에서 레이저빔이 쏟아져 나와 자신의 피를 몽땅 말려 버릴 것 같더라 해도.

"단미에서도 안 해본 거 같아? 단미의 정 대표 말솜씨가 장난 아닌 거 알지? 그 여자도 성공하지 못했다면 그건 돈 때문이 아니라 서강진이 할 마음이 없기 때문이라고. 내가 나서서 돈을 내민다고 될 일이었으면 벌써 했을 거야."

"그럼 내가 해본다 해도 더더욱 가능성이 없지."

혜민의 대답에 정수가 위협적으로 책상 앞으로 몸을 잔뜩 내밀었다.

"재고 따지지 말고 그냥 해. 이건 회사를 위해 사장으로서 명령하는 거야."

"차라리 죽고 말겠어. 아니, 그냥 내가 나가서 다른 돈 많은 고객들을 끌어들여 볼게. 나한테 그런 거 시키지 마, 응? 우린 친구잖아.”

혜민은 처음으로 정수에게 친구의 정을 구걸했다.

“어떻게 다른 고객을 끌어들일 건데? 네가 그걸 진짜 할 수 있다고 생각해? 나보다 더 잘할 수 있어?”

정수가 정색을 하고 물었을 때 혜민은 말문이 탁 막히고 말았다. 그래, 그걸 그녀보다 잘했다면 아마도 혜민은 웨딩플랜팀 실장이 아니라 사장의 자리에 앉았을 것이다. 혜민이 머뭇거리는 것을 본 정수는 일침을 가했다.

“내가 안 해본 것도 아니고 나도 나가서 남들에게 못된 년 독한 년 소리 들으며 동종업체 앞에서 고객을 가로채 오려고도 해봤었어. 내가 말을 안 했으니 너, 모르지. 바로 며칠 전에 ‘유리구두’ 직원에게 멱살도 잡혔었던 거. 난…… 그렇게라도 이 난관을 헤쳐 보려 했다구. 그러는 동안 넌 뭐했어? 다 죽어가는 얼굴로 앉아 계속 책상에 머리나 들이박고 있었지. 난 그렇게까지 했는데 넌 처음부터 포기나 하고, 이젠 딱 그것만 하면 어떻게든 회사를 살릴 기회가 되는데 넌 고작 네 자존심 때문에 안 하겠다는 거지? 어쩜 그렇게 이기적이니? 이 회사 망하면 너하고 나만 망하는 건 줄 알아?”

“…….”

끝났나?

“넌 회사 망해도 네 아빠 회사로 들어가든가 아니면 집에서 잘 사는 남자한테 시집보낼 모의라도 하고 있다지. 나는, 나하고 나머지 직원들은 망하면 그냥 길거리에 나앉는 거야. 한두 명도 아니고 여덟 명이나 된다고. 그 여덟 명이나 되는 사원이, 게다가 결흔한 사람들은 그 가족까지 다해서 길거리에 나앉게 되는 거야. 그런데 넌 네 자존심이 그렇게 중요해? 여덟 명의 직원과 그 딸린 식구들이 길거리로 나앉는 것보다?"

……아니었구나.

얼마나 그녀에게 쌓인 게 많았는지 쉬지 않고 쏘아붙이는 정수의 말에 혜민은 저도 모르게 입을 굳게 다물었다.

서글프게도, 그녀의 말 중 하나도 틀린 것은 없었다. 회사 망하면 혜민은 은근히 자신이 회사에 들어오기를 바라고 있는 아빠의 회사에 들어가서 일을 배우든가, 아니면 어떻게든 자신을 시집보내려 드는 부모님 말씀대로 그저 조용히 시집가게 될 것이다. 비록 두 가지 다 자신의 의견은 조금도 개입되지 않은 채 진행될 뿐이지만. 바로 얼마 전에 혜민이 치렀던 그 망친 결혼식의 주인공처럼.

정수에게 '그게 좋아 보이니?' 하고 되물을 용기는 없었다. 이 불황에 일할 곳을 잃어 생계를 위협당하는 상황에, 부모님이 하기 싫은 걸 억지로 시키려 한다고 징징거려 봤자 그야말로 배부른 투정으로밖에는 보이지 않을 테니까.

게다가, 저 당당한 정수가, 청실홍실의 대표인 정수가 타사 일개 직원에게 멱살을 잡혔다니!

그녀가 자신에게 곱지 않은 시선을 보내긴 했지만 그저 이 상황에 누군가를 탓하고 싶어서 그러는 줄만 알았다. 그런데 아니었던 것이다. 사장으로서, 책임감을 가지고 어떻게든 회사를 살리기 위해 그런 일까지 당해가며 노력했던 것이다. 그러니 아무것도 안 하고 있는 자신이 얼마나 원망스럽고 미웠을까.

그 순간 혜민은 스스로의 행동을 뉘우치지 않을 수 없었다. 그 무엇을 멱살에 비할소냐. 정수가 이 회사를 위해 그런 일까지 당했다면 나도 자존심쯤이야, 아무것도 아니다.

더 말을 하지 못하고 그녀는 정수에게 미안한 시선으로 고개를 숙였다.

"알았어. 네가 그런 일까지 당했다니 미안해. 다 내 잘못이야."

"네 사과를 듣자고 한 말이 아니야. 그리고 이 일은 너밖에 해낼 사람이 없다고. 너도 알잖아."

"한다고. 할게."

이마에 핏대까지 섰던 정수는 혜민의 말에 아직 남았던 말을 삼켰다.

"정말?"

"널 보고 있으면 정말 존경심마저 든다. 그런 줄도 모르고 난……. 어쨌건 이 일은 내가 어떻게든 성사시켜 볼게. 지켜봐 줘."

애써 밝은 표정으로 혜민은 돌아서서 사장실을 나갔다.

그녀가 나가고 나자 정수는 짧게 안도의 한숨을 내쉬었다.

뭐……. 나 혼자 잘 살아보겠다고 한 거짓말은 아니야. 세나가 내 고객 채간다고 내가 그 직원 멱살을 잡았었고 뒤에서 독한 년 소리 들었으니까 아주 거짓말은 아니지. 중요한 건 결과니까.

그 일을 하겠다고 큰소리는 쳤지만 자신의 사무실로 들어가는 혜민의 얼굴은 이미 반쯤 죽어가고 있었다.

왜 하필 서강진이냐고. 대한민국에 잘나가는 다른 사진작가들도 많은데 왜 하필 서강진이냐고.

대한민국에서 가장 잘나가는 유명 사진작가 중 하나인 서강진.

'인간의 내면을 찍는 작가', '그의 사진을 통해 인간은 희망을 본다', '그의 손을 통해 피사체는 다시 해석된다' 등등. 그에 대해 언급했던 수많은 잡지기사들을 읽었다. 아마 그녀의 사무실 탁자 위에 놓인 잡지들 중에도 그런 기사가 실려 있는 것이 있을 것이다.

그랬기에 그런 그에게, 제아무리 대기업의 총수 딸이라 해도 일개 웨딩촬영을 부탁하는 것은 말도 안 되는 일이기도 했다.

하지만 정수가 특별히 혜민에게 이 일을 맡긴 데는 다 이유가 있었다. 그녀만이 해낼 수 있을 거라는 희망을 가지는 것도 이해는 했다.

하지만…….

혜민은 바닥이 꺼져라 한숨을 내쉬었다.

그건 착각이란 말이지. 그나마 다른 사람은 1퍼센트의 가능성이라도 있지만 그녀에겐 그나마 가능성 제로다.

황혜민은 서강진이 대한민국에서 가장 싫어하는 여자 1순위, 가장 마주치고 싶지 않은 여자 1순위, 가장 피하고 싶은 와이프감으로 꼽는 1순위, 영광의 3관왕이었다.

어떻게 아냐고?

그건 8년 전, 그의 아내 자리에 있던 여자가 바로 황혜민, 그녀였기 때문이었다.

2

[목적지 주변에 도착했습니다. 음성안내를 종료합니다.]

혜민은 애꿎은 내비게이션을 바짝 노려보았다. 오늘따라 음성안내를 하는 목소리가 한 톤 더 밝게 느껴지는 것이 마치 그녀에게 '다 왔다. 이제 너만 알아서 잘하면 돼' 하고 말하는 것처럼 느껴진다.

바로 어제 정수에게서 그 말을 들었는데 바로 다음날인 오늘, 차로 떠밀렸다.

"오늘 스튜디오에서 촬영을 한다고 했어. 어디 외국으로 사진 찍으러 훌쩍 떠나 버리기 전에, 만날 수 있을 때 만나고 와."

"아직 마음의 준비가 안 됐어."

"네 마음의 준비가 다 됐을 때쯤이면 우린 다들 길바닥에 깡통 놓고 앉아 있을 거다."

찾아가기 힘들어 못 가고 돌아올까 정수가 친절히 강진의 주소가 적힌 명함까지 그녀의 손에 꼬옥 쥐어주며 그렇게 몰아냈던 것이다. 여하튼 쓸데없이 용의주도하다니까.

차를 주차장에 세우고 나서야 혜민은 자신이 차를 세운 앞의 건물을 쳐다보았다.

사진 찍는 스튜디오에 처음 와보는 것은 아니었지만 그녀는 한참이나 건물을 구경했다.

혜민이 여태 본 사진작가의 스튜디오는 보통 어떤 건물의 조그만 모퉁이나 혹은 반지하, 좀 잘나간다 싶으면 한 층을 다 빌려서 쓰는 경우가 대부분이었다. 이렇게 건물 하나를 다 통째로 쓰는 것은 처음 봤다. 새 건물인 것으로 보아 아마도 빌린 것이 아니라 지어서 들어왔을 것이다. 뭐, 유명하니 돈도 많이 벌었을 테니까.

작은 2층짜리 건물은 독특한 외형을 가지고 있었다. 전면은 탁 트여 보이는 유리로, 하지만 양쪽 면은 유리를 최소한으로 작은 창문 하나씩, 스튜디오라서 그런가 빛을 최소화한 것이 보였다.

혜민은 2층에 난 테라스를 구경하고 싶었다. 철제난간 안쪽으로 작은 티테이블과 진녹색 파라솔이 보이는 것이 마치 회사라기보다는 잘 꾸민 커피숍의 테라스처럼 휴식공간으로는 딱 좋아 보인다.

잘나가네, 서강진.

8년 전에는 이렇다 할 스튜디오도 없어 그나마 비좁은 집안에 암실을 만들어놓았었는데.

힘들게 일을 마치고 집에 들어가면 그가 집에 있었다. 그녀를 위해 음식을 만들어놓고 기다리고 있었다.

하루 종일 서서 일을 하느라 몸이 녹초가 되었어도 그의 얼굴을 보면, 미안함이 섞인 그 미소를 보면 하루의 피로가 다 녹아내리는 듯했다.

저녁 식사를 하고 나면 언제나 그는 그녀에게 힘든 일을 하게 만든 보상이라도 하듯 마사지를 해주곤 했다. 비록 엉성한 솜씨긴 했지만.

그러다 손길은 에로틱하게 변했고 결국 하루의 일과는 서로의 사랑을 확인하는 일로 끝났었다.

혜민은 또다시 한숨을 내쉬었다.

지금은 이런 생각을 할 때가 아니지. 아마도 그는 다시 대면을 하는 순간 혜민과는 달리 다른 상황을 기억해 낼 것이다.

아, 생각하고 나니 또다시 들어갈 자신이 사라진다. 마음만 같아서는 지금 당장이라도 차에 올라타고 도로 회사로 향하고 싶었다.

하지만 아무 소득 없이 돌아갔다가는 자신을 반짝이는 눈으로 기다리고 있을 회사 식구들과 정수를 실망시키다 못해 좌절시킬 것이라는 걸 그녀는 알고 있었다.

차 문을 잠그며 혜민은 이유 없이 갑갑하게 조여오는 가슴에 깊은숨을 밀어 넣었다.

뭐, 설마 잡아먹기야 하겠어? 몇 년 만에 만나는 전처를.

건물로 들어가서, 거기서 일하고 있는 직원 아무나 잡고 서강진 씨를 만나러 왔다고 하면 쉽게 만날 수 있을 줄 알았다. 최소한 그녀의 회사에서는 사장님 만나고 싶다고 찾아오는 사람은 두말없이 사장에게 안내를 해줬으니까.

하지만 오늘 촬영이 있다는 사실은 정수가 간과했던 모양이다.

"죄송하지만 오늘 촬영이 있어서 만나시기는 힘들 거 같은데요."

옷차림도 아주 프리한 것이 일을 하러 나왔다기보다는 마치 어디 클럽에 가려고 나온 것 같은 차림을 한 여직원이 제 선에서 딱 잘라 말을 했을 때, 혜민은 옳다구나 못 만난단다, 돌아가도 핑계거리는 있겠구나 했다.

하지만 그건 희망사항이었다. 오늘의 목적은 서강진을 만나는 척하고 가는 것이 아니라 반드시 만나야 하는 것이었기 때문이었다. 거절을 들어도 그의 입에서 직접 들어야 했고 거절을 해도 죽어라 매달려야 할 판이었다.

"촬영이 언제 끝나는데요?"

"그건 몰라요. 선배님이 끝내야 끝나는 거라서. 성함과 용건을 말씀해 주시면 나중에라도 제가 전해 드리죠."

선배라 부르는 걸 보니 아주 친한 모양이네.

"황혜민이라고 합니다. 기다리고 있겠다고 전해주시겠어요?"

"기다리시게요?"

혜민은 멀뚱히 그 여자의 얼굴을 쳐다보았다. 마치 돌아가란 뜻으로 보이는데, 용건도 알지도 못하면서 쫓아내다니, 이 여자, 일을 제대로 못 하는군. 혹시 중요한 용건이면 나중에 그 감당 어떻게 다 하려고. 물론 지금 상황에서 돌려보내지 않으면 나중에 서강진에게 욕을 먹는 건 내가 아닌 이 여자겠지만.

"네. 기다릴게요."

여자의 괘씸한 태도를 봐서라도 당장 화를 내며 나가야 하는 것이 맞지만 내 코가 석 자니 이 여자의 불손한 태도는 어쩔 수 없이 넘어가 줄 수밖에 없다.

"알았어요. 그럼……."

그녀는 마음대로 하라는 듯 어깨를 한 번 으쓱해 보이고는 어디 앉아서 기다리라는 말 한마디 없이 그대로 등을 돌리고 가버렸다.

혼자 남은 혜민은 주위를 빙 둘러보다 실내 한 귀퉁이에 놓인 4인용 소파와 탁자, 그리고 그 옆으로 작은 커피머신을 발견했다.

저런 것을 구비해 놓은 걸 보니 역시 쓸데없는 용건을 가진 사람들이 많이 찾아오는 모양이지, 나처럼.

비관스러운 자신의 처지에 한탄하며 혜민은 조용히 커피 한 잔을 뽑아 들고 소파에 기대어 앉았다.

세 잔째 커피를 들고 혜민은 자리에 앉았다.

두 시간이 지나는 동안 혜민은 잡지 두 권을 정독했고 건물 내부의 바닥재, 마감재를 꼼꼼히 체크했고 소품들, 하다못해 전등갓의 주름까지 다 셌다. 바닥을 깐 타일은 가려진 부분을 빼고 637개였고 소품은 옛날식 램프가 두 개, 작은 조화 화분이 세 개, 벽에 걸린 사진작품이 스물세 점, 그리고 전등갓의 주름은 112개다. 그러니까 그걸 다 셀 동안 아무도 그녀에게 말 한마디 걸어오는 사람이 없었다는 뜻이다.

그러고 나니 더 이상 셀 것이 없어졌고 뱃속에서는 눈치 없이 점심시간을 알리는 알람 소리까지 '꼬르륵' 하고 울렸다.

아, 꼴이 말이 아니다. 바로 얼마 전까지는 이런 대우는 꿈도 꿔 본 적이 없는, 나름 잘나가던 회사의 지분을 반이나 가지고 있는 실장인데.

그냥 확 돌아가 버려?

돌아가자니 또다시 정수의 매서운 눈빛과 강아지를 닮은 불쌍한 눈망울로 자신을 바라볼 여덟 명의 식구들이 눈에 아른거렸다. 그리고 이면에는 자신에게 선볼 남자들의 사진과 리스트를 죽 깔아놓으며 고르라고 강요할 부모님의 모습도 크로스되었다.

이대로는 절대로 돌아갈 수 없어!

그런 그녀의 생각을 알기라도 한 듯 때마침 저 앞쪽에서 스튜디오라 쓰인 문이 열리더니 사람들이 밖으로 나오기 시작했다. 아무래도 촬영이 끝난 모양이다.

두 시간을 기다리는 동안 긴장은 풀어질 대로 풀어졌고 허기까지 져서 아무 생각이 없던 혜민은 그제야 다시 긴장감이 온몸을 조여오는 것을 느꼈다.

이제 정말 만나는 모양이다. 대체 무슨 말부터 해야 하는 걸까. 아까 차 안에서 내내 연습을 하고 또 했지만 막상 그 순간이 되니 머릿속은 먹먹해지고 손에 땀이 배어 나올 뿐 달리 어떤 것도 떠오르는 말이 없었다.

그리고 사람들 틈에 그가 서 있었다.

우연히 시야에 들어온 그녀의 모습에 그도 놀란 듯 그는 우뚝 멈춰 서서 그녀를 쳐다보고 있었다.

그러나 그것은 일시적일 뿐 이내 그의 얼굴엔 묘한 표정이 떠올랐다.

미소인지, 빈정거림인지, 혹은 반가움인지. 미소 하나로 판단하기에는 그가 무슨 생각을 하는지 알 수가 없었다.

"살아 있었네."

네, 연락 한 번 안 해서 미안합니다. 이혼한 전남편에게 연락해 봤자 좋은 말을 듣진 않을 거 같아서요.

"아, 선배. 아는 사람이었어요?"

그 곁에서 눈을 크게 뜨고 심지어는 슬쩍 미안한 표정까지 짓는 사람은 아까 처음 혜민이 말을 걸었던 그 여자였다. 아마도 잡상인 비슷하게 생각했는지 전해준다는 말도 안 해줬던 모양이다.

"식사는 먼저들 해라. 난 좀 있다 따라 갈게."

동료들을 먼저 보내고 다가오는 강진을 바라보는 그 순간 하필 혜민은 한 달 전, 자신을 이 지경에 이르게 했던 그 결혼식의 신부를 떠올렸다.

아마도 결혼식을 올리던 그 신부의 마음이 지금 내 마음과 같았을 것이다. 내려놓음, 혹은 자포자기.

"언젠가 한 번쯤 어디선가 마주칠 수도 있겠구나 생각은 했지만 이렇게 내 스튜디오에서 네 모습을 보게 될 줄은 전혀 상상도 못 해봤는걸."

그가 그녀를 데리고 간 곳은 아까 혜민이 차에서 내리며 봤던 2층의 테라스였다.

이제 보니 건물의 1층은 스튜디오로, 2층은 개인적인 공간으로 쓰는 모양이었다. 잘 보이는 곳에 떡하니 놓인 침대는 물론이고 싱크대며 화장실이며 테라스까지, 전부 개인적으로 보인다.

그는 혜민이 기억하는 것보다 더 말라 보였다. 얼마 전 잡지에서 그의 모습을 보았을 때까지만 해도 너무 말끔하니 다른 사람처럼 보여서 낯설기까지 했는데. 지금은 마른 것만 빼면 오래전 그녀가 기억하고 있던 그 모습 그대로다. 편안한 옷차림에 거칠지도 않지만 그리 말끔하지도 않은 자연스러운 머리카락, 하루쯤 면도를 걸러서 자란 수염까지도.

저 까칠한 수염의 감촉이 좋아 혜민은 그가 잘 때면 언제나 그 곁에서 그 뺨과 턱을 쓰다듬어 보곤 했었다.

커피를 세 잔이나 마셨지만 혜민은 또다시 그가 내민 커피를 받아들었다.

"어쩐 일이야? 설마 몇 년이 지난 지금 느닷없이 내가 보고 싶어 찾아왔단 말을 하려는 건 아닐 거고."

평소의 혜민이라면, 거래처를 상대하는 것이라면 이렇게 기가 죽는 일은 없었을 것이다. 할 말을 떠올리지 못해 당황하지도 않을 것이다. 어쨌거나 몇 년을 한 일이니 그만큼 노하우와 경험이 쌓였기 때문이다.

하지만 이혼한 전남편을 만나는 것에는 노하우와 경험이 전혀 없었다.

더군다나 어쩌다 길에서 우연히 마주친 것이 아니라, 최대한 몸을 조아리고 황송하게 그를 모실 수 있게끔 부탁을 해야 하는 자리인 것이다.

그러니 뭐든 그가 하는 말에 옳다구나, 멍석 깔아주는구나, 입을 열어야 했는데 마치 초강력접착제라도 바른 양 혜민의 입은 쉽게 떨어질 줄을 몰랐다.

그래, 느닷없이 찾아와 웨딩사진을 찍어달라고 직설적으로 말한다는 것은 여간 뻔뻔해서는 할 수 없는 일이었다. 그렇다고 옛정에 기대자니 마지막 헤어질 때를 생각하면 그딴 것은 오히려 상황을 악화시킬 것이다.

그런 세부적인 사항은 모르면서 단지 그가 전남편이라는 이유로 자신을 사지로 몰아넣은 정수가 이럴 땐 원망스럽기까지 하다.

그녀는 간신히 입을 떼어 한마디했다.

"그러니까……."

그는 아무 말도 않고 그녀의 말을 듣고 있었다. 오래전에도 그는 그랬다. 말다툼을 해도 그녀가 말을 마칠 때까지 기다리곤 했다. 그땐 그게 좋았었는데 지금은 부담스럽기만 하다니, 역시 사람은 간사한 동물이다.

"……부탁이 있어서 왔어."

순간적으로 그의 눈에 또다시 뭔가 알 수 없는 아까의 그 웃음이 스치고 지났다.

"부탁이라……. 나한테 부탁을 한다고? 황혜민이?"

혜민은 일어서서 그대로 차를 타고 돌아가고 싶은 충동을 강하게 느꼈다. 저 모습을 보니 어차피 글러먹은 일이 분명하다. 어쩌면 말을 꺼내는 순간 '그래, 언젠가는 이런 날이 올 줄 알고 있었다. 미안하지만 황혜민, 그렇겐 못해주겠다. 누구 좋으라고' 하고 기다리고 있었다는 듯 비웃을지도 모른다.

"실은, 나 이런 곳에서 일하고 있어."

어차피 안 될 일이었지만 이왕 말을 꺼냈으니 무라도 자른다는 심정으로 혜민은 그에게 자신의 명함을 내밀었다.

"웨딩컨설팅, 청실홍실의 실장이라……. 실장이라니 성공한 커리어우먼이 되었군."

실장도 그냥 실장이 아니라 회사 지분을 반이나 가지고 있는 사장과 동급인 실장이지만, 지금 그걸 말할 분위기는 아니었다. 어쨌건 분위기를 몰았으니 이젠 말을 하는 것밖에 안 남았다. 어렵게 혜민은 다시 말을 꺼냈다.

"내가 왜 찾아왔냐면……."

"무슨 일로 찾아왔는지 알겠어."

다행히도 그는 더 들을 필요도 없단 듯 말을 잘랐다. 여기서 끝까지 말을 하게 했다면 혜민은 말을 끝낼 즈음엔 쥐구멍이라도 찾아 들어갔을지도 모른다.

그의 태도를 보아 아마도 최근 한예은의 일로 이렇게 강진에게 다가온 사람들이 많았던 모양이다. 하긴, 대기업 총수 딸의 결혼이라니, 웨딩컨설팅 업체라면 누군들 탐내지 않겠는가.

작은 지푸라기라도 잡는 심정으로 혜민은 강진에게 간절한 눈빛을 보냈다. 제발, 내가 사정하며 매달리지 않게 해줘. 조금이라도 옛정이 남아 있다면…….

"싫어."

옛정 따위가 남아 있을 턱이 없었다.

"결혼사진은 안 찍어."

오호, 설득력 있어. 저 정도면 돌아가도 핑계거리는 있지 않을까?

그녀는 그의 말에 설득당하고픈 자신을 애써 달래야만 했다.

어쨌든 그의 말은 혜민이 싫어서 거절하는 것이 아니라 원래 결혼사진 자체를 안 찍는다는 말인 것이다. 그 정도는 예상하고 왔다. 어떻게든 설득을 한다면 일말의 가능성도 생길 수 있겠다.

"오빠가……. 가, 강진 씨가 아니면 안 된다고 그랬어. 몸값이 비싸서 그런 거라면…… 비용은 달라는 대로 내줄 거야."

저도 모르게 혜민은 그에게 예전에 썼던 호칭을 그대로 쓰고 말았다. 그땐 어렸으니 아무것도 몰랐다 치지만 지금도 같은 호칭을 쓰기엔 너무 오랜 시간을 떨어져 있었고 그때와는 관계부터가 다르다.

그녀가 급히 호칭을 바꾸는 것이 강진은 재미있는 모양이었다. 피식 웃은 그는 자리에서 일어섰다.

"황혜민 씨, 돈은 더 이상 나한테 중요한 게 아니거든. 그쪽에서 뭐라고 하건 나도 싫은 건 싫은 거야. 그것 때문에 찾아온 거라면 더 이상 할 얘기는 없을 것 같군. 돌아가.”

더 이상은 무슨 말을 해도 듣지 않겠다는 것인지 강진은 이미 그녀에게서 등을 돌리고 그곳을 떠나고 있었다.

“어, 어떻게 하면…… 어떻게 하면 내 부탁을 들어주겠어? 머리를 조아리라면 조아리고 사과하라면 사과할게. 앞으로 다시는 나타나지 말라고 해도 그대로 하겠어. 내 부탁만 들어준다면.”

등을 향해 한 그 한마디에 강진은 우뚝 멈춰 섰다. 그리고 천천히 그녀를 향해 돌아섰다.

“어떻게 하면 부탁을 들어주겠냐고?”

뭔가 불안한 기분이 들었지만 이제 와서 뺄 수는 없었다. 혜민은 차마 움직이지 않는 머리를 애써 끄덕였다.

“뭐, 그렇다면…….”

그의 입가엔 예의 그 알 수 없는 미소가 서려 있었다.

자신을 향해 걸어오는 그의 모습을 혜민은 조마조마한 마음으로 바라보았다. 그의 대답은 상당히 긍정적이었지만 혜민은 외려 긴장할 수밖에 없었다. 대체 무슨 조건을 걸려고 저런 표정을 짓는 걸까.

그는 천천히 다가와 그녀에게로 얼굴을 기울였다. 그리고 귓가에 나지막한 목소리로 속삭였다.

“나하고 하룻밤 같이 자. 그럼 들어주지.”

3

뺨이라도 한 대 갈겼어야 했어.

자신의 사무실로 들어가면서도 혜민은 아직까지 분이 풀리지 않은 듯 얼굴을 붉히고 있었다.

어찌나 분했는지 자신이 회사로 돌아온 순간 회사 전체에 깔린 정수의 스파이들이 그녀가 돌아온 사실을 벌써 알렸을 거라는 것을 잊고 있을 정도였다.

"나랑 하룻밤 같이 자. 그럼 들어주지."

서강진, 못 본 사이 많이 변했다. 사람 감정을 쥐고 흔들며 장난 칠 줄도 알고.

모르는 사람이 들었다면, 아마도 자신에게서 거절할 수 없는 여성스러운 매력이 찰찰 넘쳐 참지 못하고 그가 그런 유혹을 했다거나, 혹은 그는 이 일이 너무도 하기 싫은데 그녀가 절대로 포기하지 않을 것 같아 단호한 방식으로 거절했다는 그런 가벼운 개념쯤으로 생각할 수도 있다.

하지만 혜민은 아직도 기억하고 있었다. 비록 8년의 세월이 지난 후라지만 자신이 그의 가슴을 후볐던 말들인데 기억을 어찌 못하겠는가.

"더 이상은 오빠하고 같이 자는 것도 싫어. 단 하룻밤도."

그에게 이별을 통고했던 날, 그녀가 했던 말들 중 하나였다. 그는 그것을 기억하고 복수한 것이다. 정말로 이 일을 원하는 것을 알기에 자신과 더 이상 절대 자고 싶지 않았던 그 하룻밤을 억지로 자게 함으로써 모멸감을 극대화시키려는 것이었다. 아주 악질이다.

혜민은 자신의 핸드백을 저도 모르게 의자 위에 패대기쳤다.

아무리 기억도 안 날 정도로 태곳적에 부부였다 해도 그렇지, 또 아무리 몇 년간 쌓아뒀던 게 많아도 그렇지, 그렇게 자자는 말이 쉽게 나오나?

더 분한 것은 그 말을 듣고 어쩔 줄 모르고 입을 벌렸다 다물었다 했던 자신의 모습이었다. 뺨이라도 한 대 갈기고 미친놈이라고 욕이라도 한 번 시원하게 날려주고 왔으면 좋았을 것을, 그땐 허를 찔리는 바람에 그저 머릿속이 멍해져, 바보처럼 무슨 말이라도 하려고 그렇게 입만 뻐끔거리다가 할 말도 못 찾고 그대로 그곳을 나와 버렸던 것이다.

제정신이 들고 화가 나기 시작했을 땐 이미 그의 스튜디오가 있는 신사동에서 이곳까지 절반이나 온 다음이었고 뺨을 때려주기 위해 돌아가기엔 너무 멀리 왔다.

스트레스 때문인가 머리가 지끈거리기 시작했다.

"실장님."

미스 홍이 또 문을 열었다.

"알았어, 간다고, 가."

척 하면 척이다. 또 사장실에서 부르는 거겠지. 오늘은 할 말을 할 거야. 그딴 걸 시켜서 봉변당하게 만든 정수에게 할 만큼 했으니 더는 못하겠다고, 차라리 다른 방법을 찾아보자고 말을 할 거야.

기세 좋게 자리를 박차고 사무실을 나온 혜민은 순간적으로 몸을 흠칫 긴장시킬 수밖에 없었다. 이건…… 예상했던 상황이 아니었다.

미스 홍을 비롯한 일곱 명의 직원들이 그녀를 향해 초롱초롱 빛나는 기대감으로 시선을 보내고 있었다. 절대로 비보 따위는 듣고 오지 않았다는 것을 믿어 의심치 않는 눈빛이었다.

방금 전의 그 기세는 어디 가고 혜민은 축 처진 어깨로 사장실 문을 열고 안으로 들어갔다.

"황 실장……. 내 친구 혜민아. 어떻게 됐니?"

공은 공, 사는 사라고 언제나 회사에서는 곧 죽어도 황 실장이던 정수가 오늘따라 너무도 다정한 목소리로 그녀의 이름을 부르고 있었다.

그녀의 두 눈에서 혜민은 조금 전 직원들에게서 보았던 그 초롱초롱 빛나는 기대감을 너무도 쉽게 발견할 수 있었다.

'그 자식이 나한테 같이 자면 웨딩사진 찍어주겠대.' 이 말을 했다가는 당장은 효과를 볼지 몰라도 정수의 또 다른 호기심을 자극해 앞으로 남은 회사생활 내내 '왜? 과거에 무슨 일이 있었는데?' 하는 질문을 피하지 못할 것이다. 혹은 '까짓 것, 전에도 수도 없이 같이 잤잖아. 한 번 더 자는 게 어때서!' 하는 말을 들을지도 모른다. 고로 해봤자 손해만 난다. 차라리 간단명료하게 못 한다고 하는 것이 낫다. 그냥 못 하겠다고 더 이상은 안 한다고.

"나는 못……."

잘하고 있어. 힘을 내. 한마디만 더 하면 돼. '하겠어.' 요 한마디면 된다고.

혜민의 부정적인 시작에 정수의 눈에서 반짝이던 별빛이 급 사라졌다. 순식간에 좌절의 검은 아우라가 정수의 온몸을 감쌌다. 마치 비극의 여주인공이라도 된 얼굴로 정수가 자신이 지을 수 있는 가장 슬프면서 절망적인 표정을 미리 지어 보이고 있었다. 이건 도저히 혜민이 견딜 수 없는 종류의 아우라였다. 그것을 보는 순간 혜민은 자신의 어깨에 그간 동고동락했던 여덟 명의 직원의 사활이 걸려 있단 사실을 새삼 기억해 냈다.

"못…… 만났어."

하는 수 없이 혜민은 하려던 말을 삼키고 말았다.

혹시나 추욱 늘어진 자신을 보고 정수에게 없던 동정심이 느닷없이 생겨 '네가 불쌍타. 내가 양보하마. 그냥 없던 일로 해라' 하고 외려 위로해 오는 일이라도 생길까 기다려도 봤지만 그런 일은 하루가 지나도 절대로 일어나지 않았다. 덕분에 혜민은 고민을 좀 했다.

고민이라는 것도 그걸 할 수 있는 시간이 있어야 하는 것이다. 정신없이 바쁘면 고민할 틈도 없다. 그런 의미에서 그녀에게 시간은 너무도 충분했다. 혹시라도 그런 문제로 고민할까 회사는 요새 고객도 뜸해줬고 그나마 어디서 유튜브 얘기를 들었는지 예약했던 사람들도 둘이나 취소했다.

이제 혜민은 기로에 서 있었다.

남들은 기로에 서도 양쪽 모두 너무 좋아 판단을 망설이지만 그녀의 것은 어느 쪽도 가고 싶지 않은 길뿐이었다.

전남편에게 모멸감을 느끼며 고스란히 하룻밤을 포장해서 드려야 하는가, 아니면 전 직원이 품은 한을 고스란히 온몸으로 받으며 밤마다 가위에 시달려야 하는가.

음? 그렇게 놓고 보니 심플하네. 그나마 전남편과 자는 것은 처음 하는 것도 아니고 하루만 참으면 되는 일이지만 전 직원을 길바닥에 내놓고 나 몰라라, 부모님이 골라준 대머리 남자랑 결혼하고 밤마다 악몽을 꾸며 사는 것은 고려할 가치도 없는 일이었으니까.

심플하긴 무지 심플한데, 마음은 여전히 동하지 않는구나!

그럼에도 불구하고 혜민은 몇 번의 망설임 끝에 마침내 떨리는 손길로 명함에 적힌 전화번호로 전화를 걸고야 말았다.

뭘 하고 있는 것인지, 그는 신호가 한참 울릴 때까지 받지도 않았다. 그 덕에 신호가 울리는 동안도 아까워 혜민은 알뜰하게 또다시 전화를 끊을 것인가 말 것인가 망설이고 있었다.

하지만 마음을 바꾸는 어떤 결정도 내리기 전에 전화를 받는 소리가 들렸다. 그대로 끊기엔 너무 늦었다.

[서강진입니다.]

전화를 걸기 전 미리 할 말을 작전 짜듯 짜놨지만 역시 이놈의 머리는 서강진의 목소리만 들으면 작동을 멈춘다.

[여보세요?]

"……."

그가 재차 확인을 하자 혜민은 목소리가 나오지 않아 입만 달싹이다 포기했다. 아, 안 되겠다. 그냥 끊자. 그러다 자신의 휴대폰으로 전화를 걸었단 것을 깨달았다. 명함을 줬으니 지금 전화를 그냥 끊는다 해도 확인해 보면 자신인 것을 알게 될 것이고 그럼 전화를 걸어서 아무 말도 안 한 사람도 자신이라는 것을 알게 될 것이다.

하는 수 없이 혜민은 목소리를 쥐어짜 냈다.

"나야."

[그래, 너일 것 같았어.]

역시.

중요한 말을 해야 하는 상황에 앞서 혜민은 또다시 깊은 심호흡을 했다.

[말해.]

때로는 상대방이 말할 때까지 기다려 주는 배려와 친절은 아주 불필요한 것이 될 수도 있다. 바로 지금처럼.

하고 싶은 말은 따로 있었다. 대체 나한테 왜 그러는 거야? 얼굴이 죄송해서 그간 여자가 없었던 것도 아닐 거고 최근 여자가 없다고 해도 전처에게 손을 뻗어야 할 만큼 궁한 것도 아니면서.

거기다 말을 더 보태자면, 어제 보니까 스튜디오에도 붙여시 같은 거 하나 보이던데? 정도.

하지만 그 질문이 시간낭비라는 것도 알고 있었다. 그는 그저 상황을 악화시키거나 혹은 내가 곤욕스러워하는 것을 즐기려는 것뿐이다. 아주 하찮은 적개심일 뿐이다.

그래서 그녀는 초월한 목소리로 필요한 말을 했다.

"한다고. 해! 까짓 것, 하룻밤 같이 자면 될 거 아냐. 부부일 땐 매일 잤는데 하루쯤 더 잔다고 몸 닳는 건 아니겠지."

초월까지는 아니었나 보다.

[…….]

속사포처럼 머릿속에 있던 말을 하는 것까지는 좋았는데 그가 아무 말도 않자 혜민은 또다시 불안해졌다. 그렇게까지 말할 필요는 없었는데, 괜히 분하고 억울해서 오버한 것이 역효과를 낸 것인가? 이제 와서 그가 싫다고 말하면 더는 방법도 없는데…….

[사흘 후에 봐. 요새 맡은 일이 그날 끝나니까 그때가 좋겠군.]

"아니, 바쁘면 당장 날 잡을 필요는 없는데. 난 괜찮으니까 한가할 때……."

[급한 거 아니었나? 그러다 내 마음 변하면 어쩌려고.]

이런 몹쓸 인간!

"사흘 후 저녁 여덟 시. 근처에 도착하면 전화할게."

군말해 봤자 먹히지도 않을 테니 혜민은 이를 악물고 그렇게 전화를 끊었다.

새로운 사실을 업데이트해 주길 기다리는 정수에게는 사흘 후 그를 만나기로 약속을 잡았다고만 말했다.

이변이 없는 한 일은 성사될 테지만 저 비열한 인간이 자신의 몸매가 예전 같지 않다느니, 탄력이 없다느니, 다시 생각해 봐야겠다느니, 어쩐 둥 해가면서 쓸데없는 말을 하며 약속을 틀어버릴 만약의 경우를 대비한 것이었다.

그래, 몸매는 그때나 지금이나 별 차이는 없지만 확실히 탄력은 차이가 난다. 그땐 스물둘의 꽃다운 나이, 아니, 철없는 나이였으니까. 그러니 온통 세상은 장밋빛이었고 뭐든 잘될 것 같았는데.

혜민은 가볍게 고개를 내저어 머릿속의 상념을 쫓아냈다. 지금은 그때를 회상하고 있을 때가 아니다. 앞날을 대비해야 할 때다.

휴……. 사흘 후라…….

혜민은 갑자기 서랍에서 작은 손거울을 꺼내 얼굴을 비춰보았다. 더럽고 비열한 그의 장단에 억지로 춤을 춰야 하는 현실을 비관하면서 그에게 고이 한 몸 바치러 가야 한다고 생각했는데, 막상 이렇게 시간과 장소를 정하고 나니 사람 마음이 간사한 것이 그에게 보일 이 몸이 걱정이다.

솔직히 8년 전에 비해 탄력이 현저하게 떨어졌는데. 이럴 줄 알았으면 운동이라도 할 걸 그랬나?

"몸매가 예전에 비해 많이 떨어지는군. 그땐 온몸이 고무처럼 탄력이 좋았는데 지금은 늘어진 쌀자루 같아."

"그래, 전남편이 헤어진 지 8년이나 지나 갑자기 하루 자자고 할 줄 미리 알고 일부러 방치한 거다."

머릿속으로 사흘 후의 상황을 미리 시뮬레이션 해봐도 그리 좋은 그림은 나오지 않았다.

그러다 혜민은 거울 속의 자신을 노려보았다.

지금 이 상황에, 화를 내고 반항하고 비뚤어져도 부족한 판에 몸매 걱정을 하고 있는 넌 대체 어느 행성에서 왔니, 황혜민.

괜히 스스로에게 화도 내봤지만 그래도 몸매에 자신이 없긴 마찬가지였다. 바빠서 그런 거였지만 그래도 틈틈이 관리를 해서 그에게 이 한 몸 희생하고도 비웃음 살 걱정은 하지 말아야 했는데.

전신마사지라도 받아야 하는 건가?

사흘 후, 타들어가는 혜민의 속을 모르는 정수는 그녀를 일찌감치 퇴근시켰다.

"회사가 그리 바쁘지도 않잖아. 게다가 일단 서강진에게 잘 보이려면 시간을 들여서 최대한 예쁘게 꾸미고 가야지. 이왕이면 다 홍치마라고 예쁜 여자가 부탁하는 것이 안 예쁜 여자가 부탁하는 것보다 확률이 높잖아?"

하지만 혜민은 이미 그 결과는 알고 있었다. 다만 과정이 마음에 안 들 뿐이지.

그래도 예의상 아침에 했던 샤워를 또 하고 나와 옷장을 열고 있는데 초인종 소리가 울렸다. 월패드를 보니 엄마가 보낸 가사도우미다. 아마도 반찬거리를 만들어 보낸 모양이다.

"전화를 왜 안 받았어? 사모님 많이 걱정하시던데. 네 번 전화했는데 한 번도 안 받았다고. 걱정되니 잘 살아 있나 보고 오라고 하시더라."

엄마의 잔소리 대신 가사도우미의 잔소리를 듬뿍 들었다. 아마도 아빠가 아무 말도 안 하신 모양이다. 언제나 그렇듯 아빤 바쁘다는 그럴싸한 거짓말에도 두 번이나 찾아오셔서 저녁 식사를 같이 했는데.

바쁘진 않았지만 정신이 없는 한 주였다. 지금 이런 상황을 전혀 모르는 엄마의 전화를 받을 여유가 없었다. 아빠와는 달리 눈치 빠른 엄마에게는 말 한마디 잘못해도 대번에 무언가 안 좋은 일이 일어난 것을 알아차릴까 싶어 일부러 피했다. 그럼 될까 싶었는데 또 그것이 엄마를 걱정시킨 모양이다.

"바빠서 못 받았어요. 내가 한두 살 먹은 애도 아니고, 전화 안 받으면 바쁜가 보다 하시면 되지, 걱정은 왜 해?”

“사모님 성격 몰라서 그래? 다른 사람은 몰라도 혜민이 너 전화 안 되면 걱정하시잖아.”

그러니까. 혹시라도 최근 회사의 일 때문에 목소리에 고심의 기운이라도 보였다가는 ‘그러게 내가 뭐라고 했니?’ 로 시작해서 결론은 ‘당장 회사 문 닫고 와서 곱게 시집이나 가’ 로 끝날 것이 뻔한 걸.

냉장고를 열고 알아서 반찬거리를 챙겨 넣으며 도우미 아주머니가 엄마의 잔소리를 대신 읊는 동안 혜민은 다시 방으로 들어갔다.

지금은 나에게 쓸데없는 신경을 쓰는 엄마 걱정을 할 때가 아니다.

그는 ‘하룻밤 같이 있어’ 라고 말했다. 그것은 최소한 그와 오늘 자정을 넘겨야 한다는 말이고 늦어지면 내일 아침까지 같이 있어야 한다는 뜻도 되는 것이다.

그렇다면 내일 집에 들를 시간도 없이 입던 옷을 입고 출근해야 한다는 뜻이었다. 정수에게 좋은 소식을 전해주는 것은 좋지만 후줄근하게 구김이 간 옷을 입고 그가 웨딩사진을 찍어주기로 했단 말을 꺼냈다가는 저 눈치100단의 정수는 단박에 혜민이 몸로비를 한 것을 알아차릴 것이다.

입을 옷을 고르는 것은 생각보다 쉽지 않았다. 몇 분의 고심 끝에 그녀는 검은 터틀넥니트와 같은 색의 바지를 꺼냈다. 어디 초상이라도 났냐고 물어본다면 그렇다고 대답할 생각이었다. 내일 입을 옷도 꺼내 캐리어에 잘 접어 넣었다.

문제는 속옷이었다.

속옷을 어찌 입어야 잘 입었다고 온 동네 다 소문이 날까.

서랍에 든 브래지어를 종류별로 꺼내 침대에 늘어놓았다.

유치한 그림이 프린트된 속옷. 이건 집에서 티셔츠 입을 때 가끔 기분전환으로 입는 것이다. ‘당신 같은 사람은 신경 안 써’ 하는 강한 주장을 하고 싶지만 일부러 그런 티가 난다.

그렇다면 낡아서 안 입고 처박아놓았던 이 속옷? 아무리 그래도 그렇지, 이건 좀 자존심 상한다.

구멍 난 속옷, 이건 왜 안 버리고 서랍에 모셔놓은 거니.

레이스가 달린 값비싼 실크 속옷. 평소 회사 다닐 때 자주 애용하긴 하지만 그걸 모르는 그의 눈에는 너무 신경 쓴 걸로 보이지 않을까?

그럼, 검은색 레이스속옷? 아, 이건 너무 야해. 오히려 유혹하려 한다고 생각할 거야.

아, 난 대체 왜 평범하고 적당한 속옷이 하나도 없는 걸까? 얼른 나가서 백화점 가서 하나 사들고 와? 그러기엔 시간이 촉박하다.

혜민은 또다시 한숨을 폭 쉬었다. 요새 너무 한숨 쉬는 것이 이젠 습관 들겠다.

“그 꺼먼색이 좋네. 야시꾸리한 것이.”

바로 등 뒤에서 들리는 소리에 혜민은 너무 놀라 펄쩍 뛸 뻔했다. 언제 방에 들어왔는지 도우미 아주머니가 그녀의 등 너머로 같이 브래지어들을 체크하고 있었다.

"왜, 남자친구 생긴 거야? 같이 여행 가게?"

"그런 거 아니에욧! 반찬그릇 다 넣었으면 가시지 왜 방까지 들어오고 그러세요?"

"간다고 말하려고 왔어."

그러고는 마치 아무 일도 없다는 듯 아무렇지도 않게 나가서 신발을 신는다. 소리 지른 게 미안해서 혜민은 현관까지 배웅을 했다.

"우리 엄마한테는 이상한 소리 하지 마세요. 괜히 또 전화 걸고 피곤하게 하시니까."

"알았어, 걱정 마. 내 입이 얼마나 무거운데."

"아줌마만 믿어요."

"알았다니까."

몇 번을 다짐을 받고 나서야 혜민은 아줌마를 밖으로 내보냈다.

다시 방으로 돌아온 그녀는 침대 위에 올려진 브래지어들을 노려보았다.

흠……. 검은 색이 야하다고?

그럼 빼야지.

그렇게 마음먹고도 몇 번을 검은 브래지어를 손에 들었다 내려놓은 혜민은 어쩔 수 없이 실크속옷으로 낙찰을 보았다.

십오 분 전 여덟 시.

어쩌다 보니 미리부터 강진의 스튜디오 근처에 와 있었다. 그의 스튜디오 앞에 차를 대놓고 싶었지만 아직 퇴근하지 않은 직원들이 있을지도 모르는데다 미리 와서 기다리고 있었던 것을 그가 알게 하고 싶지 않았다.

혜민은 차에 앉아 시간만 쳐다보고 있다가 정각이 되는 순간 강진에게 전화를 걸었다.

"나, 스튜디오 앞에 왔어."

[왔으면 들어와.]

"직원들은?"

[퇴근시켰어.]

괜한 걱정을 했나 보다. 하긴, 단 하루뿐이라 해도 여자가 들락거리는 모습을 보이는 것은 본인한테 좋지 않을 것이다.

그의 스튜디오 앞에 다시 차를 댄 후 트렁크에서 캐리어를 꺼낸 혜민은 혹시라도 사람들이 자신의 모습을 보고 이상하게 여기진 않을까, 두리번거리며 조심스럽게 건물 안으로 들어섰다.

낮에 볼 땐 한없이 넓어 보이던 건물 내부가 저녁이 되어 작은 할로겐 등만 켜놓으니 생각보다 그리 넓지도 않은 것 같다.

1층에 그의 모습이 보이지 않는 것으로 보아 그는 2층에 있는 모양이었다.

불쑥 혜민의 머리에 불순한 그림이 그려졌다. 며칠 전 낮에 보았던 그 침대, 혹시 그가 그 침대에 상체만 드러낸 채 누워 있는 거 아냐? 그러다 내가 올라가면 아무 말도 없이 한 손을 뻗어서 가까이 오라는 손짓을 할지도 몰라.

그러고 싶지는 않다. 몇 년 만에 처음 만나 곧바로 같이 침대로 가는 것도 거북했고 그것도 대면하자마자 곧바로 침대로 뛰어들어 인사하는 것도 한 번도 상상하지 못했던 장면이었다.

어떡하지?

하지만 그녀에게 다른 대안은 없었다. 더군다나 큰맘먹고 여기까지 와서 돌아갈 수는 없는 것이다. 하는 수 없이 그녀는 2층까지 캐리어를 들고 올라갔다.

계단에 올라서서 마침내 2층이 보이고 또 침대를 보는 순간 혜민은 저도 모르게 안도의 한숨을 내쉬었다.

그는 침대에 없었다. 하긴, 아무리 굶었다 해도 그렇지, 시작부터 침대 위에서의 재회는 좀 아니긴 하다.

그는 편안한 차림으로 조리대 앞에 서 있었다. 음식을 만들고 있었는지 환풍기를 켠 상태인데도 낯익은 냄새가 그녀의 후각을 자극했다.

"지금 뭐해?"

"저녁 식사 준비. 방금 전에 일이 끝나는 바람에 아직 저녁 전이거든. 너도 안 먹었겠지?"

먹진 않았지만 지금은 뭘 먹어도 모래 씹는 기분이 들 것 같다.

"별로…… 입맛이 없어."

그녀의 대답에 그의 눈가에 웃음이 스쳤다.

"왜, 그럼 곧바로 침대로 가자고?"

"누, 누가 그렇대?"

안 그래도 방금 전 그가 침대에 누워 있던 상상을 했던 혜민은 저도 모르게 말까지 더듬으며 얼굴을 붉혔다. 그는 그저 농담을 한 거 같은데 바보가 따로 없다. 얼굴을 붉히면 어쩌자는 거야? 심지어는, 필사의 의지로 막았기에 망정이지 제 주먹으로 머리를 쥐어박을 뻔하기까지 했다.

"그 말 듣고 보니 배가 엄청 고파."

애써 태연한 척, 혜민은 그가 미리 준비해 둔 음식들을 놓아둔 식탁 앞에 자리 잡고 앉았지만 벌써부터 가슴은 미친 듯 날뛰고 있었다. 무슨 조환지, 막상 말을 꺼낸 그는 여유롭기 짝이 없는데 혜민은 밤에 혼자 이불 덮어쓰고 스릴러영화를 볼 때만큼이나 긴장감 충만하다. 왠지 억울했다.

그녀는 애써 평정심을 되찾았다. 아니, 되찾으려 노력했다.

그는 막 만든 음식을 마저 들고 와 테이블에 놓으며 그녀의 맞은편에 자리 잡았다.

"스파게티네."

"이왕이면 손님 오는데 밥보단 나을 거 같아서. 냉장고 안에 반찬도 별로 안 들었고."

"강진 씨는 돈을 많이 벌어도 여전히 소박하네. 음식을 만들어 먹고."

"소박한 것보다는 집에서 만든 음식을 좋아하니까."

역시 돈은 많이 벌었나 보다.

손님 어쩌구 할 땐 언제고 강진은 그녀가 먹든 말든 신경 쓰이지 않는 듯 고개도 들지 않고 스파게티를 입안에 밀어 넣고 있었다.

혜민에게 입맛이 있을 턱이 없었다. 억지로 몇 번 면을 입안에 넣었지만 맛을 느낄 마음의 여유도 없었다.

하지만 포크를 내려놓았다가는 그가 당장이라도 식사 다 했냐며 그녀의 손을 잡고 침대로 이끌 것 같아 그녀는 끝까지 포크를 사수했다. 결국 먹는 것은 포기하고 면을 들었다 났다 쑤셨다, 가지고 장난만 쳤다.

"왜 그렇게 못 먹어? 전에는 내가 만들어준 음식을 잘 먹더니. 입맛이 변했나?"

제 접시 비우느라 정신이 없는 줄만 알았더니 강진은 어느새 그녀의 기운 없는 포크질로 시선을 옮기고 있었다.

"아니야. 오기 전에 뭘 좀 먹고 왔어."

"그래?"

무심하게 다시 입안에 음식을 넣던 그가 느닷없이 불쑥 물어왔다.

"언제 해?"

혜민은 또다시 화들짝 놀라는 것을 들키고 말았다.

그게 내가 선택할 수 있는 거였어? 그렇다면 당장은 싫다. 선택권이 있다면 미루고 싶었다. 그것도 가능한 한 최대한 멀리. 하지만 그렇게 말하면 강진은 싫다고 말하겠지. 대체 언제로 미루면 좋을까?

"한예은인지 하는 재벌 딸 말이야. 그 결혼식, 언제 한다고 하냐고."

아, 그 얘기였어?

다시 암울한 얼굴을 짓다가 그제야 그가 한 말의 뜻을 깨달았다. 지금 이 일을 하겠다고 수락하는 것이다.

"사진 찍어주게?"

너무도 확연히 차이가 나는 혜민의 표정을 보니 기가 막힌 듯 강진은 헛웃음을 짓고 말았다.

"오늘이 지나면 자연히 그렇게 되는 거 아니었나? 나는 그렇게 알고 있는데."

아, 역시. 공짜란 없는 법이다.

"아직 얘기를 못 해봤어. 이 일이…… 사진이 해결이 되어야 할 수 있는 일이니까. 한예은 씨도 꼭 강진 씨 사진만 고집하고 있고……."

"꼭 그렇게까지 그 일을 해야 하는 건가?"

혜민은 또다시 포크로 애꿎은 스파게티를 들쑤셨다.

"내가 여기 있는 거 보면 몰라? 회사 사정이 전과는 달라서……. 다른 방법이 있다면 오지 않았을 거야."

최소한 이런 식으로는.

"……."

갑자기 그는 냅킨으로 입을 닦았다. 자리에서 일어선 그는 접시들을 싱크대로 옮기기 시작했다. 놀란 혜민은 어떻게든 아직도 식사가 끝나지 않았음을 피력하기 위해 께적이던 스파게티를 입에 밀어 넣기 시작했지만 너무 늦었다. 먹고 있는데도 그는 그대로 들고 싱크대로 옮겨 버렸다.

"서, 설거지는 내가……."

먹고 있는 척하는 것에 실패하자 혜민은 얼른 다른 핑계거리를 대며 싱크대 쪽으로 향했다.

그러나 이내 그녀는 그에게 손목을 잡히고 말았다. 뭐라고 말할 새도 없이 그는 혜민을 끌어당기고는 그대로 그녀의 입술을 막아 버렸다.

4

본의는 아니었지만 요 며칠 동안 강진과 보내야 하는 이 밤을 계속 상상했었다. 몸매 걱정하느라 그런 것도 있었고 아주 모양새 좋게 친구처럼 헤어진 양 다시 만나 섹스를 하는 것이 정말 괜찮을까 하는 생각도 있었고, 어이없게도 오래전 그때 그와 보냈던 밤들을 생각하며 묘한 가슴 떨림 같은 것도 느끼곤 했다.

그리고 더 걱정인 것은 행위 전의 그 어색함이었다.

지금 이 섹스는 일종의 거래였다.

그러니 어느 로맨스영화에서 그러는 것처럼 피 끓는 사랑을 주체 못하고 문을 열고 안으로 들어가기 전부터 서로 입술을 맞대고 입구에서부터 옷을 찢을 듯 벗기며 들어가는 것이 아니라 싸구려 모텔에 들어가 서로 얼굴을 마주보며 옷을 벗고 조용히 침대에 들어가면서 시작되는 일종의 포르노영화에 가까운 것이다.

그 상황이 제일 걱정이었다. 낭만을 떠나서, 심지어는 전남편을 상대로 그 어색함을 겪어야 한다는 것이 전남편과 거래를 목적으로 잠을 자야 한다는 개념보다 더 싫었다.

하지만 그가 갑자기 자신의 입술을 덮쳤을 때 혜민의 머릿속에서 그런 기우는 자취도 없이 사라졌다.

그와 살았을 때 이런 키스를 받아본 적이 있던가.

그는 매우 거칠었다. 오래전 그녀가 알고 있던 친절함 따위는 없었다. 거칠게 입술을 부딪치고는 놀라 입을 벌린 사이 혀를 그녀의 입안으로 밀어 넣었다.

밀어내려 해도 뒷목이 그의 손에 단단히 고정되어 있어 움직이기조차 힘들었다.

거친 수염의 감촉이 따가웠다. 그에게 물린 입술이 아려왔다. 어느새 그는 그녀의 혀를 찾아내어 그의 입안으로 빨아들였다. 너무 강한 힘에 혀 아래쪽이 이에 닿아 그조차도 아팠다. 이건 키스라기보다는 폭력이었고 고문에 가까웠다.

너무도 아파 마침내 주먹을 들어 그의 가슴을 두드렸다. 그에게서 풀려나고 싶었다. 아무리 목적이 있어 잠을 자기로 했다고는 하나 마치 죄인 취급하듯 이런 거친 대우는 받고 싶지 않았다. 하지만 이내 그에게 손목을 잡혀 그 미약한 반항마저도 막혀 버렸다.

그리고 그때서야 그의 입술이 부드러워졌다. 오래전, 그녀와 매일 밤 사랑을 나누듯 그렇게 친절하고 상냥하면서 위로해 주는 듯한 움직임으로 변했다.

그녀의 고통을 보상해 주기라도 하듯 다시 그의 혀가 그녀의 입 안으로 들어와 쓰다듬듯 핥기 시작했다. 그 움직임이 너무도 달콤하게 느껴져 혜민은 저도 모르게 두 눈을 감고 말았다.

유혹적이다. 계속 이대로 있고 싶을 만큼.

그러나 혜민은 그 순간 지금 자신의 처지를 기억해 냈다.

이건 단지 또 다른 거래를 하고자 전남편인 남자와 하룻밤 관계를 갖는 것뿐이다. 달달한 연애라도 하고 있는 것처럼, 마치 진짜로 서로 사랑하는 것처럼 이런 키스를 해봤자 나중에 머릿속 후회만 남을 뿐 좋을 것이 하나도 없다.

더군다나 오래전의 일을 되갚아주기 위해 하룻밤을 요구한 남자와 마치 아무 일도 없는 양 달콤한 키스를 나누고 싶지는 않았다.

그의 손이 느슨해진 틈을 타서 혜민은 그를 밀어냈다.

“아직…… 씻지도 않았잖아. 양치라도 하고 준비도 좀 하고…….”

그녀의 말이 핑계라는 것을 안다는 듯 그의 미소엔 비웃음이 서려 있었다. 하지만 막을 생각은 없는지 막아섰던 길을 비켜줬다.

아직도 진정되지 않은 가슴으로 혜민은 서둘러 가방에서 세면도구를 꺼내 2층의 한 귀퉁이에 있는, 화장실로 보이는 문으로 재빨리 들어갔다. 잠시 마음을 가라앉힐 시간을 벌기 위해서였는데 결국 장시간 마음을 가라앉혀야 했다.

시간을 들이기 위해 오늘 들어 세 번째 샤워도 했다. 그러고도 한참을 꾸물거리다 더 이상 있다가는 그가 욕실 문을 열고 들어오는 불상사라도 생길까 혜민은 내키지 않는 발걸음으로 욕실을 나와야 했다.

기다리는 것이 지루했는지 2층에서 강진의 모습은 찾을 수 없었다.

1층으로 내려간 건가 생각하다 혜민은 벌어진 블라인드 너머로 테라스에 나가 서 있는 강진을 발견했다. 테라스의 난간에 두 손을 받치고 그는 멀리 어딘가를 바라보고 있었다.

어느새 상황도 잊고 혜민은 그의 모습을 넋을 잃고 바라보았다.

오래전 혜민이 반했던 그 모습이었다. 생각에 잠긴 채 어딘가를 보고 있는 모습이 왠지 우수에 젖은 것 같기도 하고 또 뭔가 모르게 그 등을 꼭 끌어안아 주고픈, 여심을 자극하는 모습.

저리 보면 겉으로는 변한 게 없어 보이는데……

그녀의 시선을 느꼈는지 그가 돌아보더니 안으로 들어왔다. 혜민은 마치 방금 막 그를 본 것처럼 어색하게 웃으며 애써 태연을 가장했다.

"강진 씨는 안 씻어?"

"……"

마치 그녀가 어떻게든 조금이라도 침대에 들어가는 순간을 미루기 위해 작게나마 최선을 다하는 것을 빤히 들여다보기라도 하듯 그는 대꾸조차도 없었다. 이내 그녀의 손목을 잡고 다시 끌어당겼다. 원하지 않는데 또 가슴이 저 혼자서 두근댄다. 어색하기도 하고 두근거리기도 하고, 머릿속으로는 어쩔 줄 모르겠는데 몸은 마비가 된 것처럼 빳빳이 굳어버리는 것이 따로 놀고 있다.

"참, 나 머리카락이 젖어서 좀 말리고 싶어. 헤어드라이어 없어?"

그때서야 욕실에서 만든 핑계거리를 생각해 냈다.

그는 그녀가 그럴 것을 예상하고 있었는지 두말 않고 벽장 안에서 드라이어를 꺼내어 가져다줬다.

안타깝게도 짧은 단발의 머리카락은 드라이어의 약한 열풍에도 이내 다 말랐다. 드라이어를 도로 집어넣으며 꾸물거리던 혜민은 이내 또다시 다른 핑계거리를 생각해 냈다.

조금은 과장되어 보일지 몰라도 마치 지금 막 생각이 났다는 듯 혜민은 자신의 캐리어 쪽으로 다가갔다. 굳이 지금 당장 할 필요는 없었지만 이러다 보면 혹시라도 그가 지쳐서 포기할지도 모른다.

캐리어에 고이 접어 넣었던 옷을 꺼내 적당한 곳에 걸어두었다. 어차피 내일 아침이면 또 써야 할 세면도구도 욕실에서 꺼내와 가방에 넣었다. 그러면서도 수상하게 생각할까 구차한 변명을 했다.

"혹시라도 잊고 그냥 두고 갔다가 누가 보고 오해라도 하면 어떡해?"

그는 여유로운 표정으로 그런 그녀의 움직임을 바라보고만 있었다. 어차피 핑계거리가 다 떨어지면 자신에게 올 수밖에 없다는 사실을 아주 잘 알고 있는 것이 분명했다.

그리고 마침내 몇 개 안 되던 핑계거리는 몇 분도 안 되어 다 떨어졌다.

어떡하지? 뭐라도 할 게 없나? 머리는 이럴 때 쓰라고 달린 거니까 제발 뭐라도 찾아보라고.

그가 지켜보고 있는걸 알면서도 혜민은 두리번거리다 마침내 거실 붙박이로 붙어 있는 다리미 보드를 발견하고 걸어뒀던 옷을 꺼내 다림질을 시작했다.

우스워 보일지는 모르지만 혜민은 필사적이었다.

하지만 그것도 잠시, 그가 와서 플러그를 뽑았다. 역시, 이게 먹힐 거라고는 생각지 않았다. 다만 비웃음만 더 샀을 것이다.

그가 혜민을 자신의 품으로 끌어당겼다. 꼼짝없이 혜민은 그의 얼굴을 마주했다.

당연하다는 듯 그가 천천히 고개를 숙여 그녀의 입술로 다가왔다. 자포자기한 표정으로 혜민은 어느새 두 눈을 꼭 감고 있었다.

그러다 불쑥 그런 생각이 들었다. 낭만적인 키스는 옵션에 없었다. 그러니 연애하는 것처럼 그렇게 예쁘게 고이 그에게 몸을 줄 필요는 없는 것이다.

그의 입술이 닿기 전 그녀는 얼른 몸을 뒤로 빼고 혹시라도 그가 다시 끌어당길까, 얼른 몸을 돌려 침대로 들어가 버렸다.

그녀의 행동을 이해하려 하는지 그는 가만히 그런 그녀의 행동을 지켜보고 있었다.

혜민은 이불을 고이 덮고 두 눈을 꼭 감았다.

"자, 이제 마음껏 해. 약속은 약속이니까. 그리고 강진 씨도 약속은 꼭 지켜."

이건 그에게도 굴욕적일 것이다. 하지만 자업자득이다. 창녀 취급하듯 내 하룻밤을 샀으니 그도 창녀를 산 사람 취급은 당해야 공평하지.

어쩌면 그가 욕을 하며 더 난폭하게 굴지도 모른다. 화가 나서, 그와 헤어진 이후로 몇 년 동안 경험이라곤 해본 적이 없는 내 몸을 고통스럽게 취할지도 모른다.

그래도 최소한 내일 아침, 난 몸은 아플 망정 비참한 기분으로 떠나지는 않겠지.

그가 침대 위로 올라왔는지 침대가 출렁였다. 말은 그렇게 했어도 잔뜩 긴장한 탓에 온몸의 촉각이 잔뜩 곤두서 있던 혜민은 저도 모르게 마른침을 삼켰다. 그러면서도 여전히 눈을 뜨지 않고 그가 자신에게 손을 대는 순간만을 비참한 심정으로 기다리고 있었다.

"……."

미친 듯 두근거리는 가슴을 진정시키듯 심호흡을 하며 기다린지 한참, 혜민은 이상한 생각이 들었다. 이 시간 정도면 무슨 일이 일어났어야 했는데 아직까지는 아무런 일도 일어나지 않은 것이다.

뭐하는 거지? 왜 움직이지 않지?

마침내 호기심을 참지 못하고 혜민은 슬그머니 실눈을 떴다. 그러다 곁에 드러누워 한쪽 팔을 괴고 자신을 쳐다보고 있던 강진과 정통으로 시선을 마주치고 말았다.

"안 해?"

그가 피식 웃었다.

"기다리고 있으니까 빨리 해."

이번엔 대놓고 웃는다.

"왜 웃어?"

하고 묻기는 했지만 혜민은 그가 왜 웃는지 알고 있었다. 저 비웃음. 그는 분명 자신의 머릿속을 훤히 꿰고 있는 것이다. 호락호락 줄까 보냐 하는 그녀의 생각을 빤히 읽은 것이다.

"김샜다. 안 해."

"안 해?"

실낱같은 희망이었는데, 역시 들어진 것이다. 그는 그런 모욕을 참지 못할 거라 생각했다.

"그래도 한 걸로 치는 거지? 사진 찍어줄 거지?"

그는 여전히 입가에 미소를 머금은 채 혜민을 조용히 바라보고 있다.

"나중에 딴소리하기 없기다?"

혹시 몰라 그녀는 재차 확인을 했다. 그러고는 이내 후회했다.

"누구 좋으라고. 키핑해 둬."

아니, 섹스가 무슨 먹다 만 양주야? 키핑하게. 물 건너갔으면 물 건너간 거지.

혜민은 도로 침대로 휙 드러누워 버렸다. 안 그래도 오늘 일 때문에 며칠 전부터 얼마나 스트레스가 쌓였는데, 그걸 또 하라고? 그렇게는 못한다.

"그럴 거면 그냥 오늘 해치워. 나도 바쁜 몸이라고. 이런 식으로 시간 빼는 게 쉬운 일인 줄 알아?"

하지만 그는 이미 침대에서 내려간 상태였다.

"나, 시간 내기 힘들다니까. 할 거면 오늘 해!"

"결혼식이 언제라고?"

사진을 찍어주긴 할 건가 보네.

"잘은 모르지만 보통 그런 사람들은 '혼수'를 마련해 놓은 게 아니면 6개월에서 1년 정도 잡아."

"혼수?"

"속도위반 말이야. 요샌 혼전임신이 많아서 아기를 '혼수'라 부를 정도로 이상한 일이 아니란 거지."

그 흔한 얘기를 처음 들은 것인지 그는 그 말에 또 픽 하고 웃는다.

"그럼 아직 시간은 많네."

"무슨 시간?"

"키핑해 둔 거 받을 시간."

순식간에 혜민의 얼굴이 또 붉어졌다. 이번엔 부끄러워서라기보다는 속된 말로 '열 좀 받아서'였다.

"지금 하자니까! 나중엔 내가 싫어. 나중에 내가 안 한다고 하면 당신만 손해지."

쇠뿔도 단 김에 빼라는 명언이 있다. 나중에 또 그 어색한 순간을 맞이하고 싶지는 않았다.

"웨딩사진은 보통 결혼식 한 달쯤 전에 찍지 않나? 그때까지는 충분하겠는걸."

그 말은 그녀가 그전에 마음 변하는 순간 그도 사진을 찍지 않겠다는 소리였다. 화가 나서 무슨 말이라도 반박하려고 했으나 할 말을 찾지 못했다. 도와주려는 것인지 바로 그 순간 탁자 위에 놓아둔 그녀의 휴대폰에서 벨 소리가 요란하게 울리기 시작했다.

그가 휴대폰을 집어 들고 확인하더니 친절하게 그녀에게 가져다주기까지 했다.

엄마.

지금 이 순간 가장 통화하고 싶지 않은 사람이다. 통화버튼을 누르지 않고 슬그머니 내려놓는데 강진이 한마디했다.

"나 때문에 못 받나?"

예전에 그녀가 항상 엄마에게 쩔쩔매는 모습을 보였기에 지금 전화를 피하는 이유를 그렇게 생각하는 모양이다. 사실 어느 정도는 옳은 말이기도 했다.

"여보세요? 엄마?"

그를 곁눈질로 흘기며 혜민은 서둘러 조용히 테라스로 나갔다.

[너, 오늘 여행 갔어'? 휴가 냈니?]

"응?"

무슨 소린가 생각하던 혜민은 아까 도우미 아주머니가 왔던 것을 기억했다. 자신은 입이 무겁다더니, 절대로 말 안 한다더니, 결국은 채 몇 시간도 지나지 않아서 고스란히 엄마에게 보고를 한 것이다.

믿을 사람을 믿었어야지.

"아, 그게 아니라……."

[검은 브라 챙겨갔지?]

아니, 이 아줌마가 그것까지 다 말한 거야?

"여행 아니야. 그냥 일 때문에……."

[나까지 속일 필요 없어. 네 나이가 벌써 서른인데 그 정도도 이해 못 하는 빡빡한 사람인 줄 아니? 일 때문에 출장 가는 애가 왜 속옷 늘어놓고 고민해?]

"그런 거 아니라니까!"

저도 모르게 언성을 높이고는 혜민은 슬쩍 유리문 안쪽을 쳐다보았다. 그는 어느새 주방에 서서 아까 싱크대에 넣어놓은 그릇을 설거지하고 있다.

[어쨌건 여행에서 돌아오면 집에 한번 들러라.]

"나, 요새 바빠서……."

[아버지가 요새 너 안 온다고 서운해하시던데.]

거짓말. 엊그제도 저녁에 다녀가셨는데, 아빠를 팔긴. 더군다나 아빨 파는 것을 보면 오늘 가사도우미 아주머니가 전해준 어떤 이야기의 결말이 무척이나 궁금해서 그런 것이라는 것은 너무도 빤하다.

"회사 일 때문에……."

[이번 오프에 올 거라고 벌써 말씀드렸다. 너도 아빠 성격 잘 알잖니. 대한민국 대표 딸바보. 일주일 이상 못 보면 안절부절못하시는 거. 자꾸 이럼 아빠가 너 회사 못 하게 할지도 모른다.]

또 그 말씀이군. 혜민은 한숨을 폭 쉬었다.

"알았어. 며칠 있다 갈게."

[그래, 기대하고, 아니, 기다리고 있으마.]

전화를 끊고 혜민은 원망스럽게 휴대폰을 노려보았다. 뭘 기대하겠단 거야? 아무것도 없는데.

휴……. 어쩌다 이런 신세가 된 것일까.

강진과 헤어지고 나서 한동안 부모님은 그녀를 그냥 뒀다. 그녀가 가지고 있을 그 상처를 건드려 봤자 좋을 것이 없다는 것을 알기 때문이다.

그 후로 한동안 그녀의 부모님은 그녀의 인생에 관여하지 않았다.

처음엔 그녀가 하는 일에 반대했었다. 당초 처음부터 유학 가서 배워 오기로 한 경영학 대신 웨딩사업을 공부해 왔을 때 강진과 헤어지고 나서 처음으로 그녀는 효정의 거센 반대에 부딪혔다.

이해는 했다. 무남독녀 외동딸의 의무 중 하나는 아빠가 큰 회사의 사장일 때 그 회사를 어떻게든 물려받아야 한다는 거니까, 하지만 그녀의 아빠는 결국 그녀의 편을 들어줬다. 그녀 대신 조카를 다시 유학 보내면서 그 일은 그렇게 일단락되었다.

그 다음, 결혼에 대해 고집을 부린 것이 이 모든 일의 시작이었던 것 같다. 결혼을 안 하겠다고, 평생 독신으로 살겠다고 했을 때 결국 그녀의 아빠는 또다시 혜민의 편을 들어, 그래, 네 하고 싶은 대로 해라 허락을 하고 말았다. 못 하게 하면 결국 강진과의 결혼을 반대했던 때처럼 혜민이 자신만의 방법을 찾을 거라는 것을 그는 알고 있는 것이다.

거기서 조건이 발생했던 것이었다.

"다 네 뜻대로 하게 됐으니까, 네 일이 잘못되면 그땐 우리 뜻대로 해야 한다. 네가 차리는 그 회사가 잘못되면 그땐 내 회사로 들어오든가 아니면 괜찮은 사람 골라서 결혼해야 한다."

그 약속도 싫다고 할 수는 없었다. 부모님이 양보한 것이 얼마나 큰 것인지 알기에. 그래서 사장 자리도 과감하게 배짱 있고 강단 있고 리더십 있는 정수에게 양보한 것이었다. 그렇게라도 해서 어떻게든 회사를 키워야 했고 성공해야 했던 것이다.

그래서 어떻게든 성공을 했더니, 이젠 대놓고 시집가라고는 말 못하고 저런 식으로 무언의 압력을 넣으며 사생활을 자꾸 염탐하며 작은 스캔들이나 혹은 해프닝에도 과민반응을 보이는 것이다.

"처녀 나이 서른과 이혼녀 나이 서른은 급이 달라. 하늘과 땅만큼 차이가 난다고."

라고 올해 내내 그녀에게 은근 압박을 줬던 엄마였으니 딸이 지금 남자를 만나는 것 같단 도우미 아주머니의 말에 얼마나 흥분해 있을까.

혜민은 또다시 땅이 꺼져라 한숨을 폭 내쉬었다.

"오늘 중으로 테라스 무너지기 전에 보수공사 해야겠다."

어느새 설거지를 끝냈는지 강진이 등 뒤에 와 있었다.

"……여전하시군."

"그렇지, 뭐."

혜민은 어깨를 으쓱였다. 이전에 결혼해서 살 때도 엄마와 강진은 그리 사이가 좋은 편이 아니었다. 가끔 엄마가 찾아왔을 때도 서로 대화다운 대화를 나눈 적도 없었다.

그러니 그와 엄마에 대한 얘기를 하는 것이 껄끄러울 수밖에.

어쨌건 엄마 덕분에 조금 전 어떻게든 싸워서라도 오늘 안에 일을 해결하려던 혜민의 강한 결의는 어느새 자취를 감춰 버렸다.

안으로 들어간 혜민은 '구김이 가지 않게' 잘 걸어두었던 자신의 옷가지를 걷어 캐리어 안에 도로 집어넣고 묵묵히 가방을 챙기기 시작했다.

"차라도 한잔하고 가지. 피곤할 텐데."

오늘 그녀의 신경이 극도로 날카로웠기에 더 진이 빠진 것을 아는지 강진이 차를 권했다.

"괜찮아. 더 있어봤자……. 나도 김샜어."

혜민의 말에 그가 쿡 하고 웃었지만 그녀는 따라 웃을 기운도 없었다.

캐리이를 다 챙긴 혜민은 한쪽 어깨에 가방을 메고 캐리어를 들었다. 어느새 다가온 그가 캐리어를 빼앗아 들고는 1층으로 내려다 줬다.

형식적으로 고맙단 말을 하고 혜민은 그대로 그것을 끌고 나가 자신의 차에 실었다.

"시간 날 때 연락해."

짧은 인사말 한마디하고 혜민은 자신의 차에 시동을 걸고는 한 번 돌아보지도 않은 채 그대로 차를 출발시켰다.

마치 한바탕 전쟁이라도 치룬 것처럼 다음날 회사로 향한 혜민의 정신은 아직 상태가 양호하지 못했다.

그래도 어제 강진의 스튜디오에서 집으로 돌아갈 때와는 달리 혜민의 얼굴은 한결 밝았다.

일이야 어찌 했건, 앞으로 어떤 일이 남아 있건, 현재 그녀는 회사를 살릴 끈을 잡은 것이다.

혹시나 그가 어제 원하던 일을 마저 하지 못해서 밤새 마음이 변하지는 않았을까 혜민은 아침에 잠시 고민하다 차마 전화까지는 못하고 문자메시지를 보냈다.

[혹시 어제 그 일, 마음이 변한 거 아니지?]

잠을 자는지 답장이 없던 그는 혜민이 차에 올라탈 즈음에야 답장을 보냈다.

[해. 약속은 약속이니까.]

굳이 그렇게 '약속'을 강조하며 혜민의 약을 한 번 올렸지만 그래도 그녀의 기분은 한결 밝을 수밖에 없었다.

이번에는 미스 홍이 사장이 찾는다는 전갈을 전하기도 전에 혜민이 먼저 사장실로 갔다. 잔뜩 화가 난 표정으로 정수는 서서 통화를 하고 있었다.

"그러게 조금만 기다려 보시라니까요. 오늘 중으로 연락드리겠습니다……. 아니, 정말 이러시깁니까? 그러다 정말로 삼정물산 건을 우리가 하게 되면 나중에 무슨 말을 하려고……. 어디요? '부케' 요? 거기서 그래요? 사장님이 우리하고 거래하면 거래 끊는다고?"

아마도 거래처와 통화 중인 모양이다. 저런 식으로 지난 한 달간 거래처를 바꾼 업체가 세 곳이나 됐다. 이곳이 망하기 직전이라는 흉흉한 소문을 퍼뜨리고 다니는 동종업체의 농간이라는 것을 알고 있지만 달리 방도가 없었다.

"거기서 삼정물산 건을 맡기로 했다고요? 허!"

혜민은 그 말에 순간적으로 당황했다. 하지만 이내 그게 허세일지도 모른다는 생각을 했다. 그녀가 아는 서강진은 그 인간성이 조금은 변했을지는 몰라도 그런 약속을 아무에게나 마구 남발하는 사람은 아니기 때문이다.

하지만 정수는 아직 혜민에게서 어떤 말을 듣기도 전이었음에도, 그 순간조차도 큰소리로 코웃음을 치고 있었다. 만약 상대방의 말이 사실이라면 한예은의 마음이 이미 변했을지도 모른다는 뜻인데 조금도 흐트러짐 없이 강하게 나간다.

혜민은 속으로 감탄하지 않을 수 없었다. 자신은 죽었다 깨도 사장은 못 할 것이다. 지금 생각해도 처음 동업을 약속했을 당시 정수가 사장을 한다고 했을 때 아무 말도 않고 오케이한 것은 정말 잘한 것이었다. 혜민에게 저런 배짱은 정말 무진한 용기를 낼 때만 아주 가끔 보이는 것이었다.

큰소리를 치고는 있지만 정수의 시선은 절박하게 혜민을 향했다. 새로운 소식을 업데이트해 주길 바라는 것이다. 그리고 지금 그것이 가장 필요한 순간이었다.

혜민이 그녀를 향해 생긋 웃으며 엄지손가락을 들어 보였다.

바로 그 순간 방금 전까지 미안한 자세로 조금은 곱아 있던 정수의 허리가 곧게 펴지는 놀라운 기적이 발생했다.

"아니, 됐습니다. 저희도 됐어요. 그럼 부케하고 거래하세요. 나중에 아쉽다 해도 다시 연락 주지 마세요. 그쪽 말고도 거래할 곳은 많으니까."

처음에 사정할 때와는 달리 당당하게 전화를 끊은 정수가 점잖은 표정으로 다시 책상에 앉았다.

"그럴 줄 알았어. 남보다는 살 맞대고 살았던 사람에게 조금은 더 기회가 있는 거지. 흔쾌히 해준대?"

그 며칠간 혜민의 머릿속에서 일어났던 그 사투를 정수가 어찌 알까. 그녀가 아는 거라고는 혜민과 강진이 오래전에 부부였고 성격 차이 정도로 결혼한 지 채 1년도 안 되어 이혼했다는 것뿐이니. 그 난감한 상황을 시시콜콜 말해주기도 그렇고 또 그렇기에 강진이 걸었던 그 말도 안 되는 조건조차도 말하지 못했다.

"그런 셈이지."

"그럼 그런 거고 아님 아닌 거지 셈은 또 뭐야."

아직 전화의 여운이 남아 있는지 그렇게 불퉁스럽게 받아치면서도 정수는 그리 대답을 원하는 것 같지는 않았다.

"그런데 삼정물산에서 서강진을 포기한 거면 어떡해? 그래서 정말 부케에서 일을 맡은 거 아냐?"

혜민의 말에 정수가 여유로운 표정을 지었다.

"상관없어. 아마 한예은이 얼른 말을 바꿀걸. 서강진을 못 잡았다고 단미에서도 계약 파기했잖아. 어쨌건 수고했다, 친구. 이번엔 네 공이 진짜 컸다. 이왕이면 이번 일을 계기로 다시 한 번 서강진을 잡아보든가. 비주얼로 봐서는 네가 더 딸리는 듯……?"

이거, 친구 맞아?

더 긴 말을 하기 전에 혜민은 자리에서 일어나 총총 걸어 사장실을 나왔다.

혜민이 잠시 볼일을 보러 밖에 나갔다 들어왔을 때 정수가 사장실 밖에 있었다.

"자, 다들, 그간 마음고생했으니 오늘은 저녁에 일찍 퇴근하고 회식하러 갑시다."

느닷없이 회식하자는 말에 직원들은 무슨 일인가 하는 표정이다.

혜민은 들어가지 않고 정수가 하는 말을 듣기 위해 문간에 서 있었다.

"오늘 마침내 서강진 작가의 대답을 들었습니다. 삼정물산 총수 딸 한예은 양의 웨딩사진을 찍기로 했답니다."

아직 말이 끝나지 않은 것 같은데 이미 그것으로도 결론이 난 듯 직원들이 환호성을 지르며 박수를 쳤다. 그간 그만큼 마음고생이 컸단 얘기다. 그래서 희망이라도 생기니 저리 기뻐하는 것이다. 쯧, 불쌍한 사람들……. 그간 얼마나 힘들었을까.

“그래서 오늘 삼정물산 측과 통화가 됐고…….”

정수가 극적 효과를 위해 살짝 뜸을 들였지만 이미 직원들은 그녀의 결론을 추측했는지 또다시 환호성을 질렀다.

“이젠 살았다!”

“고기 먹으러 가요!”

기분 좋게 웃으며 혜민이 사무실로 들어가려던 때, 눈치 없는 누군가 외쳤다.

“우리의 호프, 서강진 작가도 불러서 같이 먹어요!”

저도 모르게 혜민의 걸음이 멈춰졌지만 워낙에 들뜬 분위기라 아무도 눈치채지 못했다.

“서강진 작가도 우리가 좋아하는 서민음식을 좋아할라나? 사진으로 봤을 땐 고기도 스테이크만 썰 것 같이 생겼던데.”

“삼겹살에 소주 한잔 싫어하는 사람도 있어?”

“삼겹살은 황 실장님이 안 드시니까 갈비가 좋겠다. 갈비에 쐬주 몇 잔 죽 마시면 우리 같은 사람들도 여자로 보일지도 모르지.”

아주 헛꿈을 꾼다, 헛꿈을 꿔. 누구 맘대로……. 니들끼리 가라, 이것들아.

혜민은 그대로 사무실 안으로 들어가 버렸다.

어차피 남인데 지금 ‘쐬주’ 몇 잔 마시고 다른 사람을 여자로 본다고 해도 무슨 상관이라고 이렇게 마음이 상하는 건지 모르겠다. 겨우 하룻밤, 그것도 둘만 있던 건 겨우 두 시간 남짓인데 그새 정이 든 건가?

사무실 밖에서 모락모락 피어나던 그 빛나는 순정은 다행히 정
수가 막았다.

"자, 자, 서강진 작가가 한가하게 거래처 회사 직원들과 술 마실
사람 아니니까 꿈들 깨시고 오늘 일찍 퇴근한다고 일 중간에 덮고
나올 생각 말고 다 끝내세요."

5

한 번씩 정수가 혜민에게 하대를 하듯 명령을 하거나 혹은 무리한 일을 시키는 때가 있다. 그럴 때 보면 저건 친구도 아냐, 괜히 사장 시켰어, 싶다가도 이런 일이 생기면 혜민은 정수가 사장이라는 것이 정말 다행이라는 생각을 한다.

한예은이 이곳과 계약을 한 지 얼마나 지났다고 소문이 하루가 다르게 퍼져나가 혜민은 오전부터 문의전화를 받느라 정신을 차릴 수 없을 정도였다.

"아니에요. 수수료는 다른 곳하고 똑같이 받아요……. 네, 네. 맞습니다. 별도로 스튜디오나 드레스는 수수료가 따로 들어가지만 그건 다른 곳도 마찬가지고요. 위치요? 그건 홈페이지 하단에 보시면 자세히 나와 있습니다."

원래 이런 것은 아랫것, 그러니까 밖에서 사무업무를 보는 미스

홍이 해결해야 하지만 워낙 전화가 많다 보니 미스 홍이 머리를
굴려 여기저기 재충전을 하고 있는 웨딩플래너들에게 전화를 돌
린 것이다.

물론 실장인 그녀에게까지 전화를 돌린 것은 고의는 아니었을
것이다……. 고의인가?

"네, 감사합니다."

전화를 끊고 혜민은 인터폰을 눌렀다.

[네, 실장님.]

"너, 네 전화 한 번만 더 나한테 돌리면 이번 달 오프 몽땅 반납
하게 만든다."

[네, 실장님.]

대답 한번 쿨하게 하고 끊는다. 약 오르게.

어쨌건 오전 내내 문의전화 받으랴, 스케줄 짜랴 정신없이 보냈
더니 벌써 약속장소에 나갈 시간이다.

오늘은 창사 이래 가장 중요하다고 할 수 있는 약속이 잡혀 있
는 날이었다.

어제 한예은의 전화를 받았다. 웨딩컨셉에 대한 논의를 위해 오
늘 만나러 와줬으면 한다는 말이었다.

보통 다른 고객이라면 회사로 찾아와 카탈로그도 보고 이런저
런 얘기도 나누고 하겠지만 청실홍실은 고객맞춤서비스를 약속하
는 회사다. 재벌 고객이 찾아오라면 당장 카탈로그 다 싸들고 찾
아가는 것이 정답이다.

또다시 전화벨이 울렸다. 미스 홍 저것이 또…… 하다 생각해

보니 회사전화가 아니라 자신의 휴대폰이다.

그녀는 자신도 모르게 '끙' 소리를 내고 말았다.

원래 지난 오프에 집에 찾아가기로 했는데, 결국 이래 저래 갑자기 회사가 바빠지는 바람에 오프를 반납하고 말았다.

이제나 저제나 좋은 소식 듣고 찾아와 줄 딸이 안 왔으니 조만간에 전화가 올 것이라 생각은 하고 있었지만 오늘은 제발 피하고 싶다. 지금은 정신을 집중하고 기를 모아야 하는 때란 말이다.

하지만 가겠다던 약속을 못 지킨 죄로, 지금 전화를 안 받으면 받을 때까지 집요하게 전화를 해올 그녀를 생각해 혜민은 아주 잠시 망설이고는 전화를 받았다.

"응, 엄마."

[대체 얼마나 바쁘길래 느닷없이 전화해서 못 온다는 말 한마디만 불쑥 해놓고 와보지도 않은 거니?]

"지금 정신이 하나도 없어. 너무 바빠."

[그래, 그렇게 바빠서 데이트나 하겠어?]

"데이트? 무슨 데이트?"

[못된 것, 제 엄마한테도 계속 딱 잡아뗄래? 여행 같이 간 그 남자 말이야.]

엄마와 통화하는 짬에 아침에 바빠서 못한 예상경비나 뽑아보려던 혜민은 그 말에 저도 모르게 턱에 끼웠던 휴대폰을 떨어뜨리고 말았다.

잠시 정신을 가다듬고 그녀는 다시 휴대폰을 집어 들었다.

"대체 무슨 근거 없는 짐작으로 내가 남자와 여행 갔다는 상상을 한 거야?”

[그렇게 정색을 하고 말할 건 없잖니. 내가 그런다고 당장 둘이 결혼하라고 등 떠미는 것도 아니고…….]

“엄마, 내 회사가 망하기 전에는 절대 아무 말 않겠다고 약속해놓고서 이제 와서 자꾸 압박 들어올 거야?”

[그땐 그때고……. 나중에 시간이 지나면 마음이 변할지 알았지, 정말로 무슨 수절한 사람마냥…….]

말을 하던 효정이 거기서 화들짝 말을 끊는 것이 혜민에게 다 느껴졌다. 단순한 비유였겠지만 혜민에게는 상처라는 것을 뒤늦게 생각한 것이다.

[어쨌건 이제 웬만하면 절대로 반대 안 할 거니까 그러지 말고 누군지 살짝만이라도 말해주면 안 되겠니?]

“…….”

그녀는 살짝 미간을 찡그리며 계산기를 두드려 보기 시작했다. 지난 금요일에 찾아와 급히 3개월 안으로 결혼을 해야 한다고 말한 한 신부의 플랜에 대한 예상경비가 어딘가 잘못된 것이다. 왜 이렇게 액수가 터무니없이 많이 나온 것인지. 어디선가 0이 하나 더 붙은 것이 분명하다.

[이젠 엄마 말을 무시까지 하는 거니?]

“엄마, 나 지금 계산기 두드리고 있거든. 자꾸 말을 시키니까 틀렸잖아. 그리고 다시 한 번 말하지만 갑자기 왜 그런 일로 날 괴롭히는지도 모르겠어. 있어야 어떤 남잔지 말해주지, 없는데 무슨 말을 하라고. 속옷 같은 거 놓고 고민하면 다 남자 생긴 거야? 그냥 중요한 약속이 있었고 속옷 입기 전에 뭘 입을까 고민한 것뿐이야."

[……확실해?]

"엄마, 내가 그런 거 가지고 거짓말하는 사람이야? 있으면 우리 엄마한테 효도하기 위해서라도 제일 먼저 자랑할 건데. 없으니까 없다고 하지. 도우미 아줌마 진짜 나쁘다. 혼자 이상한 상상을 하고는 이상하게 옮기기나 하고."

이 정도 하니 그제야 조금은 진짜인가 보다 생각했는지 효정의 흥분했던 목소리가 조금 가라앉았다.

[오늘도 바쁜 거니? 밥은 해먹고 다니는 거야? 전에 내가 보내준 반찬은 다 먹었어?]

아직 냉장고 안에 그대로 들어 있었지만 곧이곧대로 말하면 또다시 장황한 잔소리가 시작될 거 같아 혜민은 거짓말했다.

"응. 해먹고 다녀. 반찬은 아직 남았고."

수화기 너머로 효정의 너무도 의도적으로 긴 한숨 소리가 들려왔다.

[알았다. 반찬 떨어지면 사먹지 말고 말해. 보내줄 테니. 사먹는 음식은 몸에 좋지도 않으니까.]

미스 홍이 불쑥 문을 열었다. 보통은 혜민이 통화 중인 걸 보면 조용히 나갔다가 전화를 끝냈다 싶은 시점에서 들어오는데 이번엔 무슨 일인지 나가지도 않고 그녀가 전화를 끊기를 기다렸다.

혜민이 무슨 일이냐는 눈빛을 보내자 미스 홍은 무슨 말을 해야 할지 모르겠다는 듯 사장실을 흘끔거렸다.

“엄마, 나 나가봐야 할 거 같아. 나중에 다시 전화할게.”

[너한테서 다시 전화 오는 건 바라지도 않으니까 쉬는 날에나 좀 자주 놀러와. 무슨 애가 남들 결혼식만 치르러 다니는 건지. 그 ‘남’ 들은 주말에 잘도 쉬더만…….]

“엄마, 끊을게!”

바쁜 건 사실이지만 지금 끊은 건 바쁜 것을 빙자한 잔소리 피하기다.

미스 홍은 여전히 문간에 서서 그녀를 기다리고 있었다.

“무슨 일인데?”

“저…… 사장실에…….”

그러면서 무슨 비밀이라도 되는 양 미스 홍은 목소리를 낮췄다.

“서강진 작가가 와 있어요. 그래서 사장님이 지금 실장님을 찾고 있어요.”

뭐라고? 서강진이 와 있다고?

요샌 하도 이런 일들이 자꾸 터져서 촉이 무뎌졌는지 오늘은 어떤 기운도 느끼지 못했는데.

혜민이 사장실에 들어갔을 때 정수와 강진은 카우치에 마주보고 앉아 차를 마시고 있었다. 혜민은 잠시 뻔뻔해 보이기까지 하는 강진의 뒷모습을 노려보았다.

대체 이 남자는 왜 모르는 것일까? 그와 함께 하는 시간이 상당히 불편하다는 것을. 어떤 커플이 이혼하고 나서 서로 얼굴 마주하는 것을 불편하지 않게 생각하겠냔 말이다.

그러니 그녀는 당연히 그가 찾아온 목적을 의심하지 않을 수 없었다.

그러게, 그걸 그렇게 키핑이라는 그럴싸한 말로 미룰 때부터 알아봤다. 한국인의 참된 미덕, 되로 주고 말로 받는다는 그 멋진 속담을 말 그대로 받아들인 것이 분명하다. 사진 한 번 찍어주는 대가로 그는 자신의 피를 몽땅 말려 버릴 생각인 것이다. 서강진 그렇게 안 봤는데 진짜로 뒤끝 한번 기네. 8년이나 지났다구! 그 긴 세월을 복수의 칼날을 갈아왔단 말이냐!

혜민은 의심이 잔뜩 들어간 눈초리로 강진을, 그리고 정수를 쳐다보았다. 더 수상한 것은 사업상 저 둘이 저렇게 마주앉아 차를 마실 일은 없다는 것이다.

"어, 황 실장, 어서 와. 예상경비 뽑는 일은 다 된 거야?"

불안한 마음에 혜민은 대꾸도 없이 정수의 옆에 앉았다.

"여긴 어쩐 일…… 이신가요?"

정수가 둘의 관계는 다 알고 있지만 그래도 그 이상은 아니라는 것을 보이기 위해 애써 말을 편하지 않게 했다. 그러면서도 강진을 향한 시선에 노골적으로 불편한 마음을 담는 것은 혼자만 불편하지는 않겠다는 굳은 의지다.

"여기 서 작가님이 한예은 씨의 결혼컨셉이 어떤 건지 알아야 한대. 그래서 오늘 한예은 씨를 만나기로 했다니까 함께 가신다고 오셨어."

그러면서도 정수는 그녀의 시선을 살짝 피했다. 너도 말이 안 된다는 것은 알고 있구나. 상황의 특성상 결혼식 직전에 찍는 결혼사진에 대한 컨셉을 강진이 지금 알아야 할 필요는 없다. 그리

고 정수의 특성상 저렇게 시선을 피할 땐 자신 몰래 어떤 공작을
한 것이 분명하다.

그리고 정수를 아주 잘 알고 있다고 자부하는 혜민은 정수가 분
명 자신 몰래 강진에게 전화를 걸었을 것이고 또한 둘 사이에 어
떤 거래가 있을 것이라는 사실을 잘 알고 있었다.

하지만 여기 이 자리에서 따지고 들기엔 무리가 있다. 아무리
그래도 강진은 이 회사의 사활을 거머쥔 사람, 아니, 사활을 거머
쥔 사람이 조건으로 내건 사람이기에 일이야 어찌 됐건 왜 이 사
람에게 연락을 했냐고 당사자가 있는 코앞에서 따지는 무례한 행
동은 할 수 없는 것이다.

오늘이 지나고 나면 내일 따져 봐야지. 대체 이 사람에게만 몰
래 전화해서 합의한 것이 무엇인지.

혜민은 어쩔 수 없다는 듯 무언의 동의 표시로 고개를 끄덕였
다.

"차 잘 마셨어요, 정수 씨."

강진이 일어나며 정수에게 한 그 한마디가 더욱 의심스러웠
다. 정수 씨? 그래도 명색이 사장인데 정수 씨? 확실히 뭐가 있
다.

사장실을 나오기 전, 이것으로 끝이 아니라는 것을 정수에게 눈
빛으로 보여주며 혜민은 앞장섰다. 서강진과 함께 어딘가를 간다
는 사소한 것만으로도 부러워 온몸을 부르르 떠는 직원들을 못 본
척하며 혜민이 물었다.

"차는 안 가지고 왔죠?"

그녀의 고의적인 존댓말에 강진이 싱긋 웃으며 친절히 대답했다.

"내 차로 다니려고 가지고 왔어요. 황 실장님 힘들 거 같아서 기사 노릇 하려고."

너무 친절해서 하마터면 정강이를 걷어찰 뻔했다.

한예은이 혜민에게 만나자 한 연희동의 고급 한정식 집으로 가는 내내 혜민은 강진에게 한마디도 걸지 않았다. 며칠 전 그때 그렇게 헤어져서 그런지 달갑지 않은데다 괜히 말을 걸면 '키핑해 둔' 그것을 달라고 할까 겁이 나서 그런 것도 있었다. 다행히 그는 그런 혜민의 태도에 조금도, 아주 조금도 신경을 쓰지 않는 듯 묵묵히 말이 없었다.

하긴, 그는 원래 조금 말이 없는 성격이기도 했다.

덕분에 약속장소로 가는 45분 내내 말을 안 하다 혜민은 그간 며칠 늦은 시간까지 일했던 피로가 겹친데다 둘 사이, 혹은 혼자 느끼고 있는 그 긴장감과 고요함이 주는 스트레스에 되레 지쳐 결국 선잠까지 들고 말았다.

차의 시동을 끄는 소리에 혜민은 그제야 눈을 뜨고 한없이 풀어졌던 얼굴을 빛의 속도로 정리했다. 그녀의 부산한 움직임에 옆에서 놀리듯 강진이 '쿡' 하고 웃었지만 어차피 화장 고치는 모습을 처음 보이는 것도 아니라 그녀는 못 들은 척했다.

한예은이 만나자 한 곳은 보통 한정식 집이 아니라 가끔 정부 고위층 인사들이 손님을 대접하곤 하는 곳으로 넓은 부지에 지어진, 역사와 전통을 가진 정통 한옥이었다.

그래서 요리사들도 5성 호텔 급 요리사들, 그러니까 '주방 아줌마'가 아닌 '셰프'였다. 높이 솟은 솟을대문을 보는 순간 그 모든 데이터가 혜민의 머릿속에서 스쳐 지나갔다.

너무도 오랜만에 와서 식당의 이름도 잊고 있었지만 인상 깊은 솟을대문을 본 순간 기억난 것이다. 대학 다니던 때 몇 번 엄마와 함께 이곳에 와본 적이 있다. 엄마의 친구가 운영하는 곳이었으니까.

먼저 와서 기다리고 있는 한예은의 모습은 혜민이 머릿속으로 상상했던 것과는 달리 서글서글한 인상에 예쁘게 웃는 얼굴이 인상적인, 다소 평범해 보이는 아가씨였다.

보통 '재벌 집 딸내미' 하면 샛노란 싹수는 기본 옵션이요, 아무에게나 하대하는 것은 당연지사요, 온몸에 '돈지랄'을 하고 있는 것이 일반적인 그림인데다 서강진이 아니면 결혼식사진 안 찍겠다 하고 말할 정도라면 버르장머리는 구경할래야 할 수 없을 거라 생각했는데 웬걸, 그녀는 그런 건 보이지도 않았고 심지어는 생글생글 웃으며 혜민이 손을 꼬옥 삽고 고맙다는 말까지 했다.

"고마워서라도 내가 직접 찾아갔어야 했는데 이래저래 일이 좀 바빠야 말이죠. 그래서 돈 좀 있는 티도 내고 할 겸 불렀어요."

비싼 한정식 점심으로 미안함을 대신 표현하는 그녀는 혜민이 괘씸하단 생각도 못 할 만큼 과하게 친절했다. 오히려 혜민이 그녀에 대해 머릿속으로 편견을 가졌던 것이 미안한 생각마저 들었다.

　　결혼식 컨셉은 혜민이 예상한 범주보다 더 놀라웠다. 한마디로 그녀에게 모든 것을 맡긴 것이다. 가장 좋은 것으로, 가장 예쁘고 세련된 것으로 하되, 매주마다 한 번씩 그녀의 '결재'를 받는 것이 조건이니 비록 서강진을 엮어서 자신을 곤란하게 하긴 했지만 그래도 고맙단 생각이 들 정도다.

　　"그런데 여기 서강진 작가…… 님의 작품을 아주 좋게 보셨나 봐요."

　　지나가는 말로 물었다. 마음 같아선 '굳이 서강진의 사진이어야만 하는 이유라도 있나요? 잘나가는 작가는 이 사람 말고도 쌨는데' 하고 묻고 싶었지만 그래봤자 강진을 떠받드는 한예은의 미움을 사면 샀지, 또 강진의 기분만 상하게 했지 좋을 것이 하나도 없다.

　　혜민의 말에 예은은 또 생글생글 웃었다.

　　"실은 몇 년 전에 뉴욕에 갔다가 잡지에 실린 사진을 봤거든요. 아마도 암살라 작품 중 하나였던 거 같은데, 그때 보고 정말로 그 사진에 폭 빠졌어요. 어떻게 했는지는 모르겠는데, 그 사진은 분명 광고사진이었는데도 그 모델이 정말로 결혼하는 것처럼 너무도 행복해 보이더라고요. 모델의 연기력도 대단했지만 그런 순간을 찍는 건 모델의 능력뿐만이 아니라 작가의 실력도 상당 부분 차지하잖아요. 그때 굉장히 실력이 좋은 사진작가구나 했어요. 그런데 그 사진을 찍은 사람이 한국 사람이었지 뭐예요. 그때 '아, 내가 결혼한다면 이분이 내 결혼식 사진을 찍어준다면 정말로 좋겠다' 하고 생각했었어요."

뭐야, 웨딩사진은 안 찍는다면서, 하는 표정으로 혜민이 강진을 살짝 노려보았지만 강진은 못 봤는지 대꾸 한 번 없다.

괜히 얄미운 생각에 일부러 강진을 향해 물었다.

"서 작가님, 사진 컨셉을 알아야 준비하신다고 굳이 따라오셨는데, 물어보실 거 없어요?"

어디 그럴싸하게 대답해 보시죠, 서강진 작가님. 그게 아니면 굳이 오늘 같이 따라나선 꿍꿍이를 야무지게 밝혀보시던가요.

그는 여유로운 표정으로 싱긋 웃었다.

"물어볼 필요도 없이 느낌이 오네요. 청순한 느낌. 한예은 씨가 좋든 싫든 그 스타일이 드레스를 맞추는 것에도 좋고 사진에도 어울릴 것 같습니다."

조금이라도 곤란해할 줄 알았더니 너무 능구렁이 담 넘어가듯 잘 넘어간다. 더군다나 그의 대답이 기분 좋았는지 예은의 얼굴에 웃음꽃이 피었다.

"확실히 유명작가라 그런가 한 번만 보고도 컨셉을 딱 잡네요. 저도 그게 좋아요. 원래 제가 원했던 느낌이에요. 하지만 정 서 작가님이 바꾸고 싶나면 언제든 바꿔도 좋아요. 저는 서 작가님이 저를 가장 예쁘게 만들어주실 거라 믿고 있어요."

아멘.

강진을 향한 저 무조건적인 믿음이라니. 흡사 무슨 사이비 종교 교주와 신도 사이라 해도 믿겠다.

그렇게 비꼬아주려 했지만 이상하게도 예은의 그 말에 오히려 뿌듯한 이 기분은 뭘까.

갑자기 예은이 자신의 백을 열더니 휴대폰을 꺼냈다. 뭔가를 확인하는 듯하더니 두 사람에게 미안한 표정을 지었다.

"미안해서 어떡하죠? 모처럼 여기까지 오시게 해놓고. 제가 아버지 회사의 지사 하나를 맡아서 하고 있는데 직원 하나가 그새 못 참고 일을 터뜨렸네요. 아무래도 가봐야 할 거 같아요. 여기 음식 맛있으니까 일어서지 마시고 다 드시고 나오세요."

어딘지 모르게 어색한 말투였지만 혜민의 머릿속에는 다른 생각이 들어 있어 눈치채지 못했다.

얘기야 아까 다 했으니까 상관은 없지만 아직 수저도 들기 전인데, 무슨 회사가 상사 없다고 일 터뜨리고 밥 먹을 새도 안 주나. 큰 회사라고 해도 별 수 없구나.

얼떨결에 방을 나서는 그녀에게 인사를 하고 자리에 앉던 혜민은 곁에서 자신처럼 잠시 일어서서 예은에게 인사하고 앉는 강진의 두 눈에 웃음이 가득한 걸 발견했다.

대체 왜 웃는 거야? 나이 어린 사람에게 깍듯이 인사하는 것이 비굴해 보여서 우스운 건가? 아니면 내가 이상한 표정이라도 지은 건가? 아니면…… 결혼 날짜 잡은 재벌 상속녀에게 작업을……?

그녀가 본 것을 느꼈는지 이내 강진은 얼굴의 웃음기를 지웠다.

분명 내 비굴한 태도를 비웃은 것이 분명해. 하지만 어쩌겠는가, 한예은은 지금 현재 회사에서 가장 큰 고객이자 엄청난 시너지를 몰고 온 장본인인 것을.

강진과 단둘이 있던 것이 근래 들어 처음이 아니라서 그런가 넓은 방에서 상다리 휘어지게 차려놓은 밥상을 마주하고 앉아 음식을 먹는 것은 그리 어색하지 않았다.

그러고 보니 이렇게 제대로 음식을 먹어본 것이 언제인지 기억이 나지 않는다. 최근 며칠, 일이 바쁘다 보니 음식을 제대로 먹을 시간이 없었다. 아니, 한 달 전, 그 비디오가 찍히던 그 당시부터다. 회사가 어려워지면서 시간이 남아돌아도 음식이 목으로 넘어가지 않았다.

오늘 가장 큰 일이 일단 끝나서 그런가, 조금은 마음의 여유가 생겨 상다리 푸짐하게 차려진 산해진미를 오랜만에 음미하며 혜민은 모처럼 만에 편안한 식사를 했다.

그러다 갑자기 아까 예은이 있어서 하지 못했던 말이 떠올랐다.

"결혼사진은 안 찍는다며? 그런데 아까 그 뉴욕에서 모델이 찍었다던 웨딩사진 얘기는 뭐야?"

"그게 처음이자 마지막이었어. 그걸 찍고 나서 내가 그런 사진을 찍고 싶지 않다는 걸 깨달았으니까."

아, 괜히 물어봤다. 자신을 곤란하게 하려고 일부러 그런 말을 힌 줄 알았더니……. 공연히 아픈 과거만 늘쑤셔 놓은 꼴이다.

겉으로는 태연한 척 젓가락질을 하고 있지만 당황한 혜민의 손은 그만 어느새 생각 없이 당근을 골라내고 있었다. 원래 어려운 자리에서는 잘 하지 않는 행동인데, 당황한 바람에 무슨 짓을 하고 있는지조차 인식하지 못하고 있었다.

피식 웃는 그의 웃음소리를 듣고 나서야 정신을 차리고 자신의 행동을 깨달았다.

“여전하네. 당근 골라내는 거.”

“사람 식성이 그리 쉽게 변하나. 싫은 건 어쩔 수 없는 거지.”

속으로는 무척이나 창피했지만 애써 태연히 대꾸했다.

“아직도 ‘파라제 버거’는 좋아해?”

혜민은 어깨를 으쓱했다. 그런 걸 아직도 기억하는구나. 파라제 버거는 버거치고는 가격대가 좀 나가긴 했지만 혜민에게는 참새 방앗간이나 다름없었다. 나중에는 생활고로 눈 감고 지나치곤 했지만.

“변하지 않은 것도 많군.”

혜민은 미간을 좁히며 강진을 쳐다보았다.

“나, 거의 안 변했거든.”

이번에는 그가 어깨를 으쓱해 보였다.

“처음 만났을 땐 변한 줄 알았어. 자존심의 여왕 황혜민이 다른 사람도 아닌 바로 나한테 사진을 부탁하러 왔으니까.”

“자존심도 책임감 앞에서는 무너지더라고.”

말만 들어도 다시 자존심이 상하긴 했지만 혜민은 이번만큼은 쿨하게 인정하기로 했다. 안 그러면 그는 또다시 약속에 관한 이야기를 끄집어낼 테니까. 그리고 그건 아직도 ‘키핑’ 되어 있는 상태다.

쌀쌀한 날씨에 맞는 따스한 모과차를 한 잔 마시고 둘은 자리에서 일어섰다.

“오늘은 나하고 같이 갈 데가 있어.”

강진이 먼저 나서다 말고 식사하는 내내 한마디 언급하지도 않았던 얘기를 때마침 생각이 난 듯 꺼냈다.

"가긴 어딜 가? 나, 회사 들어가야 해."

"웨딩박람회. 거기 가서 웨딩드레스나 한번 보려고."

혜민은 어이없다는 듯 강진을 빤히 쳐다보았다.

"대체 왜?"

사진작가가 웨딩사진 한 번 찍겠다고 몇 달 전부터 신부 얼굴도 직접 보고 웨딩박람회 찾아다니는 건 듣도 보도 못한 일이다. 열성이 지나치다 믿고 싶지만 서강진이 그럴 리는 없고 뭔가 다른 꿍꿍이를 가지고 있는 것이 분명했다.

"영감이 필요하거든."

겨우 결혼사진 몇 장 박는데 무슨 영감씩이나 필요하냐구요! 예술사진 찍나?

"혼자 가세요."

"아까 정수 씨가 같이 가라고 했는데. 네가 좋은 곳을 많이 알고 있다면서."

혜민은 두 손을 허리에 얹었다.

"이보세요, 서강진 씨. 이래봬도 나도 청실홍실의 지분 반을 가지고 있거든. 김정수가 사장의 자리에 앉아 있긴 하지만 나한테 이래라저래라 할 권리는 따지고 보면 없는 거거든."

"갑자기 마음 상하려고 한다."

강진의 진지한 얼굴에 혜민이 할 말을 잃었다. 지금 저걸 협박이라고 하는 건가?

그리고 저 협박에 진정 참고 넘어가야 하는 건가? 대체 왜!

"알았어. 웨딩박람회까지만이야. 그 다음에는 회사에 들어갈 거야."

차라리 저 얼굴의 만족스러운 표정을 보지 말았어야 했는데. 보는 바람에 괜히 약만 더 오른다.

방에서 내려와 구두를 신고 있을 때 갑자기 강진이 그녀의 앞에 무릎을 꿇고 앉았다.

영문을 몰라 멀뚱히 쳐다보고 있던 혜민은 그가 주머니에서 손수건을 꺼내 들더니 갑자기 그녀의 구두를 닦기 시작하자 화들짝 놀라 발을 뒤로 뺐다.

"갑자기 뭐 하는 거야?"

"미안. 내가 실수로 네 구두를 밟았거든. 비싼 거 같은데 흙이 묻어 있으면 보기가 안 좋잖아."

"괜찮아, 내가 닦을게."

지나가다 흘끔거리며 쳐다보는 직원들의 시선이 달갑지 않아 혜민은 계속 만류했지만 기어이 구두의 티끌 하나까지 다 닦고 나서야 강진은 자리에서 일어섰다.

"원래 이렇게 여자들에게 친절해?"

쑥스러운 마음에 괜히 퉁명스럽게 한마디했다.

"아니, 아까 보니 네가 좀 많이 먹는 거 같아서. 구두 닦는데 허리가 안 굽혀지면 곤란하잖아."

약이 올라 살짝 얼굴이 붉어졌지만 사실이다. 간만에 생긴 마음의 여유에, 또 눈앞에 있는 진수성찬에 이성을 잃었었다.

“하긴, 내가 좀 많이 먹긴 했지. 덕분에 옷이 조일 정도로 배가 나오기도 했지.”

나, 황혜민은 쿨하게 인정할 건 인정할 여유가 있다.

바로 그 순간, 눈 깜짝할 사이 뭔가, 어떤 일이 일어났다.

그가 갑자기 혜민의 배에 손을 댄 것이다. 그것도 모자라서 허리까지 한 번 슥 더듬기까지 했다.

순식간에, 더군다나 그답지 않은 행동에 놀라 혜민은 잠시 얼음이 되었다. 대체 왜…… 누가 보면 어쩌려고! 더군다나 여긴 엄마 친구가 운영하는 곳인데!

“뭐, 배는 괜찮은 거 같은데 허리는 좀 쪘네. 그래서 그날, 그렇게 날 피하려고 도망 다녔던 건가?”

그 순간 이성의 끈이 툭 끊어졌다.

서강진, 죽여 버리겠어!

하지만 그녀의 살기를 느낀 강진은 이미 잰걸음으로 솟을문을 넘어 차로 향하고 있었다.

웨딩박람회에 간다고 해서 일찍 마치고 회사로 돌아갈 수 있을 줄 알았다.

하지만 그는 그리 호락호락하지 않았다. 결국 세 군데의 웨딩박람회를 가야 했고 중간에 힘들다며 커피숍에서 쉬기까지 하는 바람에 해가 완전히 지고 나서야 혜민은 회사가 아닌 집으로 향했다.

극구 집까지 태워다 준다는 강진의 곁에 앉아 혜민은 녹초가 된

몸으로 한시라도 빨리 신발을 벗고픈 생각뿐이었다.

프로처럼 보이기 위해 신은 값비싼 하이힐이 오늘은 제값을 다 하지 못했는지 오후 다섯 시쯤 될 때부터는 발도 아프기 시작했다.

중간 중간 대체 이 남자가 나한테 왜 이러는 걸까 하는 생각이 나긴 했지만 그것도 기운이 날 때까지였다. 발바닥의 통증이 이성을 마비시켰는지 혜민은 집까지 태워다 준다는 강진의 말에도 더 이상 화를 내거나 튕기지 못했다. 사실 튕기기는커녕 내심 오히려 반갑기까지 했다. 이건 다 너무 힘들어서 그런 것이다.

그러다 갑자기 불쑥 어떤 생각이 들었다.

대체 이 남자는 나한테 뭘 바라는 걸까?

웨딩박람회 따위, 좋아할 사람도 아니고 그의 사진에 큰 도움이 될 것도 아니었다. 미국에서 찍은 모델사진도 웨딩드레스 차림이었다 하니 웨딩사진이 처음이라고는 해도 못 찍을 사람도 아니다.

그렇다고 사람이 집요하게 뒤끝만 길어서 8년 전 일 갖고 지금 복수하겠다고 이러는 것은 말도 안 된다. 그래, 처음 봤을 때 같이 자면 사진 찍어준단 말은 복수라 생각하겠다. 하지만 이건 괴롭히는 것 같지도 않고 오히려 어찌 보면 놀러 다닌 것 같기도 하다.

혹시…… 그는 나하고 좋은 친구 같은 걸로 있고 싶은 걸까? 쿨하게 옛날 일 다 잊었으니 사이좋게 지내자 이 뜻인가?

갑자기 혜민은 우울해졌다.

난 전형적인 한국 사람이다. 요즘 젊은 애들은 이혼하고 나서도 좋은 친구로 지내기도 한다지만 난 그리 좋게 헤어진 것도 아니고

그런 껄끄러운 상대와 옛날 안 좋았던 기억은 다 잊고 아무렇지도
않은 양 좋은 관계를 유지할 수 없다.

혜민은 운전하고 있는 강진을 곁눈질로 흘끔 쳐다보았다.

물론 아무것도 모르는 상태에서 이 남자를 처음 만난 거라면 상
황은 달라졌겠지. 잘생기고 능력 있고 성격 좋고……. 아니, 성격
은 변했을지도 모르겠다.

진짜 그런 건가? 나하고 좋은 관계를 유지하고 싶은 건가? 어른
이니까 쿨하게 과거에 연연하지 말자 이건가?

아니면 그는 그저 놀리는 재미일 뿐인데 내가 너무 앞서 간 건
가?

대놓고 물어보고 싶지만 '지금 무슨 말 하는 거야? 황혜민, 너,
많이 변했다. 불치병까지 걸렸나 보네' 하고 나오면 그 순간 그 망
신은 정말로 수습할 수 없게 될지도 모른다.

머릿속으로 공상과학소설 한 편을 완성할 정도까지 갔을 무렵
마침내 차가 혜민의 아파트 앞에 섰다.

"태워다 줘서 고마워."

'이다음부터는 불러내지 마' 하고 말하고 싶지만 태워다 준 사
람에게 도리가 아닌 것 같아 참았다.

"차 한잔만 줘. 워낙 돌아다녔더니 나도 힘드네."

자신을 붙잡는 그 말 한마디에 혜민은 마침내 자신의 생각이 옳
았다는 결론을 내렸다.

차라니, 이 시간에 차를 달라는 말은 뻔하다. 집으로 들어오겠
단 말이고 뭔가 딴 생각이 있단 뜻이다. 대체 우리에게 어떤 미래

가 있다고 생각하는 걸까? 아니, 있다고 해도 이젠 그러고 싶지 않은데. 옛날의 그 아픈 것들을 다시 끄집어내고 싶지 않았다. 이젠 아픈 거 다 잊고 평온을 찾고 회사를 운영하는 커리어우먼으로 당당하게 잘 살고 있다. 이전으로 돌리고 싶지 않은 것들이다.

"엉뚱한 생각 하지 마. 난 정말로 차 한잔의 생각이 간절해서 그런 거니까. 너무 돌아다녀서 지쳐서 그래. 그리고 나한테 마음도 없는 여자의 집에 들어가서 강제로 어찌해 볼 만큼 궁하지도 않고."

아, 또 앞서 간 건가? 그걸 바라는 게 아니라면 혹시 친구 정도를 바라는 건가?

그가 처량 맞기 짝이 없는 표정을 지었다. 불쌍해서 당장이라도 동물병원에서 사료라도 사다 주고 싶은 심정이다.

"차 한잔 정도야. 차 마시고 얼른 갈 거지? 나도 피곤하거든."

저런 얼굴을 거절할 정도로 매몰차지는 못하다. 그렇다면 차라리 상황을 이용하는 것도 나쁘지 않겠지.

혜민의 집에 들어선 순간 강진은 짧게 휘파람을 불었다.

"성공하더니 역시 집은 상당히 좋네."

하긴, 혼자 살기엔 더없이 아까울 정도의 아파트다. 방 세 개와 넓은 거실, 두 개의 화장실까지.

"성공 때문이 아니라 돈 많은 부모 잘 만나서 그런 거지. 명의도 아빠 앞인 걸, 뭐."

혜민은 쓴웃음을 지으며 방에 외투를 벗어놓고 나왔다. 강진은 환기를 시키려는 듯 베란다 창을 활짝 열며 창가에 있는 작은 티테이블 앞에 자리 잡고 있었다.

"힘들 텐데 소파에 앉지, 거긴 불편하잖아."

"차는 이런 데서 마셔야 더 맛있는 법이야."

그건 그렇다. 특히나 비가 오는 휴일이면 티테이블에 앉아 하염없이 창밖을 내다보며 운치를 느끼곤 했다.

오래전, 그와 함께 살 때도 그게 낙이었다. 유난히 비를 좋아하는 강진 덕분에 비가 얼마나 예쁘고 감성을 젖게 하는지 처음 알았다.

혹시라도 자신의 생각을 들킬까, 혜민은 등을 돌리고 차를 준비했다.

두 잔의 녹차를 만들어 그의 앞에 가져다 놓으며 혜민은 자연스럽게 그의 앞에 마주앉았다.

얘기해 버릴까? 상황도 그렇고 또 말할 수 있는 분위기도 되었으니 말을 할까? 우린 친구 사이로도 힘들다고.

이혼한 사람들이 다시 만나서 친구가 될 수도 있겠고 또 다른 관계도 될 수 있겠지만 혜민은 아니었다. 그와 친구 사이가 되는 것은 다시 새로 관계를 시작하는 것만큼이나 힘들다. 그를 친구만으로 생각할 수 없을 테니까. 그래, 생각난 김에 괜히 망설이다 타이밍 놓치지 말고 지금 말해야겠다.

"우리…… 얘기 좀……."

하필 어렵게 말을 꺼낸 그 순간 초인종이 울렸다.

다 늦은 저녁에 대체 누굴까, 월패드로 다가간 혜민의 얼굴이 순식간에 사색이 되었다.

고급 아파트의 비싼 월패드여서 그런가 엄마의 살짝 찡그린 미간까지도 선명하게 잘 보였다. 문을 열어주지 않아도 엄마는 열고 들어올 것이다. 가끔 그녀가 없을 때 도우미 아주머니에게 반찬을 가져다 놓으라고 시키기 때문에 등록된 카드키를 가지고 있었던 것이다.

그녀는 그 순간 아무 생각도 할 수 없었다.

급히 강진의 손을 잡아 일으킨 그녀는 본능적으로 현관에서 가장 먼 곳의 방문에 강진을 밀어 넣었다.

현관으로 달려간 그녀는 문을 열어주려다 거기 있던 강진의 신발을 발견했다. 오, 마이 갓뜨!

이성이 있다면 가장 가까운 신발장에 고이 신발을 집어넣었겠지만 바로 그 순간에는 그 정도의 이성도 없었다. 그녀는 그것을 들고 열린 베란다 너머로 집어 던져 버렸다. 누군가 저 아래서 욕하는 소리가 들리는 것 같았지만 그것까지 신경 쓸 틈이 없었다.

그리고 혜민의 예상대로 문이 저절로 열렸다.

"어, 엄마. 내가 문 열어주려고 했는데."

"늦게 여니까 없는 줄 알고 내가 열었지."

"웬일이야? 이 시간에……."

"웬일이긴, 엄마가 오는 게 웬일이니? 그리고 반찬 떨어진 거 같아서 가지고 왔어."

손에 반찬통을 든 채로 효정은 마치 뭔가를 찾는 듯 주위를 두리번거리고 있었다. 괜히 찔리는 기분에 혜민은 저도 모르게 침실로 가는 통로에 서서 길을 막았다.

"아까 통화했잖아. 반찬 남았다니까. 그리고 그런 건 아줌마 시키지."

"아, 그랬나? 내 기억으로는 없다고 한 거 같아서. 게다가 아줌마 오늘 집 대청소를 해서 많이 피곤해하는 거 같아 내가 대신 왔다."

그 말을 듣고서야 혜민은 이상하단 생각이 들었다. 대청소가 아니라 집에 불이 났다 해도 엄마는 아줌마를 보낼 성격이었다.

휘휘 둘러보던 효정은 뭔가 실망한 표정을 지으며 반찬통을 주방의 조리대 위에 올려놓았다.

"집이 대체 왜 이렇게 어질러졌니? 아줌마 보내주랴?"

그러면서 효정이 마치 오래 있을 거라는 듯 거실 소파에 등을 푹 기대고 앉자 혜민의 얼굴은 더욱 수척해졌다. 오늘, 왠지 힘들게 지나갈 거 같다.

"며칠 바빠서 그랬어. 이번 주말에 청소할 테니까 아줌마 피곤하게 그러지 마. 두 집 다니면서 청소하는 게 쉬운 일이겠어?"

"엄마 왔는데 차 한잔 안 내줄 거니?"

"차?"

물을 끓여놨으니 금방 내올 수 있겠다.

그러다 혜민은 깨달았다. 찻잔이 테이블 위에 그대로 있다는 사실을. 한 잔도 아닌 두 잔이, 김이 모락모락 올라오는 그 상태 그대로.

그 순간 그녀의 시선이 닿은 곳에 똑같이 효정의 시선이 닿아 있었다.

“엄마, 그런 거 아냐.”

하고 미리 선수를 쳐봤지만 이미 효정의 레이더에 걸린 이상 소용없었다. 어느새 효정의 얼굴엔 미소가 담뿍 서려 있었다.

“내, 이럴 줄 알았어. 아까 화영이 말이 진짜인가 보네. 너, 아까 화영이네 한식집에 갔었다며? 재벌 집 딸내미가 예약하는 바람에 신경 써서 보고 있었는데 나중에 그 방에서 너하고 다른 남자가 나오더라는구나.”

어쩐지 엄마가 생전 안 하는 행동을 하더라니. 반찬을 싸들고 직접 찾아왔을 때부터 알아봤어야 했다.

아, 왜 하필 그 아주머니네 식당에서 만나게 된 건지!

“그런 사이가 아니고 일적으로 만난 거야. 그러니까 삼정물산 총수 딸 한예은 씨하고 셋이서 만난 거라고.”

“둘이 있는 거 보니까 분명 사귀는 것처럼 보였다는데?”

이런, 재수 없으면 뒤로 자빠져도 코가 깨진다더니, 하필 그 아줌마네 집에서 만나가지고는, 게다가 정말로 억울하다. 그저 상황이 그렇게 되었을 뿐 진짜로 그런 사이가 아닌데.

효정은 찻잔의 주인을 찾으려는 듯 두리번거렸다. 그러다 혜민이 본능적으로 가로막고 있던 침실 쪽으로 시선을 돌렸다.

“어딨어, 지금? 저 방에 있는 거니?”

허억! 대체 왜! 난 왜 하필 침실에 저 남자를 들여보낸 것일까!

“어? 아, 아니야!”

하지만 차라리 거기서는 그렇다고 말하는 것이 나았다. 효정이 소파에서 일어나 성큼성큼 침실 쪽으로 걸어가기 시작한 것이다.

어쩔 수 없이 혜민은 한달음에 달려가서 침실 문을 막고 설 수밖에 없었다.

"괜찮아, 엄마는 이런 상황 오래전부터 상상하고 있었어."

"엄마 딸이 남자랑 방에 있을 때 문을 왈칵 열어보는 상상?"

"어머, 애."

효정은 여유 있게 웃었다.

"그런 거 말고, 우리 딸이 남자를 침실로 끌어들이는 거. 새삼 안 그럴 거라 믿는 게 더 바보 같지, 요즘 같은 세상에. 그러다 마침내 남자를 데리고 부모에게 인사시키러 오고, 난 장래 사윗감 앞에서 '자네, 어르신은 뭐 하시는 분인가? 두 분 다 살아 계신가? 우리 딸 데려다 고생 안 시키고 잘 살 거지?' 이런 말 하는 거."

혜민의 얼굴이 굳는 것을 보고 효정은 얼른 입을 다물었다. 하여간 이 입이 방정이라니까. 가끔 아무 생각 없이 딸의 상처를 건드리고는 뒤에 가서 깨닫게 되다니.

"어쨌건 그랬다고. 그러니까 엄마한테는 숨기지 않아도 돼."

"아, 알았어. 맞아, 남자 있어. 이 안에."

'빙고' 하는 표정으로 효정이 눈을 빛냈다.

"그리고 문을 열면 안 돼. 그게…… 그러니까…… 지금……."

뭐라고 말하지? 피곤해서 자고 있다고 말해?

"거기까지, 알았어."

자신의 생각이 옳았단 생각만으로 뿌듯한 듯 효정은 미련 없이, 만족스럽게 돌아섰다.

"딸내미 사생활을 방해한 눈치 없는 이 엄마는 이만 돌아가마. 그 대신 이번 쉬는 날에 와서 꼭 얘기를 해줘야 한다?"

"알았어, 알았다구!"

아, 왜 이렇게 인생은 꼬이는 걸까.

엄마를 몰아내듯 현관으로 따라가는 혜민은 오늘 하루만에 10년쯤 늙은 기분이었다.

"굿밤!"

"알았다고!"

마지막까지 엄마에게 고운 목소리 한 번 내지 않고 혜민은 문을 닫았다.

강진은 침대에 앉아 문밖에서 들리는 소리를 고스란히 듣고 있었다. 비록 혜민의 바람대로 소리도 내지 않고 있었지만 그의 입가엔 뜻 모를 미소가 번져 있었다.

6

집으로 향하는 효정의 입가에는 내내 미소가 떠나지 않고 있었다.

대체 어떤 남자일까? 화영이 말로는 아주 키도 크고 잘생겼다고 하던데. 너무 잘생겨서 옆에 혜민이만 없다면 사위 시키고 싶어 나이 안 찬 딸이라도 들이밀고 싶을 정도라던데.

고것, 그렇게 버틸 땐 언제고. 내, 이럴 줄 알았다니까.

이혼하고 나서 곧바로 유학을 떠나겠다고 할 때까지만 해도 마음이 아파서 그럴 거라 생각했지 이런 문제로 속을 썩일 줄 몰랐다. 4년 만에 유학에서 돌아와 결혼을 않겠다, 친구와 동업해 사업을 하겠다 할 때만 해도 정말로 결혼을 안 할 줄은 몰랐다. 아빠의 회사에 들어가지 않겠다는 건 마음에 들지 않았지만, 그저 마음을 잡을 무언가가, 비록 사람이 아니라 해도, 일이 있다는 것만으로도 달갑기만 할 뿐이었다.

그리고 언젠가는 마음이 변할 줄 알았다.

하지만 나이를 먹을수록 혜민이 그 어떤 사람에게도 곁을 내주지 않는 것을 보며 그제야 결혼 안 한다는 그 말이 진심이라는 것을 깨달았을 때 효정의 가슴은 미어졌었다.

언젠가는 다 잊고 좋은 남자 만나 결혼하겠다고 할 줄 알았는데. 좋은 남자도 곁을 내줘야 생기는 거고, 눈도 마주 봐야 맞는 것이 아니겠는가.

서른, 어찌 보면 요새 추세로 많지 않은 나이라 할 수도 있겠고 벌써부터 무슨 호들갑이냐, 나이 서른다섯 넘어서 시집가는 경우도 허다하다 말하는 사람도 있겠지만 그네들은 모를 것이다.

한참 아무것도 모를 적에 그런 큰 상처를 입게 되었으니 딸의 나이 서른 줄에 들어서면서부터 효정이 느끼는 불안감은 나이 40 다 되어가는 노처녀 딸을 가진 엄마와 마찬가지라는 것을.

차라리, 그때 그러질 말았어야 했다. 그때 혜민이 그렇게 사는 걸 봤어도 그냥 둬야 했다.

지금 저리 방싯거리고 다녀도 그게 진심이 아니라는 것을 모른다면 어미도 아니다.

그래서 지금 더 기쁜 것이다. 이제 마침내 혜민의 마음을 잡을 남자가 생긴 것 같아서. 혜민이 곁을 내준 남자가 생긴 것 같아서.

아직은 어미에게 숨기는 걸 보니 확실하진 않은 것 같고…….
그냥 지켜봐야 하나, 아니면 살짝 채찍질이라도 해서 기어코 둘을 연결시켜야 하나.

스튜디오로 돌아가는 자동차의 페달에 얹힌 강진의 발에는 곱게 난이 쳐진 핑크색 욕실화가 신겨 있었다. 플라스틱 욕실화라니, 더군다나 핑크색이라니, 말도 안 되긴 했지만 신발을 찾을 때 갑자기 밖으로 나갔다가 돌아와 보인 혜민의 당황한 표정과 활짝 열린 베란다 문으로 추리해 볼 때 자신의 신발은 이미 어떤 사람에게 이전등록되었다는 것을 알 수 있었고 그 시간에 더 이상 할 수 있는 일은 없었다. 하는 수 없이 발에 맞는 딱 하나의 신발, 핑크색 욕실화를 신고 나서는 것이 최선이라 믿는 수밖에.

갑자기 그는 실소했다.

그 방에 있던 것이 자신이라는 것을 알았다면 그렇게 딸의 사생활을 걱정하며 고이 돌아가셨을까? 그러고 보면 혜민의 어머니, 오래전 장모님이었던 그분도 참 많이 변하신 모양이다. 그런 건 절대로 용납하지 않을 것 같았는데. 하긴, 그땐 혜민이 너무 어렸으니까.

그래도 저리 변하신 걸 보면 당신 딸을 평생 이혼녀로 살게 하고 싶진 않은 모양이네.

그는 미소를 지었다.

그래도 최소한 혜민의 어머니의 의중은 대충 알았으니 소정의 목적은 달성한 듯싶다. 비록 기가 막힌 타이밍에 방해를 받아 혜민이 자신에 대해 어떤 생각을 가지고 있는지 듣지 못했지만.

그리고…….

그는 자신의 발이 있는 쪽을 흘끔 쳐다보았다.

그것에 대한 적잖은 정신적 데미지는 부수적일 뿐이다.

오후, 네 시.

사장실의 의자에 앉아 혜민은 팔짱을 끼고 문을 노려보고 있었다.

실은, 오늘 아침까지만 해도 다 잊고 있었다. 그래서 정수가 사장실에 있어도 찾아와 따질 생각은 안 했다.

그러다 점심을 먹으면서, 직원 중 누군가 웨딩박람회의 얘기를 꺼내는 바람에 기억했다.

분명 정수는 강진과 모종의 거래가 있다. 그리고 혜민으로서는 그게 무슨 계약이 됐든 알 권리가 있다. 그게 처음 '사장'과 '실장'을 나눌 때 했던 약속이었으니까.

하지만 사장실 문을 벌컥 여는 순간 정수는 그런 낌새를 눈치챈 것인지 갑자기 주섬주섬 코트와 가방을 주워 들며 '바쁜 일'을 핑계로 나가 버린 것이다.

할 얘기가 있단 것을 아는 정수가 당연히 알아서 자신을 찾겠지 싶어 처음엔 사무실에서 열심히 일했다.

그러나 반나절이 지나도록 정수는 혜민의 사무실은커녕 제 사장실조차도 한 번 들어가지 않았다. 혹시라도 발소리 죽여 몰래 사장실에 드나드는 건 아닌가 싶어 오후에 약속한 고객을 만나기 전까지 잠시 틈이 나자 혜민은 사장실에 죽치고 앉아 지키고 있기로 한 것이다.

　혜민이 사장실에 죽치고 있는 것을 알고 있는 미스 홍이 그녀의 사무실 대신 사장실의 문을 열었다.

　"실장님, 약속한 고객이 오셨는데요."

　역시 회사 안에 첩자가 있는 것이 분명했다. 자신이 사장실에 앉아 기다리고 있다는 것을 몰래 문자메시지로 알려주지 않는 한 정수는 몇 번이고 들어오고도 남았다.

　아마도 사장실을 나가서 손님과 상담하는 동안에 슬그머니 들어오겠지.

　그렇게 오늘을 피한다고 내일은 없나? 한 회사, 나란히 붙어 있는 사무실에 일하고 있는 한 언젠가는 마주친다는 사실을 알아야지.

　미스 홍이 가져다준 차 한 잔을 테이블에 놓고 다소곳이 앉아 있는 여자의 모습을 보는 순간 혜민은 '혹시 이 결혼에 부모님 동의는 받으셨나요?' 하는, 결코 칭찬처럼 들리지 않을 질문을 할 뻔했다. 지나칠 정도로 앳된 얼굴의 예비신부는 아직 고등학교도 졸업하지 않은 것처럼 보였다.

　"엄마가 안 계시니 주변에 이런 일을 물어보거나 할 사람이 딱히 없었어요. 그렇다고 내가 그런 걸 잘 알아서 하는 성격도 아니고……. 고민하고 있는데 결혼한 친구 하나가 이곳을 추천하더라고요. 아는 사람이 여길 통해서 했는데 결혼식도 너무 예뻤고 또 가구나 다른 것도 싼 가격에 예쁜 것들로 잘 장만했다고."

혜민은 미소를 지으며 그녀의 앞에 자리 잡고 앉았다.

"잘 오셨어요. 좋은 소문을 듣고 오셨다니 저도 기쁘네요. 좋은 소문만큼 만족스럽게 해드리겠습니다."

현혹되어선 안 되지만 그래도 듣기 좋은 말은 언제나 기분이 좋다. 다이어리를 열며 묻는 혜민의 얼굴이 밝았다.

"그럼, 결혼식은 서울에서 하실 예정인가요?"

일단은 가장 중요한 것이 장소였다. 장소가 정해져야 나머지 일을 추진할 수 있기 때문이다. 혹시라도 성당이나 유명한 호텔을 원한다면 결혼은 몇 달 안에는 할 수 없었다. 드라마나 유명배우들의 결혼 때문에 명성이 높아져, 그런 장소들은 미리 예약을 하고도 족히 1년 이상을 기다려야 한다.

"네, 서울이요. 우리 둘 다 서울에 살거든요. 아버지와 시부모님 되실 분들도 그렇고."

"그럼 서울에서 해야죠. 언제쯤 하실 계획이신가요?"

"봄에……. 내년 5월에 할 거예요. 이왕이면 날씨가 좋았으면 좋겠는데."

5월에 결혼이라……. 하긴, 세상의 어떤 신부가 5월에 결혼하는 것을 마다하겠는가. 혜민도 오래전 날씨가 화창했던 5월의 어느 날 가장 빛나는 웃음을 가진 신부가 되었었다.

"장소는 생각해 둔 곳이 있나요?"

"아직 잘 몰라서……. 그런데 예식장에선 하고 싶지 않아요."

혜민은 살짝 눈썹을 치켜올렸다. 5월은 결혼식이 많은 달이라서 보통 예식장도 미리 예약을 하지 않으면 찾기 힘들었다. 아직 시간은 있으니 서울 안에 있는 예식장을 고르는 것은 문제가 아니지만 예식장 외의 장소를 잡기란 하늘의 별 따기였다.

"예식장도 나름 괜찮은 곳이 많은데……. 그럼 정말로 원하는 식장은 어떤 곳인데요?"

예비신부의 얼굴에 살짝 홍조가 들었다. 뭐라고 대답하기 힘든 듯 몇 번이나 머뭇거렸다.

"괜찮으니 말씀해 보세요. 저희가 힘닿는 데까지 찾아보겠습니다."

"들으면…… 웃으실 거 같아서……."

"안 웃어요. 이곳을 찾는 예비신부님들은 모두 로망을 가지고 계시답니다. 당연한 거지요."

"그럼…… 실은 저는 평생 기억에 남는 결혼식을 하고 싶어요. 남들하고 똑같지 않은……. 어디서 들은 얘긴데요, 이게 가능한 건지는 모르겠지만……. 실내보다는 야외에서 결혼하고 싶거든요. 많지는 않아도 진심으로 축하해 주고 행복하게 웃는 하객들 앞에서……."

야외결혼식, 좋지. 그게 무슨 부끄러운 일이라고. 그런 생각을 하는 예비신부들은 예상외로 많다. 아마도 외국 로맨틱코미디영화의 영향일 것이다. 하지만…….

"야외결혼식은 안 하시는 걸 추천합니다."

"왜요? 장소 구하기가 만만치 않나요?"

"그렇지는 않아요. 잘 구해보면 시민공원의 광장이나 혹은 그 비슷한 장소를 구할 순 있지만…… 날씨가 따라줘야 하거든요. 혹시 비라도 오면 가장 아름답게 기억에 남아야 할 결혼식이 악몽으로 기억될 수 있어요."

"그건 각오하고 있어요. 남자친구하고 전 그래도 야외결혼식이 좋다고 생각해요. 비가 오면……. 그것도 기억에 남을 거라고 결론을 내렸어요. 미리 일기예보를 듣고 혹시 비가 온다면 우산도 준비해 둘 거예요."

뭐……. 그렇게 생각한다면…… 나중에라도 설득해서 차차 생각을 바꾸면 되는 것이지.

"잔디가 깔린 곳이 좋아요. 화창한 날, 혹은 비가 오는 날, 축하의 의미로 다 같이 하얀 예복을 입은 하객들의 박수 속에서, 화려한 장식보다는 수수한 꽃으로 장식된 면사포를 쓰고…… 들꽃을 꺾은 것 같은 부케를 들고, 인생을 같이 살아갈 결혼의 첫발을 내딛는 의미로 맨발로, 그렇게 수수하고 기억에 남는 결혼. 그 얘길 듣고 저는 이게 바로 내가 하고 싶은 결혼식이다, 생각했어요."

"……."

혜민의 입가에서 그 순간 미소가 사라졌다. 어느새 그녀는 자신도 모르게 앞에 앉은 예비신부를 빤히 쳐다보고 있었다.

"……왜요? 너무 유치한가요? 그냥, 제가 원하는 결혼식은 그렇단 얘기예요. 물론 전부 다 실현되면 좋겠지만 그게 아니라도 비슷하게라도 갔으면 좋겠어요."

"아, 아니에요."

혜민은 얼른 미소를 지었다.

“그림 같은 결혼식이 되겠네요. 상상만 해도 너무 예뻐요. 추진해 보겠습니다.”

“정말요?”

이래저래 트집 잡히고 결국 그 비슷하게도 못 갈 거라 생각했던 예비신부는 혜민의 말에 진심으로 기쁜 표정을 지었다.

“그렇게 말해줘서 정말로 기뻐요. 저는…… 듣고 비웃지나 않으면 다행이라고 생각했거든요. 저는 그 애길 듣고 정말 예쁘다 생각했는데 친구들이 전부 부정적인 반응을 보여서.”

“그냥 돈 아낄 거면 차라리 교회에서 해라, 네가 애냐. 뭐 이런 반응이요?”

“어…….”

혜민의 말에 예비신부의 얼굴이 살짝 굳어졌다. 혜민이 그 친구들과 같은 의견이라 생각했기 때문이다.

“솔직히, 맨발은 추천하고 싶지 않아요. 잔디에 약을 쳐서 몸에 좋지도 않은데다 발에 풀물이 들어서 며칠 동안 안 빠지거든요.”

“그럼…….”

예비신부의 얼굴에 의아한 표정이 떠올랐지만 혜민의 야외결혼식에 대한 의견은 그것뿐이었다.

“일단, 신혼집은 알아보셨나요? 집 크기를 알아야 가구도 맞춰보는데…….”

정수의 방문이 아주 슬그머니 열리는 소리가 들렸지만 혜민은 이미 그쪽에 관심이 사라진지 오래였다.

다이어리를 보는 혜민의 입가엔 어딘지 서글픈 미소가 서려 있었다.

야외결혼식. 몇 안 되는 하객들의 진심 어린 축하. 맨발의 신랑 신부. 들꽃으로 만들어진 부케와 화관.

혹시나 싶어 혜민은 아까 온 고객의 정보를 들여다봤다. 백제대학.

자신의 대학과는 족히 50킬로미터 이상은 떨어진 곳이었다. 그러니 선배들의 입을 타고 전해 들은 것이 아니란 뜻이다. 그냥 학교 미담 정도로 전해진 것인가 보다.

그게 미담이 되었나?

혜민은 쓴웃음을 지었다.

8년 하고 5개월 전, 혜민은 대학교의 교정의 한 귀퉁이, 시원하게 가지를 뻗은 느티나무 아래서 강진과 결혼을 했다.

그를 만난 건 그로부터 한 달 전이었다.

유학을 가기 위해 휴학계를 내고 준비하고 있던 때였다.

유학 가기 전, 친구들을 만나 몇 년간의 헤어짐을 아쉬워하며 작별을 하고 다니던 때였다.

그날은 친구 중 하나인 미령을 만났던 날이다.

벚꽃이 너무도 예뻐 커피 한 잔을 손에 들고 친구와 근처의 공원으로 산책을 갔다.

평일 낮 시간대라 아름답게 핀 벚꽃에 비해 인적은 드물었다.

“밴쿠버에 가서도 이런 벚꽃을 볼 수 있을까?”

"빨강머리 앤에도 벚꽃이 나오잖아. 거기가 캐나다니까 있겠지."

간단한 미령의 계산에 혜민은 어이없다는 듯 웃었다.

"그래, 그럴 수도 있겠다. 그런데 그 벚꽃이 나오는 '빨강머리 앤'은 일본 애니메이션 아니니?"

"물론 일본 애니메이션이긴 하지만 그런 고증도 없이 애니메이션을 만들었겠어?"

진지한 얼굴로 미령이 얘기하자 혜민은 그 말의 옳고 그름을 떠나서 우선 맞장구를 쳐줬다. 친구끼리는 그래야 하는 거니까.

"네 말이 맞다. 분명 있을 거다. 내년 이맘쯤에 벚꽃이 활짝 피면 내가 사진 찍어서 보내줄게."

"중간에 혼자서는 너무 힘들고 외롭다고 도로 돌아오지나 마. 네가 간다니까 내가 얼마나 홀가분한지……."

"그럼 지금까지는 내가 있어서 안 홀가분했단 소리네. 야, 너, 배고프다고 징징거리면 내가 너 불러서 밥 사주고, 심심하다고 징징거리면 같이 쇼핑도 하러 다니고, 나만큼 해준 사람이 어디 있다고……."

"네가 나한테 그렇게 해주길 바라는 거 같아서 그런 것뿐이다. 너 가고 나면 징징거릴 사람이 없어서 홀가분해."

이건 말도 안 되는 우기기였다. 그리고 미령은 그런 것을 아주 잘했다.

그러다 갑자기 미령이 혜민의 팔을 툭 쳤다.

"야, 저기 봐."

“왜?”

혜민이 고개를 돌렸을 때, 거기에 그가 있었다.

그는 사진을 찍고 있었다. 삼각대에 카메라를 올려놓고 정신없이 뭔가를 찍어댔다. 비록 카메라에 가려 얼굴이 반밖에 보이지 않았지만 이상하게도 혜민은 그의 사진 찍는 그 행위자체만으로도 뭔가 모를 묘한 가슴 떨림 같은 것을 느꼈다. 게다가 그 카메라는 이상하게도 이쪽을 향한 것 같았다.

“너 찍는 거 아냐?”

미령이 살짝 속삭였다.

“못하게 해. 초상권 몰라? 허락도 안 받고 사진 찍으면 안 되는 거야.”

“확실하지도 않은데 어떻게 찍지 말라고 해? 그러다 불치병 걸린 거 아니냐 소리 들으면?”

“찍은 거 보자고 하면 되지.”

“싫어. 아니면 어떡하라고. 창피당하기 싫어.”

혜민은 딱 잘랐다.

“그냥 빨리 가자.”

혹시라도 자신의 모습을 찍고 있었을지도 모른다는 생각에 일부러 가던 방향을 바꿔 그곳을 벗어났다.

그로부터 며칠 뒤, 혜민은 지는 벚꽃이 아쉬워 미령과 또다시 그 공원으로 갔다. 그를 다시 만날 거라는 생각은 하지도 않았다. 다만 공원 입구에 들어섰을 때 잠깐 혹시 그가 오늘도 와서 사진 찍는 건 아닌가 하는 생각은 했었다.

친구와 공원을 거닐었지만 그의 모습은 보이지 않았다. 실망 감이라기보다는 약간의 서운함이랄까, 그곳에서 그를 볼 수 있을지도 모른다는 생각을 했기 때문일까, 그런 기분이 살짝 들었다.

나오는 길에 바쁘다는 미령을 먼저 보내고서 목이 말라 입구에 있는 휴게소에 들어갔다.

바로 그곳에서 휴게소 앞 파라솔 아래 커피 한 잔을 놓고 있는 그의 모습을 발견했다. 그의 옆에는 커다란 카메라가방이 놓여 있었다.

그녀가 보고 있다는 것을 모르는지 그는 이쪽으로 등을 대고 앉은 채 먼 곳을 응시하고 있었다. 어딘지 모르게 쓸쓸해 보였다.

그때까지는 왜 우수에 젖은 남자의 모습에 여자들이 깜박 죽는지 이유를 알지 못했는데 바로 그 순간 그녀는 그 이유를 알게 됐다.

잘 알지도 못하는데 쓸쓸해 보이는 그의 넓은 등을 살포시 안아주고 위로해 주고 싶은 생각이 들었다.

어디서 그런 용기가 생겼는지 모른다. 수줍음이 많아 남자들과 이야기를 잘 못하는 스타일은 아니었지만 작업 걸듯 남자에게 말을 걸어본 것은 처음이었다.

"내 사진, 돌려줘요."

느닷없이 등 뒤에서 말을 건 혜민의 목소리에 그가 놀란 얼굴로 돌아보았다.

혜민은 말없이 그에게 손을 불쑥 내밀었다. 빨리 달라는 제스처였다.

그가 어이없는 듯 피식 웃었다.

"며칠 전에 찍었잖아요, 공원 안에서."

"없어요."

그가 대답했다.

"없어요?"

"없어요."

"……."

이제 말할 거리가 떨어졌다. 이쯤에서 얼굴을 붉히며 돌아서야 하나, 아니면 찍은 거 다 안다며 계속 우겨볼까, 망설이고 있을 때 그가 마저 말을 끝냈다.

"안 가지고 나왔거든요."

역시 찍었다는 소리네. 귀신같은 미령이, 역시 날카롭다.

"허락 없이 찍으면 초상권 침해인 거 몰라요?"

그렇게 말하자 그는 가만히 혜민을 바라보다 입을 열었다.

"그럼, 찍겠다고 말하면 허락해 줄래요?"

혜민은 순간적으로 할 말을 잃었다. 그 말에 허락한다는 말을 해야 하나, 아니면 모델료부터 내라고 해야 하나.

"실은, 오늘도 혹시 볼 수 있을까 해서 나온 거거든요."

자신을 바라보며 말하는 그의 진지한 눈빛에 순식간에 혜민의 마음은 허물어지고 말았다.

바로 한 달 후면 유학을 가야 했다.

그의 나이 스물일곱. 그가 가진 것이라고는 카메라 한 대와 스튜디오를 겸해서 빌려 거주지로 쓰는 반지하 창고방 하나뿐이었다.

그는 부모도 없었고 친척도 없는 천애고아였다. 그럼에도 불구하고 그는 혼자 힘으로 대학까지 나왔고 몇 달 전에 군대를 제대했다.

비록 언젠가는 독립해서 최고의 사진작가가 되는 것이 꿈이었지만 지금은 사진관에서 일을 돕는 아르바이트에 불과했다.

그 모든 장벽에도 불구하고 혜민은 그를 사랑하지 않을 수 없었다. 그의 은근한 미소와 자신을 바라보는 시선 속에 들어 있는 그 따스함과, 때론 남의 속을 뒤집어놓을 것 같은 그 과묵함마저도 혜민은 사랑했다.

그는 결혼을 원하지 않았다. 그녀를 사랑하지 않아서가 아니라 그 반대의 이유 때문이었다. 아무것도 이뤄놓은 것도 없이, 가진 것도 아무것도 없는 자신이 결혼을 하면 혜민을 고생시킬 것 같아서라고 했다.

하지만 혜민은 그렇게 그와 마음만 이어진 채 유학을 떠날 수 없었다. 몸이 멀어지면 마음도 멀어질 거라 생각했다.

유학도 포기할 만큼 그를 가지고 싶었다. 유학에서 돌아오면 그가 기다리고 있을 것 같지 않았다. 그렇게 잘난 사람을, 그렇게 멋진 남자를 벌써 누가 채가고도 남았지 그대로 두진 않을 것 같았다.

유학을 포기하는 것에 부모님의 반대는 당연한 것이었다. 급기야는 유학 가기 이틀 전, 그를 만나러 가는 혜민을 잡아다 방에 가두기까지 했다.

차라리 그때 포기했더라면 좋았을 것이다. 그에게 상처를 주지 않아도 됐을 테니까.

하지만 그땐 철이 없었다. 사랑을 위해 모든 것을 희생할 수 있다는 발상 자체가 철이 없는 것이었다. 모든 것을 내다보고 결혼을 거부하는 강진의 뜻을 따르는 것이 나았다.

하지만 그를 잃을 것 같은 마음에 혜민은 그대로 있지 못했다.

옷가지 몇 벌을 싸들고 창문으로 도망쳐 나와 혜민은 그대로 강진의 스튜디오로 갔다. 그리고 볕이 잘 안 들어 추운 그의 스튜디오에서 혜민은 처음으로 그와 함께 잠자리를 했다.

며칠 후, 다니던 대학의 교정에서, 커다란 느티나무 아래에서 혜민은 몇 명의 친구들이 모인 가운데 강진과 작은 결혼식을 올렸다.

드레스도 없었고 예복도 없었고 결혼식에 맞는 구두도 없었다.

그래서 드레스 대신 음악 하는 친구의 하얀 연주용 드레스를 빌려 입고, 그에게 걸맞은 구두가 없어 차라리 처음 시작을 뜻하는 편안한 차림의 맨발로, 친구의 선물인 하얀 마가렛꽃으로 만들어진 화관을 쓰고, 부케를 들고 그렇게 둘은 친구 아는 오빠인 목사님 앞에 섰다.

두 사람의 결혼식을 위해 친구들은 모두 하얀 계통의 옷을 입고 나와주었다. 어쩌면 그랬기에 그 초라할 뻔한 결혼식이 순백색으로 기억되고 있을지도 모른다.

결혼식 당일에 친구를 통해 집에도 알렸다.

아빠는 오지 않으셨다. 다만 아빠 몰래 나오느라 예복을 갖추지 않은 엄마만이 먼발치에서 둘의 결혼을 지켜보았을 뿐이다.

불쑥 눈물이 나와 혜민은 손으로 눈가를 훔쳤다.

이제 와서 또 생각을 하면 무엇할까. 이미 다 끝난 일인데.

그는 나중에 정식으로 성대하고 멋진 결혼식을 다시 올리겠다고 약속했다.

참 아이러니하게도, 그녀가 그 다음에 한 결혼식은 성대하고 멋지긴 했지만 그녀의 것은 아니었다.

여자들은 때로는 낭만적인 행사를 낀 결혼식을, 때로는 엄숙하고 성대한 결혼식을, 또 때로는 깜짝 이벤트를 기획해서 기억에 남을 만한 결혼을 꿈꾼다.

하지만 혜민의 기억 속엔 그날, 바람이 불어 조금은 스산했던 것으로 기억되는 그날의 결혼만큼 아름다웠던 결혼식은 존재하지 않았다.

옆방 문이 또다시 살그머니 열리는 소리가 들렸다. 아마도 정수가 퇴근하는 모양이었다.

혜민은 눈물을 닦으며 자리에서 발딱 일어섰다.

"사장님. 사장님! 야, 김정수!"

혜민은 정수가 도망쳐 나가기 전에 입구에서 재빨리 그녀의 옷자락을 낚아챌 수 있었다.

며칠이 어떻게 지나갔는지 모르겠다. 이래저래 일도 많아 너무도 정신없는 한주였다.

그렇게 바쁜 한 주를 보냈으면 쉬는 날이라도 마음 편하게 쉬어야 하건만 약속이 약속인지라 혜민은 불안감에 편히 쉬지도 못한 채, 오프 날 저녁 채 해가 지기 전에 부모님의 집에 도착했다.

집에 들어가기 전부터 혜민은 불안한 마음에 몇 번이고 돌아갈까 망설이기까지 했다.

엄마가 잔뜩 기대하고 계실 텐데. 벌써 아빠한테까지, 할 수 있는 것은 다 보태서 방송했을 텐데. 막상 까놓고 보면 아무것도 없다는 것이 문제라면 문제다.

차라리 이럴 때를 대비해서 어디서 어떤 놈팡이라도 하나 주워다 키울 걸 그랬나.

찻잔을 앞에 놓고 그녀를 마주한 효정은 대체 무엇을 기대한 것인지 눈빛마저 기대감에 반짝이고 있었다.

"우리 딸이 드디어 남자가 생겼어요, 여보."

오오, 발연기 작렬하신다. 아빠 이미 저 얘기를 엄마에게 최소 네 번 이상 들었다는데 십만 원 건다.

"남자가 생긴 것까진 아니고……."

"그럼 그건 뭐였니? 테이블 위에 놓인 따끈따끈한 두 잔의 찻잔."

혜민이 발뺌을 할까 봐 효정은 이미 조목조목 다 기억하다 못해 머릿속으로 잘근잘근 곱씹고 있던 중이었다.

"그러니까, 소, 손님이 온 건 맞는데……."

이미 빼도 박도 못 하는 상황을 들킨 것은 알고 있지만 그래도 어떻게든 이 상황에서 벗어나 보고 싶었다.

"그러니까, 어떤 남자냐니까. 말하면 이 엄마가 어떻게 한대니? 그냥 이 엄마는 장래 사윗감이……. 아니, 우리 딸이 사귀는 남자가 어떤 남자인지 알고 싶은 것뿐이야."

벌써 장래 사윗감이라고 빤히 속보이는 말을 해놓고 말을 바꾸기는…….

"아, 그런 거 아니라니까."

"아니, 왜 말을 안 해줘? 왜, 너도 이젠 서른 넘어서 헐값이야, 애. 예전에나 이것저것 따졌지, 이젠 누가 데려간다는 말만 하면 고맙습니다, 하고 줘도 부족한 판이야. 왜 이 엄마가 반대할 것 같아?"

그게 누군지 알면 결단코 반대하실 거다.

그리고 말을 안 하는 것은 비단 그런 이유 때문만은 아니다. 엄마가 결단코 반대할 그 남자와 아무 사이도 아니기 때문인 것이다. 아무 사이도 아닌데 엄마가 반대하실 거 생각하면 누구라고 쉽게, 아니, 어렵게라도 말은 절대 안 나온다.

"어머, 너, 진짜, 표정이 왜 그래? 진짜로 그렇게 생각하는 거야? 이 엄마가 반대할 거라고?"

"대체 어떤 놈인데 그러니?"

그때까지 곁에서 듣는 듯 마는 듯 신문만 들고 있던 경욱이 마침내 입을 열었다. 하지만 혜민을 바라보는 아빠의 시선에서 지금

껏 자신에게는 숨긴 것에 대한 배신감이 아주 역력히 서려 있었
다.

"아빠, 그런 게 아니라……. 진짜로 남자 아니라니까요."

"아니, 빤히 다 알고 있는데도 딱 잡아떼? 대체 왜? 엄마한테
말 못할 사람이라도 되는 거니?"

효정이 집요하게 물고 늘어졌다.

순간적으로 표정관리가 되지 않았다. 뜨끔한 표정을 애써 숨겼
지만 역시 효정의 예리한 눈은 피하지 못했다. 갑자기 효정의 얼
굴에 불안한 기색이 스쳤다.

"너……. 설마……."

혜민의 낯빛이 검게 변했다.

공군보다도 예리한 레이더를 가지고, 동물의 능력 못지않은 후
각과 청각을 가진 효정이었다. 가장 놀라운 것은 그녀의 촉이었
다. 악재에 반응하는 혜민의 촉은 그에 비하면 발끝에도 못 따랐
다. 그런 효정이 낌새를 눈치챈 것이다.

"너…… 아무리 그래도 그렇지……."

"엄마, 그런 거 아니라니까……."

"이 엄마는 다른 사람은 다 용납할 수 있다. 하지만……."

"엄마!"

억울하다고요. 나 그 남자와 그런 사이 절대로 아니라니까.

"너, 지금 만나는 사람……."

혜민은 다 포기했다. 만사를 포기한 심정으로 두 눈마저 질끈
감았다.

"설마…… 여잔 아니지?"

"엄마! 좀!"

차를 마시던 경욱이 품위도 잃고 다 뿜어버렸다. 놀란 얼굴로 말도 못하고 경욱은 딸과 아내의 얼굴만 번갈아 볼 뿐이다.

"아무리 엄마가 깨어 있는 사람이고, 네가 누굴 만나도 고맙다고 말하고 싶은 심정이긴 하지만, 그건 아니다. 난 이 결혼 반댈세."

"여튼, 엄마 헛다리는 정말 알아줘야 한다니까! 남자가 아니라고 했지 여자라고는 안 했거든. 나한테는 남자 아니라고!"

너무 황당하고 어이없어 혜민은 자리에서 벌떡 일어섰다.

"그런 이상한 소리 할 거면 그냥 집에 갈 거야."

"벌써 가려고?"

혜민이 일어서는 것을 보고 경욱이 따라 일어섰다. 딸을 배웅하려는 것이다.

"당신은 왜 쓸데없는 소릴 해서 애 밥도 못 먹고 가게 만들어?"

별일도 아닌 것에 삐친 척 획 일어나는 딸보다 그런 딸 편을 들어주는 남편이 더 야속한지 효정이 샐쭉한 표정으로 남편을 쳐다보았다.

"밥은 먹고 가라, 애."

"밥 먹을 기분 아니야."

신경질적으로 신발을 신으면서도 혜민은 어느새 웃음이 나오는 것을 참고 있었다. 여자라니, 참나, 여자라니! 내가 혼자 사는 것이 아무리 걱정돼도 그렇지 여자라니, 맙소사.

"그, 그래. 아님 말고……. 잘 가라, 얘. 하지만 이대로 끝은 아니라는 것을 명심해."

효정이 끝까지 필승을 다짐하자 경욱이 어이없다는 듯 고개를 내저으며 혜민을 뒤따라 나섰다.

"네 엄마, 괜히 그러는 거 알지? 너 걱정되니까……."

"알아요, 아빠. 걱정 말아요. 내가 애도 아니고."

"그래, 정말 없는 거냐?"

"없다니까요. 있으면 내가 제일 먼저 아빠한테 보여주지, 엄마보다 먼저."

서강진은 나한테는 남자가 아니니까. 그러니 아빠한테 남자를 소개할 일은 앞으로도 절대 없을 거다.

혜민의 대답이 만족스러운지 경욱이 입가에 미소를 머금었다.

"아빠 끝까지 네 편인 거 알지? 그러니까 나중에라도 남자 생기면 정말로 이 아빠한테 제일 먼저 신고식 해야 한다. 알았지?"

"걱정 말아요. 아빠가 끝까지 내 편인 거 뼛속까지 알고 있으니까."

아빠가 지지해 주지 않았다면 지금 이렇게 좋아하는 일을 할 수 없었을 거다. 그 보답은 언젠가는 지금보다 훨씬 커진 회사에서, 아빠에게 보란 듯 자랑스러운 딸이 되는 것이다.

"갈게요, 들어가세요. 날씨 쌀쌀해서 감기 들어요."

철문 밖까지 배웅 나오려는 경욱을 떠다밀다시피 안으로 들여보내고 돌아서 나오던 혜민은 때마침 퇴근하는 정 기사와 마주쳤다.

기분 좋게 인사하고 앞서 가던 정 기사의 모습에서 혜민은 매우 낯익은 것을 발견했다.

반짝반짝 광이 나게 닦은 구두, 그것은 며칠 전 자신이 베란다 창을 향해 아웃시켜 버린 강진의 구두였다.

7

가끔가다 혜민은 이런 생각을 해보게 된다. 혹시 저 하늘에서 신까지는 아니어도 인공위성 같은 것이 자신을 지켜보고 있는 것은 아닌가 하고.

그러니까, 이를테면 오늘 같은 상황 말이다. 꼭 급하게 나가야 하는 상황에서 느닷없이 도로보수가 시작되어 차로 하나만 남기고 막아 지체하게 만든다든가, 혹은 그걸 피해가기 위해 골목으로 들어갔는데 택배차가 길을 가로막고 서서 한참을 기다려도 차주인은커녕 코빼기도 안 보인다든가 하는 것 말이다. 그녀가 만나러 가는 사람이 재벌이니 나라의 경제를 위해 감시해야 할 상황이라면 충분히 그럴 수도 있다.

그러다 간신히 골목을 빠져나와 안심하던 찰나에 갑자기 어떤 차가 느닷없이 코앞에서 끼어들기를 하다 기어이 접촉사고를 냈을 땐 혜민은 어딘가에서 자신을 지켜보고 있을 인공위성을 원망하는 수밖에 없었다. 나라의 경제도 중요하지만 그녀의 회사 사정도 중요한 건 마찬가지니까.

그녀를 들이받은 차 뒤 유리창에는 이렇게 쓰여 있었다.

—나도 내가 무서워요.
　　초보운전.

잔뜩 겁에 질린 표정의 운전자는 정말로 연기를 잘하는 정부요원일지도 모른다. 그러니 지금까지 그녀가 봐왔던 그 어떤 것보다 강력한 협박성 문구를 차 뒤에 달고 다니지.

어쩔 수 없이 혜민은 휴대폰을 꺼내 오늘 약속이 있는 예은에게 전화를 걸 수밖에 없었다.

이건 가지 말라는 인공위성 님의 뜻인지도 모른다. 처음 같이 집을 보러 다니자 할 때부터 뭔가 이상하기도 했고 내키지도 않았다.

아무리 웨딩플래너가 결혼에 관한 모든 것을 함께한다 하지만 같이 집을 보러 다니자는 예비신부는 보지 못했다. 더군다나 재벌 정도 되면 집은 직접 보러 다니지 않고 수하를 시켜도 충분한 일이었다.

성격이 꼼꼼해서 아마도 자신이 살 집을 직접 구하고 싶은가 보다 싶기도 하고, 예비신부와는 친해질수록 그녀들이 원하는 스타일을 더 잘 알 수 있어 일하기도 편하기에 두말없이 간다고는 했었다. 오늘 일이 이렇게 되기 전까지 말이다.

몇 번의 신호가 가지 않아 말끔하고 경쾌한 예은의 목소리가 들렸다.

[예, 혜민 씨. 어디쯤 오세요?]

"저, 진짜로 일찍 나왔거든요. 그런데 오늘따라 모두가 날 겨냥해서 덤벼드는 것 같네요. 도로도 공사 중이더니 이젠 누가 와서 차를 들이박았어요. 죄송한데, 시간 안에는 못 갈 거 같아서요."

그녀가 놀랄까봐 비교적 담담히 얘기했는데도 예은은 많이 놀란 목소리였다.

[어머, 다치진 않았어요?]

"네, 다행히 몸은 멀쩡해요."

[그래도 확실히 모르니까 병원에 가보시는 것이 좋지 않겠어요?]

"접촉사고 처음인 것도 아니고, 다친 것도 아니니 괜찮아요. 그냥 시간 안에 못 갈 거 같아서요. 여기 정리되는 대로 택시 잡아서 금방 갈 테니까 바쁘시겠지만 조금만 기다려 주시겠어요?"

[그럼 차라리 제가 사람을 보낼게요. 장소도 옮겨야 하고 정리가 되려면 시간이 좀 걸릴 테니까 그게 좋을 거 같아요.]

시간을 아끼자면 그것도 나쁘진 않을 것 같다. 그리고 일단 기사가 몰아주는 차에 타면 조금은 느긋한 마음으로 놀란 가슴을 가라앉힐 수도 있겠지.

"그럼 그렇게 할까요?"

그쪽에서도 오는 시간이 걸렸는지 보험회사에서 나와 사태를 수습하고 차를 견인시킬 때까지 예은이 보낸 차는 도착하지 않았다.

그 차가 이미 거의 다 도착했을 텐데 이제 와서 택시를 타고 가는 것도 좋은 생각 같지는 않아서 어디 들어가 차라도 한잔 마시며 기다리고 있을까 생각하던 중, 혜민은 도로 한 쪽에 막 정차하고 있는 낯익은 차를 발견했다. 주유구에 붙은 저 희한하게 생긴 고리 모양의 독특한 장식은 분명 1주일 전 자신을 온종일 태우고 다녔던 강진의 차에 붙어 있던 것이었다.

이 근처에 볼일이라도 있는 건가?

가까이 가서 아는 척이라도 해야 하나, 아니면 못 본 척 다른 데로 갈까 망설이고 있을 때 그가 차에서 내렸다.

뭐가 못마땅한지 잔뜩 찌푸린 얼굴로 그가 그녀 가까이 다가왔다.

"대체 무슨 사고가 난 거야?"

"사고 난 건 어떻게 알고 왔어?"

"예은 씨가 전화했어. 너 혼자 서 있으니까 태우고 와달라고."

예은 씨? 한예은 씨가 아니고 그냥 예은 씨? 대체 언제부터 성은 빼고 부르는 사이가 된 걸까. 어쨌건 그날 처음 본 이후로 둘이 다시 만났었단 얘기다. 잘 알지도 못하면서 저리 부를 리는 없으니까.

"참 한가한가 보네. 가란다고 가고 오란다고 오고."

괜히 배알이 뒤틀려 비꼬기까지 했지만 그는 못 들은 건지, 듣지 않은 건지 대꾸도 않고 갑자기 몸을 숙이더니 그녀의 두 눈을 들여다보았다.

뭐야, 왜 이렇게 가깝게 들이대? 부담스럽게스리.

나오기 전에 양치질을 하긴 했지만 아까 양파가 잔뜩 들어간 샌드위치를 먹은 것이 갑자기 걱정이 됐다. 어쩔 수 없이 그녀는 숨을 잔뜩 들이마신 채 굳어버렸다.

"동공이 커졌다. 일단 차에 타. 병원부터 가보자."

"괜찮다니까."

"괜찮긴, 네가 의사냐?"

그러면서 그녀의 팔을 잡아끌기까지 했다. 아무 생각 없이 끌려가던 혜민은 갑자기 화가 치밀었다. 대체 우리가 무슨 사이라고 갑자기 제 여자한테 하듯 행동하는지 모르겠다. 느닷없이 나타나서는 자신의 의사는 무시하고 무턱대고 끌고 가다니.

"괜찮다니까! 차가 많이 밀려나지 않아서 다친 데도 없고, 처음 당하는 사고도 아니라서 놀라지도 않았다고."

더군다나 양파 때문에 숨을 멈추고 있어서 동공이 커졌다고는 죽어도 말하고 싶지 않았다. 그건 마지막 자존심이다. 예전엔 어찌됐건 지금은 타인일 뿐이다. 엄밀히 말하면 타인인 남정네.

그래도 호의로 그랬을 텐데 손을 뿌리친 건 너무했나?

"……난 괜찮으니까 걱정 말고 가. 이 정도로는 죽지 않아."

그는 또다시 혜민의 눈을 들여다보았다. 어쩔 수 없이 혜민은 또다시 숨을 멈춰야 했다.

"괜찮지 않아 보이는데."

“괜찮다고.”

고집스럽고 강하게 말하자 그는 하는 수 없다는 듯 한숨을 푹 내쉬었다.

“그래, 조금 놀라서 그럴 수도 있지. 어쨌건 차에 타라. 같이 가야 하니까.”

“어딜 같이 가?”

“너 원래 가려고 했던 곳.”

혜민은 어이가 없다는 표정을 지었다.

“나 지금 한예은 씨하고 같이 집 보러 다닐 거야. 나야 집을 봐 두면 혼수 준비하는데 도움이 된다고나 하지, 강진 씨는 대체 이유가 뭔데? 혹시 나 따라다니는 거야? 왜?”

‘네가 좋아서’라는 대답을 기대하기보다는 ‘너 괴롭히려고’라는 인정을 기대했다. 그게 사실일 것이고 전자라면 곤란해질 이유가 많으니까.

“언제까지 스튜디오에서 살 순 없잖아. 집을 구하려 한다고 했더니 예은 씨가 같이 보러 다니자 하던데. 눈에 차는 좋은 집을 찾을 수도 있고, 아니어도 참고는 될 거라고.”

그렇게 말한다면야……. 조금 창피하긴 하다. 괜히 그렇게 물었다.

그런데 또 예은 씨라 하네. 대체 언제 그렇게 친해진 것이기에.

그러고 보면 정수와도 그랬다. 1주일 전 사장실에서 둘은 마치 친구처럼 담소를 나누고 있었다. 게다가 강진은 정수에게도 ‘정수 씨’라고 불렀다. 대체 이게 어찌된 영문인가 싶었는데 그 이유는 며칠이 지나서 알 수 있었다.

며칠 전 정수, 고것을 붙잡아놓고 인정사정없이 다그치자 그제야 이실직고한 것이다.

서강진이 사진을 찍는다 하니 다른 재벌 딸들이 벌 떼처럼…… 은 아니어도 조금 반응이 있더라. 서강진이 사진을 찍는다면 청실홍실에 계약할 용의가 있다 하더라. 그래서 강진에게 연락해 같이 술도 한잔했고 허심탄회하게 부탁도 했단다.

'살려주세요.'

허심탄회한 부탁이라기보다는 구걸에 가까웠지만 그런 걸 신경 쓸 정수가 아니었다.

놀라운 것은 이 남자가, 자신이 부탁했을 땐 같이 자주느니 어쩌느니 토를 달더니만 정수가 부탁하니 흔쾌히 '오케이, 콜' 했다는 것이다. 물론 전부 다 해줄 수는 없지만 시간이 날 때 두세 건은 더 해줄 용의가 있다고 했단다.

두 사람에게 다 배신감이 들었다. 자신만 쏙 빼놓고 혼자 독단적으로 강진을 만나 그런 부탁을 한 정수에게도 배신감이 들었고 자신에게만 토를 달고 정수에게는 흔쾌히 허락한 강진에게도 배신감이 들었지만 어쩌겠는가. 따지고 보면 이 일은 청실홍실에 아주 좋은 결과를 가져올 것이고 그 청실홍실의 반은 자신의 것이니 뭐라고 말할 수도 없는 문제였다.

그랬기에 정수가 며칠 동안 그리 자신을 피해 다니는 느낌이 들었던 것이다.

"그리고 옛정도 있는데 또 같이 다니면 어때서?"

그는 느긋한 얼굴로 벌써 차에 올라타고 있었다. 어쨌건 여기서는 혜민이 할 수 있는 일이 없다. 그렇다고 멀쩡히 차를 대준 남자를 놓고 택시를 잡아타는 건 더 어색한 일이니까.

어쨌건 이 남자, 예전에 비해 참 많이 달라졌다. 여자들에 대한 그 놀라운 친화력, 그건 예전에는 절대로 볼 수 없는 것이었다.

못 본 사이 경험을 아주 많이 쌓은 모양이다. 하긴 이 정도의 비주얼로 그간 여자가 없었다 하면 거짓이겠지.

"머릴 다쳐서 멍해진 거야, 아니면 그새 못 참을 정도로 내가 보고 싶었던 거야?"

정면을 바라보는 시선에 웃음을 가득 담은 채 강진이 물었을 때에야 혜민은 자신이 넋을 잃고 강진을 바라보고 있었다는 사실을 깨달았다.

"누가! 꿈 깨셔."

대체 뺨에도 눈이 붙은 건가, 쳐다보는 건 어찌 알았담.

예은의 성격은 혜민이 생각한 것보다 더 수탈한 모양이었다.

예은이 기다리고 있는 처음 장소에 갔을 때부터 그런 생각이 들었다. 재벌 딸인데, 하는 생각은 고정관념일 뿐이었을까.

물론 혜민의 집이 잘살았다 해서 60평 아파트가 소박하게 느껴진다는 뜻은 결코 아니었다. 60평 아파트는 보통사람이라면 꿈도 못 꿔볼 평수이긴 하다.

하지만 재벌 딸쯤 되면 최소 넓은 담이 있는 단독주택이나 혹은 아파트를 사도 이보단 기십 평이 더 넓은 곳을 볼 줄 알았다. 혹시

부모에게 더 좋은 집을 사달라는 무언의 자해공갈인가 하는 생각
까지 해봤다.

"무조건 좋다고 하면 안 돼요. 내 힘으로 구하겠다고 아빠한테
고집 부렸는데 막상 어딘가 이상한 곳을 구해서 놀림감이 되고 싶
진 않거든요."

하지만 혜민의 두 손을 꼭 잡고 부탁하는 예은의 얼굴은 진지했
다.

모델하우스까지 도합 일곱 군데의 아파트를 돌아다니면서 셋은
꼼꼼히 집을 구경했다.

하지만 60평 대 모델은 그 구조나 옵션이 거의 비슷비슷했다.

결국 마지막 일곱 번째 아파트에 왔을 땐 혜민의 머릿속엔 과부
하가 걸린 것처럼 아무런 생각도 나지 않았다.

더군다나 다들 같은 상태인지 혜민이 혼자 아파트 안을 돌아다
닐 때 강진과 예은은 테라스에 나가 한가하게 밖의 경치를 구경하
는 듯했다.

마지막까지 최선을 다해 혜민은 꼼꼼히 집안을 살폈다.

그래도 편백나무욕조를 쓴 것만큼은 이 아파트가 다른 아파트
들과 차별이 됐네. 그것만으로도 괜찮다는 생각을 하며 밖으로 나
온 혜민은 테라스 쪽에서 들리는 예은의 웃음소리에 절로 그쪽으
로 시선을 보내지 않을 수 없었다.

아니, 저 사람들이!

대체 무슨 애길 하고 있는지 강진도 웃고 있고 예은은 우스운
것을 참지 못하겠는지 소리까지 내며 웃고 있는 것이다.

버젓이 집도 있고 결혼할 예정도 없는 자신은 이 넓은 아파트를 모난 곳 없나 흠잡을 곳 없나 두 눈이 튀어나오도록 살펴보고 있는데 정작 집을 구하는 중인 예은이나 혹은 집 구하는데 참고하겠다는 강진은 테라스에서 노닥거리고 있다니, 이건 절대로 용서 못할 일이다!

예은의 웃음소리는 잦아드는 듯했지만 이내 강진이 또 무슨 말을 했는지 또다시 예은이 까르르 웃음을 터뜨렸다. 강진이 원래 사악하게도 눈웃음을 잘 치긴 하지만 저건 좀 아니다 싶다. 예은은 조만간에 결혼할 예비신부인데.

괜히 심술이 난 혜민은 두 사람의 머리 위로 커다란 말풍선을 그렸다.

―내가 원래 좀 지나치게 잘생긴 성향이 있습니다.

―어머! 우스워라. 너 정말 웃기네요. 지금 추파 중? 난 결혼할 남자가 있거든요.

―내 말을 오해하셨군요, 싸모님. 전 유부녀든 예비 유부녀든 유부녀에게는 관심이 없습니다. 주변에 괜찮은 재벌 딸이 있으면 소개시켜 주십시오. 힘닿는 데까지 열심히 해보겠습니다.

―오호호호! 너 님 진짜로 웃기고 앉았어요, 이 사람아.

흥!

그러고 나니 왠지 속이 다 후련하다.

혜민의 분노에 찬 응징을 느꼈는지 갑자기 예은이 이쪽을 쳐다보더니 환하게 웃었다. 괜히 그녀의 양심이 미안해했다.

이상하게도 저 환하게 웃는 얼굴 앞에선 화도 가라앉아 버린다. 역시 재벌은 웃는 얼굴도 남다른가 보다.

"혜민 씨도 여기 나와봐요. 전망이 정말로 좋아요."

테라스 구경을 못했으니 나쁠 것도 없다 싶어 그녀가 테라스로 나가자 예은이 갑자기 춥다며 부르르 떨더니 안으로 들어갔다.

괜히 어색한 기운이 흘렀다.

"대체 전망이 어떻길래……."

어색한 기운을 쫓아내 보고자 발코니로 다가간 혜민은 곧 '과연……' 하고 중얼거렸다. 작은 인공호수가 바로 앞에 있어서 아름답기 그지없었다.

"몸은 좀 어때? 괜찮은 것 같아?"

괜한 정적이 어색하다는 것을 그도 느꼈는지 강진이 쓸데없이 말을 걸었다.

"아파트 일곱 군데를 돌아다닌 것치고는 상태는 좋아."

강진이 그녀가 기댄 난간에 같이 팔꿈치를 기댔다.

"한예은 씨하고 사이가 좋네. 언제 가까워진 거야?"

혹시라도 그가 질투한다는 생각을 할까 무심한 어투로 물었다.

"며칠 전에 같이 술 한잔 마셨어. 내 작품 스타일을 좋아한다고 친해지고 싶다나."

그런다고 옳다구나 하고 나가서 같이 술을 마셨어? 곧 있으면 유부녀가 될 건데?

"여자하고 친화력이 아주 좋네. 정수도 같이 술을 마셨다고 하던데."

혜민의 말투에 들어 있는 은근한 비꼬임을 눈치챘는지 그가 피식 웃었다.

"누가 들으면 질투하는 거라고 하겠는걸, 황혜민."

"느닷없이 8년 만에 내 인생에 끼어들어 내 주변사람들과 친해지기 시작한 것이 이상하게 눈에 걸릴 거라는 생각은 안 해봤어?"

"느닷없이 8년 만에 상대방의 인생에 끼어든 게 내가 처음은 아니란 생각은 안 해보셨나?"

젠장, 할 말이 없다.

"집 구경은 잘했어? 집 구경한다고 잘만 따라다닌 거치고는 보는 눈이 무심해 보이네."

"눈썰미가 좋아서 대충만 봐도 알지. 어디에 TV를 놓아야 할지, 어디가 침실인지. 밥해 먹을 공간은 어느 정도나 되는지. 남자는 그 정도만 알면 충분하지."

"그럼……."

'차라리 평수 맞는 아파트 찾아서 계약하지 뭐 하러 쫓아다녀? 재벌 딸이라고 어떻게 줄이라도 연결해서 새장가라도 들어보겠다는 거야?' 하고 직격탄을 날려 버리려고 했다.

"혜민 씨, 강진 씨. 욕조가 편백나무로 되어 있는 거 봤어요?"

예은의 커다란 목소리에 혜민은 거기서 그쳐야만 했다. 하지만 여기서 끝날 줄 알았다면 큰 오산이다, 서강진.

결국 예은은 마지막에 본 아파트를 사기로 결정한 것 같았다.

혜민도 그게 탁월한 결정이라 생각했다. 구조와 옵션은 여타 아파트들과 비슷했지만 아파트 바로 앞에 있는 작은 인공호수만큼은 정말 아름다워서 가끔 한 번씩 그 호수를 가로지르는 목교木橋나 혹은 호수의 정 가운데, 목교가 끝나는 곳에 있는 예쁜 정자를 거니는 것도 좋을 것 같았다.

두 사람에게 다리품 팔게 한 것이 미안했는지 예은은 구미가 당기는 제안을 했다.

"힘들게 돌아다녔는데 어디 분위기 좋은 데 가서 가볍게 밥이나 먹고 가요. 그냥 헤어지자니 미안하네."

시간도 애매해서 회사로 들어가기도 뭐하고 또 점심으로 간단히 먹은 양파 많이 들어간 샌드위치가 오늘 먹은 전부였기에 배도 많이 출출하긴 했다. 적당히 거절하다 못 이기는 척 받아들였다.

역시 예상한대로 예은이 찾은 곳은 가벼운 저녁이 아닌 룸으로 된 일식집이었다.

여자 둘과 남자 한 명이 아닌 장정 세 사람이 먹어도 남을 정도의 일식이 상다리 휘어질 정도로 테이블을 가득 채우자 예은은 느닷없이 술 생각이 난다며 사케를 주문했다.

식사와 함께 사케를 두세 잔 마시자 힘들었던 오늘의 피로가 노골노골 풀리기 시작했다.

"전 일이 있어 먼저 가볼게요. 재벌 딸이어도 부모 돈으로 공짜로 먹고 노는 건 용납을 받지 못해서……."

배도 차고 분위기도 좋아지려 했는데 또다시 예은이 자리에서 먼저 일어섰다.

재벌은 역시 다르다니까. 딸한테도 공짜가 없다니. 저래서 삼정물산이 좋은 이미지로 소문이 난 모양이다.

"참, 혜민 씨, 웨딩드레스 언제 보러 간다고요?"

혜민은 다이어리를 꺼내 날짜를 확인했다.

"열흘 후네요. 오전 열 시."

결혼 준비 자체엔 그다지 흥미가 없어 보이던 예은도 예비신부다운 면이 있긴 있구나. 드레스 입어보는 날짜를 물어보는 것을 보면.

하지만 내심 혜민도 떨리긴 마찬가지다. 아주 가끔, 엄밀히 말하면 지금까지 청실홍실의 창사 이래 딱 다섯 명의 손님만이 드레스를 직접 샀고 나머지는 다 대여를 했다. 그리고 그런 상상도 못할 가격의 명품드레스를 산 고객은 한 명도 없었다.

약속을 잡은 그 드레스숍은 강남에 위치한 것으로, 유명인들이 결혼할 때 웨딩드레스를 이곳에서 많이 사는 것으로 명성이 높은 곳이었다. 아마도 전 세계의 유명디자이너들이 디자인한 드레스들이 선부 다 한 자리에 있을 것이다.

그런 만큼 혜민도 은근 기대가 높았다. 직업을 떠나서 여자라면, 특히 제대로 된 웨딩드레스 한 번 못 입어본 여자라면 전 세계의 명품드레스가 있는 장소에서 누군들 떨리지 않겠는가.

"그럼 그때 봐요, 혜민 씨. 늦지 말고 와요. 집은 그렇게까지 궁금했던 건 아니지만 드레스만큼은 정말로 궁금해 죽을 거 같거든요."

예은이 나가고 나서 또다시 일시적인 정적이 흘렀다. 강진이 술
잔을 채우는 소리만 쪼르륵 하고 들렸다.

마치 무슨 말이라도 하지 않으면 누가 당장이라도 달려와서 테
이블 치울 테니 나가달라고 할 것만 같아 혜민이 입을 열었다.

"강진 씨는……."

"너는……."

그도 같은 생각을 했는지 동시에 말을 하고 말았다.

"강진 씨가 먼저 말해."

혜민이 얼른 예의 바르게 양보했다.

"그냥…… 갑자기 궁금해서. 그때 우리 헤어지고 나서…… 잘
지냈는지. 지금까지 한 번도 그걸 물은 기억이 나질 않아서 말이
야."

괜히 먼저 말하라고 했다. 피하고 싶은 소재다.

"그냥 정신없이 보냈지. 지난 8년이 어떻게 지났는지도 모르게
말이야. 유학도 갔다 오고, 회사 차리고 회사 키우기 위해 동분서
주하고. 그러고 살았어."

"사귀는 남자는 없고?"

지난번 집에서 엄마가 하는 말을 다 들었으면서 못 들은 척하기
는.

"없어."

딱 잘라 대답했다.

"왜, 독신주의야?"

그의 질문을 싱긋 웃어넘기려 했지만 갑자기 목이 말라 오는 것

은 숨길 수 없었다. 혜민은 잔을 마저 비웠다.

"돌싱이 독신주의가 어딨어? 그냥 못 간 거지."

피식 웃는 강진의 폼이 그녀의 말을 믿지는 않는 것 같다.

"네가 돌싱이 아니라 돌싱 조상쯤 되어도 남자들이 널 그냥 두진 않았을 것 같은데."

혜민도 따라 피식 웃으려 했지만 역시 웃음이 나오지 않았다.

"그건 그렇지. 다만 예나 지금이나 눈은 한없이 높은데 이혼녀의 사회적 지위는 대한민국에서 생각보다 낮다는 거지. 한 번 결혼에 실패한 여자가 고를 수 있는 옵션은 그리 많지가 않아."

주제파악 못 하고 미혼남을 고집하다 재혼을 못 한 것은 아니었지만 그런 얘기까지 할 필요는 없었다.

"아, 급 우울하다."

정말 괜히 먼저 말하라고 했어. 씁쓸한 기분으로 혜민은 강진이 채워준 술잔을 비웠다.

"강진 씨는 어떻게 지냈어?"

원래는 그걸 물으려는 목적은 아니었다. 처음부터 공격권을 가져왔더라면 분명 '왜 자꾸 우릴 따라다녀? 정말로 재벌 딸한테 줄 대서 새장가 가고 싶어서 그래?' 하고 다분히 공격적 의도가 있는 질문을 하려 했다.

하지만 왠지 지금은 그런 분위기가 아니라 혜민은 그저 단순하게 분위기 쇄신 차원에서 질문했을 뿐이다.

"잘 지냈어."

혜민은 또 피식 웃었다.

"그거 알아? 나, 강진 씨가 그렇게까지 유명해질 줄 몰랐다. 그때가 몇 년 전이었더라……. 한 2년쯤 전인 거 같은데, 어느 날 잡지에서 '대한민국에서 가장 잘나가는 사진작가'라는 헤드라인으로 강진 씨 사진이 오른 걸 보고 얼마나 깜짝 놀랐는지 알아?"

이것도 굳이 과거의 얘기를 꺼내려고 한 말은 아니었다. 그저 그가 유명해진 것을 뒤늦게라도 축하해 주고 싶어 슬쩍 말을 끄집어낸 것이다. 하지만 어떻게 받아들였는지 그는 술잔을 비우고 뜸을 들였다. 그가 먼저 자신의 술잔을 채웠으니 혜민도 그의 술잔을 채웠다.

"그때가 막 뉴욕에서 돌아왔을 때였지."

"그때까지 뉴욕에 있었던 거야?"

그가 뉴욕에 있었다는 것은 전에 예은을 통해 알게 되었지만 그때까지인 줄은 몰랐다. 그땐 그도 같은 하늘 아래 있는 줄 알았는데.

캐나다에서 다 잊었다 생각했었는데 그래도 가끔은 예쁘게 비가 오는 날이면 그와 함께 앉아 창밖을 내다보며 차를 마시던 때가 떠오르곤 했다. 그저 예쁘게만 기억된 그 추억이 아까워서 가끔 그렇게 끄집어냈다.

"미국엔 어쩌다 갔어?"

그 다음에 자연스럽게 이어질 질문은 그것밖에 없었다.

"나야…… 원래 가진 게 없었으니 기회가 오면 무조건 필사적으로 잡아야 했지. 너 유학 가고 나서 1년쯤 지나서 그런 기회가 오더군.”

“그럼 우리 헤어지고 나서 1년 만에 갔단 얘기네.”

무심하게 받아들이던 혜민의 눈에 뒤늦게 의혹이 스쳤다.

“나 유학 간 거 처음부터 알고 있었던 거야?”

그가 말없이 혜민의 술잔을 채웠다.

캐나다에 있을 때 그런 생각은 했었다. 내가 유학을 떠나온 걸 그는 알고 있을까? 혹시 날 찾아왔다 그걸 알고 실망해서 가지는 않을까? 아니다, 그는 절대로 다시는 날 찾지 않을 것이다. 그렇게 상처를 받고도 또 찾으면 그건…… 그야말로 배알도 없는 짓이다.

그런데 그가 그 배알도 없는 짓을 했던 모양이다.

의외였다. 하지만 어처구니없게도 왜 한편으로 그게 기쁜 걸까? 황혜민, 너 정말 너무 이기적이야. 그의 상처가 더 컸을 텐데도 그걸 내심 바라고 있었구나.

“다 지난 일이야. 이렇게 다시 만나서 마치 아무 일도 없던 양 같이 술도 마시게 됐잖아? 난 강진 씨하고 또 같이 술을 마실 날이 올 거라곤 생각해 본 적도 없어.”

혜민은 가라앉은 분위기를 다시 띄워보고자 애써 밝은 목소리를 내며 잔을 치켜들었다.

그가 말없이 잔을 부딪쳐 왔다.

“어차피 앞으로 당분간은 계속 얼굴 마주칠 거 같은데, 이왕 이렇게 된 거, 묵은 감정과 쌓인 빚 같은 건 다 잊어버리고 우리 잘 지내도록 해, 강진 씨.”

아, 괜히 오버하다 쌓인 빚까지 끄집어내고 말았다. 그 뜻이 아니었건만.

그 말이 어째 그렇게 가나, 하는 표정으로 그는 어이없어하고 있었다.

"그렇다고 약속까지 어기면 안 되는 거지. 다 잊어버리려면 빚은 청산해야지."

젠장, 얼렁뚱땅 넘어가나 했더니.

역시 본인은 인지하지 못하고 있었지만 아까 많이 놀란 데다 몸 상태도 좋지는 않았던 것이 분명하다.

조금은 흔들리는 혜민의 한 팔을 잡고 강진은 쓴웃음을 짓고 있었다.

전에는 이렇게까지 술에 약하지 않았었는데 못 본 새 많이 변하긴 혜민도 마찬가지다.

처음엔 술을 그리 많이 마신 게 아니라 생각했다. 그러나 얼마 지나지 않아, 갑자기 정색을 하며 자신을 노려보더니, '그렇게 빚을 받고 싶으면 당장 받아가라, 괜히 피 말리지 말고' 라고 했을 때 강진은 그녀가 취했다는 사실을 알았다.

술 취한 혜민을 보는 건 참으로 오랜만이었다. 그땐 주정도 하지 않았다. 혜민은 술에 취하면 유난히 웃음이 많아졌고 그러다 이내 잠들어 버렸다.

술버릇이 진화했군, 황혜민. 이젠 주정도 하네.

"나, 캐나다에서 친구한테 춤도 배웠다. 아주 웃기는 춤인데 보여줄까?"

춤도 추시겠단다.

얼른 피곤하다는 핑계를 대고 춤 다 추기 전에는 안 나오겠다고
버티는 혜민을 데리고 나오는 수밖에 없었다.

―대리운전에는 김 대리를 불러주세요.

강진의 차에 붙은 작은 전단지를 보고 갑자기 휴대폰을 꺼낸 혜
민이 주소록에서 회사의 김 대리의 번호를 찾아 전화를 걸 때까지
강진은 그녀가 뭐하는지도 몰랐다.

"김 대리. 와서 운전해 준다며."

하는 말을 들은 강진은 그제야 얼른 혜민의 휴대폰을 빼앗아 미
안하단 말을 하고 얼른 끊었다.

어이없어할 틈도 없이 강진은 얼른 대리운전을 불렀다. 지금은
혜민을 빨리 집으로 데려다 주는 것이 좋을 것 같다. 내일 일어나
새록새록 떠오르는 기억들에 고통스러워 몸부림치기 전에.

혜민의 집 앞에 삼시 차를 세운 강진은 그녀를 부축해 차에서
내렸다.

대리기사에게 돈을 더 줄 것을 약속하고 강진은 혜민이 차에 두
고 내린 핸드백을 챙겨 들었다.

업고 갈 정도로 인사불성이 되진 않았지만 멀쩡히 서 있다고 해
서 인사불성이 아닌 것은 아닌 것 같다.

집으로 올라가는 엘리베이터 안에서도 뭐가 그리 재밌는지 혜

민은 혼자 계속 피식거리기도 하고 키득거리기도 하며 웃고 있다.
이건 진화 전의 형태다.

카드키였으니 망정이지 번호키 같은 거였으면 오늘 혜민은 복
도에서 노숙할 뻔했다. 저 상태로는 기억을 하지도 못할 거 같았
으니까.

당장이라도 문 앞에 쪼그리고 앉을 정도로 점점 취해가는 혜민
을 강진은 서둘러 집안으로 밀어 넣었다.

오렌지색 눈꺼풀도 너무 밝게 느껴져 혜민은 이불을 머리끝까
지 푹 덮었다.

안 그래도 머리가 아픈데 이번에는 새소리마저 그녀의 머리를
울려댔다.

목이 타는 갈증에 어쩔 수 없이 목을 축이기 위해 혜민은 자리
에서 몸을 일으켰다. 바로 그 순간 그녀의 코앞에 물 한 잔이 들이
밀어졌다.

아침부터 이 시간에 누군가 그녀의 집에 있을 확률은 제로였어
야 했다.

넋이 나간 채 멍한 시선으로 물잔을 내민 팔을 따라 올라가 보
니 그 끝에 강진이 미소를 머금고 서 있었다.

헝클어진 머리, 까칠하게 자란 수염, 구겨진 티셔츠……

화들짝 놀란 혜민이 제일 먼저 한 일은 자신의 이불을 들춰보는
것이었다.

오, 맙소사.

옷이 없다. 어제 입었던 맵시 좋은 스커트와 스타킹이 없다. 깔끔했던 정장셔츠도 없다. 두리번거리고 보니 그녀의 옷은 고이 콘솔의자 등받이에 걸려 있었다. 아무리 기억을 더듬어도 옷을 벗은 기억도 나지 않고, 설사 스스로 옷을 벗었다 해도 절대로 저렇게 의자 등받이에 옷을 걸지는 않았을 것이다.

치사한 인간이! 방어조차도 못 하게 취해서 자고 있을 때 빚을 받아갔구나! 없애 버리겠어, 서강진.

혜민이 울컥한 마음에 강진을 노려보자 그는 무슨 영문이냐는 듯 두 눈썹을 치켜올렸다.

그러다 다시 이불 속을 들여다보는 혜민의 얼굴에 웃음을 터뜨리고 말았다.

"설마, 지금 내가 당신 자고 있는 사이에 키핑해 둔 걸 받아갔다고 생각하고 있는 건 아니겠지?"

"아니면 왜 내 옷이……. 왜 내가 속옷만 입고……."

"황혜민, 내가 당신하고 같이 잤다면 그 속옷을 그대로 고이 다시 입혔을 것 같아?"

상당히 설득력 있는 말이다.

두통이 있었음에도 불구하고 혜민의 머리가 바쁘게 돌아가기 시작했다.

그의 말이 맞다. 만일 그가 빚을 받으려 했다면 이렇게 고이 속옷을 입고 있지는 않겠지. 어쨌거나 검은 속옷을 입고 있어 다행이다. 어제 어두운 계통의 옷을 입으니 괜찮겠지 하고 입었는데, 적어도 고의로 검은 속옷을 입은 것처럼 보이진 않잖아.

아, 이게 아니다. 어쨌건 그의 말이 옳다 해도 이 기회에 빚을 탕감받는 것이다. 난 기억나는 것이 없으니까. 그를 몰아붙이면 그가 어이없어서 그래, 네 맘대로 해라 말할지도 모른다.

"그 말을 하려고 옷을 다시 입혔겠지."

"뭐라고?"

그가 어이없다는 표정으로 들고 있던 물잔을 탁자 위에 내려놓았다.

"그게 널 구해준 은인에게 할 소리냐? 내가 널 데리고 들어오지 않았으면 아마 거실 복판에 먹은 거 확인했을 거다. 밤새 잠도 못 자고 지키다 간신히 소파에서 잔 사람한테……."

그 말에서 살짝 기억이 났다. 어제 그가 자신을 변기 앞에 앉혀 놓는 바람에 한동안 변기를 끌어안고 있었던 것이.

애써 기억을 밀어내며 혜민은 계속 뻔뻔하게 모르쇠로 나가기로 결심했다.

"기억 안 나. 그리고 어쨌건 난 이렇게 옷도 못 갖춰 입고 침대에 누워 있고 강진 씨 차림으로 봐서는 여기서 허락 없이 하룻밤을 지낸 것이 확실해. 그런데 우리가 아무것도 안 했는지 어떻게 믿어? 내가 봤을 땐 유죄야. 내가 기억을 못 한다고 해서 그걸 이용해 먹지 마."

"그래서?"

"이걸로 빚은 탕감된 거다?"

"……."

갑자기 그가 입을 다물었다. 먹혔나 싶은 생각에 혜민은 슬쩍 그의 눈치를 봤다.

그는 재밌다는 듯 그녀를 보며 싱긋 웃었다. 오, 예전 경험으로 볼 때 저건 결코 좋은 징조가 아니었다.

"그럼 이왕 들켰으니 사실대로 얘기하지."

뭐야, 그럼 진짜로 했단 말인가?

"실은 널 그런 상태로 안고 싶지는 않았어. 네가 안아달라고 계속 조르기 전까지는."

거짓말!

"오늘이야말로 꼭 빚을 갚고 싶다며 네가 날 끌어안고 내 귀에 음탕한 말들을 속삭였잖아."

아니야! 그럴 리 없어!

"난 그냥 술에 취한 널 침대에 눕히려고만 했는데 네가 날 침대로 끌어당겼어. 빼도 박도 못하게 두 다리로 내 허릴 감고서는 교태스럽게……."

"그만! 그만해!"

이 낯뜨거운 말들을 더 이상은 들을 수 없어 혜민은 침대에 엎드린 채로 베개 속에 얼굴을 파묻었다.

"내 옷을 네가 벗겼어. 난 정말로 네가 깨어 있을 때 하고 싶었는데……. 네가 내 몸을 만지는 통에……."

그가 다가와 그녀가 잘 들을 수 있도록 베개 옆에서 속삭였다. 혜민은 몸부림쳤다.

"알았어, 알았다고. 잘못했다고!"

"그래야지."

만족스러운 표정으로 그가 침대에서 일어섰다.

"또 그럼 그땐 진짜 빚 갚는 날이다?"

베개 속에서 혜민은 고개를 끄덕였다. 왜 내가 그런 얄팍한 수를 썼을까. 서강진에게 그런 건 절대로 먹히지 않는데.

"회사까지 태워다 줄 테니까 옷 입어. 아까 보험회사에서 렌터카 때문에 계속 전화 오는 것 같던데, 못 받았으니 어쩔 수 없지."

그 말에 혜민은 침대에서 벌떡 몸을 일으켰다.

"뭐? 지금 몇 신데?"

"아홉 시가 조금 넘은 거 같아."

"뭐어?! 왜 안 깨웠어!"

혜민은 당황한 얼굴로 서둘러 침대에서 내려왔다. 나쁜 인간 같으니라고! 분명 회사 지각하라고 고의로 그런 것이 틀림없다.

"네가 반은 오너라며. 늦을 수도 있지, 그 상태로 회사 가서 어제 인사불성될 때까지 과음한 거 사원들에게 보이는 것도 좋아 보이지 않을 거 같고."

"누가 그런 걱정해 달래?!"

적반하장인 것을 모르는 바는 아니었지만 당장 급하니 큰소리부터 나왔다.

욕실에서 목욕가운만 입고 급히 양치질을 하던 혜민은 '삐릭' 하는 문소리에 슬쩍 현관 쪽을 내다보았다. 안 그래도 늦었는데, 좀 전에 소리 지른 것 때문에 강진이 자신을 안 태워다 줄 요량으로 속 좁게 그냥 가버린 건 아닌가 걱정되었던 것이다.

그러다 혜민은 그대로 몸이 굳어버리고 말았다.

"엄마⋯⋯."

현관 앞에 서서 혜민과 똑같은 표정을 짓고 서 있는 사람은 효정이었다. 그녀의 시선 끝에는 거실에 서서 그녀를 바라보고 서 있는 강진이 있었다.

8

지금 이 모습이 어떻게 보일지는 아주 잘 알고 있었다.

아직 세수도 안 한 채, 비록 안에 속옷을 입고 있지만 겉으로 보이는 건 목욕가운뿐일 것이고 또 그 아래로 보이는 자신의 맨다리, 거기서 시선을 돌려 거실 복판에 뻔뻔하게 서 있는 강진을 보자면 이른 아침 구겨진 티셔츠와 멋으로 길렀다기보다는 면도 안 한 것으로 보이는 까칠한 수염, 베개에 한참 뭉개지고 비벼진 헝클어진 머리카락. 딱 봐도 둘은 밤새 같이 뭔가 야한 짓을 한 사이로 보일 것이다.

그래서 다른 때라면 '엄마, 아냐!'를 외쳤겠지만 이번만큼은 지레 포기했다. 해봤자 씨알도 안 먹힐 것이 뻔했으니까.

"어, 엄마. 이 시간에 왜……."

"너 없을 때 청소나 하고 반찬 좀 넣고 가려고 왔다."

강진에게서 시선을 떼지 않고 효정이 말했다. 사실 그 핑계를 대고 청소하는 척하면서 뭔가 정탐할 것이 없나 살피러 왔지만 말해주지 않는 한 혜민은 모를 것이다.

그제야 강진이 조용히 머리를 숙여 인사했다.

칫솔을 입에 문 채로 혜민은 양치질도 못하고 고무줄처럼 팽팽하게 당겨진 두 사람 사이의 긴장감만을 살피고 있었다.

엄마는 처음부터 강진을 좋아하지 않았다. 강진을 본 적이 없을 때도 엄마 아빠 모두 그를 천하의 시정잡배 취급부터 했다.

나중에 결혼식을 올리고 난 후 반지하 창고방을 빼서 작은 월세 임대아파트를 빌렸을 때도 아빠 한 번도 찾아온 적이 없었고 엄마는 한참이나 지나서야 두 사람의 집에 첫걸음을 했다.

마치 큰 죄라도 지은 것처럼 강진은 엄마의 앞에서 무릎 꿇고 앉아 고개도 들지 못했다. 그땐 그게 한편으로는 당연하게 생각됐었다. 아직 어린 자신을 데려다 고생시키니 미안해하는 것이라고. 그것이 그로서는 굴욕적일 거라는 생각조차도 못했다.

그에 비하면 강진의 지금 저 모습은 많이 다르다. 고개를 수였지만 조아리는 느낌은 없다. 그저 나이 많은 분에 대한 공경 정도의 의미로만 느껴질 뿐.

빳빳한 자세로 그 모습을 보고 서 있던 효정은 마침내 뭔가를 결심한 듯 신발을 벗으며 안으로 들어왔다. 저 모습은 팔만 안 걷어붙였지 당장이라도 큰소리를 낼 기세다.

"엄마, 지금은 좀 그러니까 나중에 다시……."

"넌 빨리 마저 씻기나 해. 아무리 출근 전이라지만 목욕가운만 입고 있는 건 보기 좋지 않으니까.”

“누가 목욕가운만 입고 있다고……. 속에 속옷 입었어!”

강진 앞에서 확 까 보일 수도 없고.

어쩔 수 없이 혜민은 열과 성을 다해 초스피드로 양치질을 마쳤다. 샤워를 하는 동안에도 그녀의 온 신경은 문밖으로 향해 있었다.

머릿속 그림으로는 이미 마주 선 두 사람의 사이에 황량한 바람 한줄기가 불고 있었다.

먼저 총을 뽑는 사람이 사는 것이다. 가슴에 관통상을 맞은 상대방은 바닥에 먼지를 일으키며 그대로 풀썩 쓰러질 것이다.

그리고 살아남은 사람은 만족스러운 표정으로 총구의 연기를 훅 불며 유유히 돌아가겠지.

혜민은 상념을 지우려고 머리를 마구 흔들었다. 지금 이런 상황에 그런 싸구려 서부영화 장면은 왜 나오는 거냐고!

하지만 불안하다. 혹시 샤워기 소리 때문에 아무 소리도 안 들리는 거 아냐?

혹시나 싶어 샤워기의 물을 꺼봤지만 역시 아무 소리도 들리지 않았다. 불안해서 참을 수 없었다. 분명 누군가 가슴에 피를 흘리며 쓰러졌을 것이다. 상황이 종료됐을지도 모르는 것이다.

대충 비누거품만 씻어내고 혜민은 서둘러 가운을 걸치고 욕실 밖으로 나왔다.

놀랍게도 강진이 주방에 서 있었다. 마치 전에도 많이 해본 것처럼 찬장을 뒤져 차를 꺼내 찻물을 우리고 있었다. 두 잔의 찻잔.

엄마에게 차를 대접하려는 것이다.

더 놀라운 것은 엄마는 소파에 잠자코 앉아 그가 하는 양을 지켜보고 있다는 것이다. 조용하다니……. 엄마가 강진과 함께 있는데 한마디 큰 소리도 내지 않고 조용하다니!

그게 정말로 조용한 것이라면 좋겠지만 혜민에게는 마치 폭풍 전에 오는 그 무섭기 짝이 없는 고요 같은 것으로 느껴졌다.

“강진 씨, 조금만 기다렸으면 내가 차를…….”

“아무래도 오늘은 네가 택시를 타고 가야 할 것 같다.”

차분한 그의 목소리는 마치 ‘걱정 마, 시끄럽지 않게 마무리할 테니까’ 하고 말하는 것 같았지만 결코 안심이 되지는 않았다. 더군다나 엄마의 오해를 풀어주지 않으면 나중에 머릿속에서 키울 대로 키워서는 혼자 재판하고 판결까지 내릴 분이다.

“괜찮아. 강진 씨 말대로 난 회사의 반쪽 오너…….”

“그 말대로 하렴. 너 먼저 회사에 출근하는 게 좋을 것 같구나. 벌써 늦지 않았니?”

효정이 혜민의 말을 잘랐다. 말투는 다정하지만 듣지 않으면 절대로 안 될 것 같은 강압이 서려 있었다.

오오! 상황도 잊고 혜민은 감탄한 표정을 지었다.

살다 보니 저렇게 두 사람의 의견이 딱 맞을 때도 있구나.

“그래도 문단속도 해야 하고…….”

두 사람이 동시에 자신에게 조용히 방으로 들어가라는 무언의 압력을 넣듯 노려보자 혜민은 더 이상 말도 못 하고 조용히 방으로 들어갔다. 저곳은 내가 속할 곳이 아닌 모양이다.

잠시 후, 옷을 차려 입고 백을 들고 나온 혜민은 불안한 시선으로 효정과 아직 주방에 서 있는 강진을 바라보았다.

정말 내가 없어도 괜찮은 걸까? 지금 저대로라면 정말로 문제가 안 생길 것 같긴 한데. 문제는 엄마다. 상황도 모르면서 또 더 이상한 상황을 만들지는 않을까 걱정이 되지 않을 수 없다.

"빨리 가라니까."

그녀를 향해 한마디하고 다시 강진을 쳐다보는 효정을 보며 혜민은 울상을 하고 집을 나설 수밖에 없었다.

그래도 혹시나 무슨 말 하는 것이 들리지 않을까 현관문에 귀를 바짝 대보았지만 요새 아파트 문은 혹시라도 누가 엿들을 일을 방지하기 위해 기가 막힐 정도로 방음이 잘되어 있었다.

포기하고 혜민은 하는 수 없이 엘리베이터로 향했다.

강진은 효정의 앞에 찻잔을 내려놓고는 그녀의 맞은편에 앉았다.

"이제 말씀하시죠."

효정은 앞에 앉아 무표정하게 자신을 바라보고 있는 강진을 바라보다 마침내 입을 열었다.

"자넨 소힘줄보다 더 질기군. 대체 무슨 생각으로 이러는 건가? 아니, 대답할 필요 없네. 무슨 생각인지는 내가 더 잘 알지. 이미 한 번 결혼했던 아이니 만만하다 생각했겠지. 혜민이는 재혼할 생각도 않고 있으니 내 속이 충분히 타들어갔을 것이고, 그러니 이젠 예전과는 달리 나도 어쩔 수 없이 많이 너그러워졌을 거라 생각했겠지."

강진은 잠자고 효정의 말이 끝날 때까지 기다리고 있었다.

"그래, 그것도 틀린 생각은 아니지. 저 애가 저러고 있으니 나도 어디 불구나 아니면 정신 이상한 놈이 아니라면 웬만하면 허락해 줄 생각이었네."

"장모님."

"내말 아직 안 끝났네. 장모님 소리 듣는 것도 유쾌하진 않으니 그렇게 부르지도 말게. 난 어디 불구나 정신 이상한 놈만 아니면 된다고 생각했는데 오늘부로 하나 더 늘었어. 이런 말해서 자네에게는 유감이지만, 근본도 없는 천애고아에게 어떤 상황에서도 내 딸을 줄 수 없네. 우리 집안이 어떤 집안인 줄 알고. 조상님들이 아신다면 무덤에서 벌떡 일어나실 게야. 한 번 안 된 결혼, 두 번이라고 될까. 전에는 혜민이 우리가 어쩌기도 전에 일을 저질러 버렸으니 막을 수 없었지만 지금은 달라. 지금은 혜민이도 그리 무모하지 않고 우리도 한 번 겪은 일을 또 당할 만큼 모자란 사람들이 아니네."

"제가 변했다 해노 발씀입니까?"

강진의 조용한 목소리에 효정은 잠시 입을 다물었다. 짧은 침묵 후 그녀가 다시 입을 열었다.

"자네가 변했다 해도 절대로 변하지 않는 상황도 있는 법 아닌가. 굳이 다시 한 번 상기시키고 싶지 않군."

단호한 효정의 말에 강진은 다시금 입을 다물었다.

"장모님, 아니, 어머님. 말씀하신 대로 제가 고아인 것은 어쩔 수 없습니다. 하지만……."

"그거면 충분하네. 그러니 자네도 헛꿈꾸지 말고 시간이 더 가기 전에 자네한테 맞는 배필을 찾게. 오늘 이후로 또다시 우리 딸을 만나는 것을 알게 되었다가는 내가 가만있지 않을 거야. 자네가 오늘날 이렇게 성공한 건 내가 아무것도 하지 않았기 때문이란 걸 명심하도록 하게."

효정의 완고한 목소리에 강진의 굳게 다물어진 턱에 힘이 들어갔다.

강진이 말을 더 하려는 듯 보였지만 자신이 하고 싶었던 말을 끝낸 효정은 더 들을 말도 없었다. 볼일이 끝난 표정으로 백을 집어 든 효정은 그대로 일어나 밖으로 나가 버렸다.

몸은 회사의 자리에 앉아 일을 하면서도 혜민의 정신은 온통 자신의 아파트로 향해 있었다.

대체 두 사람은 무슨 얘기를 하고 있을까.

엄마는 말이 없을 때가 더 무섭다. 그리고 분명 아까 아무 말도 않고 자신이 나가기만을 기다리고 있었다.

혜민의 경험으로 볼 때 그건 언제나 전쟁의 시작을 의미하는 것이었다.

몇 년에 한 번 볼까 말까한 광경이지만 아빠와 한바탕하기 전 엄마의 모습이 그랬다. 분명 뭔가 아주 큰일이 벌어지고 있을 것이다.

시계를 보니 출근하고 나서 한 시간도 지나지 않았다.

아직 얘기를 하고 있을까, 아니면 상황이 종료됐을까.

분명 보나마나 이 싸움은 엄마의 완승일 것이다. 엄마는 강진을 좋아하지 않았고 강진의 직업도 싫어했고 부부임에도 강진이 자신과 함께 있는 것을 보는 것조차도 좋아하지 않았으니까.

그리고 말발로 얘기하자면 대한민국 둘째가라면 서러워할 분이다.

강진도 지난 세월 동안 변하긴 한 것 같지만 그렇다고 해서 절대로 엄마를 이길 순 없을 것이다.

아까 그렇게 나오지 말 걸 그랬어. 두 사람 다 날 몰아내려 했어도 끝까지 버티고 나오지 말았어야 했어.

이제 와서 후회하면 어쩌리. 시간을 되돌릴 수 있다면 한 시간 전으로, 아니, 8년 전, 그를 처음 만났던 시간으로 되돌렸을 것이다. 하지만 그간 무수한 후회를 해왔던 이유는 시간은 언제나 한 방향으로만 흐르기 때문이다.

한숨만 폭 나왔다.

초조한 마음에 자리에서 일어나 서성이던 혜민은 마침내 결심한 듯 휴대폰을 꺼내 들었다.

그녀가 누른 번호는 엄마의 것이었다.

강진에게 전화를 걸고 싶었지만 혹시라도 엄마의 모진 말에 상처를 받았다면 자신의 생각 없는 전화가 거기에 소금을 끼얹는 결과가 될지도 모르기 때문이었다.

신호음이 한참을 울려도 엄마는 전화를 받지 않았다. 마침내 음성녹음을 시작한다는 안내 메시지가 울리자 혜민은 다시 한 번 엄마에게 전화를 걸었다. 일부러 안 받는 것이라면 받을 때까지 전화할 것이다.

그리고 잠시 후, 엄마의 목소리가 들렸다.

[왜.]

왜라니, 왜인 줄 뻔히 알면서.

"엄마, 어디야?"

[집으로 가는 중이다.]

"어떻게 됐어? 강진 씨한테 무슨 말 했어?"

[…….]

대답이 없었다. 좋지 않은 징조다.

"설마, 심한 말 한 거 아니지?"

[아니긴, 왜 아냐. 안 맞는 인연 한 번이면 됐지, 뭐 하러 또 얼씬대냐고 했다. 그렇게 헤어지고 나서 네가 얼마나 힘들어했는데 감히 또 얼쩡거려, 얼쩡거리긴. 한 번 결혼했던 사이라고 네가 쉬워 보여서 그런 모양인데, 네가 누구한테 시집가도 천애고아보다는 나은 사람과 결혼할 거니까 꿈도 꾸지 말라고 혼쭐을 내줬다.]

"엄마!"

혜민은 저도 모르게 큰소리를 내고 말았다.

"엄마는 정말…… 대체 사람이 왜 그래?"

[내가 틀린 말 했니?]

"맞고 틀리고의 문제가 아니잖아. 엄만 왜 그렇게 사람이 잔인해? 헤어지잔 말 내가 했잖아. 상처를 줘도 내가 줬지 그 사람이 준 게 아니잖아. 그런데다 대고 그런 말을 했어? 예전에 그렇게 상처를 줬으면 됐지, 하필 가장 아팠던 곳을 또 찔러? 어떻게 그럴 수 있어?”

[그러게 네가 그놈하고 같이……. 그렇게 안 했으면 됐잖아. 아무리 이 엄마가 너 시집가라, 시집가라. 이젠 집 앞으로 처음 지나가는 놈 따라가도 되니까 시집가라 했어도 그렇지, 하고많은 사람 중에 왜 하필 그놈이야? 이 엄마한테 반항하는 거야? 시집 안 가겠다고 시위하는 거냐고.]

“우린 아무…….”

이유도 없이 울컥한 마음에 갑자기 목이 메어 혜민은 말을 멈췄다.

같이 안 잤으면 어떻고 같이 잤으면 어때, 내 인생인데. 그와 다시 합치건, 아니면 이대로 영영 남이 되건 그건 내 선택인데. 왜 항상 엄마는 이렇게 내 인생을 강요하는 걸까?

“끊어. 엄마하고 더 이상 말하고 싶지 않아.”

전화기 너머로 엄마가 뭐라고 말을 이었지만 혜민은 그대로 전화를 끊었다.

전화벨이 울렸다. 엄마가 아직 할 말이 남은 모양이었다. 말없이 혜민은 배터리를 분리시켜 버렸다.

[네가 누구한테 시집가도 천애고아보다는 나은 사람과 결혼할 거니까 꿈도 꾸지 말라고 혼쭐을 내줬다.]

어떻게 그런 말을 할 수 있을까? 굳이 말을 하지 않아도 엄마는 알고 있을 줄 알았다. 그를 생각하는 내 마음이 어떨지.

그렇게 상처를 줬는데. 너무도 독 같은 말이어서 그 말을 뱉는 나까지도 아팠는데. 그토록 아픈 말을 들었던 사람에게 또다시 그런 말을 하다니…….

한순간도 그땔 잊은 적이 없다. 자신을 바라보는 그의 눈, 그의 표정, 떨리는 그의 어깨. 굳게 입을 다물고 아무 말도 하지 않았지만 그의 내면이 갈가리 찢겨지고 이겨지는 것을 느끼지 않을 수 없었다. 8년 전 어느 겨울날, 그렇게 그의 마음을 갈가리 찢어놓고 혜민은 그를 떠났다.

어느새 혜민의 기억이 오래전으로 돌아가고 있었다. 날씨마저 기록적으로 추워 몸도 마음도 꽁꽁 얼었던 그날로.

그는 아무것도 모르고 집으로 들어왔다. 현관 앞에 서 있는 효정의 모습을 보았을 때 그는 무슨 일이라도 생긴 걸 직감한 듯 놀란 눈으로 집안으로 들어왔다.

혜민은 식탁 앞에 앉아 그를 기다리고 있었다.

그녀의 발치엔 그간 입었던 옷이 담긴 가방이 놓여 있었다. 버려도 상관없는 옷이었지만 혹시라도 그가 보고 마음 아파할까 봐 그녀는 하나도 빼놓지 않고 모두 담았다.

그 옷가방을 본 그의 얼굴은 뭐라고 알 수 없는 복잡한 표정이었다. 아마도 알았을 것이다. 현관에 서 있는 효정과 혜민의 발치에 있는 옷가방. 그러니 그녀가 지금 하려는 말은 굳이 듣지 않아도 충분히 상상할 수 있을 것이다.

효정이 마지막 배려라도 하듯 조용히 밖으로 나갔다. 그리고 혜민이 입을 열었다.

"오빠한테 말은 하고 가야 할 거 같아서 기다렸어."

"……."

그는 말없이 혜민을 바라보고만 있었다. 아니, 목소리는 나오지 않았어도 그 눈빛은 말을 하고 있었다.

가지마. 날 떠나지마.

그러나 혜민은 애써 외면했다.

"나, 집으로 들어갈 거야. 여기 말고, 진짜 우리 집."

살짝 강진의 눈빛에 힘이 들어갔다. 분개하고 있는 것이 분명했다. '이곳이 우리 집이잖아' 하고 화를 내려는 것처럼 보였다.

그러나 그는 아무 말도 하지 않았다.

"처음엔 정말 재미있었어. 이런 게 신혼이구나, 이런 게 결혼생활이구나 생각하면서 정말로 신이 났었어. 그런데, 살아보니까……. 남들은 이렇게 신혼을 살지 않더라고. 이렇게 구질구질하게, 비참하게 사는 사람은 하나도 없더라고."

그 말에 그는 반응조차도 없었지만 혜민은 가슴이 저렸다. 마치 날이 잘 선 칼로 가슴 한 귀퉁이를 도려내는 것처럼 고통스러우리만치 아렸다.

조금만 참으면 돼.

그녀는 속으로 자신을 부추겼다. 여기서 울면, 여기서 무너지면 안 된다. 안 되는 것이다.

"오빠한테는 정말로 미안하게 생각하고 있어. 나 때문에 고생만 하고 빚만 떠안게 됐지. 그래서 죄책감에 말도 못하고 살았는데……. 더 이상은 안 되겠어. 이젠 더 이상 이 구질구질한 작은 집에서 못 살겠어. 하루 열두 시간씩 서서 일하는 것도 못하겠어. 오빠하고 사는 것도 생각하면 생각할수록 눈앞이 캄캄해. 그래서 이젠 싫어. 못하겠어. 더 이상은 오빠하고 같이 자는 것도 싫어. 단 하룻밤도."

만일 그때 강진이 붙잡았더라면, 비참하게 정을 호소하며 가지 말라고 매달렸더라면 혜민은 무너졌을지도 모른다.

'그러지 마, 그건 네 진심이 아니잖아. 왜 그러는지 말해, 내가 다 고칠게. 네가 하라는 대로 다 할게.'

그렇게 매달렸다면 혜민은 그를 떠나는 것을 포기했을 것이다.

하지만 그는 그러지 않았다.

그는 혜민의 말을 듣는 내내 입을 굳게 다물고 있었다. 턱근육에 힘이 들어가 있는 것이 울분을 참고 있는지, 아니면 하고 싶은 말을 참고 있는 것인지 분간이 가지 않았다.

혜민이 말을 마칠 때까지 그는 그렇게 아무 말도 하지 않고 있었지만 그가 화를 낼지도 모른다고 생각했다. 욕을 하며 '너 때문에 내가 얼마나 힘들었는데! 이제 와서 좀 힘들다고 돌아간다고?' 하고 소리 지를 것 같았다. 차라리 그렇게 해주면 마음이 더 편할 것 같았다.

하지만 그의 음성은 평소보다 가라앉아 있었다.

"그게 네 결정이니?"

그가 한 말은 그것뿐이었다. 화도 내지 않았고 울지도 않았다. 그저 치밀어 오르는 모든 감정을 삼킨 묵직한 어조로 그렇게 물었다.

혜민이 고개를 끄덕이자 그는 더 이상 말을 하지 않았다. 다만 조용히 방으로 들어가 문을 닫았을 뿐이다.

크리스마스를 사흘 앞두고 그 겨울 들어 가장 추웠던 그날, 혜민은 그의 집을 나왔다.

또다시 가슴이 욱신거렸다.

혜민은 배터리가 분리된 휴대폰을 가만히 바라보다 이내 그것을 집어 들고 다시 연결시켰다.

신호음이 계속 울렸지만 강진은 전화를 받지 않았다. 하긴, 받는다 하더라도 딱히 할 말은 없을 것 같다. 사과를 하고 싶지만 무슨 말을 해야 그에게 위로가 될까.

조금 늦은 저녁시간, 혜민은 그제야 퇴근하기 위해 자리에서 일어섰다.

딱히 야근을 해야 할 만큼 바쁜 건 아니었지만 집으로 가자니 마음이 편하지 않았고 그를 만나기 위해선 스튜디오 사람들이 다 퇴근하는 이 시간까지 기다려야 했다.

낮에 보험회사에서 가져다준 렌터카를 강진의 스튜디오 앞에 세운 혜민은 컴컴하게 불이 꺼진 스튜디오건물을 올려다봤다.

2층 테라스 안쪽 블라인드 너머로 약한 불빛이 새어 나오고 있다. 역시 그는 안에 있었던 모양이다.

혜민은 아까 오는 길에 주류백화점에 들러 사과의 의미로 산 와인을 들고 차에서 내렸다. 아직 문단속하기 전인지 출입문이 열려 있었다.

그는 2층의 식탁 앞에 앉아 카메라의 렌즈들을 가져다 닦고 있었다. 일하는 사람들도 많으니 그걸 할 사람이 없는 것도 아닐 텐데, 아마도 그런 식으로 심란한 마음을 정리하고 있는 모양이다.

등을 돌리고 앉아 있었다. 그녀가 온 것을 모르는지 한 번 돌아보지도 않았다.

홀로 켜진 주방조명 때문인가 그의 등이 오늘따라 쓸쓸해 보였다. 처음 만났던 그때처럼.

"전화도 안 받길래 뭐 아주 중요한 일이라도 하는 줄 알았더니 겨우 그거야?"

아무렇지도 않은 척 혜민이 말을 걸자 그제야 그가 슬쩍 고개를 돌려 그녀를 보았지만 이내 다시 렌즈 닦는데 여념이 없다.

혜민이 다가가 그의 앞에 와인병을 내려놓았다.

"뭐야?"

"와인."

"무슨 와인?"

"레드와인."

어이없다는 듯 그가 피식 웃었다. 와인인 거야 처음 식탁 위에 내려놓았을 때부터 알고 있었다.

말없이 그의 앞에 앉은 혜민은 한동안 그가 렌즈 닦는 것만 바라보고 있었다.

클리너를 렌즈에 뿌리고 헝겊으로 조심스럽게 닦는 것이, 정말로 그는 그 행위가 아주 중요해서 하는 것처럼 보인다. 전화도 못 받을 만큼.

"엄마와 통화했어……. 미안해."

미안하단 말로는 충분하지 않다는 것을 알지만 그 말밖에는 할 수 있는 말이 없었다.

"……."

마침내 렌즈를 다 닦은 듯 그는 대꾸도 없이 자리에서 일어서더니 렌즈들을 치웠다.

조리대 아래쪽에서 와인잔 두 개를 꺼내들고 그녀의 앞으로 돌아온 그는 능숙한 솜씨로 혜민이 가져온 와인을 땄다.

"그래서, 이게 사과의 의미란 말이지?"

두 개의 잔을 채우고 와인잔을 집어든 그가 마침내 입을 열었다.

"……."

겨우 와인 하나로 어떻게 그에게 사과가 되겠는가. 이건 그저 구실에 불과할 뿐이다. 그에게 말을 걸고 사과할 구실.

"……괜찮아."

그래서 그가 그렇게 말해줬을 때 혜민은 고개를 들어 그를 쳐다볼 수밖에 없었다. 은은한 조명 아래서 그는 미소를 짓고 있었다.

"그런 건 이제 화가 나지 않아."

그의 나직한 음성이 오늘따라 무척이나 부드럽다. 상처를 꼭꼭 감싸고 화를 억누르던 옛날의 모습은 없었다. 그의 미소에는 유유함마저 보였다.

화를 내지는 않을 거라 생각했지만 슬픔을 보게 될 거라 예상했는데 어느새 그는 그런 걸 다 극복했는지 단단하기만 했다.

"그럼…… 괜찮은 거지?"

"괜찮아. 앞으로는 그런 이유 때문에 나한테 신경 곤두세울 필요는 없어."

그제야 혜민은 안심한 표정이었다.

"와인 맛 좋네. 어디서 고른 거야?"

그가 화제를 바꿨다.

"응? 저쪽 한 블록 너머 사거리에 있는 주류백화점에서."

"급히 정한 것치고는 성공했네."

"급히 정한 거 아니다."

사실 그곳을 지나치다가 차를 돌려 사오긴 했지만 그렇다고 해서 급히 정했다는 건 어감부터가 좋지 않다.

그래도 맛이 좋다니 혜민도 살짝 한 모금 맛을 보았다.

기분이 좋아져서 그런가, 입안에 도는 쌉쌀한 와인의 풍미가 깊다.

"내가 샀지만 괜찮네. 있다가 가는 길에 몇 병 사다 집에 재워둬야겠다."

"술꾼 다 됐어, 황혜민. 집안에 술을 재워두고. 어젠 주정하고 춤까지 추더니."

"내가 언제."

그건 다 기억하고 있지만 혜민은 그것도 일부러 기억에서 밀어냈다.

"캐나다에서 배운 춤까지 선보였잖아."

"그런 적 없거든."

혜민의 말에 갑자기 그가 갑자기 리모컨을 집더니 음악을 켰다.

라디오였는지 느릿한 샹송이 분위기에 안 맞게 흘러나오기 시작했다.

그가 춤을 추기 시작했다. 이상한 자세로 흐느적거리는 것이 마치 오징어 한 마리가 양 촉수를 높이 치켜들고 정열의 살사댄스를 추는 것처럼 보인다. 음악과 전혀 어울리지도 않으니 더 우스꽝스럽다.

그는 눈에 웃음을 가득 담고 있었다. 그 눈으로 그녀를 바라보는 것이, 바로 어제 혜민이 그렇게 했단 소리다.

"그렇게는 안 했거든!"

발끈한 혜민이 소리치자 강진이 씨익 웃었다. 일부러 그걸 노리고 이상한 춤을 춘 것이 틀림없다.

"못됐어, 정말!"

혜민이 얼굴을 붉혔음에도 강진은 놀리듯 그녀에게 요상한 춤을 춰 보이는 것을 멈추지 않았다. 꼭 그렇게 확인사살을 해야 기분이 좋아지나?

"그만해."

못 들은 척 그는 이제 춤에 몰입하고 있다.

"그만하라니까."

결국 그를 멈추게 하기 위해 혜민은 그에게 달려들어야 했다. 그의 흐느적거리는 양 팔을 잡는 순간 몸의 중심을 잃으면서 그에게 폭 안기고 말았다.

그가 그녀의 허리를 잡았다. 넘어지려는 것을 잡아준 것이다 생각한 혜민은 얼른 그에게서 몸을 빼내려 했다.

하지만 그가 놓아주지 않았다.

그가 그녀를 내려다보고 있었다. 놀란 얼굴로 그를 쳐다보고 있자니 그의 눈 속으로 빨려들어 갈 것만 같다.

가만히 그가 그녀의 헝클어진 머리카락을 뒤로 쓸어 넘겨주었다.

마치 어떤 것이 몸을 고정시킨 것처럼 몸을 움직일 수 없었다. 자신을 강하게 붙들고 있는 그의 깊은 시선을 피할 수도 없었다.

아마도 저 와인에 뭔가 이상한 것이 들어 있는 모양이다. 겨우 한 모금 마셨을 뿐인데 이상하게도 그의 모습이 지금까지 보아왔던 그 어떤 때보다 더 섹시해 보인다.

이건 와인 탓이야.

어떻게든 힘을 내서 다시 한 번 몸을 빼내려는 순간 그의 그윽한 음성이 그녀를 잡았다.

"오늘이야."

"뭐?"

"오늘."

뭐라고 대답할 새도 없이 그녀는 그에게 끌어당겨졌다.

부드러운 입술이 그녀의 입술에 닿았다. 그의 입술에 묻어 있던 쌉싸래한 와인의 맛이 어지러울 정도로 강하게 느껴졌다.

그를 밀어내야 하는데, 그래야만 하는데, 혜민은 어느새 그의 목을 꼭 끌어안고 있었다. 그가 주는 쌉싸래한 키스를 음미하고 있었다. 그의 혀가 입안으로 들어와 애무를 시작했다.

오래전 그녀가 좋아했던 바로 그 느낌이었다. 한없이 다정해서 그가 자신을 얼마나 사랑하는지, 얼마나 귀하게 대해주는지 알 수 있는 것 같은 입맞춤.

그가 부드럽게 그녀의 입술에, 그리고 그 입술을 옮겨서 목덜미에 자잘한 키스를 하기 시작했다.

오랫동안 잊고 있던 감각들이 하나씩 깨어나기 시작했다.

그의 손이 블라우스 단추를 풀기 시작했다. 그 손길을 따라 그의 입술이 점차 아래쪽으로 그녀의 감각들을 일깨우며 내려간다.

어느 순간 그녀의 몸이 공중으로 들려졌다.

마치 뭔가에 홀리기라도 한 듯 혜민은 어느새 열정에 휩싸여 그의 목에 팔을 감은 채 그를 바라보고 있었다. 다정하게 빛나던 그의 두 눈은 지금 이 순간 어두운 욕망에 사로잡혀 있었다.

등 뒤에 부드러운 시트가 닿았다. 그의 몸이 그대로 그녀 위에 겹쳐졌다. 욕망을 감추지 못하고 그는 그녀의 입술을 비집고 들어와 그녀의 혀를 마음껏 농락했다.

아플 정도로 거친 그의 키스는 혜민의 불꽃을 더 강하게 자극하기만 할 뿐이었다. 입술이 맞닿은 채로 둘은 서로의 옷을 미친 듯 벗겨냈다. 거칠게 맨살을 쓰다듬었다. 서로에 대한 욕망을 거침없이 드러냈다. 오래전 그랬을 때처럼.

전희를 끝낼 인내심도 없이, 둘은 마침내 한 몸이 되었다.

9

이제 어떡하지?

거칠었던 숨이 잦아지고 뜨거웠던 몸도 차츰 식기 시작하면서 혜민은 현실로 돌아왔다.

그러고 나자 그제야 보이지 않던 것들이 눈에 들어오기 시작했다.

안 그래노 복잡한 이 상황에 해서는 안 될 행동을 했다.

조금만 이성적이었다면 이렇게 후회하지는 않을 것을, 와인 한 모금으로 술기운을 핑계 댈 수도 없고 그저 뭐에 씌었다고 밖에는 말할 수 없는 상황이었다. 대체 왜 그랬냐고 묻는다면 그냥 그렇게 되었다고밖에는 대답할 수 없는.

그녀의 마음속에 든 혼란을 전혀 알지 못하는 듯 강진은 등 뒤에서 그녀의 팔을 부드럽게 쓰다듬다 어느새 잠이 들었다. 마치

8년 동안 밀린 감정을 풀듯 그는 몇 차례고 그녀의 몸을 탐했다. 그 덕에 온몸이 안 아픈 곳 없이 다 아팠다. 그를 탓하는 것은 아니다. 불꽃이 꺼질 새도 없이 그에 응했던 것은 자신이었다.

어떡하지? 또 같은 생각이 머릿속을 돌아다녔다.

대체 왜 이렇게 된 걸까.

불과 한 달여 전까지만 해도 혜민은 행복했었다. 아무 생각 없이 일만 하는 것으로도 충분했다. 자신이 만든 회사는 잘 자리 잡고 있었고 고민이라 해봐야 어떤 드레스가 신부가 원하는 스타일일까, 어떤 예식장이 싼값에 최고의 효과를 얻을 수 있을까 하는 일적인 것이었다.

그런데 인생은 이상하게도 종종 이상한 방향으로 길을 틀어버리는 경우가 있다.

누가 상상이나 했겠는가. 갑자기 회사는 자신의 실수도 아닌 일로 내리막을 걷기 시작했고 회사를 살리기 위해 필사적으로 잡은 끈이 바로 전남편이라니.

그리고 어쩌다 보니 오늘, 그와 잠자리를 해버리고 말았던 것이다.

실수니 사고니 그런 단어들을 떠올리기조차 싫었지만 이번 상황은 결코 예상했던 것도, 바랐던 것도 아니었다. 그러므로 사고가 맞다.

혜민에게 소용돌이처럼 휘몰아치는 인생은 8년 전 한 번 겪은 것으로 충분했다. 지금 변한 것이라고는 그가 그때와는 달리 성공한 사진작가라는 것뿐, 달라진 것은 하나도 없다.

당장 그가 잠에서 깨고 나면 할 얘기도 걱정이었다. 아니, 할 말이 없는 것이 더 걱정이었다.

이대로 아침까지 있을 순 없다. 아침이 되면 상황은 여러 가지로 더 골치 아프게 될 것이다.

살그머니 그의 손을 어깨에서 내리자 툭 하고 힘없이 떨어졌다.

그녀는 침대가 흔들리지 않게 조용히 침대에서 빠져나왔다.

최대한 소리 나지 않게 옷을 입은 그녀는 구두를 손에 들고 발끝으로 걸어 1층으로 내려왔다.

혹시라도 그가 그새 잠에서 깨지 않을까 걱정하며 혜민은 서둘러 현관을 빠져나왔다.

차에 올라탄 그녀는 지금 강진이 잠들어 있을 스튜디오의 2층을 한 번 올려다보고는 차의 시동을 걸었다.

잠시 고민하던 혜민은 휴대폰을 꺼내들고 문자메시지를 찍었다.

몇 번이고 전송을 누를까 말까 망설이던 그녀는 마침내 결심한 듯 자신이 찍은 문자메시지를 전송했다. 그러고 나서 혹시라도 그가 쫓아 내려오지는 않을까, 곧바로 차를 출발시켰다.

새벽녘에 강진은 잠에서 깼다.

만족스러운 표정으로 혜민이 있을 곁을 더듬던 강진은 그제야 그녀의 자리가 차갑게 식어 있는 것을 알아차렸다.

돌아간 모양이군. 스튜디오 식구들이 볼까 봐 걱정이었던 모양이다.

나른하게 기지개를 편 그는 화장실에 가기 위해 침대에서 내려왔다.

그러다 혹시라도 혜민이 무슨 쪽지라도 남기지 않았을까 하는 기대감에 실내를 한 번 둘러보았다. 급히 간 모양인지 쪽지 같은 건 보이지 않았다. 영화에서 보듯 입술도장이 진하게 찍힌 쪽지를 기대했었는데.

혹시 휴대폰에 찍힌 게 아닐까?

탁자에 놓인 휴대폰을 집어든 그는 자신의 기대대로 문자메시지가 한 통 와 있는 것을 보고 미소를 지었다.

역시.

그러나 그의 미소는 그리 오래가지 않았다.

[아깐 술기운에 정신이 없었던 거 같아. 그래도 빚은 갚은 거다?]

술기운에 정신이 없었다고?

그는 어이가 없어 웃을 수밖에 없었다. 와인 한 잔도 아니고 한 모금에 정신이 없었다니 참으로 궁색하기 짝이 없다.

그래도 기회를 놓치지 않고 빚에 대해 짚고 넘어간다.

그는 침대에 걸터앉아 휴대폰의 액정을 노려보았다.

그러다 길게 한숨을 푹 내쉬었다.

아직은 이른 것인가. 8년이면 충분하다 생각했는데. 그땐 아무것도 없는 상황이었기에 떠나는 것이 어쩌면 당연하다 생각했다. 눈물을 머금고 모진 말을 뱉어내는 혜민을 보며 아직 어려서 그런 것이라 생각했었다. 8년의 세월에 조금은 강해진 줄 알았더니 혜민은 8년 동안 강해진 것이 아니라 두꺼운 성벽을 쌓고 있었던 모양이다.

그래, 아직은 준비가 안 된 상황에서 너무 빨랐던 것이다. 더 인내심을 가지고 기다렸어야 했는데, 술기운에 제정신을 잃은 것은 그녀뿐만이 아니었다.

혜민은 머리를 쥐어뜯고 있었다.

책상 앞에 앉아 하염없이 흘러가는 시간을 보며 그녀가 할 수 있는 것은 머리를 쥐어뜯든가 손톱을 물어뜯든가 둘 중 하나였다.

나가야 하는데, 오늘은 절대로 늦으면 안 되는 아주 아주 중요한 날이었다. 다이어리에도 빨간펜으로 별을 세 개나 표시할 만큼 중요한 날이었다.

바로 예은의 웨딩드레스를 보러 가는 날이었기 때문이었다. 예은과의 약속이 아니라 해도 웨딩드레스를 보러 가는 약속만큼은 혜민은 어기거나 늦은 적이 없었다. 결혼을 앞둔 여자라면 누구나 웨딩드레스를 보러 가기 며칠 전부터 밤잠을 설칠 정도로 환상을 가지고 있다는 것을 알기 때문이었다.

중요하기에 나가야 하지만, 결코 나가고 싶지 않은 날이기도 했다.

아마도 나간다면 강진이 와 있을 것이 분명했다. 그토록 예은의 웨딩드레스의 사진을 잘 찍어야 한다는 열망을 가진 사람이었으니까. 아마도 그 핑계로라도 분명 나올 것이다.

아아, 어쩌다 같이 잠을 자버리는 바람에…….

계산이 빠르고 몇 수 앞을 내다볼 줄 아는 여자라면 결코 그런 실수를 하지 않았을 것이다. 이를테면 오늘처럼 중요한 날 생전 처음으로 아프다 꾀병을 부려볼까 하는 유혹에 빠지지도 않을 것이다.

날씨 핑계를 대볼까? 안 그래도 오늘 첫눈이 온다고 했는데. 일기예보대로라면 때 이른 첫눈치고는 많은 양의 눈이 온다고 했다.

그러나 그건 핑계가 될 수 없었다. 겨울에 결혼하는 사람이 하나도 없다면 모를까 첫눈이 너무 많이 와서 나갈 수 없단 말은 자살행위나 다름없다.

그러니 빠질 수도 없는 자리였고, 강진을 피할 수도 없는 자리였다.

차라리 강진에게 전화통화라도 미리 해서 '또' 미안하단 말을 할 걸 그랬다. 그래도 그가 전화를 걸어 화를 내든가 따지든가, 아니면 전화를 걸어놓고 그가 아주 잘하는 그, 사람 피 말리는 침묵이라도 했으면 이렇게까지 강진을 피하고 싶은 마음은 들지 않았을 텐데, 이상한 쪽으로 사람 고문하는 것을 아주 잘하는 강진은 역시 전화 한 통 없어 혜민을 더 불안에 떨게 했다.

그게 아니라면 메시지 폭탄 정도는 각오했다. 하지만 그는 그런 것도 없이, 묵묵부답이었다. 그게 더 사람을 피 말리게 만드는 것이다.

시계를 다시 한 번 쳐다본 혜민은 더 이상 버티지 못하고 다이어리를 가방에 쑤셔 넣었다.

어쩔 수 없이 나는 프로다. 고로 일하러 간다.

칼바람이 불어서 그런가 날씨는 더 춥게 느껴졌다. 하필이면 웨딩드레스를 입어보는 날인데. 혹시라도 숍에 난방이 잘 안 되고 있는 건 아닌가 걱정부터 됐다. 물론 그 잘나가는 드레스숍이 그러지는 않겠지만 가끔 영세한 드레스대여점은 난방비도 엄청나게 절약하려 든다.

괜히 재벌 집 딸내미 감기 들게 했다고 계약 파기하겠다는 건 아닌지, 걱정 아닌 걱정이다. 더군다나 날씨마저 우중충한 것이, 항상 안 맞는 일기예보가 오늘은 웬일로 쓸데없이 잘 맞을 것 같다.

첫눈이야 늘 반갑긴 하지만 오늘은 반가운 마음보다는 기우만을 안겨주었다.

넉넉하게 시간을 잡고 나갔음에도 불구하고 예은은 미리 와 있었다. 예상했던 강진은 보이지 않아 혜민은 속으로 안도의 한숨을 내쉬었다. 다행히 오늘은 안 나오려는 모양이다. 하긴, 그런 식으로 몰래 빠져나왔으니 어쩌면 아직 화가 풀리지 않아 자신을 보고 싶어하지 않는 것일 수도 있다.

"혜민 씨, 오늘 눈 온다는데 일기예보 들었어요?"

안 그래도 내내 그 걱정을 하면서 왔는데 예은도 같은 생각을 하고 있던 모양이다.

"웨딩드레스 입어보는데 첫눈이 내리면 정말 기분이 최고일 거 같아요."

다른 생각이었던 모양이다.

몇 번 봤다고 친근하게 대해주는 예은 덕분에 혜민은 머릿속을 차지하던 다른 생각과 걱정은 금세 잊을 수 있었다. 마치 친한 친구처럼 수다도 떨며 혜민은 예은과 함께 웨딩숍으로 들어갔다.

역시 걱정은 기우였다. 드레스를 대여하는 곳과는 달리 직접 판매하는 매장이라 그런지 혜민이 다녀본 곳 중에 가장 잘해놓았다. 난방도 아주 좋은 것이, 옷 갈아입을 때 감기 걸릴 건 걱정 안 해도 될 것 같다. 아주 좋은 결정이다.

확실히 전 세계의 유명한 디자이너들의 옷을 살 수 있다는 숍이라 할 만했다. 넓은 매장에는 웨딩드레스를 입은 예비신부의 모습을 볼 수 있게 단상을 두고 있었고 나머지 세 귀퉁이에는 웨딩드레스와 유색드레스가 유리벽 안쪽으로 가득 걸려 있다. 단상 뒤쪽에도 공간이 있는 듯 보였는데 아마도 그쪽은 탈의실인 듯했다.

예식 당일에 입을 드레스 몇 벌과 웨딩촬영을 위해 입을 드레스와 유색드레스까지 마저 고르다 보니 어느새 두 시간이 훌쩍 지나갔다.

"배고프니까 본격적으로 드레스 입어보고 고르는 건 밥 먹고 나서 해요."

언제나 밥 먹는 자리만 되면 먼저 훌쩍 나가면서 역시 밥 먹잔 말도 예은이 항상 먼저다.

그래도 오늘은 강진이 없으니 마음 편하게 식사를 할 수 있을 것 같다.

하지만 그건 너무 이른 생각이었다. 혜민과 함께 인근의 뷔페로 향하는 예은에게 전화 한 통이 걸려 왔다.

"네, 강진 씨."

예은의 입을 통해 그의 이름을 듣는 순간 혜민은 공연히 바짝 긴장하고 말았다. 설마 이제라도 오겠다고 전화한 건 아니겠지.

"네, 아직 식사 전이에요. 맛있는 거 먹으러 갈 거니까 빨리 와요."

"……."

오는가 보다. 괜히 좋아했다.

"아까 스튜디오로 귀한 손님이 오시는 바람에 늦는다고 했거든요."

떫은 감 씹은 표정이 겉으로 드러나 있었는지 예은이 싱글거리며 대신 말해줬다.

"네."

괜히 감정이 드러나 보이고 싶지 않아 혜민은 마지못해 마주 생글거려 줬다.

그렇게 귀한 손님이면 그냥 같이 있지 뭐 하러 나오는지. 안 그래도 불편해 죽겠는데.

최고급 뷔페는 온갖 좋은 산해진미가 한마디로 '상다리 부러지도록' 차려진 곳이라 가끔 가면 기분 좋은 곳이다.

단 한 가지 불편한 점은 직접 음식을 가지러 가야 한다는 문제가 있다. 지금은 괜찮지만 강진이 오면 예은이 음식을 가지러 간 사이에 강진과 단둘이 앉아 있어야 한다는 뜻인 것이다. 그의 입에서 무슨 말이 나올지 걱정이었다. 차라리 그럴 땐 그의 과묵함이 아주 빛나는 장점이 될 텐데. 그래서 일부러 자리도 예은의 옆이 아닌 맞은편에 잡았다. 예은의 옆에 앉으면 그와 정면으로 앉게 될 것이고 얼굴을 마주하게 될 테니까. 차라리 옆에 앉아 얼굴을 안 보는 것이 낫다는 계산이었다. 그가 예은의 곁에 앉을까 일부러 예은의 옆자리에는 자신의 외투와 가방을 놓아두었다.

그녀의 기우를 알고 있기라도 하듯 강진은 혜민과 예은이 자리를 잡고 앉았을 때 입구에 모습을 드러냈다.

큰 키에 따스한 모직코트를 입은 그는 무슨 좋은 일이 있는지 평소 무표정한 얼굴과는 달리 상당히 밝은 표정이었다. 두 사람을 보고 이내 이쪽으로 걸어오는 그의 환한 얼굴에 혜민은 살짝 희망을 가졌다. 기분이 좋아 보인다. 그렇다면 이전날 있었던 그 일은 굳이 꺼내지 않을 수도 있겠다. 괜히 마음만 상할 테니까. 그래서 그 틈을 이용해 그에게 얼렁뚱땅 눈인사까지 하는 치밀함을 보여주었다.

"무슨 좋은 일 있어요? 표정이 밝아 보이네."

그의 기분 좋은 얼굴은 예은에게도 보였던 모양이었다. 첫인사부터가 같이 웃자는 것처럼 밝았다.

"좋은 일 있죠."

짧게 대답하며 그가 혜민의 계산대로 곁에 자리 잡고 앉았다. 누군지 돈 많은 고객이라도 만났나?

"무슨 일인지는 몰라도 여간 좋은 일이 아닌가 봐요. 얼굴 표정이 평소하고 너무 달라요. 혹시 오래된 빚이라도 받았어요? 딱 그 표정이네."

“맞아요. 오랜 빚을 받았어요. 뺏긴 걸 찾았거든요.”

그런데 왜 날 쳐다봐? 내가 뭐 뺏기라도 했나? 난 빚을 갚았을 뿐이지 뺏진 않았다, 뭐.

차마 내색은 못하고 속으로만 구시렁거리다 혜민은 그제야 그게 혹시 자신의 얘긴가 싶어 강진을 흘끔 쳐다봤다. 다행히 그는 예은을 보며 웃느라 혜민이 자신을 흘겨보는 것을 눈치채지 못했다.

또 어색한 짧은 침묵이 흘렀다. 분위기를 바꾸기 위해 혜민은 예은을 향해 아주 통상적인 질문을 했다.

“그런데, 예비신랑님은 안 오세요?”

통상적인 질문이기도 했지만 궁금한 것도 사실이었다.

오늘 같은 날은 보통 신랑 될 남자가 함께 자리하는 것이 일반적이었다. 신부가 입을 웨딩드레스를 보고 반한 듯 쳐다본다든가, 박수를 친다든가, 아니면 좀 덜 흡족하다는 듯 살짝 고개를 내젓는다든가, 이런 역할을 해줘야 하기 때문이다. 뭐, 남자야 강진이 있지만 어쨌건 그는 예은의 신랑감이 아니니까.

잠시 머릿속으로 강신이 커다란 의자에 다리를 꼬고 앉아 예은의 웨딩드레스 차림에 점수를 매기고 박수를 치는 모습이 스쳐 지나갔다. 아, 이건 아니다.

“미국에 있어요. 바빠요.”

어쩐지 한 번도 안 보인다 했더니.

“유학인가요? 아니면 미국 지사에…….”

“사업해요. 사업가예요.”

"그럼 결혼 준비하는 거 한 번도 못 보겠네요. 보통은 그래도 이런저런 거 같이 준비하고 그러던데."

"워낙 바빠서 말이죠."

"그럼 결혼 준비는 예은 씨 혼자 하는 거예요?"

"혜민 씨가 같이 해주잖아요."

재벌 딸이 말도 참 예쁘게 한단 말이지.

갑자기 예은이 지나가는 웨이터를 불러 세웠다.

"여기 와인 한 병만 가져다줘요."

혜민의 눈이 동그래졌다.

"와인은 왜……."

"오늘 드디어 웨딩드레스를 보는 날이잖아요. 내가 얼마나 이 날을 기다렸는지 모를 거예요. 축하할 만하죠, 암, 축하를 해야지."

혹시 둘이 짠 거 아냐?

결코 그럴 일이 없지만 하필 와인을 시키니 갑자기 심술궂게 그런 생각이 들었다.

"와인 마시고 얼굴에 홍조가 들면 어쩌려고요? 오늘 같은 날은 최고로 예쁘게 보여야 하는데."

"와인 한 잔에 홍조가 들어요?"

오히려 신기한 듯 예은이 되묻는 순간 혜민은 자신이 실수했다는 것을 깨달았다.

"와인 한 모금만 마셔도 이성을 잃는 여자도 있어요."

강진이 이 말을 할 기회를 줬기 때문이다.

"어머, 와인 한 모금에 이성을 잃어요?"

재밌다는 듯 예은이 웃는 소리가 혜민에게는 꼭 비웃는 것처럼 들렸다.

"여자가 진짜 술에 약하지 않다면 와인 한 모금에 이성을 잃는 다는 것은 아마도…… 마음이 있으니 어떻게 해달란 뜻 아닌가?"

"그런 거 아니었거든요!"

하고 외칠 수 있다면 얼마나 좋을까. 와인 한 모금은 핑계였고 마음이 있다기보다는 그저 분위기에 넘어간 것이라고 대차게 대꾸할 수 있다면 얼마나 후련할까! 노련한 선수의 플레이에 넘어간 것이라고 되레 화를 낼 수 있다면 오늘 하루가 정말로 보람찰 것이다.

그러나 그런 말을 하지 못할 거라는 건 자신도 알고 옆에서 능글맞게 혼자 웃고 있는 강진도 알고 있다. 분하다.

"아니면 정말 와인 알레르기인가? 한 모금만 마셔도 이성을 잃는다니. 혜민 씨는 와인은 잘 마시죠? 전에 보니까 사케도 잘 마시던데."

얼굴도 보지 않고 음식을 먹고 있으면서도 강진은 마치 혜민의 표정을 빤히 알고 있는 것처럼 재밌다는 양 얼굴에 웃음이 가득했다. 어디 한 번 골탕먹어 봐라 하는 것이 얼굴에 뻔히 드러나 보였다.

"네……."

울고 싶다.

"내 생각엔 강진 씨가 아무래도 여자가 생긴 거 같아요. 아마도 와인을 같이 마신 듯? 맞아요, 강진 씨?"

음식 앞에 두고 고문당하는 기분을 느끼고 있는 혜민의 속내를 알 턱이 없는 예은은 이제 강진의 사생활로 관심이 옮겨간 듯했다.

"둘이 같이 와인 마시고 만리장성 쌓았어요? 그런데 여자분이 나중에 술김에 그런 거래요? 솔직히 말하면 같은 여자의 입장에서 그건 정말 아니다 싶다. 안 그래요? 솔직히 같이 자고 싶어서 잤다고 하면 어때서? 요즘 같은 시대에. 헤퍼 보인다 생각해서 그런가?"

마치 자신에게 들으라는 말 같아서 앉은자리가 더 괴롭다.

강진은 웃고 있지만 혜민은 웃음이 나오지 않았다. 오히려 모른 척 음식을 먹다 그만 사레들리기까지 하고 말았다.

"아, 아무래도 음식이 목에 잘못 넘어갔나 봐요. 잠깐 화장실에 다녀올게요."

이럴 땐 차라리 자릴 피하는 게 낫다. 저 자리에서 목으로 넘어간 음식은 나중에 뱃속에서 다 거꾸로 설 것 같다.

화장실에서 잠시 정신을 가라앉히고 나오는데 실내의 분위기가 조금 전과는 사뭇 달라졌다. 뭔가 들뜬 듯 사람들의 웅성거림이 조금 크게 들렸다.

예은은 그새 뭔가 좋은 일이 생겼는지 혜민을 향해 생글거리며 웃고 있었다.

"내 말이 맞는가 봐. 눈이 내려요."

창밖에 때 이른 눈이 펑펑 쏟아지듯 내리고 있었다.

설마 그새 눈이 올까 싶어 우산도 준비 안 한 덕에 세 사람은 눈을 피해 드레스숍으로 달려갔다.

드레스숍 사장은 세 사람이 점심을 먹으러 간 사이에 예은이 미리 찍어둔 드레스들을 준비해 두고 있었다.

"저희 숍에는 전 세계 디자이너들이 다 와 있지만 그중에서도 '베라 왕'의 드레스가 참 많아요. 이게 다른 숍들과 차별화된 거죠. 제가 개인적으로 베라 왕의 드레스를 좋아하거든요. 물론 아무나 입을 수 있는 건 아니죠. 입을 능력이 되는 사람만 입을 수 있는, 그래서 더 특별한 드레스잖아요."

예은이 입어보기 위해 베라 왕의 드레스를 많이 골라놓은 걸 아는 사장이 와서 입 발린 말을 해댔다. 하긴, 큰 매장의 네 귀퉁이 유리벽 안쪽으로 전 세계에서 온 웨딩드레스가 걸려 있었는데 그중에서도 베라 왕의 드레스가 한쪽 벽면을 다 차지하고 있었으니 자랑스러워할 만도 하다.

탈의실에서 예은이 직원들의 도움을 받아 웨딩드레스를 입는 동안 혜민은 벽에 걸린 드레스들을 구경했다.

앞으로 입을 일이 없는 옷이기에 일부러 마음을 주지 않고는 있었지만 그래도 베라 왕이라니 관심이 안 갈래야 안 갈 수가 없다.

이건 다른 고객들을 위해서라도 봐줘야 하는 거니까 보는 거야.

스스로 핑계를 대면서 한 벌 한 벌 유심히 보던 혜민은 한 드레스 앞에서 걸음을 멈추고 말았다.

상체는 튜브탑으로 심플했지만 허리 아래부터 히프를 감아 내리는 듯한, 물결 같은 느낌의 풍성한 시폰레이스프릴은 상체의 심플함을 극대화하며 오히려 더 화려하게 살리고 있었다. 정말로 아름답다. 더군다나 베라 왕 특유의 파스텔 톤 유색이 아닌 은은한 아이보리는 약혼드레스가 아닌 웨딩드레스로도 충분해 보였다.

순간적으로 혜민은 그 옷을 입은 자신을 상상하지 않을 수 없었다.

진주색의 드레스니만큼 부케는 컬러풀한 꽃보다는 백색이나 혹은 노란 빛이 아주 잘 어울리겠지. 은은한 빛의 난초로 해도 좋을 것 같고. 티아라도 큐빅보다는 진주가 박힌 관이 더 잘 어울릴 것이다. 실크보다는 시폰레이스프릴과 어울리는 망사나 레이스로 된 장갑이 나을 거고.

결혼식은 독특해서 기억에 남는 이색결혼식보다는 성스럽고 조용한 성당결혼식 같은 것이 좋겠다. 웅장한 오케스트라의 결혼행진곡에 맞춰 아주 행복한 얼굴로 남편의 얼굴을 바라보며……

거기까지.

혜민은 고개를 흔들어 머릿속을 차지하고 있는 허상을 쫓아버렸다. 어차피 일어나지 않을 일을 꿈꿔서 뭣할까.

"입어보세요."

등 뒤에서 들리는 소리에 혜민이 고개를 돌렸다. 예은이 골라놓은 꽤 많은 수의 드레스에 기분이 좋아진 사장이 인심 좋게 혜민에게 권하고 있다.

"에이, 전 결혼할 예정이 없어요."

"그럼 어때요? 베라 왕의 웨딩드레스를 입어볼 기회는 별로 없어요. 한 번 입어나 봐요. 결혼 예정 없는 사람한테 웨딩드레스 팔아달라고 강요 안 하니까.”

“그래요, 혜민 씨. 입어봐요. 혹시 알아요? 드레스가 남편감을 불러줄지.”

탈의실 안에서 옷 입느라 정신이 없을 줄 알았던 예은이 밖에서 들리는 말을 다 듣고 참견했다.

평소의 혜민이라면 혹시라도 비싼 드레스에 티라도 묻을까 걱정이 되어서라도 결코 입지 않았을 것이다. 하지만 눈앞에 있는 베라 왕의 드레스를 입어볼 기회가 생겼는데도 안 입어보는 것은 여자로서는 끔찍한 범죄다.

결국 예은이 옷을 갈아입고 있는 바로 옆 탈의실에서 혜민도 조심스럽게 드레스를 입어보았다. 가봉이 안 된 웨딩드레스라 역시 두 명의 직원이 붙어서 입는 것을 도와주었다.

직원이 함께 있음에도 불구하고 혜민은 탈의실 안에 걸린 거울로 자신의 모습을 바라보며 잠시 나르시시즘에 빠져 넋을 잃었다.

역시 아름답다. 왕자님의 무도회에 간 신데렐라의 모습이 이럴까? 옷이 받쳐 주니 인물이 산다.

스스로 한 생각이 우스워 쿡쿡거리고 웃고 있는데 갑자기 탈의실 밖에서 예은의 목소리가 들렸다.

“다 입었어요?”

“어……. 잠깐만요. 입어보긴 했는데, 벗으려고요.”

쑥스럽기도 하고 남의 결혼식에 웨딩드레스를 입어보고 있는 자신이 우습게 여겨지기도 해서 직원들에게 벗겨달라고 부탁하려는데 갑자기 탈의실 문이 왈칵 열렸다.

"옷을 입었으면 패션쇼를 해야 예의지, 그냥 벗는 법이 어딨어요?"

뭐라고 반박할 새도 없이 예은의 손에 이끌려 혜민은 밖으로 끌려 나왔다. 예은도 이미 드레스를 입고 있었다. 상체에서 히프까지 몸에 붙는 머메이드 스타일의 드레스는 군더더기 하나 없는 몸매의 예은에게 아주 잘 어울렸다.

"와, 예은 씨, 옷 정말 예쁘네요."

역시 재벌은 달라. 뭘 입어도 옷태가 나네. 인물이 받쳐 줘서 옷이 사는 건 내가 아닌 예은 씨네.

감탄을 하는 혜민을 보고 있는 예은의 눈에도 찬사가 가득했다.

"와…… . 예쁘다. 왜 아깐 그 옷을 못 봤지?"

"이건…… . 제가 미리 입어보긴 했지만 예쁘면 예은 씨가 나중에 다시 입어봐요."

이럴 땐 재깍 꼬리를 내리는 것만이 살 길이다.

"이리 와요."

예은이 혜민의 손을 잡아끌었다. 그녀가 가는 방향을 보고 나서야 혜민은 예은이 뭘 하려는지 눈치를 챘다. 강진에게 보여주려는 것이다.

"전…… ."

"빼지 말라니까. 누가 입은 드레스가 더 예쁜지 비교해 봐야 더 예쁜 걸 고를 거 아니에요."

그러면서 예은은 혜민의 손을 끌고 커튼이 쳐진 단 위로 올라갔다.

"난⋯⋯."

하지만 이미 사장의 손짓에 직원이 얼른 커튼을 걷었다.

당황한 혜민이 어쩔 줄 몰라 하고 있을 때 강진의 모습이 보였다. 잡지를 읽으며 서 있던 강진이 커튼이 걷히자 이쪽을 바라봤다.

강진은 아무 말도 없었다. 그저 한동안 뚫어지게 혜민의 모습을 바라보고만 있을 뿐이었다.

젠장. 혜민은 속으로 중얼거렸다. 어떻게 보일까? 남자도 없다는 여자가 웨딩드레스를 입고 서 있는 모습이. 주책도 아주 상 주책으로 보일 텐데.

"어때요, 강진 씨? 우리 두 사람 드레스 중 어떤 게 더 예뻐요?"

무표정하던 강진의 얼굴에 예의 미소가 다시 돌아왔다.

"둘 다 예쁘네요."

"그러지 말고 확실히 말해요. 사진작가의 미적인 눈으로 봐줘요, 어떤 드레스가 더 예뻐요?"

돌아가고 싶다. 저 아래로 다시 내려가고 싶다. 다시 탈의실로 돌아가고 싶어 죽을 지경이다. 아, 창피해.

"이쯤에서는 예은 씨가 입은 드레스가 더 예쁘다고 말해야 하는 게 당연하지 않나?"

그는 아주 능숙하게 빠져나갔다.

"뭐예요, 나한테는 혜민 씨가 입은 드레스가 더 예쁘다고 들리는데요?"

“혜민 씨가 입은 드레스는 혜민 씨한테 어울리고 예은 씨가 입은 드레스는 예은 씨한테 잘 어울려요. 두 사람 다 옷을 아주 잘 골랐네요.”

“재미없다. 내가 더 예쁘다고 말해줄 줄 알았더니.”

예은이 비죽거렸지만 기분이 나쁘진 않은 모양이었다. 이내 혜민의 손을 끌고 다시 아까 올라온 옆문을 통해 단상 아래로 내려갔다.

단상에서 내려온 혜민은 곧바로 탈의실로 들어갔다.

이, 주책, 주책, 주책! 대체 무슨 생각으로 드레스를 입은 것일까? 얼마나 우스워 보였을까? 입어보란다고 넙죽 입어보는 것이 아니었는데.

옷을 벗겨주기 위해 들어온 직원만 아니었다면 혜민은 아마도 제 머리를 몇 대 쥐어박았을 것이다.

저 멀리 빠져나간 혼이 돌아오고 나서야 혜민은 강진이 서 있는 단상 바깥쪽으로 나갔다.

원래대로 옷을 갈아입고 온 혜민을 보고 나서도 강진은 아무 말도 없었다. 그 잡지에 대체 뭐가 실린 건지 거기서 눈을 떼지도 않는다. 관심이 없던 것인가? 차라리 그렇다면 다행이다.

“예뻤어.”

여전히 잡지기사에 시선을 두고 있는데다 그가 너무도 짧게 중얼거려서 혜민은 자신이 잘못 들은 줄 알았다.

“응?”

“예뻤다고. 나중에 결혼할 때 그거 입으면 되겠더라.”

피식 웃고 말았다. 그래도 주책이라고 욕 안 하고 예쁘다 해줘서 괜히 기분은 좋다.

"내가 저 옷을 입을 일이 있을까?"

"생기겠지."

이쯤에서 고맙다고 말해줘야 하겠지.

"고마워. 강진 씨도 좋은 여자 생길 거야."

말을 하고 나니 이게 얼마 전 같이 잠자리를 한 남녀 사이에 오고 갈 대화인가 하는 생각에 괜히 얼굴이 붉어졌다. 그도 같은 생각일까, 피식 웃는 얼굴이 꼭 확인사살하는 것 같다. 황혜민, 넌 생각 좀 하고 말 좀 하라고. 대체 왜 그래? 뱉은 말을 도로 주워 담을 수 있다면 얼마나 좋을까. 그럼 남북통일도 빨리 오고 전 세계도 평화로울 텐데.

"이건 어때요?"

커튼이 열리고 생기 넘치는 예은이 돌아왔다.

수많은 드레스를 입어보고 고른 시간에 비하면 저녁 여섯 시는 그리 늦은 시간은 아니었다.

예식 때 입을 웨딩드레스는 처음 예은이 입었던 것으로 낙찰되었고 그 외 유색드레스 두 벌, 그리고 베라 왕 특유의 연한 파스텔 빛이 들어간 웨딩드레스 몇 벌을 웨딩촬영 때를 위해 가봉을 맡겼다.

밖으로 나와 보니 이른 첫눈치고는 과하다 싶게 소복이 쌓였다.

"먼저 가볼게요. 기사가 기다리고 있어서."

다행히 예은은 눈 때문인가, 오늘은 저녁을 권하지 않고 먼저 차에 올랐다.

아마도 강진이 다음에 또 나온다면 그건 진짜 말도 안 되는 핑계를 대야 할 것이다. 이젠 집도 보았고 웨딩드레스까지 다 봤으니까. 다음에 그를 만날 날은 아마도 웨딩촬영을 하는 날이겠지.

근 한 달 새 몇 번 봤다고 조금은 서운한 감이 들었다.

그도 같은 생각을 했는지 말은 없지만 깊은 시선으로 자신을 바라보는 것이 느껴졌다.

"나도 가볼게."

날씨가 너무 추워 친절히 그에게 빨리 차에 타라는 손짓까지 하고 혜민은 얼른 차에 탄 후 시동을 켰다.

지지지징. 지지지지지지징.

얘가 또 왜 이렇게 말을 안 듣나. 고친 지 얼마나 됐다고.

조금은 신경질적으로 다시 한 번 차키를 돌렸다.

지지지지지지징.

역시 시동이 걸리지 않는다.

다시 한 번 시도해 봐도 소용이 없었다. 대체 뭐가 잘못된 건지도 모르겠다. 아, 안 되는 사람은 뭘 해도 안 되는 모양이다. 강진이 지켜보고 있으니 괜히 창피하기만 하다.

그래도 다시 해보면 되지 않을까, 또 시동을 켜보지만 빌어먹을 차, 사고 나고 나서 맛이 간 모양이다.

결국 걱정이 되는지 강진이 그녀가 있는 쪽 창문을 톡톡 두드렸다.

“기름이 떨어진 거 아냐?”

“기름은 충분해. 혹시 차에 대해 좀 알아?”

“차가 시동이 안 걸리면 AS를 불러야 한다는 것은 알지.”

아하! 그렇게 중요한 걸 모르고 있었구나!

속으로 슬쩍 비꼬면서도 결국 혜민은 휴대폰을 꺼내 들었다.

시동도 안 켜지는 차에 앉아 오들오들 떨며 혜민은 빨리 AS기사가 오기만을 기다렸다.

추우니 자신의 차로 옮겨 타라고 강진이 말했지만 안 그래도 미안한 게 있는데다 강진과 어색하게 단둘이 앉아 있는 것보다는 차라리 추운 자신의 차에서 기다리는 것이 나았다.

괜찮으니 가라고 했지만 강진도 끝까지 차에 앉아 기다리다 결국 그녀의 차로 옮겨 탔다.

“왜?”

“너 혼자 떠는 것보다는 같이 떠는 게 낫잖아.”

“하나도 안 낫거든.”

“그럼 내 차로 옮겨가든가. 너 혼자 추운데 있는 거 보는 게 마음이 편하지 않다.”

그런다고 옮겨갈 줄 아나?

“난 안 춥거든.”

덜덜 떨면서도 혜민은 고집을 부렸다.

“그러니까 아무 말도 하지 마.”

“추운 거하고 말하는 거하고 무슨 상관이라고.”

“내 차니까 아무 말도 안 할 거야.”

그녀의 말도 안 되는 소리에 어이가 없는지 강진은 잠시 후 AS기사가 올 때까지 아무 말도 하지 않았다.

“같이 있어줘서 고마웠어. 이젠 됐으니까 가봐.”

혜민은 얼른 차에서 내리며 강진에게 빨리 가라는 손짓으로 고마움을 표현했다.

“이상하네요. 공장에 들어가 봐야 뭐가 문제인지 알 수 있을 거 같은데요.”

하지만 오늘은 이상하게 모든 것이 혜민의 뜻대로 되지 않는다. 보닛을 열고 이것저것 만져 보고 시동을 걸어보던 AS기사가 고개를 갸우뚱거리자 혜민은 울고 싶은 심정이 되었다.

결국 견인차가 오고 자신의 차가 불쌍하게 끌려가는 것을 비참한 시선으로 보고 돌아서는 혜민을 강진이 다시 불러 세웠다.

“태워다 줄게, 타라.”

“택시 타고 가면 돼.”

“이렇게 눈이 많이 오는 날은 택시도 잘 안 돌아다녀.”

“몇 대는 돌아다니겠지.”

또 그 차에 타고 다시 엮이는 건 사절이다.

하지만 그의 말대로 택시는 거의 없었다. 그나마 택시가 온다 싶어 손을 흔들면 사람이 타고 있기 일쑤고, 아니면 집으로 돌아가는 것인지 멀쩡히 비어 있는데도 안 태워준다.

더 기다리고 싶었지만 추워서 서 있기도 힘들다.

결국 혜민은 자신의 의지와 싸워 지고 말았다.

그의 따스한 차에 타는 순간 혜민은 마치 천국에 온 듯한 기분이 들었다.

"아, 따뜻해."

"그러게, 진작 탔으면 서로 편하고 좋았잖아. 황혜민 똥고집은 예나 지금이나 변하질 않았어."

"사람이 갑자기 변하면 죽을 때가 다 된 거래."

"말이나 못하면."

짧게 대꾸하며 강진은 서둘러 차를 출발시켰다.

꽁꽁 언 몸을 떠느라 무슨 말을 해야 하나 생각할 겨를도 없었다. 강진의 차는 어느새 집 앞에 다 왔다.

차에서 내리며 조금은 미안한 마음이 들었다.

"태워다 줘서 고마워. 추운데 고집 부려서…… 미안하긴 하네."

"알면 됐다."

그러면서도 그는 혜민이 들어가는 것을 보고 가려는 것인지 차를 출발시키지 않고 있다.

"가. 가는 거 보고 들어갈게."

"먼저 들어가. 불 켜지는 거 보고 갈 거니까."

그가 가는 것을 보고 들어가야 마음이 편하겠지만 그가 그렇게 말한다면 자신이 빨리 들어가야 그도 돌아갈 것이다.

"그럼 갈게."

미안한 마음 때문인가, 괜히 발걸음이 떨어지지 않았다.

엘리베이터에서 내려 자신의 아파트 문을 열고 들어가 불을 켠 혜민은 창밖으로 아래를 내려다봤다. 하얗게 내리는 눈 속에 강진의 차는 아직도 거기 서 있다. 불이 켜지는 것을 봤으니 이제 돌아갈 것이다.

혜민이 내려다보고 있는 것을 아는지 모르는지 강진의 차는 움직일 생각도 않고 있었다.

생각했던 대로 차가 이내 돌아서지 않자 혜민은 조금 걱정이 되기 시작했다.

자라 보고 놀란 가슴 솥뚜껑 보고 놀란다고, 혹시 저 차도 고장이 나서 멈춰 버린 것은 아닌가 살짝 겁이 났다. 그럼 괜히 미안해지는데.

전화를 걸자 그가 이내 받았다.

"왜 안 가고 있어?"

[이제 갈 거야.]

"차가 말썽이 난 것은 아니지?"

[아니야. 간다.]

차가 조용히 후진하기 시작했다.

"저기……."

머리가 어떻게 된 모양이다. 갑자기 혜민은 생각도 안 했던 말을 내뱉고 말았다.

"혹시, 추운데 들어와서 차 한잔 마시고 갈 생각 없어? 차만 말이야."

전화기 너머로 그의 웃는 소리가 났다.

[차만 마시고 갈 생각, 있지.]

아직 여명도 밝지 않은 이른 새벽, 언제 잠들었는지 잠에서 깨어난 혜민은 갑자기 깊은 한숨을 내쉬었다.

대체 또 왜 그런 걸까?

처음 건 사고라 치지만, 두 번째 건 뭐라고 말을 해야 하나.

어젠 뭔가 이상했다.

그가 떠나는 모습을 보는 것이 이상하게 가슴 한 귀퉁이가 허전했고, 차를 마시던 그가 다가와 키스했던 것이 너무도 당연히 여겨졌던 것도 이상했다.

그러다 보니 성인 남녀 사이에 어쩌다 같이 자는 것이 이상할 것 없단 생각이 들었던 것도 지금 와서 생각해 보면 이상하기 짝이 없었다.

그리고 강진은 지금 그녀의 드러난 가슴에 팔을 얹고 깊은 잠에 빠져 있다.

대체 난 왜 이 모양인 걸까?

아마도 난 내가 생각했던 것보다 안 괜찮았던 모양이다. 이건 내가 오랫동안 자각 없이 굶주렸기 때문이야.

아, 이젠 어떡하지? 핑계 댈 술이라고는 한 모금도 마시지 않았는데.

깊은 한숨에 그가 잠에서 깨었다. 그가 무슨 말을 할까, 혜민은 잔뜩 긴장했다. 지금은 어쩔 거냐고, 이것도 술 때문에 제정신이 아니었다고 말할 거냐고 묻는다면 딱히 할 말도 없었다. 또다시 한숨만 푹 나왔다.

그러나 잠시 침묵하던 그는 나직한 음성으로 그녀가 예상하지 못했던 말을 했다.

"괜찮아. 크게 의미 삼을 필요 없어. 너나 나나 너무 오래 혼자 있어서 그런 거야."

고맙게도 그도 그녀와 같은 생각을 하고 있던 것이다.

10

시간은 생각보다도 빨리 흐른다. 바로 그날, 예은과 웨딩숍에 다녀온 게 바로 어제의 일 같은데 그날과 같은 요일인 것을 보니 또 일주일이 흐른 것이다.

자신도 모르게 발을 꽁꽁 언 바닥에서 번갈아 들며 최대한 발이 동상에 걸릴 사태에서 벗어나려 하는 혜민은 자신의 짧았던 생각을 원망하고 있었다.

오늘 같은 날은 차라리 어그부츠나 운동화를 신고 와야 했다. '설마 하루 종일 서 있겠어?' 하는 안일했던 생각이 오늘의 참사를 부른 것이다.

벌써 세 시간 전부터 그녀의 불쌍한 두 발은 구두를 벗겨달라고 아우성을 치고 있었다. 비싸게 산 힐이라 평소엔 장시간 서 있어도 그리 무리가 없었는데 오늘은 그 '장시간' 을 훌쩍 넘긴 것이다.

추운 날씨에 힐을 신고 있자니 조금만 더 있으면 정신줄 놓고 신발을 벗어버릴지도 모른다. 발은 언 바닥에 오래 서 있던 때문에 시리고 아팠고, 몸은 춥고, 언제 먹었는지 기억조차도 나지 않는 간단한 점심 때문에 배도 고팠다. 그러다 보니 괜히 서럽기까지 했다.

춥고 배고프고, 이제 졸리기만 하면 딱 굶어죽는 세 박자가 갖춰지게 되는 셈이다.

회사에서 나올 때까지만 해도 밝은 표정에 말끔했던 얼굴이 어느새 20년쯤 시커멓게 늙은 것 같다.

혜민은 퀭한 시선을 돌려 아직 기운이 남아돌아 생글생글 웃는 얼굴로 가구를 보고 있는 귀여운 아가씨를 쳐다보았다.

내년 1월에 결혼식이 예정되어 있어 급선무로 해결해야 할 고객이었지만 지금 같아선 고객이 아니라 원수가 따로 없다.

"이건 아무래도 관리하기 힘들지 않을까요? 흰색이면 먼지도 잘 보일 거고 때도 잘 타니까 닦을 때 편해야 하는데, 이렇게 문양이 많이 들어가면……. 게다가 내가 생각한 분위기하고도 문양이 어울리지 않아요."

또다시 퇴짜다. 처음 카탈로그를 보며 어두운 색은 싫다, 밝은 색 가구를 골라 화사한 실내를 연출하고 싶다, 하며 미리 사둔 파스텔 톤의 러그까지 자랑했었다.

밝은 색 가구야 많으니 그리 어려울 것 같지 않았는데 그게 의외로 쉽지 않은 것이다. 매 이런 식이었다. 문양이 단조롭고 문양이 조잡스럽고 문양이 어울리지 않고……. 아마도 그 파스텔 톤의 러그와 어울릴 분위기를 생각하는 것 같은데, 세상에 어떤 사람이 러그를 먼저 사고 나서 그것에 가구를 맞추려 하겠는가.

"요샌 가구 광택제가 잘나와서 문양이 이래도 보이는 것과는 달리 관리는 어렵지 않아요."

"그래도 이건 문양이 너무 올드해요. 좀 새로운 거 없어요?"

요즘 유행하는 문양이라 말하려는데 손에 들고 있는 휴대폰에서 문자가 왔음을 알리는 짧은 진동이 느껴졌다.

혹시나 싶은 마음에 얼른 확인해 보았지만 광고성 문자였다.

그래, 그일 리가 없지. 일주일 전, '계획에 없던 또 다른 하룻밤'을 보낸 그날 이후로 강진에게는 어떤 전화나 혹은 문자메시지도 오지 않았다.

물론 그가 그리 하는 건 옳은 것이고 당연한 것이다.

서로 아무 일도 아닌 것으로 치부해 버리기로 해놓고서 바보처럼 그에게서 연락이 오기를 기대하는 자신이야말로 반칙인 것이다. 황혜민, 대체 넌 뭐가 잘못된 거니?

조금은 신경질적으로 휴대폰을 끄면서 혜민은 아무렇지도 않은 표정으로 앞에 선 고객의 말에 대답했다.

"그거, 최신 유행하는 거예요. 오히려 요즘 예비신부님들이 많이 찾는 문양인걸요."

"맞습니다. 요즘 젊은 신혼부부 사이에서 가장 잘 팔리는 상품 중 하나입니다."

보다 못한 대리점 직원이 한마디 거들었다.

"그래요?"

그 말에 혹했는지 예비신부는 다시 한 번 가구를 꼼꼼히 살폈
다.

"역시, 안 되겠어요. 내 눈에는 문양이 너무 촌스러워요. 좀 발
랄한 느낌의 문양은 안 되나요?"

"저희 매장엔 진열되어 있는 건 지금까지 보신 게 전부이고, 다
른 걸 원하신다면 카탈로그를 가져다드리겠습니다."

이마에 핏줄까지 곤두섰지만 대리점 직원의 말투는 처음부터
끝까지 조금도 변함없이 공손했다. 아마도 이런 손님을 대비해 하
드트레이닝을 한 모양이다.

"아, 됐어요. 눈으로 보는 거랑 카탈로그로 보는 거랑 아주 다르
다는 걸 지금 확실히 깨닫고 있거든요."

직원의 이마의 핏줄이 아까보다 더 붉거졌다.

"고객님, 그럼 차라리 맞춤가구 쪽으로 하시는 것이 어떻겠습
니까? 안목이 상당히 높으신데……. 가격이 좀 많이 비싸긴 하지
만 고객님처럼 안목이 까다로우신 분들은 차라리 그게 더 낫지 않
을까요?"

웃으면서 말하지만 저건 분명 욕이다.

"여기 실장님도 전에 맞춤가구 얘기해서 잘 아는 분 소개시켜
드렸는데. 누구더라……. 그 재벌 아가씨 있잖아요."

굳이 '재벌'에 힘을 줘서 말하는 줄도 모르고 예비신부는 톡 아
는 척을 했다.

"민유나요? 나도 그 사람이 여기서 계약했단 말 듣긴 했어요.
하지만 재벌들 따라가다가는 가랑이 찢어지지."

예비신부가 마음 편히 부르는 민유나는 예은이 그녀의 회사에 의뢰를 하고 나서 바로 다음 순서로 의뢰를 해온 준재벌이었다. 그녀 역시 준재벌 집의 눈 높은 아가씨답게 까다롭게 굴고 있다고 들었다. 새삼 예은에게 고마운 마음이 든다. 일 편하게 해주지, 이렇게 추운 겨울에 더 싸고 예쁜 거 찾아 오만 데를 끌고 돌아다니지도 않지. 카탈로그만으로도 어느 정도는 해결이 되지, 예의 바르지.

예비신부 몰래 대리점 직원에게 미안하단 제스처를 보이며 혜민은 왕보다 더한 이 고객을 모시고 밖으로 나올 수밖에 없었다.

"그럼 어떻게 할까요?"

혜민은 손목시계를 들여다보며 예비신부에게 최대한 자신의 감정을 드러내지 않으려 애썼다. 차로 이동하는 시간 빼고도 여섯 시간을 서 있었으니 이제 발은 고통을 초월해서 신선이 되려 하고 있다.

"벌써 여덟 군데나 다녀봤는데. 아직 마음이 가는 게 없다면 다음에 다시 날을 잡아볼까요?"

보통은 여덟 군데까지 가는 경우는 없었다. 미리 카탈로그를 확인하고 그중에서 괜찮은 걸 미리 뽑은 다음에야 직접 가서 눈으로 확인했기 때문이었다.

하지만 이 알뜰살뜰한 아가씨는 물건 고르는데 다리품을 팔지 않으면 좋은 걸 살 수 없다는 세상의 진리를 너무도 잘 알고 있었다. 그 덕에 힐에 갇힌 혜민의 발만 고생하고 있는 중이다.

"다음에요?"

그 말을 들은 예비신부는 서운한 표정을 지었다. 아마도 이 아가씬 쇼핑이 체질인 모양이다. 하긴, 오늘 운동화 신고 나온 걸 봤을 때부터 알아봤어야 했다.

"이젠 너무 늦어서 가구점도 다 문을 닫을 시간이라서요."

일찍 문 닫는 가구대리점이 고맙긴 오늘이 처음이다.

또다시 손 안에서 진동이 울렸다.

아마도 또 광고 메시지거나, 정수가 일 끝났으면 술이나 한잔하자고 보낸 문자일 것이다. 아니면 간만에 엄마가 소심하게 보낸 문자일 수도 있다.

그날 그 통화 이후로 엄마는 한 번도 찾아온 적도, 전화를 걸어온 적도, 하다못해 문자메시지를 보내온 적도 없었다.

아마도 굉장히 화가 났다는 것을 알고 계시는 거겠지. 이 딸이 한 번 화가 나면 얼마나 무섭게 돌변하는지 이번에 통감하고 있을 거다.

그래, 누가 됐든 강진은 아닐 것이다. 벌써 일주일째 아무 전화도, 문자메시지도 없던 강진이 지금 일이 끝난다는 것을 알고 때맞춰 이유 없이 문자를 보낼 리가 없다.

자포자기한 심정으로 혜민은 손에 들고 있는 휴대폰을 무시했다.

더군다나 지금 당장은 이 아가씨부터 돌려보내는 것이 급선무였다. 얼렁뚱땅 하다가는 이 힘든 발로 문을 연 마지막 한 군데까지도 구석구석 찾아 나서게 될 것이었다.

"날짜는 언제가 좋을까요?"

다이어리를 꺼내 들며 혜민은 자신이 할 수 있는 성의를 다 보였다. 오늘과, 하루쯤 발을 쉬게 해주고 싶은 내일만 아니라면 언제라도 좋다.

"그냥 제일 처음 본 걸로 할래요."

예상했던 것과는 달리 너무도 심플한 대답에 혜민은 잠시 할 말을 잊었다.

"그럴 거였음 처음부터 그렇게 고생시키지 말지, 지금까지 아픈 발을 내색도 못하고 끌려다닌 내 기분은 생각 안 해요?!"

하고 외치고 싶은 마음은 손톱만치도 생기지 않았다. 지금은 그저 고마울 따름이다.

"그래요, 그럼. 그걸로 낙찰이죠? 내일 그 쪽에 연락 넣을게요."

드디어 오늘의 길고 지루하고 힘들었던 일이 끝나는 모양이다.

그제야 혜민은 아까부터 궁금했던 자신의 휴대폰을 열어 확인했다.

순간적으로 혜민은 발이 아프다는 것을 잊었다. 아마도 스팸문자일 것이다 생각하고 별 기대를 하지 않았는데 웬걸, 생각도 못했던 강진의 문자메시지다.

문자메시지를 반가워하는 자신이 달갑지 않았지만 혜민은 어쩔 수 없이 인정했다. 반갑다. 기다리고 있는데 이제야 왔구나.

[오늘 등갈비 2인 분 했어. 혼자 먹자니 남자 혼자 앉아 갈비 뜯고 있는 그림이 이상할 거 같다. 와서 같이 먹자.]

춥고 발 아픈 이 상황에서도 혜민은 피식 웃고 말았다.

[그럼 스튜디오 식구 앉혀놓고 먹지.]
[누구? 남자하고? 그건 그림이 더 이상하고 여자하고 먹으면 이상한 착각할 거 같아서. 다 같이 먹기엔 양이 너무 적잖아.]

등갈비 한 접시를 두고 참 많은 고민을 했던 모양이다.

[미리 생각 좀 하고 만들지.]
[그러게. 다시는 등갈비 안 만들 거다. 나쁜 등갈비.]

쿡쿡거리며 웃다가 문자를 또 찍어 보냈다.

[알았어. 어떻게든 시간 내볼게.]
[배고프다. 빨리 와.]

휴대폰을 끄고 나서 생각해 보니 조금 우습다.
남들이 보면 연애하면서 밀당이라도 하고 있는 줄 알겠다. 이 시간부로 오늘은 남는 게 시간인데 시간을 내보겠다니. 오랜만에 만났다고 전남편에게도 내숭을 떨고 있나?
휴대폰을 가방에 넣으며 고개를 든 혜민은 아직 자신의 고객에 게 작별인사를 하기 전이라는 사실을 그제야 깨달았다. 혼자 살짝 찡그리기도 하고 웃기도 한 자신의 얼굴을 아주 흥미롭다는 시선으로 요 콩알만 한 예비신부가 쳐다보고 있었다. 휴대폰에서 시선을 뗄 때까지 기다린 듯 혜민이 고개를 들자 곧바로 말을 건다.

"저기⋯⋯."

더 이상은 안 되지. 여기서 뭔가를 요구하면 오늘 하루 종일 참았던 무엇인가가 터질 것이다. 더군다나 지금 이 신발에서 내려가고픈 마음이 절실한 당장에 일 분 일 초도 그녀와 함께 있는 것은 사절이었다.

"네? 고객님."

하지만 혜민은 생글생글, 얼굴에 마지막 남은 힘을 주었다.

"제 차, 처음 간 대리점 앞에 대놨잖아요."

다시 한 번 혜민은 주먹을 쥐고픈 자신의 연약한 욕구를 잠재우기 위해 속으로 참을 인 자를 셀 수 없이 많이 되뇌어야 했다.

스튜디오 앞에 다다른 혜민은 차 뒷좌석에 널브러져 있는 구두를 집어 들어 억지로 발을 끼워 넣었다. 그새 못 참고 발이 또다시 아우성을 치는 것 같다.

아까 그 대리점 앞에서 차에 탈 때 마침내 구두를 벗어 뒷좌석에 던져 버렸다. 비록 하늘 같은 고객이 바로 옆에 타고 있었지만 엄밀히 말하면 그건 퇴근 이후의 시간이었고 자신의 개인적인 공간인 차 안이었으니 그다지 신경 쓰고 싶지 않았다.

그렇게 고객을 원하는 장소까지 태워다 주고서 오다가 맥주 한 팩을 샀다. 전에 와인에 얽힌 좋지 못한 기억이 있으니 등갈비와 잘 어울릴 와인은 쳐다보지도 않았다.

구두를 벗고 맨발로 들어가고 싶은 마음이 굴뚝같았지만 그렇게 풀어진 모습을 호락호락 그에게 보일 순 없었다. 아직은 그렇게 가까운 사이가 아니라고 스스로에게 강요하는 것이다.

굽이 위태로울 정도로 높고 가는 구두로 용케 여덟 시간을 버티고도 힘든 티를 내지 않으려 애쓰며 간신히 2층으로 올라가자 소파에 앉아 잡지를 읽고 있던 강진이 고개를 들었다.

"늦었군."

"많이 기다렸어? 배고프면 먼저 먹지."

"괜찮아. 음식이 좀 식긴 했지만. 조금만 기다려. 다시 데울 테니까."

"천천히 해도 돼."

애써 태연을 가장하면서도 혜민은 아픈 발에서 구두를 벗겨냈다. 이따가 돌아갈 때 어떻게 이 구두를 다시 신을지 막막하다.

"잠깐 씻고 올게."

욕실로 들어간 혜민은 흙으로 더러워진 스타킹을 벗어 쓰레기통에 처넣고 제일 먼저 대야에 뜨거운 물을 받았다.

변기 위에 걸터앉아 두 발을 뜨거운 물에 담그니 절로 신음 소리가 났다.

"왜 그래? 어디 아파?"

갑자기 욕실 문밖에서 그의 목소리가 들렸다. 아무래도 신음 소리가 조금 컸나 보다.

"아니, 그냥 오래 서 있었더니 발이 좀 아파서 그래. 금방 씻고 나갈게."

갑자기 욕실 문이 왈칵 열려서 혜민은 깜짝 놀랐다.

“그런 식으로 문을 열면 어떡해? 내가 볼일이라도…….”

거기까지.

그가 갑자기 안으로 들어왔다.

“뭐하는 거야? 왜 들어와?”

“발 이리 내봐.”

그는 혜민의 발밑에 벌써 자리 잡고 앉고 있었다. 당혹스러운 마음에 얼른 발을 뒤로 빼려는데 그가 잡아 다시 물에 담갔다.

“발이 왜 이렇게 부르텄어? 누가 보면 곰발바닥 슬리퍼 신은 줄 알겠다.”

아무리 발톱에 까만 페디큐어를 했어도 그렇지, 곰발바닥이 뭐야, 곰발바닥이.

그가 향기 좋은 비누로 거품을 잔뜩 내서 그녀의 발을 문지르기 시작했다. 처음 몇 번은 발을 빼던 혜민은 그가 해주는 마사지의 유혹을 참지 못하고 그냥 둘 수밖에 없었다.

부드러운 비누의 감촉과 복사뼈까지 씻어주는 그의 손길. 발바닥의 통증은 어느새 시원한 쾌감으로 변하고 있있다. 혜민은 가만히 두 눈을 감았다.

오래전 결혼했을 때 그가 자주 이렇게 발을 마사지해 주곤 했었다. 힘들게 하루 종일 서서 일하는 바람에 저녁이면 제대로 서 있지 못할 정도로 발이 아팠지만 그가 이렇게 마사지를 해주고 나면 언제 그랬냐는 듯 피로가 풀리곤 했다.

발가락을 씻어주고 발바닥을 어루만지고 그러다 복사뼈로 올라

온 손은 어김없이 장딴지를 지나 허벅지까지 올라오곤 했다.

그렇게 마사지는 언제나 욕실에서 시작해 침대에서 끝맺음을 했다.

그때처럼, 발바닥을 주물러 주던 그의 손길이 발뒤꿈치를 어루만지다 발목, 종아리까지 올라와 어루만지듯 마사지를 해준다. 착각일까, 시원하게 느껴지던 그의 손길이 어느새 에로틱하게 변한 것 같은 이 기분은? 자신도 모르게 그의 손길에 반응해 점점 몸의 중심이 뜨거워지기 시작했다.

아마도 오븐의 타이머 소리가 울리지 않았다면 혜민의 상상은 적극적으로 현실로 이어졌을지도 모른다.

"다 됐나 봐. 어서 가봐."

혜민이 갈라진 목소리로 얼른 발을 뺐다.

"다 씻은 거 같으니까 내가 헹구고 나갈게."

강진이 나가면서 심술부리듯 목에 걸고 있던 수건을 그녀의 머리 위로 휙 던졌다.

역시 강진은 음식을 아주 잘한다. 예나 지금이나.

알맞게 구워진 등갈비의 냄새가 실내에 퍼지자 혜민은 대놓고 킁킁거리며 냄새를 맡았다. 오늘 점심이 부실해서 그런가 냄새만으로도 위장이 행복해하는 것 같다.

"맥주 냉장고에 있지?"

"내가 꺼낼게."

그녀의 아픈 발을 배려하는 것인지 양손에 등갈비가 가득 담긴 접시를 들고서도 강진이 제지했다. 하지만 발 마사지까지 받고 환자처럼 가만히 앉아 그가 해주는 음식을 황송한 마음으로 먹고 싶지는 않았다. 뭘 해도 같이 해야 마음이 편하지.

냉장고를 열고 맥주를 찾던 혜민은 저도 모르게 길게 감탄사를 내뱉었다.

"와……. 내가 상상했던 거 하고는 다르네."

냉장고 안에는 반찬이 담긴 밀폐용기가 가득 차 있었다.

"강진 씨, 집 밥 좋아하는 건 알고 있지만 이 정도로 좋아하는 줄은 몰랐네. 이게 다 강진 씨가 만든 거야?"

자신이 좋아하는 오이김치가 보여 혜민이 손을 뻗는데 강진이 다가와 냉장고 아래쪽에서 맥주를 꺼내고는 이내 냉장고를 닫아버렸다.

"오이김치잖아. 맛 좀 보게 해주지. 좋아하는 반찬인데."

"맛이 별로야."

"괜찮을 거 같은데."

"내 등갈비를 모욕하지 마라. 등갈비에 오이김치는 아니잖아."

예민하게 구네. 누가 보면 오이김치통에 보물이라도 숨겨진 줄 알겠다.

"맥주도 있겠다, 오늘은 식탁 말고 편하게 소파에 앉아서 TV 보면서 먹자."

그는 이미 소파 위에 등갈비가 담긴 접시 두 개를 올려놓고 있었다. 하긴, 둘이 마주 보며 갈비 뜯는 것보다는 소파 위에 앉아 맥주와 함께 TV 보면서 먹는 것이 더 자연스러울 것 같다. 아주 좋은 선택이다.

시간대가 그래서 그런가 TV에서는 코미디프로그램이 방영되고 있었다.

어느새 혜민은 바닥에 깔린 러그 위에 앉아 소파에 편안히 등을 기대고 TV를 보며 갈비를 안주 삼아 맥주를 홀짝였다.

하루 종일 혜민을 괴롭히던 스트레스가 코미디언의 우스꽝스러운 몸짓과 함께 훌쩍 날아가 버렸다.

정신없이 웃다가 강진의 웃음소리를 들었다. 웬만해서는 소리 내어 웃는 법이 없는 남자인데.

그가 웃는 모습을 보고 있자니 무언가 가슴이 따스해졌다.

이 분위기 참 좋다. 편안한 맨발과 푹신한 러그, 코미디프로그램이 나오는 TV, 그리고 맥주 한잔과 곁에 앉은 남자.

마치 정신을 차리고 보니, 사춘기 시절 웨딩잡지에 나온 사진 한 장을 보며 꿈꾸었던 먼 미래, 어른들의 어느 겨울밤에 와 있는 기분이다.

그와 결혼생활을 할 때조차도 이런 기분은 들지 않았었는데. 그 땐 설렘, 행복감도 있었지만 그와 함께 언제 끝날지 모르는 힘든 생활에 대한 막연함이 존재했으니까.

이렇게 편안한 기분을 느껴도 되는 것일까? 마치 아무 일도 없었다는 듯, 이렇게 그와 함께 시간을 공유해도 되는 것일까?

하지만 놓아버리고 싶지 않은 순간이다. 언제 이렇게 포근하고 편안하고 즐거운 시간이 또 오겠는가.

혜민의 시선을 느꼈는지 아직도 웃음기 가시지 않은 시선으로 강진이 그녀를 쳐다보았다. 마치 한 번도 헤어진 적 없는 부부처럼 그렇게 자신을 보며 웃는 모습이 자연스럽다.

그의 얼굴에서 사르르 웃음기가 사라졌다.

조용히…… 그의 입술이 다가왔다.

그가 줄 입술의 달콤함을 기대하며 혜민은 조용히 눈을 감았다.

그래, 하루쯤은, 하루쯤 더 이대로 아무 일도 없었다는 듯 편안하게 있어도 별일이 없겠지. 지금까지도 아무 문제가 되지 않았으니까.

어느새 혜민은 복잡하고 힘든 현실은 잠시 잊고 어느 겨울밤이 주는 편안하고 따스한 행복감에 자신을 놓아주고 있었다.

"혜민 씨, 대체 무슨 생각을 그렇게 골똘히 해요?"

곁에서 들리는 지선의 목소리에 혜민은 먼 상념의 바다에서 돌아왔다.

"네? 아니에요. 그냥 피곤해서 그래요."

실은 딴생각을 하고 있었다고 곧이곧대로 대답할 수 없기에 혜민은 얼른 핑계를 댔다. 불과 며칠 전 전남편과 같이 잔 상황을 떠올리고 있었다고 대답할 수는 없는 것이었다.

이젠 그만해야 할 때였다.

세 번의 잠자리. 그 정도면 불장난이었고, 외로운 긴 밤을 주체하지 못해 어쩌다 일어난 일이었다고 치부할 수 있었다. 세 번도 많았지만 네 번보다는 적다. 그러니 이쯤에서 그만두는 것이 최선이다. 안 그러면 일하는 중간 중간에도 불쑥 그의 에로틱한 입맞

춤이, 자신의 다리 안쪽을 파고드는 그의 손길이 난처할 정도로 자주 떠오르게 될 것이다. 바로 지금처럼.

"하긴, 피곤할 만도 할 거예요. 지난 주말에도 결혼식 두 건을 해치웠다면서요? 혜민 씨, 요즘 회사가 아주 잘나가나 봐요. 뭐, 혜민 씨가 일이 많은 게 나로서는 아주 고마운 일이지만. 특히 이번 건을 맡겨주신 건 정말 감사해요. 제가 특별히 더 신경 써서 아주 잘할게요."

인테리어를 하는 지선에게도 이번 건은 아주 중요한 일이었다. 다른 일도 아닌 삼정물산 회장의 딸의 집의 인테리어이니만큼 혜민의 청실홍실만큼이나 그녀의 회사에도 큰 터닝포인트가 될 것이다.

"정말로 많이 신경 써주셔야 해요. 특별히, 평소의 열 배쯤 더요."

원래는 혜민이 직접 할 예정이었다. 다른 고객의 집이었다면 겁도 없이 덤볐을 것이고, 그렇다고 해도 잘해냈을 것이다. 하지만 다른 사람도 아니고 한예은의 집이었다. 워낙 최고급만 알고 지내는 사람이니 그런 것은 전문가에게 맡기는 게 옳다는 판단이 섰다.

"어머, 저는 언제나 제가 맡은 일에 제가 할 수 있는 최선을 다한다는 거 모르세요?"

그리고 그중에서도 혜민이 아는 한 최고라 할 수 있는 사람이 바로 B&B 인테리어의 실내인테리어 팀 실장인 지선이었다.

"물론 알고 있죠. 그러니까 저도 다른 사람이 아닌 지선 씨한테 부탁을 한 거 아니에요."

"역시 혜민 씨 안목이 최고니까요."

"그러니까요."

서로를 마구 추어주는 가운데 어느새 혜민의 차는 목적지인 예은이 살게 될 아파트 주차장에 도착했다.

"재벌 딸치고는 검소하다. 60평짜리 아파트라니."

안에 들어가기 전부터 아이러니하다는 듯 웃는 지선의 말에 혜민도 같이 웃었다. 60평짜리 아파트가 작은 것도 아닌데 그게 검소하다 말하게 되다니. 그게 재벌 딸이나 되니까 가능한 것이다.

예은에게 미리 받아두었던 아파트의 카드키를 도어록에 가져다 댔지만 이상하게 반응이 없었다.

이상해서 다시 한 번 카드키를 다른 방향으로 대봤지만 역시 소용이 없었다. 하는 수 없이 예은에게 전화를 걸어 물었다.

"아파트 비밀번호 기억하세요? 카드키가 안 먹히는데."

[아파트 비밀번호요?]

혜민의 느닷없는 질문에 예은은 적잖이 당황했는지 쉬이 기억을 해내지 못했다. 일이 바쁜 모양이었다.

[어……. 그거, 일단은 관리실에서 다른 카드키 받는 게 빠를 거 같아요. 아무 생각 없이 열쇠만 받아놔서 기억이 안 나네. 어디 적어놨을 텐데. 혹시 빈집이라 일이 생길지 몰라서 관리실에 여분으로 카드키 하나 맡겨뒀거든요.]

"알겠어요."

[관리실에는 내가 전화를 넣을게요. 낯선 사람한테는 키를 안

내주려고 할 테니까.]

"그래주면 감사하죠."

괜히 바쁜 사람에게 전화해서 일을 방해한 것 같아 오히려 미안한 마음이다.

역시 배경 있는 사람의 전화라 그런가 관리실에서 금방 올라왔다. 다행히 그 카드키는 멀쩡했는지 문은 이내 열렸다. 관리인에게 열쇠는 나가는 길에 다시 돌려주겠다고 약속하고 혜민은 지선과 함께 집안으로 들어갔다.

실내를 둘러본 지선의 얼굴은 매우 밝았다. 비수기인 겨울에 이런 하이퀄리티의 일거리를 맡은 것도 기분이 좋아 보였고 또 건물 구조가 마음에 들었는지도 모른다.

사진을 몇 장 찍고 또 여기저기 계속해서 둘러보며 길이와 높이를 재보던 지선이 가장 마음에 들어한 곳은 바로 테라스였다.

"여기에 작은 티테이블 같은 거 하나 놓으면 참 좋을 거 같지 않아요? 날씨 좋을 때 부부가 마주앉아 모닝커피와 토스트를 먹으면 딱 운치 있고 좋을 것 같은데."

지선의 생각에 혜민도 전적으로 동감했다.

지난 가을에 이곳을 와봤다면 지선은 더더욱 그녀의 마음을 잘 알았을 것이다. 발코니 밖으로 보이는 저 아름다웠던 호숫가와 단풍들. 그래, 여긴 티테이블이 꼭 필요하다.

"일단 잘 봤어요. 실내 사진도 찍었고, 크기도 쟀으니까 이젠 가서 머릿속에 있는 그림만 옮기면 좋을 거 같아요."

"정말 멋지게 해줘야 해요. 아주 고급스러우면서 신혼의 느낌

을 잘 살려서. 알겠죠? 가구도 직접 수공 제작하는 곳에 의뢰해야
하고요."

지선이 실력 있는 인테리어 디자이너임에도 못미더운 마음에
혜민은 아까 이곳에 오면서 했던 말을 다시 몇 번 더 강조했다.

"걱정 말아요. 최상의 디자인은 최상의 견적에서 나오니까요."

"그 문제는 이미 예은 씨한테 확인을 받았으니 걱정할 거 없어
요."

아파트에서 나와 차를 몰고 정문으로 가던 혜민은 갑자기 그제
야 자신이 가지고 있는 카드키를 기억해 냈다. 하마터면 그대로
들고 갈 뻔했다.

관리실 앞에 차를 대고 혜민은 얼른 차에서 내려 관리실로 들어
갔다.

"여기, 카드키요. 다음에 올 땐 도어록 비밀번호 알아서 올게
요."

"자주 오실 건가 봐요."

"네, 실내장식 때문에요. 아무래도 신경 써야 할 부분이 많아서
요."

"하긴, 남편분이 유명하신 분이니 집도 잘 꾸며야죠. 손님도 많
을 텐데."

"예?"

차에서 기다리고 있을 지선 때문에 서둘러 밖으로 나가려던 혜
민은 그 말에 돌아섰다. 웨딩컨설팅 업체의 실장인 자신도 모르는
그 신비스러운 남편을 아파트 관리인이 알고 있다니, 조금은 배신

감이 든다.

"남편을 아세요?"

"유명한 사진작가님 아니세요?"

어쩐지, 그녀도 모르는 예은의 남편을 아파트 관리인이 어찌 아나 했다. 아마도 예은이 아파트를 계약할 때 강진도 함께 있었던 모양이었다. 무슨 꿍꿍인지, 강진은 한예은에게 너무 들이대는 듯하다. 정말로 재벌 딸의 친구에게 새장가를 가고 싶어서 그런가?

"그분은 남편이 아니고요, 다른 분이에요. 여기 사실 분은."

"어? 서강진 씨 아니신가요? 여기 입주자 이름은 그렇게 쓰여 있는데."

"예?"

혜민은 자신의 귀를 의심했다.

"그럴 리가 없는데. 뭐가 잘못된 거겠죠."

"잘못될 리가 없는데. 아파트 소유주가 그쪽으로 되어 있는데……. 계약서를 잘못 썼으면 모를까, 계약자 이름이 그 이름이거든요. 그래서 유명한 사진작가가 들어온단 것도 알았고……."

순간적으로 마치 망치로 머리를 맞은 것처럼 혜민의 머리가 멍해졌다.

이게 대체 어떻게 된 일일까. 아파트 소유주가 강진이라니. 이건 말도 안 되는 일이다.

아파트 소유주가 강진이라면……. 그 둘이 결혼한다면 모를까.

또다시 한 번 머리를 강타하는 충격을 느꼈다.

그랬던 것인가? 그래서 항상 예은이 결혼 준비하는 모든 곳에 강진이 나타났던 것인가? 이 아파트도 그랬고 웨딩드레스 고를 때도 그가 곁에 있었다.

그것밖에는 답이 없었다. 다른 이유라고는 있을 수가 없다.

그러다 혜민은 또다시 인상을 찌푸렸다.

그렇다면 대체 뭐지? 그러면서 왜 나와 같이 잔 것일까? 8년 전 상처를 준 것에 대한 복수인가? 그렇게 같이 자고 유혹해서 내 마음을 다시 빼앗고 나서는 예전에 내가 했던 정반대로 날 상처 주며 차버리려는 것인가?

하지만 그렇다면 예은의 행동도 이해가 가지 않는 것은 마찬가지였다.

둘이 결혼하는 거라면 그녀가 강진과 전혀 무관한 사람인 것처럼 행동할 이유는 하나도 없었다.

어쩌면 이게 재벌만의 독특한 생각방식인가? 친구처럼, 복수극도 같이 해주는 거? 그게 설령 침대에서 일어난다 해도 말이다. 하지만 그건 말도 안 되는 일인데…….

순식간에 의문만 눈덩이처럼 불어났다.

멍한 표정으로 차로 돌아온 혜민을 지선이 이상한 시선으로 바라봤다.

"무슨 일 있어요? 표정이 왜 그래요? 마치 누구한테 뒤통수를 한 대 맞은 표정이네."

아무 대꾸도 없이 조용히 혜민은 차를 출발시켰다.

지선을 내려주고 나서 회사로 돌아오면서 혜민은 머릿속을 정리하려 했지만 혼란만 더할 뿐 아무것도 정리되는 것은 없었다.

대체 이게 어찌 된 일인지. 누구한테 영문을 물어봐야 하는지도 모르겠다. 예은인지, 아니면 강진인지.

그런다고 나아질 건 있는가.

이게 그 둘의 결혼식이라면, 자신에게 복수하기 위해서 그런 것이라면 너무도 잔인했다. 그의 결혼식을 자신이 준비하게 한 것도 잔인했지만 그간 결혼을 앞둔 그를 만나 세 번이나 같이 자게 만들다니. 아무것도 모르고 한 것이라고 하지만 그렇다고 모른 척 결혼식 준비까지 진행할 수는 없었다. 차라리 아무에게도, 아무것도 묻지도 따지지도 말고 그냥 그대로 덮는 것이 나았다.

회사에 도착한 혜민은 굳은 얼굴로 정수의 방으로 직행했다.

다른 사람은 몰라도 정수에게는 이 일을 말해야 했다. 최소한 이 일을 왜 덮어야 하는지 설명은 해줘야 했다.

"정수야."

평소와는 달리 사장님이 아닌 이름을 부르자 정수는 뭔가 이상한 것을 느꼈는지 살짝 미간을 찡그리며 그녀를 쳐다보았다.

"아무래도 한예은 씨의 결혼, 우리가 못 할 거 같아."

놀란 정수가 두 눈을 두어 번 껌벅였다.

"아무래도 그거 네가……."

혜민이 하려던 말은 '그거 네가 연락해서 그만두겠다고 말해줘야 할 거 같아. 난 못하겠어'였다. 하지만 그 말은 이내 말을 다른 뜻으로 받아들인 정수에 의해 막혀 버렸다.

"미안, 그런데 그거 내 잘못만은 아니다."

이번엔 혜민이 두 눈을 껌벅였다.

"원래는 말해주려고 했는데, 강진 씨가 말하면 절대로 안 된다고, 그 조건으로 사진도 찍어주겠다고 해서……."

"너…… 알고 있었다고?"

"미안. 그렇지만 생각해 봐. 한예은 씨가 이런 작은 회사에서 결혼 준비를 한다는 것 자체가 원래 말도 안 되는 일이었잖아."

또다시 혜민은 그 말을 알아듣기 위해 눈을 껌벅였다.

"……한예은 씨가 여기서 결혼하는 거 아니라고?"

정수의 표정이 미묘하게 변했다. 자신이 경솔한 실수를 했다는 것을 지금에서야 깨달은 것이다.

"정수, 너, 그게 무슨 말이야?"

혜민이 물고 늘어지기도 전에 갑자기 정수는 휴대폰을 꺼내들더니 전화를 받는 시늉을 하기 시작했다.

"아, 장 사장님. 지금 좀 바빠서요……. 네? 급한 일이라고요?"

전화 따위는 오지 않았다는 것을 모르는 것은 아니었지만 혜민은 지금 머릿속이 혼란스러워 그녀를 잡을 생각조차도 하지 못했다.

대체 이게 무슨 소릴까. 예은이 여기서 결혼하지 않는다니. 그럼 대체 그 결혼 준비는 왜 했던 것일까? 그렇다면 강진과 결혼하는 게 아닌가? 아니면 강진과 짜고 나를 놀린 건가? 그렇게 돈을 들여서?

어느 방향으로 생각해 봐도 혜민은 이게 어찌된 영문인지 답을 알 길이 없었다.

황급히 정수의 방을 나온 혜민은 다시 차에 올라탔다. 이 일이 어찌 된 것인지 확실히 알려면 당사자를 만나는 것이 가장 빨랐다.

예은이 어디서 일하는지는 일찌감치 알아두고 있었다. 그리고 예은이 어느 층에서 일하는지는 건물 로비에 있는 경비에게 물어보면 알 수 있었다.

예은이 있다는 14층으로 올라간 혜민은 사무실로 들어갔다. 안쪽에 번듯이 다른 문이 있고 그 옆에 자신을 유심히 바라보고 있는 여자가 보였다. 출입하는 사람을 체크하는 것이 아마도 비서인 모양이다. 그렇다면 저 안쪽이 바로 예은이 일하는 곳이 분명하다.

안으로 들어가려는 혜민을 비서가 붙잡았지만 무작정 앞으로 밀고 들어가는 그녀를 막기엔 역부족이었다.

예상대로 예은이 책상에 앉아 무언가 들여다보고 있었다.

"죄송합니다, 실장님. 막으려 했는데……."

"한예은 씨."

비서가 변명을 하려 했지만 혜민의 화난 목소리에 먹혀 버렸다. 혜민의 분노를 억누르는 목소리에 놀란 예은이 눈을 동그랗게 뜨고 그녀를 쳐다보았다.

"해명해 보세요. 왜 내가 하지도 않는 결혼식 준비를 하고 있는지."

"……."

무단으로 난입하다시피 해서는 화를 내는 사람에게는 대응하는 법을 미처 배우지 못했는지 예은은 한동안 입만 벙긋거리는 채 아무 말도 하지 못했다.

간신히 목소리를 끌어낸 예은의 말은 가관도 아니었다.

"난……. 가, 강진 씨한테 물어보세요."

혜민은 어이없단 표정을 지었다. 강진에게 물어보라니, 역시 강진과 짜고 그런 것이 맞다.

대체 왜? 둘이 결혼할 것도 아니면 무슨 이유로 그렇게 나한테 접근한 것일까?

"그러니까 역시 결혼식은 없단 얘기네요."

"……."

"대체 왜요? 왜 나한테 그랬어요?"

"그게……."

자신만만하고 소탈하고 자신의 감정에 솔직했던 한예은은 오늘은 보이지 않았다. 오늘은 그저 혼이 달아난 재벌 집 버르장머리 없는 딸만 있을 뿐이다.

"난 그저……. 강진 씨하고 당신을……."

혜민은 그 말에 더 어이없단 표정을 지었다. 그럼 지금까지 강진과 어떻게든 이어진 것이 바로 이 천방지축 재벌 딸의 농간 때문이었단 말인가?

"난 몰라요. 일단은 강진 씨하고 얘기하세요."

결국 혼비백산한 표정으로 예은은 말도 잇지 못하고 그저 피할 길만 생각하고 있었다.

화가 났지만 지금 이 상황에서는 어떻게 화를 내야 할지도 몰랐다. 일단은 강진과 얘기를 하고 나서, 화를 내도 강진에게 내는 것이 옳을 것 같았다.

"강진 씨하고 예은 씨, 대체 무슨 사이예요? 이미 알고 있던 사이죠?"

"……."

이럴 줄 알았다. 어쩐지 둘이 손발이 너무 잘 맞는다 했더니.

더 이상 아무 말도 하지 않고 혜민은 그 방에서 나왔다. 몇 미터쯤 걸어가던 그녀는 이내 다시 돌아서서 방으로 들어갔다. 예상했던 대로 예은은 휴대폰을 손에 들고 있었다. 아마도 자신이 강진에게 갈 것을 알고 미리 경고를 해주려는 것 같았다.

"한예은 씨. 재벌들은 그래요? 그저 한 번 재미 삼아, 친구에게 애인 만들어주려고 집도 사주고 막 그래요? 돈 많으면 그래도 돼요?"

"그건 내가 사준 게……."

뭔가 할 말이 있는 듯했지만 혜민의 화난 얼굴에 차마 말하지 못하겠는지 예은은 변명을 하려다 곧 입을 다물어 버렸다.

"미안하지도 않아요? 최소한 일을 벌였으면, 어찌 된 일인 건지 알 수 있게 나한테 말해주든지, 아니면 내가 직접 들을 수 있게 해 줘요. 강진 씨하고 짜고 변명거리를 만들지 말고. 더 이상은 당하고 싶지 않으니까."

예은이 무슨 말이라도 하려 했지만 더 이상 혜민은 듣고 싶지도 않았다. 그대로 돌아서서 방을 나간 혜민은 곧바로 엘리베이터로 향했다.

그녀가 떠나는 모습을 본 비서가 예은에게 슬쩍 물었다.

"그래도 전화 걸어서 가고 있단 말을 해줘야 하는 거 아니에요?"

"그냥 둬. 혜민 씨 말도 맞아. 더 이상은 내가 참견하지 않는 게 좋을 거 같아. 죽이 되든 밥이 되든 둘이 알아서 하도록 두는 게 나아. 나가서 일 봐."

쿨하게 비서에게 말했던 예은은 밖으로 나가려는 비서를 다시 불러 세웠다.

"혹시 청심환 같은 거 비치해 둔 거 없어?"

곧장 강진의 스튜디오로 향한 혜민은 그의 스튜디오 앞 주차장에 차를 세우다 아주 낯익은 차를 발견했다.

혜민은 곧바로 그 차로 향했다.

"정 기사 아저씨, 왜 여기에……."

"사모님 모시고 왔습니다."

"예?"

방금 전 차를 세우기까지 혜민을 가득 채우고 있던 분노가 순식간에 사그라졌다. 혜민은 놀라 건물을 쳐다보았다.

한동안 잠잠하다 생각했는데, 엄마는 아직도 부족했던 모양이었다. 그때 그렇게 전화를 끊고 나서 연락이 없는 것이, 자신에게 미안해서 그런 줄 알았더니 그게 아니라 이렇게 하려고 기회를 엿보고 있었던 것이 분명했다.

서둘러 건물 안으로 들어간 혜민은 사람들이 오가며 자신을 쳐다보는 것도 의식하지 못하고 주위를 둘러보았다. 엄마의 모습은 보이지 않았다. 아무래도 2층이 사적인 공간이니 거기 있는 모양이다.

그래도 여긴 뻥 뚫려 있어서 소리 지르면 다 들릴 텐데. 차라리 한바탕할 거라면 밖에서 만났으면 됐을 것을, 이렇게까지 해야 하나?

다급한 마음에 혜민은 서둘러 2층으로 올라갔다. 직원들이 태연한 걸 보니 아직은 아무 일도 없었던 것 같다. 혹시 아직 강진을 만나지 못했을지도 모른다.

큰소리가 나오기 전에 서둘러 엄마를 데리고 나와야 했다. 강진과 자신이 진솔한 대화를 나누는 것은 그 후에 하면 되는 것이다.

하지만 2층으로 올라간 순간, 혜민은 입을 다물지 못했다.

분명 엄마는 2층에 있었다. 강진도 그곳에 있었다.

단지 이 상황을 혜민이 예상하지 못했을 뿐이다.

둘은 식탁 앞에 마주 앉아 차를 마시고 있었다. 무슨 얘기를 하고 있던 것인지 둘의 얼굴엔 미소가 감돌고 있었다.

그리고 식탁 한 가운데 있는 매우 낯익은 그것. 엄마가 매번 가사도우미 아줌마를 통해 보내주던 그 반찬이 든 보퉁이.

순식간에 혜민의 기억이 며칠 전 이곳을 찾았던 그날 밤으로 돌아갔다.

굳이 강진이 못 열게 했던 냉장고 안, 잔뜩 들어 있던 밑반찬들과 자신이 좋아하는 오이김치. 행여나 혜민이 반찬통을 꺼낼까 강진은 급히 냉장고를 닫아버렸었다.

그 이유가 바로 이것 때문이었던 것이다. 그러니까 오늘 혜민은 정수와 예은에 이어 엄마에게까지 뒤통수를 맞은 것이었다. 엄마는 강진 씨에게 상처를 준 것이 아니라 자신을 떠넘기려 했던 것이다.

그리고 그 이상한 행동을 했던 사람들의 중심에 있던 사람은 강진이었다.

"혜민아……."

그녀의 등장을 예상하지 못했는지, 혜민은 태어나서 처음으로 엄마의 당황한 얼굴을 보았다.

11

강진도 예상하지 못했는지 표정이 살짝 굳어 있었다.

혜민은 아무 말도 않고 강진을 노려보았다. 이 일이 어찌된 것인지 설명해 주는 사람은 하나도 없었지만 그런 것 없이도 혜민은 지금 상황을 정확히 파악할 수 있었다.

"그게 있잖니……."

효정이 먼저 나섰지만 혜민의 시선은 여전히 강진에게 고정되어 있었다.

"……나 지금 정수와 한예은 씨를 만나고 오는 중이야."

분노 섞인 목소리만으로도 그는 지금 혜민의 상태를 충분히 짐작할 만했다. 그는 천천히 자리에서 일어섰다.

"장모님, 지금은 돌아가시는 것이 좋을 것 같네요."

장모님?

혜민은 더욱 어이가 없을 수밖에 없었다. 불과 얼마 전까지 그 ‘장모님’에게 못 들을 소리 들은 줄 알고 얼마나 미안하고 마음 아파했던가. 그에게 사과할 방법도 찾지 못해 그저 마음만 아파했었다. 그런데 장모님? 그러니까 엄마까지 확실히 이 사기극에 끌어들였단 소리잖아.

혜민의 시선이 더욱 험악해져서 이번엔 효정에게 향하자 효정은 어쩔 줄 몰라 하며 딸과 강진을 번갈아 바라보았다.

“그게 있잖니, 혜민아…….”

“지금은 엄마 변명은 듣고 싶지 않아.”

차가운 혜민의 목소리에 효정은 더 이상 할 말을 잃었는지 다시 강진을 바라보았다.

“나중에 제가 전화드리겠습니다.”

강진의 말을 듣고 나서야, 혜민이 이해하지 못할 정도로 고분고분한 태도로 효정은 얼른 2층에서 내려가 밖으로 향했다.

“자, 이제 변명해 보시지. 다들 한통속이 되어서 날 속인 기분이 어때? 통쾌해? 우리 엄마까지 포섭해서 같이 그랬으니 몇 배로 더 통쾌했겠다.”

혜민이 먼저 속사포처럼 머릿속에 있던 말을 쏘아붙였다.

“…….”

하필 이 시점에서 그는 그 빌어먹을 과묵함으로 대응하기 시작했다. 그녀를 위해 의자를 빼주고 커피 한 잔을 타서 혜민의 앞에 내려놓았다. 진정하란 소리일 것이다.

하지만 지금은 진정할 상황이 아니었다.

"이딴 건 필요 없으니까 대답부터 해봐. 대체 무슨 생각이었던 거야? 예은 씨는 당신 친구니까 그렇다 치고 정수하고 엄마는 또 언제 꼬신 거야? 무슨 생각으로 이런 짓을 한 거야?"

"……"

"그러고 나니 속 시원해? 그러고 나니 복수가 되었냐고? 사람 하나 놀리고 우습게 만드니 아주 기분 좋겠지. 그러니까 좋지? 속 시원하지? 그럼 통쾌하게 복수했으니까 내 인생에서 나가 버려! 다신 나타나지 마!"

생각나는 대로 퍼부었지만 속은 시원해지지 않았다. 오히려 생전 안 나던 눈물까지 났다. 자신을 속인 정수도 미웠지만 어쨌건 사장이니 회사를 위해 그럴 수 있다 치고, 예은은, 그래, 예은도 그의 친구니 그녀까지는 어떻게든 봐주려 했는데 엄마까지는…… 엄마까지는 용서가 안 됐다. 그토록 혜민을 힘들게 만든 사람이었으니 더욱 그랬다.

하지만 그는 여전히 말이 없었다. 아무래도 지금은 자신이 다 퍼부을 때까지 기다리려고 작정한 것 같다. 그럼 진정하겠지 생각한 모양인데 오산이다.

"당신이 미워 죽겠어! 서강진, 내가 아무리 심한 짓을 하긴 했지만…… 이렇게까지 뒤통수를 치지는 않았잖아. 내가 그렇게 나빴어? 그렇게 미웠어? 그럼 처음부터 그렇게 말하지. 그럼 내가 사과를 했을 거 아냐? 그걸 바랐다면 싹싹 빌었을 거야. 꼭 이렇게까지 했어야 해? 서강진, 당신은 정말로 악질 중에 악질이야!"

더 소릴 지르고 싶었지만 목소리가 떨려서 더는 말할 수가 없었다. 아래층에서 왔다 갔다 하던 사람들이 걸음을 멈추고 위를 올려다보는 것이 보였다. 정말로 최악이다.

"혜민아."

그가 무슨 말을 하려 했지만 혜민은 이내 몸을 올려 계단을 뛰다시피 내려왔다. 직원들이 몸을 돌리며 못 들은 척, 제 할 일을 하고 있는 척하는 가운데로 혜민은 문을 박차고 밖으로 뛰쳐나갔다.

그와 차분히 얘기하려던 생각은 그의 스튜디오에서 엄마의 모습을 본 이후로 사라졌다. 지금 그녀를 차지하고 있는 것은 오직 배신감과 분노뿐이었다.

차에 타고 혜민은 무작정 도로를 달리다 집으로 향했다.

초인종이 울렸다.

이불을 푹 뒤집어썼지만 집요한 초인종 소리는 가시지 않았다. 누가 온 것인지는 알고 있었다. 아마도 강진일 것이다. 엄마라면 굳이 초인종 안 누르고 마음대로 문 열고 들어오려 했을 테니까.

"집에 있는 거 알고 왔어. 문 열어."

역시 강진이었다.

"내 얘기를 들어. 그러고 나면 네가 가지 말라고 해도 갈 테니까."

그래, 변명할 거리가 많을 것이다. 사람 하나 바보 만들었으니, 더군다나 우리 엄마에게까지 날 바보로 만들게 했으니 변명할 거리가 많겠지.

"혜민아, 나 내일 파리로 촬영 떠나. 오늘 아니면 얘기할 시간도 없어. 그러니까 문 열어."

월패드로 그의 모습은 보이지 않았다. 아마도 문에 기대어 서 있는 모양이다.

하지만 혜민은 그를 안으로 들일 기분이 아니었다. 지금은 그가 아니라 그 어느 누구의 말도 듣고 싶지 않았다.

그가 무슨 말을 하던, 혜민은 월패드에서 신경을 끄고 방으로 들어와 버렸다.

가버리라지. 누가 그 거짓말 들어줄까. 지금까지 속은 것도 분한데, 누가 그 거짓말을 듣고 싶다고 했나.

다시 이불을 푹 뒤집어썼다.

몇 번 초인종이 울렸고, 몇 번 전화벨이 울렸다. 혜민은 휴대폰의 배터리를 뽑아 집어 던졌다.

저녁이 되고 컴컴해졌지만 혜민은 불을 켜지 않았다.

하루 종일 생각하고 마음을 가라앉히려 해도 뼛속까지 스민 분노는 쉬이 사그라지지 않았다.

어쩌면 그렇게 다들 한통속이 되어서! 왜 그랬는지 이유 따위는 필요 없었다. 최소한 지금 일이 어떻게 진행되고 있는지, 당사자인 자신은 알아야 했다. 그걸 귀띔해 줄 사람은 많았지만 아무도 그걸 해주지 않은 것이다. 결국 꼭두각시인형처럼 그의 손놀림 따라 움직인 꼴이 된 것이다.

대체 언제까지 속이려 한 것일까? 바보같이 그가 쳐놓은 그물인 줄도 모르고 미안하고 안쓰럽고 고마운 마음에 그가 끌어당기는 대로 눈 벌겋게 뜨고 끌려갔던 것이다.

그렇게 작당했을 때, 나중에 내 기분이 어떨지 조금이라도 생각하긴 했나? 친구란 사람이! 엄마란 사람이!

초인종이 울렸다. 혜민은 소파에 앉아 그저 문을 쳐다보기만 할 뿐 열지 않았다.

곧이어 카드키를 가져다 대는 소리와 함께 문을 덜컥거리는 소리가 이어졌다.

엄마다. 엄마가 찾아올 것은 이미 예상하고 있었다. 금방이라도 폭발할 것 같은 딸의 얼굴을 보았으니 어떻게든 달래고 싶겠지. 전화도 배터리를 빼버렸으니 통화가 안 될 것이고, 답답하니 무작정 찾아왔을 것이다.

이미 예상하고 있었기에 도어록 아래 있는 보조자물쇠도 잠그고 걸쇠까지 걸어버렸다.

생각대로 문이 열리지 않자 다시 초인종 소리가 이어졌다.

"혜민아, 엄마야. 문 좀 열어봐."

"……."

혜민은 다시 방으로 들어가 이불을 뒤집어써 버렸다.

가능하다면 당분간, 아니, 얼마 안 남은 올해는 물론이고 내년까지도 아무도 보고 싶지 않다.

어떤 책에서 읽었는데 뇌가 가장 일순위로 기억하는 것은 어떤 이유로 큰 충격을 받을 만한 사건이 있었을 때라 했다. 그 다음이 반복된 암기. 나머지는 밤에 잠을 잘 때 뇌의 기억장치인 해마가 기억들을 중요하지 않은 순서대로 잠재의식 깊은 곳으로 밀어 넣어버려서 노력해도 떠올리기 힘들다고 했다.

그러니까 혜민의 머릿속에 자꾸 그 당시, 강진의 스튜디오에서 엄마와 강진이 반찬통을 사이에 두고 웃고 있던 일이 떠오르는 것은 반복된 암기는 아니니 충격이 맞을 것이다.

미친 듯 일하고 매일같이 외근을 잡은 이유가 바로 머릿속에서 제멋대로 재생하는 그 그림을 지워 버리고 싶어서였다. 아니, 그 당시 느꼈던 그 배신감을 지워 버리기 위해서가 맞다. 그렇지 않으면 자꾸 곱씹게 될 것이다. 엄마로 인해 그 당시 그에게 들었던 그 죄책감과 그로 인해 자신도 모르게 풀어버렸던 마음의 빗장. 그래서 더 괘씸하다. 분하다.

아침부터 외근할 준비를 하고 나서다 정수와 마주쳤다. 아직은 평소처럼 생글생글 웃어줄 마음이 들지 않아 무표정한 얼굴로 사장인 정수의 인사를 먼저 받았다.

"혜민아."

바로 어제 정수와는 화해를 했다.

싸웠단 생각도 없었다. 그저 당분간은 아무 얘기도 싶지 않았을 뿐이었다.

하지만 한 회사에서 사장과 실장이 서로 말을 안 하면 일하는 것에는 상당한 지장이 생기고, 지켜보고 있는 직원들도 불안에 떨며 일을 못 하게 된다.

'말 안 한 건 미안해. 하지만 속였다고는 생각하지 않았어. 강진 씨가, 나중에 자신이 다 얘기할 테니까 그때까지만 말하지 말고 기다려 달라고 했고 그게 나쁠 것 같지는 않다고 생각했을 뿐이야. 네가 그렇게 충격받을 줄은 몰랐어.'

그렇다고 해서 쉬이 화가 풀린 건 아니지만 어쨌건 나중엔 머리로는 그녀의 입장을 이해했다. 정수의 말대로 좋은 뜻으로 그랬을 수도 있었으니까.

'한예은 씨 보고 온 고객들은 어떡할 거야?'

분노는 다 가라앉지 않았지만 어느 정도 정신이 돌아오고 나니 제일 먼저 드는 걱정은 바로 그 문제였다. 예은이 이곳에서 결혼식 준비를 한다고 소문이 나는 바람에 찾아온 그 재벌 딸과 또 몇 유명인들. 잘못하면 위약금까지 물어주고 변상해야 할 일이 생길지도 모르기 때문이다. 그 사람들이 얼마나 깐깐한 사람들이고 또 돈은 세지 않고 쓰는 부류들이니, 혹시라도 소송 걸리면 일단 파산은 당연한 일이 될 것이었다.

'그 문제는 너한테 말을 못했는데, 실은 새로 온 그 고객들, 한예은 씨 때문에 온 게 아니라 민유나 씨 때문에 온 거야.'

'뭐?'

'처음 강진 씨하고 얘기할 때, 한예은 씨가 이곳에서 결혼식을 안 하는 대신 강진 씨가 사진을 찍어주는 조건을 걸었거든. 한예은 씨 소문 듣고 제일 처음으로 찾아온 청솔그룹 대표 이사 딸 민유나 씨 알지? 그 민유나 씨가 제일 먼저, 그래도 상관없으니 강진 씨가 웨딩사진을 찍어주면 결혼을 한다고 계약을 했고……'

그게 새끼를 쳐서 고객을 모은 것이란다. 비록 준재벌이긴 하지만 그래도 재벌에 가까우니 재벌 딸이 결혼하는 건 틀린 말이 아니고, 또 그 이후로도 강진에 대한 소문 때문에 유명인들이 찾아와서 계약을 하니 또 그것만으로도 고객들이 몰렸단다.

그 이후에 재벌 딸에 대한 소문 듣고 온 사람들에게는 한예은 대신 민유나로 말을 살짝 바꾼 것이라나.

그 말을 종합해 보면 약간 뭔가 부풀려진 느낌은 나지만 사기로 고소당할 일은 없겠다 싶었다. 하지만 그 순간 회사의 반쪽사장이라 자부했던 혜민은 정수의 등 뒤에서 아무것도 모르고 있던 자신이 한심하게 느껴졌다. 아무리 작정하고 정수가 숨기려 했어도 반쪽짜리 사장임을 내세우려면 청실홍실에서 내세우고 있는 재벌 딸이 한예은이 아닌 민유나라는 것 정도는 누가 가르쳐 주지 않아도 알고 있어야 했는데. 이건 정수가 숨기고 안 숨기고를 떠나서 조금만 더 신경을 썼으면 충분히 알 수 있는 문제였다.

걱정했던 문제들이 사실 쓸데없는 걱정이란 걸 알고 나니 정수에게 화가 났던 것도 많이 누그러졌다.

게다가 정수가 잘못한 거라고는 공을 사보다 앞세운 것이니 정석대로 행동한 죄뿐이다. 혜민은 그렇게 이해하기로 했다.

자신을 바라보고 있는 정수의 얼굴에는 진심 어린 걱정이 서려 있었다.

"바로 외근 나가는 거야?"

"응. 일은 해야 하니까."

"너무 잦은 거 아냐? 그러다 몸에 병나겠다."

"괜찮아."

그때 가방에 넣어둔 휴대폰의 벨이 울렸다. 꺼내서 확인한 혜민은 일말의 망설임도 없이 도로 가방에 집어넣었다. 또 엄마다. 요근래 엄마는 시간이 날 때마다 전화를 걸어오는 것 같다. 하지만 한 번도 받은 적은 없었다. 아직은 엄마의 마음을 생각해 줄 마음의 여유가 조금도 없었다.

"누구야? 혹시 강진 씨?"

전화를 도로 집어넣는 것이 정수에게는 그렇게 보인 모양이다.

"아니야."

강진은 바빠서 그러는 건지, 아니면 당장은 혜민을 자극하지 않기 위해서 그러는 건지는 몰라도 전화를 걸어오지는 않았다. 아마도 출장을 간다고 했으니 그래서 그럴 가능성이 크다. 그리고 다른 때라면 몰라도 당장은 그게 다행이라고 여겨졌다. 그가 전화를 걸어와도 받고 싶지 않았으니까.

"……오늘 엄청 춥다더라. 일찍 끝내고 들어가 쉬어. 그러다 정말로 병나면 사람 잡는 회사라고 소문날지도 몰라."

"걱정 마. 정신없이 바빠서 아플 시간도 없을 거 같다."

"……쉬엄쉬엄 해. 직원들이 너 일과 싸우는 것처럼 일한다더라."

그 말에 혜민은 피식 웃고 말았다. 그렇게 보였나?

"스케줄이 밀려서 말이야."

"너 쉰다면 네 대신 일해줄 수 있는 직원들이 얼마든지 있어. 차라리 어디 가서 며칠 쉬다 오든가."

"괜찮아."

총총 걸어 엘리베이터로 향하는 혜민을 보며 정수는 또다시 길게 한숨을 내쉬었다.

이거야, 정말로 살얼음판 위를 걷는 기분이다. 물렁한 줄 알았던 황혜민이 열받으니 저렇게 무섭기도 하군.

무슨 날씨가 이렇게 변덕스러운 건지 모르겠다.

다른 날은 몰라도 혜민은 오늘만큼은 외근스케줄을 잡은 것을 후회했다. 며칠 무리한 데다 어제 오늘 강추위에, 이래저래 돌아다니다 보니 몸이 물먹은 솜마냥 무겁기만 했다.

차를 대고 집으로 올라가는 내내 드는 생각이라고는 뜨거운 욕조 물에 몸을 담그는 것뿐이었다.

이래서는 내일 아침에 일어날 때 힘이 좀 들겠다.

아파트 문을 열고 안으로 들어간 순간 혜민은 자신이 곧바로 목욕을 할 수는 없다는 것을 알았다.

불이 켜져 있었다. 그리고 현관 앞에 가지런히 놓인 엄마의 구두.

연락이 안 되니 아예 집에 와서 기다리고 있었던 모양이다.

효정은 소파에 앉아 그녀를 기다리고 있었다. 말도 없이, 허락도 없이 들어와서 기다린 것에 대해 엄마에게 화를 내려던 혜민은 그녀의 표정을 본 순간 말없이 소파로 가서 마주 앉았다.

"기다리고 있었다."

마치 죄를 잔뜩 지은 것 같은 효정의 얼굴로 미루어보아 혜민이 화가 많이 났음을 알고 있었던 것이 분명하다. 하긴, 딸에게 전화해서 이렇게까지 통화를 못 해본 것도 처음일 것이고, 집에 찾아왔어도 보조자물쇠까지 잠긴 경우는 처음 당해봤을 테니까.

"언제 왔어?"

생전 처음 보는 효정의 진심으로 미안해하는 표정에 마음을 풀어야 했지만 사람 마음이라는 것이 그렇게 생각처럼 움직이는 것은 아니다.

"조금 됐어."

"뭐 마실 만한 거라도 내올까?"

"아니야, 앉아. 할 얘기가 있으니까."

"……아무 얘기도 하고 싶지 않아. 그냥 왔으니까 차나 한잔 마시고 쉬었다 가. 난 피곤해서 쉬고 싶어."

"네가 생각하는 그런 거 아냐."

자리에서 일어서려는 혜민을 효정의 말이 가로막았다.

"너 속인 거 아냐."

그 말이 그간 혜민이 무던히도 눌러 버리려 노력했던 분노가 다시 치밀어 올랐다.

"속인 게 아니라고?"

혜민은 천천히 돌아섰다. 차갑게 가라앉아 있었지만 그녀의 목소리에는 분노가 담겨 있었다.

"내가 그때 엄마하고 통화하고 나서 어떤 심정이었는지 알아? 내가 어떤 죄책감으로 그를 대했는지 알고 얘기하는 거야? 엄마가 그렇게 했다는 말만 안 했어도 난……. 간신히 아문 상처를 또 벌려놓은 줄 알고, 그렇게 아픈데 또 아프게 만든 줄 알고……."

그를 위로해 주려 했었다. 어떤 식으로든 그가 아픔을 덜 느끼길 바랐다. 그렇게 그에게 마음을 열어버리고 말았다.

그런데 그게 처음부터 거짓이었다니, 그저 날 끌어들이려는 계략일 뿐이었다니, 세상의 어떤 사람이 그런 꼴을 당하고도 멀쩡할 수 있단 말인가.

“그거 거짓말 아니었어. 그땐 정말로 그렇게 말했으니까.”

효정의 말은 예상하지 못했던 것이었다. 혜민의 두 눈에 또다시 혼란이 왔다.

“강진이 그 후로 날 찾아왔어. 네 번이나.”

믿을 수 없다는 시선이면서도 혜민은 어쩔 수 없이 다시 소파에 앉았다. 믿고 싶은 마음은 없지만 그렇다고 듣지 않을 수도 없었다.

혜민의 생각을 모르는 효정은 찬찬히 말을 이었다.

“처음엔 서강진을 안 만나줬어. 그래봤자 자신이 이젠 잘나가고 있으니까 자격이 있다고 말하려는 거겠지, 생각했어.”

이건 모르고 있던 사실이었다. 강진이 그런 말은 전혀 안 해줬으니까.

“그런데 다음에 계속 찾아오니……. 무슨 말을 하든 들어줘야 다신 안 찾아올 거 같아서 동냥하는 셈치고 그 사람이 하는 말을 들었다.”

어느새 혜민은 효정이 하는 말을 듣고 있었다. 아직은 뭐가 뭔지, 자신이 오해한 것인지, 엄마가 거짓을 말하는지 잘 분간이 가지는 않았지만 들어야만 했다.

"네 모습을 인터넷으로 봤다고 하더구나. 유튜븐지 뭔지 하는데서."

그런……. 그걸 봤다니. 동요하는 와중에도 혜민은 부끄러움을 느낄 수밖에 없었다. 제발 아는 사람만큼은 그걸 못 봤으면 했는데. 어쩐지 너무 우연히 회사를 회생시킬 기회가 생겼다 싶었더니 바로 그 이유가 강진이 그걸 봤기 때문이었다.

"그래서 내가 또 한마디했다. 우리 딸, 안 볼 땐 잘 살더니 또 보니까 욕심이 나더냐고. 헤어질 때도 한 번 안 붙잡고 보낸 건 자네도 혜민이 부담스러웠으니 그런 거 아니냐, 그냥 안 본 셈치고 잊어버리라고."

또다시 엄마의 말 한마디 한마디가 혜민의 마음을 비수처럼 도려냈다.

그래, 그랬다. 헤어지던 날, 왜냐고 이유 한 번 묻지 않았다. 그냥 아무 말도 보내줬었다.

"그랬더니 강진이 그러더구나. 네가 울었었다고. 밤에 혼자 몰래 울었었다고. 너무 힘들어하는 거 같았는데, 왜 우냐고 물어보면 힘들어서 그런다고 대답할까 봐, 그럼 보내주지 않을 수 없어서 차마 물어보지도 못했다고. 그런 네가 가겠다고 하는데 어떻게 잡을 수가 있었겠냐고 그러더구나."

담담하게 말하려 했지만 그 말을 듣던 순간이 떠올랐는지 효정의 목이 메었다. 혜민은 대답을 할 수가 없었다.

그날, 또렷이 기억하고 있다. 바로 그날, 너무 피곤하고 힘들어 무너져 내렸던 그날이었다.

손님이 계산대 앞의 물건을 훔쳐 가는 바람에 점장에게 불려가 혼났던 날이었다.

바로 코앞에 있는 걸 집어갔는데도 몸이 너무 피곤하고 힘들어 그런 것조차도 신경 쓸 만큼의 여력이 없었다.

그때도 몸살기운이 있었다. 체력은 이미 방전된 지 오래였고 정신력으로 버티고 있었다 해도 과언이 아니었다.

몇천 원짜리 건전지 몇 개를 집어갔으니 그것도 만만치 않게 2만원이 훌쩍 넘는 액수였다. 그걸 얼마 안 되는 혜민의 월급에서 제하겠다고, 혜민이 어리니 지점장은 마음 놓고 으름장을 놓으며 퍼부었다.

그래서 다른 사람들보다 늦게 퇴근했다.

몸 상태가 좋지 않아 다른 날처럼 헝클어진 머리를 매만질 기력도 없었다. 모자 하나만 푹 눌러쓰고 밖으로 나왔을 때 겨울비가 치적치적 내려 마음은 더 울적했다.

그래도 집에서 기다리고 있을 강진을 생각해 기운을 내려 애쓰며 지하철을 탔다.

늦은 시간이라 앉아서 가는 것은 꿈도 꿀 수 없었고 습관처럼 지하철 끝부분에 서서 지친 몸을 기대고 있었다.

그러다 낯익은 목소리를 들었다.

학교 다닐 때 같은 전공을 듣던 정아였다. 어딜 놀러갔다 오는지 몇 명의 친구들과 함께, 그 늦은 시간에도 밝은 목소리로 수다를 떨고 있었다.

강진과의 결혼식에 예쁜 원피스를 입고 참석도 해주었던 친한 친구였다. 당연히 그녀가 반가워야 했고 아는 척하고 싶어야 했다.

하지만 혜민은 그 순간 자신도 모르게 몸을 움츠리며 슬쩍 다른 사람의 등 뒤 쪽으로 몸을 감추고 있었다.

그러고 싶지 않았는데, 몸이 절로 그렇게 하고 있었다. 헝클어진 머리, 푹 눌러 쓴 모자, 지난 가을, 강진이 오로지 방한만을 목적으로 사준 검은색 거위털파카를 입은 자신의 모습은 크리스마스 시즌답게 붉은 모직코트를 입고 예쁜 체크무늬 머리띠를 한 발랄한 여대생인 정아의 모습과는 너무도 대조적으로 느껴졌다.

그러고도 혹시 정아가 자신의 모습을 볼까, 혜민은 아예 다른 방향으로 몸을 돌렸다. 그렇게 몇 정류장을 갔을까. 정아는 친구들과 인사하며 지하철에서 내렸다.

그녀가 내리는 것을 보고 나서야 우울한 기분이 혜민을 덮쳤다.

지하철에서 내렸을 때도 겨울비는 여전히 치적치적 내리고 있었다.

우산을 준비하지 않아 그대로 비를 맞고 집으로 들어갔다.

"비가 와? 전화하지 그랬어."

강진이 놀란 얼굴로 수건을 들고 현관으로 달려왔다. 혜민은 애써 그를 향해 미소를 지어 보였다.

"괜찮아. 별로 많이 오지도 않고, 모자도 썼는데 뭐."

"어서 들어와. 찌개 뜨겁게 데워줄게. 몸부터 녹이자."

"아니야, 오빠. 먼저 씻고 싶어."

혹여 그의 앞에서 눈물을 쏟기라도 할까 혜민은 얼른 욕실로 들어갔다.

샤워기를 틀어놓고 욕조 앞에 쭈그리고 앉아 울기 시작했다.

눈물은 배신이었다. 강진이 알면 힘들어할 것이니 울지 말았어야 했다. 하지만 그런 그녀의 의지마저도 배신하고 눈물은 계속해서 흘렀다. 목구멍에서 뜨거운 것이 올라와 결국 혜민은 소리까지 죽여가며 울었다.

친구를 피해 등을 돌린 자신의 모습이 너무도 초라했고 한심했다. 발랄한 대학생인 정아의 모습과 헝클어진 채 다 죽어가는 표정을 짓고 있는 자신을 비교하던 그 순간 서러움을 느꼈던 스스로가 정말로 한심했다.

그러면서 한 순간이라도 자신이 가질 수 있었지만 포기했던 것에 대한 일말의 후회를 한 자신의 나약함이 너무도 미웠다. 그래서 울었다.

십여 분을 울고 나서 눈물을 닦고 찬물로 눈을 식혔다. 그가 알까 두려워 샤워까지 하면서 격했던 감정을 가라앉혔다.

그날, 심하게 아프면서 결국 다니던 마트도 그만두게 되었다.

자신도 모르게 그때를 떠올린 혜민의 뺨에 어느새 뜨거운 것이 흐르고 있었다. 그걸 알고 있는 줄 몰랐는데, 너무 쉽게 자신을 보내서 마음도 아팠고 원망도 했었는데.

"강진이 그러더구나. 나 때문에 힘들게 마음을 접었다고. 오로지 너만 생각하며 그렇게 미친 듯 성공했는데……"

하기 힘든 말이었는지 효정은 잠시 말을 멈췄지만, 결심한 것이 있는 듯 이내 다시 입을 열었다.

"네가 결혼해서 나갔단 사실을 알았을 땐 모든 걸 다 버리고 싶었다고…… 아닌 걸 알았는데 어떻게 포기하겠냐고……."

그 말에 혜민은 효정을 쳐다보았다. 결혼이라니, 이건 또 무슨 소릴까.

"……2년 전에 날 찾아왔었다. 미국에서 들어와서 곧바로 오는 길이라고……. 그래서 내가 너 결혼해서 잘 살고 있으니까 찾지 말라고 했었다."

"엄마!"

혜민은 저도 모르게 큰 소리를 내고 말았다. 그건 처음 듣는 얘기였다. 강진이 찾아왔었단 사실은 전혀 알 길이 없었다. 엄마는 그런 말을 한 적도 없었고 내색조차도 한 적이 단 한 번도 없었다.

"그래, 안다. 이 엄마가 또 모질게 그랬던 것을. 변명을 하자면 난 그때까지만 해도 네가 다른 좋은 남자를 만날 기회가 있다고 생각했으니까."

"그 사람이 그 말을 믿었어?"

"믿을 수밖에 없었지. 사진을 보여줬으니까."

"사진?"

효정은 잠시 망설였다. 하지만 이제 와서 말 못 할 게 뭐가 있을까.

"전에 네가 은희네서 찍은 사진 있잖아. 지수 무릎에 앉히고, 은희 신랑이 옆에 앉아 있던……."

기억이 난다. 사촌언니 은희의 집에서 찍은 사진.

친조카는 아니어도 조카라고는 오촌조카 지수 하나뿐이어서 혜민은 과도하게 지수를 예뻐했고 바쁘지 않을 때는 자주 놀러가기도 했다.

그때 작고 귀여운 지수가 너무도 사랑스러워 무릎에 앉히고 뺨을 맞대고 있던 것을 은희가 마음에 들었는지 사진을 찍었던 것이다. 하필 그 사진에 형부가 함께 앉아 있었다.

남들이 보면 가족사진인 줄 알겠다고 농담하면서도 재미 삼아 들고 와서 효정에게 줬던 사진이었는데 효정은 그걸 그렇게 이용했던 것이다.

"엄마는 정말……. 왜 끝까지 날 실망시켜? 왜 끝까지 사람을 힘들게 만들어?"

"……엄마가 죄인이다. 그냥 너한테 가장 좋은 것만 해주고 싶었어. 그랬으니까 처음에 네 아빠가……."

갑자기 효정은 하던 말을 멈추었다. 이 얘기는 나중에 이 두 사람을 위해서라도 안 하는 것이 낫겠다.

"아빠?"

"……그냥 둘이 뭘 하든 신경 끄라고 했을 때도 그러지 못했다."

그녀는 말을 돌렸다.

"그냥 고이 기른 우리 외동딸한테 너무 잘해주고 싶은 욕심이 커서……. 외려 네 생각은 하지도 못했다."

"엄마는 정말……."

또 울컥했다. 그게 문제였다. 혜민과 효정의 사이에 있어서는 그 큰 사랑이 가장 큰 문제였다.

"그랬는데……. 강진의 말을 듣다 보니 여기가 너무 아프더구나."

효정은 자신의 가슴을 쓸었다.

"혜민이 다시 데려오려고 이 악물고 6년을 일했습니다. 미국에서 이만하면 성공한 거다, 말을 듣기도 했지만 그래서 한국에 들어왔습니다. 전 한 번도 혜민이를 마음속으로 포기한 적이 없었습니다. 비록…… 고생은 했지만 혜민이 있었기에, 오로지 성공하면 혜민이를 다시 데려올 수 있다는 그 생각만으로 버텼습니다."

비록 담담한 어조였지만 그의 목소리에서 효정은 그가 느꼈을 고통을 느낄 수 있었다.

"……2년의 세월이나 그냥 보냈다고, 이젠 한시도 너하고 떨어져 있고 싶지 않다고 했다. 앞으로 널 고생시키지 않을 만큼 돈도 많이 벌었고, 네가 절대로 떠나고 싶어하지 않게 평생 널 아끼고 사랑할 테니 제발 허락해 달라고……. 그렇게 모진 말을 한 나한테 고개를 조아리더구나."

혜민만을 바라보며 이를 악물고 일했을 그의 마음이 고스란히 자신의 가슴에 새겨졌다. 혜민이 강진과 이별하고 돌아와 혼자 제 방에 틀어박혀 이불 쓰고 펑펑 우는 것을 보았을 때 느꼈던 것만큼이나 커다란 고통, 가슴속을 도려내는 것 같은 아픔이었다.

그날 효정은 뜬눈으로 밤을 지새웠다. 마음이 아픈데, 어떻게 해야 할지 몰라 그녀는 다음날 강진의 스튜디오로 찾아갔다.

'내가 자네 말을 믿을 이유 하나만 대주게.'

믿고 싶은 마음이었다. 하지만 나중에 뭐라도 잘못되면 그의 감언이설에 넘어간 자신을 용서하지 못할 것 같았다. 믿고 싶은 마음과 그에 대한 미움 사이에서 그녀는 절박했었다.

잠시 생각하던 강진은 일어서서 붙박이장 안쪽에 고이 모셔놨던 작은 상자를 꺼내 효정에게 내밀었다.

이게 뭔가 싶어 열어본 효정은 그만 눈물을 흘릴 수밖에 없었다.

혜민의 사진들이었다.

아마도 둘이 결혼생활할 때 찍은 사진이었을 것이다. 혜민은 아주 행복해 죽겠다는 듯 환한 얼굴로 웃고 있었다. 활짝 웃는 사진, 깔깔거리며 웃는 사진, 뭔가 생각하는 듯 보이는 사진, 그를 향해 찍지 말라는 듯 장난스레 웃으면서 손으로 카메라를 가렸지만 채 얼굴만큼은 못 가린 사진.

그 모든 사진 속에 혜민의 행복이 들어 있었다. 그 누가 딸의 기쁨을 이렇게 표현할 수 있을까. 아니, 혜민이 집에서 이렇게 웃었던 적이 언제 있었던가. 이렇게 행복해 죽겠다는 듯 웃는 모습은 혜민이 열세 살, 사춘기를 겪은 이후로 본 적이 없었다.

이 둘은 자신이 방해하지만 않았으면 행복해졌을 거란 생각이 그때 처음으로 들었다.

'……사진 잘 찍었네. 밥은 굶지 않겠네. 이 정도면……'

눈물을 참으며 그녀가 한 말은 그것뿐이었다. 하지만 그것으로도 충분했다.

'장모님…….'

강진은 그때 그녀의 앞에 또다시 무릎을 꿇었다. 그 마음을 몰라준 것이 너무 미안해서 효정은 처음으로 그때 강진의 손을 잡고 눈물을 보였다.

"……그래서 나도 마음을 돌렸다. 그 정도의 마음이라면 천애고아라는 건 더 이상 아무 문제도 되지 않을 거 같아서. 그래서 허락을 했다. 내 사위 되어달라고 했다."

"그럼 나한테 말을 해줘도 됐잖아."

"내가 그런 말을 했으면 네가 어떻게 생각했겠니? 평소에 너 시집 못 보내서 안달복달하고 심지어는 집 앞을 처음으로 지나가는 남자 잡아다 결혼해도 되니까 제발 결혼하라고 했던 이 엄마가 그렇게 말하면 네가 옳다구나, 그럼 이 남자랑 결혼할게요. 했겠어?"

혜민은 어이가 없었다. 엄마의 말도 틀린 것은 아니었다. 아마도 엄마의 의중을 한참 다르게 해석했을 것이다. 불과 얼마 전까지만 해도 '여자만 아니면 돼'라는 지경까지 갔으니까.

그래도, 그렇다 해도 이건 아니었다. 그렇게 숨겨서는 안 되는 것이었다.

"그래도 이왕 사위 삼기로 했으니까 잘해주고 싶어서 그렇게 반찬을 담아다 줬던 게 외려 이 사단이 날 줄 누가 알았겠니. 전에 모질게 굴었으니 이젠 잘해주고 싶어서 그런 건데……. 결과적으로 또 너와 강진이 사이를 갈라놓게 되는 것인 줄 누가 알았겠니.”

혜민이 자신의 마음을 몰라줬던 것이 서운했는지 효정은 또다시 손수건으로 눈가를 훔쳤다.

“이제 이 엄만 할 말은 다 했으니까 이젠 돌아가련다. 강진이하고 넌 내가 앞으로 참견 안 할 테니까 둘이 알아서 해.”

주섬주섬 챙겨 들며 효정이 소파에서 일어섰다.

아직 많이 혼란스러워 혜민은 무슨 말을 해야 할지도 모르는 표정으로 효정을 바라봤다.

“피곤해 보인다. 얼굴색도 안 좋은데 쉬려무나.”

신발을 신고 나서던 효정이 할 말이 남았는지 다시 돌아섰다.

“강진이하고 잘 생각해서 행동해. 너하고 안 되면 다시 미국으로 돌아간다고 했어. 지척에 두고 못 보는 것보다는 차라리 보고 싶어도 볼 수 없게 먼 데로 가버리는 게 낫다더구나. 무슨 사내 마음이 그렇게도 절절한지……..”

차라리 둘을 처음부터 떨어뜨려 놓는 것이 아니었어, 하고 말을 잇고 싶었지만 가슴이 아파 차마 그 말만은 하지 못하고 효정은 문을 나서 버렸다.

효정이 떠난 후 혜민은 홀로 소파에 앉아 있었다. 움직여야 했는데 아무것도 할 의욕이 나지 않았다.

씻어야 하는데……..

눈물을 닦고 자리에서 일어나 기계적으로 욕조에 물을 받고 들어가 몸을 담갔다. 물이 제법 뜨거운 것 같았지만 이상하게도 뜨겁단 생각이 들지 않았다.

머릿속이 혼란스러웠다.

대체 무슨 생각부터 해야 할지 알 수도 없었다. 공연히 가슴이 먹먹해져 눈물만 뺨을 적셨다.

그와의 결혼생활은 지금까지 혜민의 기억 속에서 어느 것 하나 빛이 바래지 않고 선명하게, 가장 행복한 나날들로 기억되고 있다.

처음으로 그와 함께 살게 된 작은 임대아파트, 두 사람은 처음으로 갖게 된 두 사람만의 집을 무척이나 사랑했다.

비록 작지만 아담하게 꾸민 집, 침실에서, 거실에서, 욕실에서, 두 사람은 뜨겁게 사랑을 나누며 두 사람의 흔적을 집과 함께 나눴다.

시간이 날 때마다 그와 함께 집 앞 작은 공원으로 산책을 나갔고 또 재미 삼아 집 근처 재래시장에서 나물값을 깎았으며 가끔 비가 올 때면 공원을 산책하다 기분 내기 위해 예쁜 커피숍에 들어가기도 했다.

비가 내리는 창가에 마주앉아 커피의 향기를 맡으며 말없이 창밖으로, 예쁜 철제난간 위에 떨어지는 빗방울들을 보고 있노라면 가슴이 설레어 미칠 정도로 충만한 행복감을 느꼈다.

그 어떤 것도 기억에서 빛바래지 않고 선명하게 예쁘게 남아 있다. 그와 그렇게 예쁜 사랑을 했었다.

물론 아무 노력도 없이 그런 행복을 가졌던 것은 아니었다.

비록 작지만, 강진의 창고방에서 벗어나 두 사람만의 집다운 집을 얻기 위해 혜민은 생전 처음으로 하루 열두 시간을 대형마트의 계산대에 서서 일을 해야 했다.

그가 생활고 때문에 결혼에 반대했을 때부터 각오했던 것이었고 남들도 어려우면 그 정도 일은 한다 생각하니 문제 될 것이 없었다.

그것 때문에 다툼 아닌 다툼도 있었다. 그가 사진을 그만두고 일을 하겠다 했지만 혜민은 필사적으로 반대했다. 자신이 행복해지고자 강진의 꿈을 막는 것은 결코 행복할 수 없는 아이러니였다. 얻는 것이 있으면 내줘야 하는 것도 있는 법이었으니까.

비록 하루 열두 시간의 노동이었지만 혜민에게는 그가 함께 있으면서 주는 행복만으로도 그 가치는 충분했다.

"오빠가 빨리 성공하는 것만이 내가 고생을 끝내는 길이야. 그러니까 지금 내가 일을 할 때 오빠가 열심히 배워서 빨리 성공해. 내가 조강지처 하지 뭐."

자신을 바라보는 강진의 눈에는 언제나 안쓰러움이 서려 있었다. 그래서 한 번도 일이 힘든 내색을 보인 적도 없었다. 그러는 순간 그가 바로 사진을 그만두고 생업전선으로 나갔을 테니까.

그렇게 하루 열두 시간씩 서서 일하면서 혜민은 늘 집으로 돌아가 강진을 볼 생각에 힘든 줄도 몰랐다. 그가 기다리고 있는, 비록 조그맣지만 따스한 가정.

혜민은 그가 성공할 것을 믿어 의심치 않았었다.

스스로 일해서 첫 월급을 받은 혜민은 자랑스럽게 강진을 위한 선물도 마련했다. 비록 일하다 점심시간에 잠깐 나와 근처 문구점에서 산 것이라 가치를 따지자면 그리 큰 투자를 했다고는 할 수 없는 작은 돌고래 모양의 은으로 된 열쇠고리 하나.

하지만 역동적인 돌고래 모양의 은장식은 거친 바다를 힘차게 헤쳐 나가는 돌고래처럼 지금의 힘든 상황을 잘 헤쳐 나가자는, 두 사람에게는 아주 딱 맞는 메시지처럼 보였다.

그 작고 값싼 선물에도 그는 행복해했다. 누군가에게 그런 선물을 받아본 것은 처음이라며 그는 그것을 자신의 카메라가방에 매달았다.

그가 그것을 메고 나갈 때마다 가방에 매달린 그 은장식은 혜민의 마음처럼 반짝이곤 했다.

가끔가다 엄마가 찾아와 두 사람 앞에서 마치 가난이 불행인 양, 혜민이 최악의 선택을 한 것인 양, 마치 하데스에게 돌아가는 딸을 바라보는 데메테르처럼 그렇게 하염없이 울어 혜민의 마음을 아프게 했지만 결국엔 그것도 혜민의 행복을 막지는 못했다.

그렇게 행복했었다.

어느새 물이 식어 있었다. 한기가 느껴졌다. 그제야 혜민은 무감각해진 몸을 일으켜 욕조를 나왔다. 몸이 무기력하게 느껴져 그녀는 소파에 힘없이 주저앉았다.

잊고 살려 했는데, 기억 깊은 곳에 꽁꽁 숨겨두고 다신 꺼내지 않으려 했는데, 막상 기억의 일부분을 떠올리고 나니 저절로, 결코 원하지 않았지만 기억은 스스로 혜민의 머릿속에서 재생되고 있었다.

그와 함께였던 처음 3개월, 행복은 그렇게 마냥 끝나지 않고 계속될 것만 같았다. 단 한 순간도 행복하다 느끼지 않은 적이 없었다. 적어도 가난해서 불행한 적은 없었다.

그가 함께 있어 행복도 두 배였다. 그와 함께였기에 근심걱정도 무겁지 않았고 두 사람의 앞에서 이내 자취를 감추었던 것 같다. 정말로 영화에나 나올 것처럼 예쁜 나날들이었다.

하지만 그건 생각보다 그리 오래 가지 않았다.

4개월째 되던 어느 날, 강진이 실직을 했다. 사진관을 운영하던 선배가 갑자기 생활이 힘들어졌다며 그를 내보냈던 것이다.

그나마 그가 필름값을 벌고 사진을 찍는데 필요한 여러 가지 것들을 사면서 집에도 어떻게든 조금씩이나마 보태던 수입원이었다.

어쩌면 그때부터 두 사람의 행복은 조금씩 허물어지고 있었을지도 모른다.

강진은 어떻게든 일자리를 구하려 했지만 녹록지 않았다. 어떻게든 취직을 했지만 일주일을 버티지 못했다. 그가 일을 잘 못한다는 핑계로, 혹은 사장이 이사를 간다던가, 생활이 어려워졌다는 이유로 그는 다시 일자리를 찾아다녀야 했다.

그리고 마침내 그해, 그와 이별을 했던 그 겨울이 왔다.

아마도 그날을 기점으로 많은 것이 달라졌던 것으로 기억된다.

바로 그날, 혜민이 지하철에서 정아를 보았던 날.

몸살이 와서 마트를 그만두고 나니 두 사람 다 실직의 상태가 되었다.

아파서 일을 하러 가지 못하니 돈을 들고 있어도 임대료와 생활비 걱정에 함부로 쓰지도 못했고, 자연히 냉장고도 점점 비어갔다.

지금 와서 생각해 보면 그런 생활을 하는 사람이 정말로 몇이나 있을까 싶을 정도다. 집에 있는 것이라고는 쌀과 밑반찬 두어 가지가 전부였다. 그 흔한 계란조차도 떨어진 이후로 사지 못했다.

혜민이 어느 정도 몸을 추스르자 강진은 매일같이 새벽부터 나갔다. 어떻게든 일자리를 찾아다니는 것 같았지만 겨울은 일자리가 없는 사람들에게 더욱 가혹한 계절이었다.

가뜩이나 마땅히 먹을 음식도 없는데다 기력을 잃고 입맛조차도 없어 혜민의 몸은 점점 말라갔다.

전화를 걸어 엄마에게 도와달라고 전화를 걸 수도 있지만 그 상태에서의 그런 행동은 강진과의 끝을 의미하는 것이었다.

지금은 비록 힘들지만, 몸이 낫기만 하면, 그리고 조금만 더 버티기만 하면 강진은 다시 사진 일을 할 수 있을 것이고, 지금보다는 나아질 것을 믿어 의심치 않았기에 혜민은 희망을 버리지 않았다.

언젠가는 이때를 상상하며 웃을 날도 있을 거라 생각했다. 선진국 대열에 있는 대한민국에 살면서 두 사람 다 일을 못해 집안에 먹을 것이 떨어진 날도 있었다고, 자식들에게 웃으며 말해줄 날이 있을 거라 자위했다.

그러던 어느 날, 강진이 일찍 들어왔다.

만면에 웃음을 가득 담고 들어온 그의 손에는 검은 비닐봉지가 쥐어져 있었다.

"나, 취직했어. 이제 다시 일을 하게 됐어."

자랑스럽게 열어 보인 봉지 안에는 윤기마저 감도는 먹음직스런 삼겹살이 들어 있었다.

아파서 몸이 약해진 혜민을 위해 그가 정성스럽게 식탁을 차렸다. 야채를 씻어 올리고, 김치를 꺼내고, 불판에 지글지글 삼겹살을 구워 그녀의 접시에 올려놓아 주었다.

그 맛을 잊을 수 없었다. 결혼 전에는 우습게 보고 거들떠보지도 않던 삼겹살.

하지만 그건 태어나서 먹은 중 가장 맛있는 음식이었다. 너무 맛이 좋아서 눈물까지 글썽일 정도였다. 돼지고기 한 근을 그렇게 둘이 앉아서 맛나게 뚝딱 해치웠다.

"맛있어?"

그가 정신없이 입에 고기를 밀어 넣는 혜민을 보며 물었다. 혜민은 싱긋 웃었다.

"응. 정말로 맛있어. 지금까지 먹어본 음식 중에 제일 맛나."

그는 그때도 미소를 짓고 있었다. 하지만 그건 그때까지 혜민이 봐왔던 중 가장 슬픈 미소였다. 고작 삼겹살일 뿐인데 그렇게 맛나게 먹는 모습이 얼마나 안쓰러웠을까.

"앞으로 자주 해줄게. 이 정도는 충분히 해줄 수 있어. 혜민아, 지금은 힘들지만 나중에 너 행복하게 해줄게. 호강하면서 살게 해줄게.”

“지금도 호강하고 살고 있잖아. 어떤 남편이 이렇게 자상하겠어? 나, 행복하니까 걱정하지 마.”

그녀의 말에 그가 웃었다. 그게 왜 시리도록 슬프게 느껴졌는지는 나중에야 알았다.

엄마가 찾아온 것은 그로부터 얼마 되지 않은 때였다.

그날에야 엄마는 혜민이 그간 아팠던 것을 알았는지 또다시 눈물부터 글썽였다.

그러다 모질게 마음먹은 듯 그녀에게 몇 장의 사진을 내밀었다.

“봐라, 사진들.”

혜민은 화가 난 시선으로 엄마를 쳐다보았다. 자신의 엄마는 그러지 않을 줄 알았는데 결국 강진과 자신이 헤어지게 만들기 위해 사설탐정이라도 고용한 모양이었다. 엄마의 그런 행동이 실망스럽고 싫었다.

“엄마, 무슨 생각을 하고 이러는지는 알겠는데, 난 괜찮아. 그간 조금 아팠을 뿐이야.”

“일단 보고 나서 얘기해.”

“강진 씨의 어떤 모습을 찍었는지는 몰라도 그이가 나 몰래 나쁜 짓 같은 거 할 리 없잖아. 나한테 꼭 이렇게까지 해야 해?”

“일단 보고 나서 말하란 말야.”

완강한 엄마의 모습에 혜민은 사진을 들여다보는 시늉을 했다. 그렇게라도 해야 엄마가 포기할 거라 생각했다. 보나마나 강진이 일하면서 일 때문에 만난 여자들과 있는 모습을 찰나에 찍은 것일 것이다. 누가 봐도 딱 오해하기 좋은 모습의 사진. 하지만 강진이 그러지 않을 거라는 것은 혜민에게는 이미 믿음을 떠나 사실이었다.

건성으로 사진을 훑던 혜민은, 그러나 이내 다시 사진을 손에 들고 똑바로 보지 않을 수 없었다.

믿을 수 없었다. 자신이 예상한 모습이 아니었다. 믿을 수 없었지만 믿지 않을 수도 없는 사진이었다.

강진이 일하고 있었다. 공사현장에서 등에 벽돌을 가득 짊어지고 위태롭게 나무널빤지 위를 밟고 올라가고 있는 모습이었다.

어느새 혜민은 굳게 입을 다물고 있었다. 눈물이 터져 나와 입술을 깨물었다.

"다른 사진도 마저 봐라."

모질 정도로 냉정하게 느껴지는 엄마의 목소리에 사진을 넘겼다.

강진이 전당포로 들어가는 사진이었다. 그의 어깨엔 그가 그리도 소중히 여기는 카메라가방이 걸려 있었다. 반짝이는 은장식, 그건 혜민이 해준 것이었다.

그리고 그가 전당포에서 나오는 사진에 그것은 보이지 않았다. 날짜는 며칠 전, 바로 그날이다. 그가 취직했다며 삼겹살을 구워줬던 바로 그날.

그녀가 맛나게 먹었던 삼겹살은 그가 취직해서 받은 돈이 아니라 보물처럼 여기는 그의 카메라를 전당포에 맡겨서 받은 돈으로 샀던 것이다.

철이 없게도, 그가 한 거짓말을 그대로 믿었던 것이다.

그가 자신의 목숨처럼 여기는 그 카메라를 맡겨서 사온 삼겹살을 그토록 맛나게 먹었던 것이다.

몸이 아프고 입맛도 없어 말라가는 자신을 위해 그가 카메라를 맡겼던 것이다.

숨이 탁 막혔다.

손으로 가슴을 쳤다. 너무 마음이 아파서 가슴을 쥐어뜯었다. 목이 메어 왔는데 소리가 나오지도 않았다.

"네 고집 꺾기 힘들다는 거 알아서 그냥 두려고 했는데……. 이래도 이 사람하고 같이 살아야겠니? 너도 고생하고 이 사람도 이렇게 고생하는데 그래도 같이 살아야겠니? 사진작가가 꿈이라며? 카메라도 없는데 어떻게 사진작가를 하겠어?"

딸이 가슴을 부여잡고 울고 있는데도 매정하게 엄마는 계속 말을 이었다.

"새벽부터 인력시장에 나가서 서 있는 모양이더라. 그나마 며칠 일을 하긴 했지만 그게 언제까지 계속될 거 같아? 네가 사랑 운운하며 이 사람에게 붙어 있는 거, 이 사람에게 조금이라도 도움이 되는 거 같아? 차라리 이 사람을 위해서라도 그냥 지금 헤어져. 아직 애도 없으니 두 사람 다 다시 시작하는 데는 크게 문제없을 거다."

그날, 혜민은 곧바로 짐을 쌌다. 그에게 당신을 위해서 떠난다는 말 따위는 하고 싶지 않았다. 그런 말을 해봤자 그의 미련만 자극할 뿐이고 자신을 붙잡게만 만들 뿐이었다.

그래서 그에게 더 모질게 아픈 말을 했다. 차라리 그가 자신을 미워할 수 있게 철딱서니 없는 부잣집 딸로 되돌아갔다.

크리스마스를 사흘 앞둔 그날, 한때 자신의 따스한 보금자리였던 그 작은 집을 떠나오면서 혜민은 한 번도 뒤를 돌아보지도 않았다.

무감각하게 느껴졌던 뺨에 뜨거운 것이 흘렀다. 가슴이 아프리만치 먹먹해졌다.

그와 살면서 딱 하루, 철없는 마음에 눈물을 흘렸다. 그런데 그는 그것을 알고 있었다.

헤어져 있는 동안 그가 자신을 원망하고 미워하고 있었을 거라 생각했는데, 그는 다시 찾아왔었다.

그리고 이제 와서는…… 자신과 다시 결혼할 수 없으면 떠난단다.

자신의 마음은 8년 전 그와 헤어질 때 이미 저만치 떼어내 버렸는데.

아프게, 힘들게, 혼자라는 것이 쉽게 받아들여지지 않았음에도 그녀는 억지로 그렇게 그에게 이어진 마음을 끊어냈다. 그가 자신으로 인해 상처받은 채 힘들게 살아나가고 있음을 생각하며, 그렇게 자신의 모질었던 행동을 상기함으로 그에게 돌아갈 수 있는 자격이 없음을 스스로에게 이해시켰다.

그래도 마음을 끊어내기 힘들어 유학을 떠났다.

그와 멀리 떨어져 있으면 어떻게든 도움이 될까 싶었지만 그곳에서도 그 괴로움은 쉽게 없어지지 않았다. 저만치 떼어놓은 마음이 아파 매일 울었다.

그렇게 힘들게 그와 이별을 했는데 이제 다시 시작하고 싶다 한다.

이제야 조금 익숙해졌는데. 이제야 혼자 사는 것에 익숙해졌는데.

그런데 그가 떠난단다. 결혼을 원한단다.

어떻게 해야 할지 모르겠다.

왜 지금 나한테 그런 모습을 들켜서는……. 아직 어떻게든 마음이 정해진 것이 아닌데 들켜서는……. 왜 이렇게 힘들게 만드는 것일까.

더 이상의 결혼생활은 원하지 않았지만 그를 못 보는 것은 더욱 싫었다. 이기적이다.

방금 전까지 그에 대한 미움과 원망이 차지하고 있던 자리가 순식간에 사그라지면서 그 자리를 공허함이 차지하기 시작했다.

뭔가 마음을 정해야 할 것 같은데, 지금은 아무것도 생각할 수 없었다. 그저 피곤하기만 했다.

새벽에 힘들게 눈을 뜬 혜민은 자신의 몸 상태가 평소 같지 않다는 것을 알았다.

목도 부어올라 따끔거렸고 마치 누군가에게 온몸을 두들겨 맞은 것처럼 안 아픈 곳이 없이 온몸이 욱신거렸다.

며칠 미친 듯 일만 한 데다 외근하면서 계속 찬바람을 쐬었더니 몸살이 온 모양이었다.

정수가 들으면 그것보라고 쓴소리하게 생겼다.

시계를 흘끔 본 혜민은 전화기를 집어 들었다. 이 시간이면 정수가 일어나 출근할 준비를 하고 있을 것이다.

짧은 신호음 몇 번이 지나고 정수의 시원한 목소리가 들렸다.

[응, 혜민아. 왜?]

"나 있잖아……."

목이 잔뜩 부어서 소리가 나오지 않았다. 하지만 쉬어버린 목소리에 정수는 이미 사태를 짐작한 모양이었다.

[내 그럴 줄 알았다. 몸살 온 거지?]

고개만 끄덕였다.

[병원에 가봐야지?]

"그럴 필요까지는 없고……."

간신히 목소리를 끌어냈지만 이내 정수의 목소리에 막혀 버렸다.

[네 일은 알아서 직원들한테 분배할 테니까 그런 줄 알고, 집에서 따뜻한 물 마시고 누워 있어. 아침에 병원 문 여는 대로 같이 가야 하니까.]

"괜찮다니까."

[그 목소리로 괜찮다는 말이 나와? 내가 안 괜찮으니까 가만히 좌정하고 기다려.]

힘없이 전화를 끊고 나서 혜민은 다시 침대에 드러누웠다. 또다시 잠이 왔다.

초인종 소리에 혜민은 간신히 몸을 일으키고 나가 문을 열었다. 대체 아침에 출근도 안 하고 이쪽으로 바로 온 것인지 정수가 이른 아침부터 문 앞에 서 있었다.

"회사는 어쩌고 여기로 왔어?"

"나 잠깐 없다고 안 굴러가는 회사도 아니고, 네 몸 추스르는 것이 우선이다. 내가 웬만하면 아픈 사람한테 잔소리 안 하려고 했는데 몰골이 그게 뭐야? 안 그래도 어제 너 보면서 어딘지 위태위태하다 생각했더니만, 아니나 달라? 그렇게 몸 고생시키니 당연히 몸도 반항하며 신호를 보내는 거야."

하고 싶은 말의 십분의 일도 안 했는데 혜민은 벌써 지친 표정이었다. 하는 수 없이 정수는 아직 남은 말을 꾹 눌러 참으며 혜민을 침대로 다시 들여 보냈다.

"기다려. 일단 뭐라도 한 술 뜨고 병원 가게. 밥 안 먹었지? 죽집이 아침부터 문을 열지 않을 거 같아서 내가 냉장고 뒤져서 야채죽 끓여 왔어. 맛은 없겠지만 정성 생각해서 몇 술만 떠라."

그 와중에도 보온병에 끓여 온 죽을 그릇에 담은 정수가 쟁반에 받쳐 혜민의 침실로 가져왔다.

뜨거운 죽을 후후 불어서 힘들게 한 술 뜨는 혜민을 걱정스럽게 보던 정수가 물었다.

"앞으로 며칠은 힘들 거 같은데, 내가 네 어머니한테 전화해서 오시라 할까?"

"싫어."

안 그래도 어제 기어코 엄마의 눈물까지 봤는데 또 마음 아프게 하고 싶지는 않았다.

"병원 다녀와서 약 먹으면 낫겠지."

"그래도 이삼 일은 힘들 거 같은데."

"괜찮아. 부르지 마."

"가시나, 몸이 이 지경이 돼도 똥고집은 지독하다니까. 알았다, 알았어. 내가 와주마."

"됐어. 병원 다녀와서 약 먹고 한잠 자면 많이 나을 거야. 안 그래도 회사 일도 바쁜데다 내가 아파서 빠지기까지 하는데 네가 자릴 비우면 안 되지."

뭐라고 더 말하고 싶지만, 할 말 끝났다는 듯 묵묵히 죽을 떠먹는 혜민을 보며 정수는 그만하기로 했다. 안 그래도 요전 일로 혜민의 마음을 상하게 했는데 이번에 멋대로 했다가는 아마도 혜민의 마음을 풀어주기 힘들 것이다.

"알았어, 알았다고. 어쨌건 네 일은 다른 직원들에게 분배해 놓을 테니까 넌 이 기회에 푹 쉬고 좋아지기나 해라."

혜민이 꾸역꾸역 먹던 죽그릇을 내려놓았다. 아직 반절도 못 먹었지만 그 정도도 못 먹을 줄 알았기에 정수는 두말 않고 쟁반을 치웠다.

"병원이나 다녀오자."

설 기운도 없는지 침대기둥을 붙잡고 일어서는 혜민을 부축하

며 정수는 속으로 아까 못다 했던 말들을 참느라 무던히도 노력해
야 했다.

몸이 아프면 잠이 약이라 했던가, 일주일간 기억나는 거라고는
정수의 손에 끌려 이틀에 한 번씩 병원에 간 것과 계속 잠을 잔 것
뿐이었다.

몸은 다 나아가는데 이놈의 잠은 끝도 없이 쏟아졌다. 습관성인
모양이다.

보통 몸이 아프면 괜히 서럽다는데 혜민은 오히려 아픈 동안 혼
자 있는 것이 약이 되는 것 같았다. 어쩌면 혼자 있을 핑계를 몸이
알아서 찾아낸 것일 수도 있다.

혼란스러웠던 머릿속은 휴식기를 가지면서 본인이 원하든 원하
지 않든, 정리가 되었고 누군가 말만 걸어도 머리끄덩이를 쥐고
흔들고 싶었던 불안정한 심리도 많이 가라앉았다.

몸과 함께 그렇게 마음도 다 나아가는 듯했다. 그게 좋은 줄 알
았지만…….

겨울답지 않게 쾌청한 그 주의 주말, 멀거니 창가에 앉아 창밖
을 내다보던 혜민은 또다시 길게 한숨을 내쉬었다.

이건 쉬는 게 아니라 고문당하는 기분이다. 딱히 할 일이 아무
것도 없고, 가만히 머릿속을 비우고 앉아 바깥만 내다보고 있자니
생각만 많아진다. 며칠만 더 이렇게 있으면 철학책을 한 권 쓸 수
도 있겠다. 인생이란 참으로 허무하고 무상하다.

안 그래도 어제, 며칠 쉰 회사가 걱정이 돼 정수에게 전화를 걸

었다.

[너도 알다시피 주말에 하는 일은 예식장에 가서 마무리하는 것뿐이잖아. 네 일, 다른 사람에게 다 맡겼는데 이제 와서 딱 예식하는 걸 도로 뺏을 생각이 아니면 그냥 마저 쉬어. 괜히 다 낫지도 않았는데 나와서 나중에 더 앓지 말고.]

그 말에 하는 수 없이 주말까지 쉬기로 했는데 계속 병원에 다니면서 약을 먹고 주사를 맞아서 그런가, 다른 때보다 더 좋은 것 같은 몸 컨디션에 더욱 혼자 있기 싫어졌다.

다시 한 번 전화를 해봐? 정 안 되면 그냥 예식장에 나가서 다른 플래너 보조라도 한다고 하지 뭐.

정수의 잔소리가 계속될 거란 건 알지만 이렇게 시체놀이하는 것보다는 나을 것 같다.

신호음이 제법 길게 울리는 걸 보니 정수가 바쁘긴 바쁜 모양이다. 그렇다면 도와준다고 해도 오케이하겠다.

그리고 긴 신호음 끝에 마침내 정수의 목소리가 들렸다.

[황 실장, 지금 좀 바쁘다. 급한 용무 아니라 뭔가를 조를 거면 나중에 다시 걸어.]

아직 한마디 꺼낼 타이밍도 주지 않고 정수는 야속하게도 그대로 전화를 끊어버렸다.

혜민은 잠시 자신의 휴대폰이 정수의 얄미운 얼굴이라도 되는 양 노려보았다.

흥, 그렇게 끊었다 이거지. 내가 필요 없다 이거지. 나 아플 때 죽 좀 끓여다 줬으니 내 속이 다 풀린 줄 안다 이거지.

막 '어디 두고 봐라, 김정수' 하고 중얼거리려는 순간 전화벨이 울렸다. 역시, 귀가 좀 가려웠던 모양이다.

하지만 그 타이밍에 맞춰 전화를 건 사람은 정수가 아닌 B&B의 김지선이었다.

살짝 실망하려던 혜민은 화들짝 놀라 전화를 받았다.

예은, 아니, 강진의 아파트의 인테리어를 지선에게 맡기고 나서 여러 가지 사건이 터지는 바람에 그 일을 보류시켜야 했다는 것을 새까맣게 잊고 있었다.

"네, 지선 씨."

[지금 통화 가능해요?]

늦었는가 보다. 지선의 목소리가 밝았다.

"네, 가능해요."

아직 몸살기운이 남아 있어 아직 목이 살짝 가라앉아 있었지만 굳이 저쪽에서 알아채지 않는 한 말하고 싶지 않았다.

[기쁜 소식이에요. 도안 작업이 끝났어요. 내 생각에 아주 예쁘게 빠질 거 같아요.]

"와, 정말이요?"

[네. 디자인한 대로 인테리어가 빠져 준다면 황 실장님 마음에도 아주 쏙 들 거예요.]

"잘 됐다."

마음 같아선 다 때려치우라고, 이젠 필요 없다고 말하고 싶었지만 아무 잘못 없는 지선에게 그런 손해는 끼칠 수 없었다. 어차피 한예은이든 서강진이든 누군가 살 집이고 누군가는 그 비용을 대

줄 것이다. 그러니 예쁘게 잘 빠졌다면 나쁠 것 없다.

[언제 도안을 확인해 볼 건가요? 만나서 설명도 해주고 싶은데.]

"뭐가 그렇게 급해요? 선수끼리."

혜민의 시답지 않은 농담에도 지선은 워낙 들떴는지 웃지 않고 끝까지 대답을 원했다.

[빨리 진행해 보고 싶거든요. 내가 원래 실력이 되기도 하지만 이번 건 지금까지 중에 가장 마음에 들어요.]

"오늘 시간은 어떤데요?"

안 그래도 혼자 있고 싶지 않았는데, 비록 강진에 관련된 일이긴 해도 집에서 혼자 우울하게 시체놀이하고 있는 것보단 나으니 슬쩍 들이밀었다.

[오늘은 다른 일이 좀 있고요, 월요일 이후에 스케줄을 맞춰볼 수 있을까요?]

역시 오늘은 집에 있어야 하는 운명인 모양이다.

"아, 그럼 월요일 오후에 다시 시간을 잡도록 해요. 그리고 도안은 일단 메일로 먼저 보내주실 거죠?"

그렇게 잘 빠진 도안이라면 또 안 볼 수가 없지.

[지금 바로 쏘아드릴게요.]

전화를 끊고 나서 또다시 창가에 앉아 멀뚱히 밖만 내다보던 혜민은 차 한 잔을 끓여다 컴퓨터 앞에 앉아 메일을 열었다.

지선이 보낸 도안을 열어본 혜민은 곧 후회했다.

너무도 예쁜 디자인 도안이었다. 서강진의 집이 이렇게 꾸며진다는 것이다. 한예은의 집이었다면 무척이나 기뻤겠지만 이게 서강진의 집이 된다니 왜 이렇게 기분이 가라앉는지 모르겠다.

같이 진행하고, 보고, 조금은 어깨너머로 봐두고 싶었는데 아마도 이걸 진행하는 동안 일부러라도 더 피하고 확인을 안 하겠지.

그는 무슨 생각으로 이 집을 맡긴 것일까. 내가 모를 것이라는 가정하에 그랬다 쳐도, 엄마의 말대로라면 그는 아마도 나와 함께 살 것을 염두에 두고 그런 것인데.

난 그걸 원하는 것 같지 않다. 아마도 그때의 기억이 너무 고통스럽게 남아서 그럴지도 모른다.

혜민은 컴퓨터 앞에서 벌떡 일어섰다.

이래서 혼자 있고 싶지 않은 것이었다. 혼자 있으면 항상 생각이 한 방향으로만 간다. 마치 누가 그쪽으로 길이라도 만든 것처럼.

괜히 거실을 서성이던 혜민의 시야에 거실의 테이블 위에 흐트러진 잡지들이 들어왔다.

심란할 땐 청소가 약이 될 수도 있다.

생각이 난 김에 혜민은 두 팔을 걷어 붙이고 청소기를 꺼내 바닥을 밀기 시작했다. 하지만 그것도 너무 빨리 끝나, 이번엔 걸레질을 하고, 며칠 전 정수가 걷어서 빨아준 커튼을 창문에 달았다.

일상적인 일이었지만 어쨌건 무언가 일을 하다 보니 마음이 차분해졌다.

혼자서도 잘 살았어.

불현듯 그런 생각이 들었다.

그가 없는 인생을 지난 8년간 잘만 살았다. 이제 와서 바꿀 필요는 없었다.

다시 그의 마음을 아프게 하는 것이겠지만 다시 내 마음이 아픈 것도 원하지 않았다. 다시는 사랑 따위는 안 하리라 마음먹었으니까.

그러니 조금 힘들더라도, 아직은 괜찮을 것이다. 그가 떠나고 나면 다시 예전의 나로 돌아갈 수 있을 것 같다. 이젠 나도 여리지만은 않으니까. 그래, 이런 마음이 드는 것을 보니 난 그를 이젠 예전처럼 그렇게 사랑하지는 않는 모양이다. 아직은.

가슴이 갑갑했다.

혜민은 잠시 창밖을 내다보다 자리에서 일어나 창문을 활짝 열었다. 서늘한 바람이 창을 통해 안으로 들어왔다.

갑자기 긴 한숨이 나왔다.

시리다. 마음이.

초인종이 울렸다. 찾아올 사람도 없을 때 찾아오는 사람은 언제나 엄마다. 카드키가 있지만 전의 그 일 때문에 딸이 그간 누누이 얘기한 대로 초인종을 눌러준 모양이다.

하지만 월패드를 보는 순간 혜민은 저도 모르게 그 자리에 멈춰 서고 말았다.

그가, 서강진이 바로 문밖에 서 있었다. 빌어먹게도, 그의 얼굴을 보는 순간 방금 전에 마음먹었던 것이 흔들리는 것을 느꼈다.

예전에 그랬던 것처럼 그냥 말없이 돌려보낼까? 대답을 하지 않으면 없다 생각하고 돌아갈지도 모른다.

초조한 얼굴로 그가 다시 초인종을 누르는 것이 보였다.

아니다. 차라리 지금이 나을 수도 있다. 지금 해야지 나중에 이 기분이 사라졌을 때 굳이 다시 얼굴 보자 해서 말하는 것보다 낫겠다. 더 이상은 안 된다고. 다시 감정을 엮고 싶지 않다고.

"출장 간 일은 잘 됐어?"

이왕 그렇게 마음먹고 나니 그를 일상적으로 대할 수 있었다.

"여긴 어쩐 일이야?"

"정수 씨한테 네 근황을 물어봤더니 아프다 하길래."

"다 나았는데, 정수가 나 아프대?"

정수, 요것이 아직 정신을 못 차렸나, 왜 쓸데없는 소릴 하고 그러지?

"나한테는 바쁘다고 전화도 안 받아주더니 강진 씨하고는 수다를 떨 시간이 있었나 보네."

"어제 통화했어."

무심한 듯 대답하며 강진은 안으로 들어와 주방 식탁 위에 들고 있던 비닐봉지부터 내려놓았다. 뭔가 음식을 하려는 듯 이것저것 장을 봐왔다.

"어제? 난 정수한테 아무 말도 못 들었는데."

중얼거리듯 말하면서도 혜민은 내심 또 서운한 마음이다. 어제 정수와 통화를 했다면 귀국한 지 며칠 됐다는 얘긴데 어째, 자신에게는 한마디 말도 없었을까. 그도, 정수도.

"내가 정수 씨한테 말하지 말라고 했거든."

이것이, 내 그렇게 누누이 말했거늘, 아무리 급해도 거래처보단

친구가 우선이 아닌가. 전에 그렇게 펄펄 뛰었건만 아직 정신을
못 차렸단 말이지.

"굳이 올 필요 없었는데. 어제 통화했으면 입국한 지 얼마 안 된
거 같은데 좀 쉬지. 아직 여독도 안 풀렸을 텐데."

"괜찮아."

짧게 대꾸하며 강진은 양팔을 걷어 붙였다. 아마도 바로 지금
음식을 만들려는 모양이다.

자신이 그렇게 그에게 박대했는데, 아프다고 저녁거리를 싸들
고 오다니. 참 속도 없다, 그는. 그런데도 그게 싫지 않은 이 마음
도 이해할 수 없다.

그리고 보면 서강진은 언제나 그녀에게 너무 과분하게 잘했다.
항상 그에게 미안한 마음이 들 정도로. 이기적이게도 때론 그 과
분한 대우가 그리웠다. 누군가에게 그만큼 사랑받는다는 것이 쉽
지 않다는 것을 오래전에는 알지 못했다.

하지만 이젠 그 마음을 끊을 때다. 그의 마음을 거절해야 하는
걸 알면서도 언제까지 그가 마음 주는 것을 모르는 척할 수는 없
다.

하지만 자신이 아프단 말에, 파리에서 온 지 얼마 안 되어 피곤
할 법도 한데 이렇게 저녁거리를 사들고 온 그를 매몰차게 쫓아낼
정도로 모질지는 못하다.

그래, 많이 아팠으니까 이 정도 응석은 괜찮지 않을까?

"들어가 쉬고 있어. 내가 너 만들어주려고 저녁거리 사 왔어."

"나, 이젠 아프지 않아. 내가 할 테니까 강진 씨나 소파에 앉아

서 쉬어.”

“얼마나 아팠으면 일주일이나 쉴 거야?”

“별일 아닌데, 이삼 일 쉬고 났더니 내가 당장 할 수 있는 일이 없어서 그냥 주말까지 더 쉬면서 청소나 하고……. 그냥 그러고 있었어. 아픈 건 아니고.”

“일을 해도 아프지 않을 정도로 해야지. 이건 내가 할 테니까 넌 들어가 있어.”

오늘만큼은 양보할 생각이 없는지 그의 표정은 단호했다. 하는 수 없이 그가 몰아내는 방으로 쫓겨나듯 들어갔다.

침대에 걸터앉아 있자니 강진이 분주하게 움직이는 소리가 들린다. 대체 무얼 하는 걸까. 자기도 많이 피곤할 텐데. 항상 날 응석받이로 만든다니까.

“그래도 내가…….”

딱히 방에서 할 일을 찾지 못한 혜민이 방문을 열고 나가려 하자 그가 이내 쫓아와 혜민을 다시 문 안으로 밀어 넣었다.

“기다리고 있으라니까. 다 되면 부를 거야. 괜히 옆에서 도와준다고 왔다 갔다 하다가 간신히 추스른 몸 다시 아프면 곤란해.”

무언가 고소한 음식냄새가 풍긴다. 벌써 뭔가를 만들고 있는 건가?

맛있는 음식냄새 덕분인지 도로 방에 들어가 있는 혜민의 마음이 편해졌다.

오래전 그때가 새삼 떠올랐다.

자신이 일을 끝내고 돌아오면 강진은 언제나 이렇게 맛있는 냄새를 풍기며 그녀를 기다리고 있었다. 걱정스러움을 애써 감추고, 그녀가 일하느라 하루 종일 쌓였던 피로와 스트레스가 날아갈 만큼 환하게 웃는 얼굴로.

그래서 저녁이 되어 집으로 돌아갈 시간쯤 되면 그녀의 가슴은 설레기 시작했었다. 그가 해놓은 음식을 기대하며, 그의 환하게 웃는 그 얼굴을 상상하며.

혜민은 짧은 한숨을 내쉬었다. 이젠 시간이 많이 흘렀다. 그 시간은 다시는 돌아오지 않을 것이다. 모든 것이 바뀌었으니까. 상황도, 또 그와 나도.

"무슨 생각을 그렇게 해? 아까부터 불렀는데."

어느새 강진이 그녀의 눈앞에 서 있었다.

혜민은 잠시 얼이 빠진 얼굴로 그를 쳐다보았다. 그의 미소는 8년 전 그때와 같이 변함없었다.

어쩌면 변한 것은 자신뿐인지도 모르겠다.

서글픈 자신의 생각을 들킬까, 어색하게 그를 따라 웃으며 혜민은 그를 따라 방을 나섰다.

"대체 얼마나 맛있는 음식을 하기에 이렇게 사람을 방에 처박아놓고……."

애써 태연을 가장하며 아무렇지도 않은 척 말하던 혜민은 식탁을 본 순간 하던 말을 멈추고 말았다.

어느새 구웠는지 잘 익은 삼겹살이 접시에 담겨 있었다.

"휴대용 가스레인지를 못 찾아서 프라이팬에 구웠어. 일단 앉아."

그가 의자를 빼주는 곳에 혜민은 말없이 앉았다.

그가 잘 익은 고기를 집어 혜민의 밥그릇 위에 올려놓았다. 말없이, 혜민은 그가 내려놓은 고기를 내려다보았다. 한참을 그냥 바라만 봤다.

"왜, 입맛이 없어? 너, 전에 아팠을 때 그거 먹고 기운 냈잖아. 아팠단 말 듣고 생각나서 사 온 건데."

혜민의 눈에 눈물이 그렁그렁 맺혔다.

아직은 사랑하지 않는 거라 생각했는데, 잘못 생각했던 모양이었다. 이렇게 눈물이 나는 것을 보면.

그의 꿈과 바꿔 버렸던 그 삼겹살. 아무것도 모르고 너무도 맛나게 먹었던 그와의 마지막 만찬.

다시는 삼겹살을 먹을 수 없을 것 같았다. 그녀를 위해 너무도 쉽게 포기해 버린 그의 꿈을 먹어치웠던 것 같아 차마 다시는 입에 댈 수 없었다.

"아니야. 먹고 싶었어. 너무 너무 먹고 싶었어."

자꾸 눈물이 나와 접시가 부옇게 흐려졌다.

결국 혜민은 두 손으로 눈을 가리고 울기 시작했다. 마치 봇물이라도 터진 것마냥 눈물이 한없이 뺨 위로 흘러내렸다.

12

강진은 말없이 그녀를 바라만 보고 있었다. 갑자기 눈물을 터트렸으니 영문을 모를 법도 하지만 그것도 잠시, 그는 자리에서 일어나 혜민에게 다가왔다.

그의 부드러운 손길이 위로해 주듯 그녀의 어깨를 감싸고 이내 품에 끌어안았다.

그제야 혜민은 요 며칠간 그의 넓은 품이 얼마나 그리웠는지 깨달았다. 그의 따스한 품이, 그의 냄새가, 그리고 자신의 뺨을 사랑스럽게 쓰다듬는 그의 손길이.

마치 위로해 주듯 그는 혜민의 눈물 젖은 뺨에 입을 맞추고 두 눈에, 이마에 다시 뺨에 쉴 새 없이 입을 맞췄다. 따스했다.

눈물이 멎지 않자 그는 마침내 혜민의 입술을 덮었다. 위로해 주듯 부드러운 입술.

몇 차례고 그는 혜민의 입술 위에 자잘한 키스를 퍼부었다. 어느새 혜민의 눈에서 눈물이 잦아들기 시작했다.

"울지 마."

그가 입술에 대고 속삭였다.

"네가 울면 내가 힘들어."

그의 목소리에 멈출 듯하던 눈물이 또다시 흐르기 시작했다. 이토록 따스한 남자인데, 왜 이렇게 겁을 먹고 있었을까. 그는 항상 내게 좋은 것만 해주려고 했었는데. 날 위해 떠나보내 주기까지 한 남자인데.

그녀의 마음을 다독여 주려는 듯 강진이 혜민을 끌어안으려 하자 이번엔 그녀가 그의 얼굴을 끌어당겼다. 그의 입술에 자신의 입술을 가져다 대며 혜민은 입술을 벌렸다.

그녀의 돌발행동에 놀란 듯 그는 잠시 주춤거렸다. 하지만 이내 얼굴을 틀어 그녀의 입안에 깊숙이 혀를 밀어 넣었다.

이내 두 사람의 숨결이 가빠지고 어느새 눈물이 멎은 혜민은 정신없이 그에게 키스를 되돌리고 있었다.

더 이상은 못 참겠는지 그가 혜민의 옷을 벗기기 시작했다. 서두르느라 손길이 거칠기 짝이 없었다. 혜민은 그의 손을 잡았다. 오늘은 이런 식으로는 하고 싶지 않았다. 그저 분위기에 따라 발정 난 짐승들 짝짓기하듯 아무데서나 그에게 안기고 싶지 않았다.

그의 손을 이끌고 침실로 들어갔다.

어둑해진 창으로 푸른 밤의 기운이 들어왔지만 일부러 불을 켜지는 않았다. 그대로도 좋았다. 이내 다시 그의 목에 팔을 두른 혜민은 그의 머리를 끌어당겨 입술을 찾았다.

그의 뺨에서 희미한 로션냄새가 났다. 언제나 그 냄새를 맡으면 기분이 좋아졌었다. 그의 냄새였으니까.

몇 번이고 입술을 맞추고 또 맞추며 혜민은 그가 입은 셔츠의 단추를 풀기 시작했다. 혜빈의 적극적인 행동에 조금은 놀란 듯 보였지만 강진은 자신을 자제하듯 거친 숨을 몰아쉬면서도 그녀가 하는 대로 가만히 두고 있었다. 감청색 셔츠가 벌어지며 그의 탄탄한 가슴이 밤빛에 검푸르게 드러났다.

마치 그의 그런 모습을 처음 보는 듯 혜민은 그의 가슴을 천천히 쓰다듬었다.

매번 수동적으로 자신의 마음을 감췄지만 오늘만큼은 그러고 싶지 않았다. 자신도 그를 원하고 있음을, 그가 원하기에 함께하는 것이 아니라 자신도 그가 원하는 것만큼이나 원하고 있음을 확실히 보여주고 싶었다.

그의 맨 가슴에 입을 맞추자 그가 참지 못하고 낮은 신음 소리를 내고 말았다. 마치 고문을 당하는 듯 두 손까지 불끈 쥐고 있던 강진은 마침내 자신의 자제심이 다하자 혜민을 자신에게서 밀어냈다.

이내 혜민의 옷도 머리 위로 벗겨졌다. 그의 자잘한 키스가 그녀의 드러난 어깨와 목으로, 귀 뒤로 끊임없이 이어졌다. 어느새 등 뒤로 브래지어의 혹도 풀었다. 가슴이 드러나 서늘해졌지만 이내 그의 따스한 입술에 덮였다.

혜민은 어느새 두 눈을 감고 있었다. 그가 주는 에로틱한 애무가, 머리끝까지 찌릿거리며 전해지는 것 같다. 저도 모르게 헐떡거리는 숨소리를 내며 그의 머리카락을 움켜쥐고 말았다. 마치 그녀의 애를 태우기라도 하듯 강진은 이내 그녀의 가슴에서 입술을 떼고 가슴의 골로, 살짝 튀어나온 앙가슴으로 키스를 이었다.

혜민의 목이 뒤로 젖혀졌다. 그가 다시 가슴을 애무해 주기를 바랐다. 가슴 끝의 신경이 바짝 곤두선 채 그의 입술을 기다렸다. 그녀의 마음을 아는 듯 그가 한 손으로 다른 가슴을 덮으며 입술로 반대쪽의 앵두를 입에 머금었다.

"하아아."

만족스러운 신음이 혜민의 입에서 터져 나왔다. 가슴을 애무하는 그의 입술, 그의 손길에 저절로 하복부가 묵직해지기 시작했다.

급히 그의 벨트를 풀다 쇠장식에 손을 살짝 긁혔지만 그다지 아픔을 느끼지는 못했다. 그녀의 행동에 맞추기라도 하듯 그도 혜민의 등 뒤쪽으로 돌아내린 손을 그녀의 바지 속으로 밀어 넣고 있었다. 엉덩이를 움켜잡자 그녀의 여성이 함께 자극받으며 몸을 뜨겁게 달구었다.

이내 그의 바지가 발치로 미끄러져 내리고, 기다렸다는 듯 그는 혜민을 번쩍 안아 들어 침대 위에 눕히고는 그대로 그녀의 남은 옷을 벗겨내 버렸다.

그가 혜민을 부드럽게 끌어안고 그녀의 쇄골로, 또다시 목덜미로 부드럽고 때론 강렬하게 입술을 가져다 댔다. 그것에 반응하듯, 그를 원하는 마음이 단단한 욕구로 변해 몸을 뜨겁게 달구었다. 기다리다 못해 혜민이 그를 밀어내고 이번엔 자신이 그의 몸 위로 자세를 바꿨다.

두 손으로 그의 뺨을 쓰다듬고 그의 입술을 만졌다. 입술을 스치는 그녀의 손바닥에 그가 다정히 입을 맞춘다. 욕망이 들끓어 그녀를 짓누르고 있지만 그는 그녀가 하는 대로, 재촉하지 않고 바라만 보고 있다.

그의 단단해진 남성에 손을 대자 그의 두 눈에서 정염이 타올랐다. 살짝 벌어진 잇새로 작은 신음이 터졌다.

그 손을 움직여 그의 욕정을 부추긴다. 다른 때와는 달리 무슨 일이라도 있는 건지 혜민의 행동이 적극적이었지만 그는 굳이 그 순간 이유를 묻지 않았다.

그렇게 혜민은 그의 욕망이 활활 타오를 때까지 손짓을 멈추지 않았다.

마침내 참지 못하고 그는 다시 자세를 바꾸어 혜민을 침대로 눕혔다. 영혼을 빨아들이기라도 하려는 것처럼 강하게 그녀의 입술을 빨아들인다.

또 그러고도 참지 못해 그녀의 가슴을, 또 그 아래 배꼽으로 입술을 옮겨갔다.

그의 입술이 점점 아래로 내려가는 것을 보며 혜민은 그 감촉 하나라도 더 느끼기 위해 두 눈을 감았다.

그는 자신을 진정 사랑하고 있었다. 그의 입술 하나하나에서 느낄 수 있었다. 그녀의 몸을 흥분시키기보다는 찬양하듯 그는 입술이 닿는 모든 곳에 입을 맞췄다. 그녀의 다리를 그의 목 뒤로 돌리고 그를 향해 활짝 열린 여성의 가장 예민한 곳에도 강진은 먼저 입을 맞췄다. 까칠한 수염의 감촉과, 그의 입술, 그리고 이내 이어진 그의 이가 주는 자극과 부드럽게 애무하는 그의 혀까지, 혜민은 자신도 모르게 양 팔을 머리 뒤로 돌려 베개를 움켜쥐고 꿈틀거리듯 몸을 뒤틀며 그가 주는 쾌감을 온몸으로 받아들이고 있었다.

"하악, 강진 씨……."

혜민은 저도 모르게 그에게 애원하고 있었다. 그와 섹스를 하면서 이런 느낌이 드는 적은 처음이었다. 온몸이 정염에 휩싸여 부끄러운 것도 느낄 수 없었다. 다만 지금 이 순간에서 해방되기를, 아니, 어쩌면 더 구속되기를 바랄지도 몰랐다. 어쨌건 그가 어떻게든 해주길 바랐다. 정신없이 그의 이름을 불러댔다.

마침내 그녀의 목마름을 채워주려는 듯 그가 그녀의 몸에 다시 몸을 겹쳐 왔다. 코앞에 얼굴을 가까이 댄 그가 그녀의 헝클어진 머리카락을 다정하게 내려주더니 그녀의 손을 마주 잡고 깍지를 꼈다. 가만히 그녀의 입술을 한 번 핥고는 그대로 그녀의 몸으로 밀고 안으로 들어왔다.

단 한 번의 자극으로 혜민은 몸을 뒤로 젖혔다. 강렬한 쾌감이 정수리 끝까지 올라오는 기분이었다.

살짝 빠져나갔다 또다시 몸의 끝까지 치고 들어오는 그의 남성에 혜민은 또다시 길게 신음 소리를 흘렸다.

천천히, 그는 애를 태우듯 몸을 천천히 움직였다. 그의 거칠고 뜨거운 숨결이 그녀의 얼굴을 간질였다. 그의 몸이 느릿한 몸짓으로 둘 사이를 더욱 좁힐 때마다 혜민은 매번 더 강한 자극을 느꼈다.

"제발……."

혜민은 또다시 사정했다. 그만 애태우고 어떻게 해줬으면 좋을 것 같다. 조금만 더 빨리, 조금만 더…….

그가 조금씩 속도를 내기 시작했다. 그가 몸에 깊숙이 들어올 때마다 혜민의 달뜬 신음 소리도 커졌다.

마침내 폭주하듯 그가 움직이기 시작했을 때 혜민은 무언가가, 처음 느끼기에 뭐라 표현할 수 없는 그 어떤 것이 몸 안에서 점차 커지는 것을 느꼈다. 온몸의 신경이 바늘처럼 곤두섰으면서도 상반되게 마치 온몸을 마비시키는 전류가 흐르는 그 느낌은 작은 자극에도 곧 폭발할 것처럼 위태로웠다.

그것은 점점 더 그 크기를 키우다 급기야는 그녀의 몸 중심에서 커다랗게, 하얗게 강한 스파크를 만들며 터지고 말았다. 혜민은 길게 비명을 지르며, 어느새 정신없이 두 다리로 그의 몸을 감고 있었다.

거칠게 몰아쉬던 숨이 진정이 될 때까지 그는 그녀의 몸 위에 그대로 몸을 겹치고 있었다. 쉬이 여운이 가시지 않는지 그는 그 상태에서도 여러 차례 몸을 움찔거렸다.

마침내 광속으로 달리던 기관차가 멈추고, 그 여운도 사그라졌을 때 혜민은 늘 그가 해왔던 것처럼 그의 뺨에 손을 얹고, 그의 머리카락을 쓸어 넘겼다.

아직 불꽃이 가시지 않은 눈빛으로 그가 자신을 바라보고 있었다.

“나도 사랑해.”

혜민이 그에게 속삭였다.

그의 얼굴에서 부드러운 빛이 사라졌다. 자신의 귀를 믿을 수 없다는 듯 그는 혜민의 얼굴을 뚫어지게 바라보았다.

“사랑해. 사랑하고 있어.”

그가 믿을 때까지 혜민은 계속해서 속삭였다.

그의 입가에 살포시 미소가 번졌다. 그리고 다시 혜민의 입술에 자신의 사랑을 가득 담아 입을 맞췄다.

머리카락을 쓸어 넘기는 느낌에 혜민은 잠에서 설핏 깨어났다. 머리카락을 쓸어 넘긴 손길은 이제 혜민의 뺨을 쓰다듬고, 더 내려가 드러난 어깨를 또다시 쓰다듬는다.

살짝 눈을 떠보니 강진이 자신을 보며 미소를 짓고 있었다.

“더 자지, 왜 일어났어? 아직 새벽인데.”

짐짓 걱정해 주는 척하는 강진의 말에 혜민은 피식 웃었다.

“일부러 잠을 깨운 거 아냐? 아까부터 더듬어대는 것이 잠을 깨우려고 그러나 했지.”

“깨울까 봐 살살 만진 건데, 예민하네.”

그의 말에 혜민은 살짝 눈을 흘기며 드러난 팔 위로 이불을 덮었다.

“그 말 안 믿어. 분명 깨워놓고.”

혜민의 말에 그제야 강진은 인정했다.

“믿을 수가 없어서. 황혜민이 새벽에 도망치거나 핑계 댈 궁리 안 하고 마음 편히 내 옆에서 자고 있다는 게 정말로 생시인가 싶어서 확인해 봤어."

그 말에 괜히 또 미안해진다.

혜민은 가만히 그를 바라보다 그의 얼굴을 감쌌다.

"이젠 도망 안 가. 무서워서 도망지는 건 이제 안 할 거야. 믿어. 믿어줘. 향후 50년은, 아니, 죽을 때까지, 강진 씨가 싫다고, 귀찮다고 가라고 해도 절대로 안 떠나고 강진 씨 곁에 끈끈이처럼 찰싹 붙어서 안 떨어질 거야."

혜민의 대답이 만족스러웠는지, 강진은 가슴이 벅찬 듯 환하게 웃었다.

그러다 이내 입술을 내려 곧바로 그녀의 목덜미를 공략하기 시작했다. 혜민의 가장 큰 약점 중의 하나였다.

"또? 잠깐, 강진 씨. 나, 배고파. 배고프다고. 밥 먹고 하자."

"나, 조금 있으면 다시 프랑스로 돌아가야 해. 그전에 다시 한 번 이게 꿈인지 생시인지 알아봐야 할 것 같은데."

여전히 그녀의 쇄골 주위를 입술로 훑으며 강진이 중얼거리자 혜민은 침대에서 상체를 발딱 일으켰다.

"다시 프랑스로 간다고? 출장에서 돌아온 거 아니었어?"

"정수 씨가 너 아프다고 하는 바람에 잠깐 일을 미루고 온 거야. 곧장 아침 비행기로 돌아가야 해."

"……."

순간적으로 혜민은 아무 말도 할 수가 없었다.

서강진, 이 남자는 왜 항상 이렇게 날 미안하게 만드는 것일까?

왜 이렇게 과분하게 대해주는 것일까?

며칠 전에 온 줄 알았더니, 정수와 전화를 할 때까지만 해도 그는 파리에 있었던 것이다. 오로지 자신이 걱정되어 그 길로 일을 제쳐 두고 그렇게 인천행 비행기를 탔던 것이다.

"그런 표정 짓지 마. 난 충분히 그 보상을 받았으니까. 네가 나한테 왔잖아. 그런 보상이라면 일 년 내내 매일같이 비행기를 탄다 해도 난 기꺼이 할 거야."

너무 기뻐도 눈물이 난다. 알고는 있었지만 한 번도 기뻐서 눈물을 흘린 적이 없어서일까, 혜민은 지금 자신의 뺨을 타고 흐르는 눈물이 생소해 손등으로 닦았다.

"이리 와, 강진 씨. 내가 파리로 가는 동안 내내 피곤함을 못 느끼게 해줄게."

혜민은 그의 시간을 더 지체하고 싶지 않았다.

강진이 기꺼이 그녀의 품에 안기자 혜민은 지난밤의 적극적인 행동으로 알아낸 그의 가장 예민한 곳을 공략하기 시작했다.

그리고 강진은 지난 8년, 일생에 가장 힘들었던 그 기간을 보상받았다 해도 과언이 아닐 성도의 과한 애정표현을 마음껏 받았다.

13

째깍째깍.

혜민은 애꿎은 휴대폰을 험악하게 바라보다 들고 있던 잔에 든 와인을 모양 빠지게 원샷으로 마셔 버렸다.

길게 한숨을 내쉬며 그녀는 다시 와인병을 기울였다.

원래 계획은 이게 아니었는데.

치즈 한 조각을 입에 넣고 우물거리며 혜민은 또다시 절대로 울리지 않는 휴대폰을 노려보았다.

아까 정수가 그랬다. 오늘은 크리스마스 '이브이브'라고. 누구나 아는 크리스마스이브의 하루 전날은 크리스마스이브이브, 그러니까 외국에서는 안 통할지 몰라도 우리나라에서는 나름 명절에 가까운 준 명절이라는 것이다.

그래서 그런가, 직원들은 크리스마스는 이틀 후였음에도 불구하고 오늘부터 잔뜩 들떠 있는 것이 육안으로도 확인이 되었다.

그런데!

서강진은, 장에 갔다 비단신 사 들고 오는 오라버니도 아니면서 그녀가 눈이 빠지게 기다리고 있음에도 불구하고 어째 오늘 같은 날 전화 한 통 없느냔 말이다.

그때 그렇게 좋게 좋게 갔으면 그 뒤에 뭐가 있어야지, 무슨 먹다 만 코스요리처럼 이렇게 아쉽게 만들어놓고는 몇 번의 전화가 웬 말이냔 말이다. 더군다나 요 근래 들어선 전화 한 통 없었다. 그야말로 연락두절이다.

이쪽에서 전화를 걸 수도 있지만 그가 언제 일을 하는지, 괜히 일하고 있는데 방해하는 건 아닌지 싶었고, 또 밤이 되면 그가 쉬어야 한다는 생각에 전화를 걸 타이밍을 찾지 못했다.

그런 혜민의 마음을 아는지 아까 회사에서 정수가 혜민 대신 연락 두절된 강진을 실컷 씹어줬지만 그것도 그리 달갑지는 않았다.

'대체 네 전남편, 아니, 애인은 지금이 어떤 시국인 줄 알고 아직도 파리에 있는 거니?'

강진에 대한 혜민의 마음이 소금만 덜했더라도 혜민은 정수와 같이 강진을 잘근잘근 씹어줬을 것이겠지만, 그 마음은 또 달라서 남이 욕하는 건 듣기가 싫었다.

'다른 사람은 몰라도 회사를 운영하는 네가 그런 말을 하면 안 되는 거지. 같은 CEO의 입장에서 일 때문에 휴일 반납하는 건 너도 직원들에게 강요하는 거잖아. 특히, 직원이라고만 볼 수 없는 나에게도.'

'어머, 나 그렇게까지 악독한 사람 아니다. 오늘, 다들 애인 만나라고 칼퇴근시켜 준 거 몰랐어? 지금 회사에 남아 있는 건 너하고 나밖에 없어. 그리고 오늘은 내가 마지막까지 남아 있다 갈 거니까 너도 어서 퇴근해.'

'네가 마지막까지 남아 있기로 결심한 이유는 알겠지만 굳이 날 쫓아낼 필요까진 없잖아.'

'열심히 일할 거거든.'

'나도 일할 거거든.'

'오늘은 내 퇴근시간을 네가 몰랐으면 하거든.'

정수의 목소리에서 묻어 나오는 그 애처로움과 비참함과 서러움. 졌다. 아마도 어디 바 같은 데 가서 혼자 술을 마시는 것도 애처롭고, 이런 날 혼자 집에 가봤자, 시즌이 시즌인만큼 TV에서조차도 잔뜩 들떠 캐럴만 틀어줄 테니 그것도 보기 싫을 것이고, 자신과 같이 술이나 마시자고 하자니 애인 있는 혜민과는 처지부터가 다르니 왠지 고까울 것 같고, 그러다 보니 혼자 회사에서 술 한잔하며 미리미리 일이라도 다 해놓자 하는 생각일 것이다. 딱 혜민이 생각한 만큼.

그 마음을 공감하니, 어쩔 수 없이 이번엔 애인이 있는 혜민이 져주기로 했다. 비록 무늬만 애인일 뿐, 오늘 같은 날 전화 한 통 안 해주는 멋대가리 없는 남자이긴 하지만.

하지만 이 밤이 외로운 것은 혜민도 마찬가지, 결국 차를 멀리 돌려 강진의 스튜디오 근처에서 와인 한 병을 품에 끼고 왔던 것이다.

또다시 와인의 맛을 음미할 새도 없이 입안에 털어 넣은 혜민은 땅이 꺼져라 한숨을 내쉬며 앞으로도 영영 울리지 않을 것 같은 휴대폰을 들여다보았다.

크리스마스시즌이라 더 바쁜 건가? 아무리 바빠도 그렇지, 이런 날은 전화라도 한 통 해서 같이 못 있어줘서 미안하다든가, 혹은 너무 바쁘지만 네 목소리라도 들어야 힘이 날 것 같았어, 라든가 하는 말을 해주면 어디 덧나?

지난 일주일 새 그가 전화를 걸어온 것은 딱 두 번이었다. 한 번은 고객과 함께 있을 때라 별 말도 못하고 끊었고—아무 잘못도 없는 그 고객을 속으로 얼마나 원망했는지 모른다—또 한 번은 오전 열 시쯤에 걸려온 전화였다.

'내가 너 많이 사랑하는 거 알고 있지?'

하는 생뚱맞은 질문에 혜민은 아무 생각 없이 대답했다.

'내가 더 사랑하는 거는 알고 있고?'

그 말에 그는 마치 안도라도 하듯 긴 한숨을 내쉬었다. 파리 시간으로 봐서는 새벽이었으니 아마도 늦게까지 일하다 힘들었던 모양이다 싶어서 혜민은 얼른 그에게 지금 일하고 있으니 나중에 통화하자고, 그에게 쉬라고 말하고 가벼운 인사와 함께 전화를 끊었다.

그건 희생이었다. 정말로 바빠서 그런 것도 아니고, 그의 목소리가 하찮게 느껴져서도 아니었다. 시간이 시간인만큼, 그가 힘들 것 같아서 쉬라고 그런 것이다.

하지만 그 이후로 강진에게서는 전화가 없었다.

그 두 통의 전화도 그나마 없는 것보단 낫다고 지금까지 버텼는데, 그리고 오늘 그 약발이 떨어지려 하고 있는데, 강진은 여전히 전화 한 통 없는 것이다.

대체 크리스마스라는 건 알고나 있나 몰라.

어쩌면 모를지도 모른다. 아니, 크리스마스엔 연인과 함께 있어야 하는 걸 모를지도 모른다. 그는 한 번도 혜민과 크리스마스를 보낸 적이 없었으니까.

결혼생활도 너무 짧아 크리스마스가 오기 사흘 전에 끝나 버렸지 않은가.

'올해는 글러먹었나 보다. 사실, 앞으로 결혼하면 매해 같이 보낼 크리스마슨데 올 한 해 정도는 그냥 보낸다 한들 크게 아쉬울 건 없다. 그래! 괜찮아!' 하고 애써 자위해 봐도, 애인 없을 때 처음부터 기대 않는 거랑 애인이 있어도 기대 못하는 거랑은 체감온도부터가 다르게 느껴지게 되어 있는 것이다.

아, 외롭고 춥다!

쓸쓸히 세워진 와인잔 하나를 노려보며 혜민은 치즈 한 조각을 입에 넣었다.

와인 몇 잔이 들어가고 나니 지난 일주일 내내 참았던 불만이 혼자 불거져 나오고 있다.

그래도 은근히 올해는 혼자 안 보낼 거라고 기대했었는데. 하필 크리스마스 때 일을 하는 사람이 어디 있어?

서강진, 오늘은 2주 전보다 더 밉다.

치즈 한 조각에 와인 한 잔을 다 비우고 또 한 잔 따랐다.

바로 그 순간, 특별한 애인을 위해 맞춰놓았던 벨 소리가, 고대하고 고대했던 그 벨 소리가 환청처럼 들려오기 시작했다.

기다렸던 전화였기에 당연히 펄쩍 뛸 만큼 좋았지만 마치 모르는 전화라도 받듯 혜민은 티끌만큼의 투정의 기색도 없이 말끔히 전화를 받았다.

"여보세요."

[응, 나야.]

"어? 강진 씨? 일하고 있는 중 아니었어?"

전화 따위는 전혀 기다리지 않았다는 듯한 혜민의 말투에 전화기로도 그의 낮은 웃음소리가 들렸다.

[계속 일을 하긴 했지. 마음이 자꾸 콩밭으로 가려 해서 일에 집중하는데 얼마나 힘들었는지 몰라.]

그럼 전화 좀 자주 하지, 하는 서운함 대신, 그의 그 다정한 말 한마디는 그간 연락을 자주 안 했던 그에 대한 서운함을 싹 날려버렸다.

"왜? 모델이 너무 예뻤나 봐?"

자신을 염두에 두고 한 말인 술 알면서도 짐짓 질투하는 목소리를 냈다.

[글쎄, 모델이 예뻤나? 기억이 안 나네.]

내내 사진기로 모델들 얼굴을 들여다봐 놓고는 딴청은. 하지만 그런 그의 대답이 오늘따라 더 기쁘다. 빈말이라도, 예쁜 모델들이 눈앞에 있어도 눈에 안 들어오더라는 말은 어떤 여자라도 들으면 행복해할 말이다.

[넌 뭐하고 있었어?]

"나?"

아무 생각도 나지 않는다. 일주일 내내 한 통 걸려오지 않는 전화를 원망한 것밖에는.

"정신없이 바빴어."

그래도 곧이곧대로 '강진 씨 생각하느라 일도 못했어'라고 대답하고 싶지는 않았다. 자고로 여자는 튕길 때 더 가치가 생기니까.

[다행이다. 난 또 혼자 술이라도 홀짝이고 있을 줄 알고 내심 계속 미안해하고 있었는데.]

"……."

대체 왜 사람들은 내가 하는 행동을 그렇게 빤히 다 들여다보는 것일까. 내가 그렇게 빤한 사람이었나?

"그럴 리가. 크리스마스시즌은 원래 결혼하는 커플이 많아서 바빠."

솔직히 지난 3년 동안 크리스마스에 결혼하는 커플은 하나도 없었다. 보통, 결혼하는 커플들은 안다. 그때 결혼하면 하객들의 축복 대신 결혼기념일 안 잊으려고 굳이 남들의 소중한 휴일을 빼앗았단 욕이나 듣게 된다는 것을. 그리고 모르는 사람들에게는 혜민이 굳이 상기시켜 준다.

어쨌건, 그래서 한가하다면 무척이나 한가한 요 며칠이었지만 굳이 그렇게 말을 해줄 필요는 없었다.

[실은 있지…….]

그녀의 거짓말에 안심을 했는지 강진이 말을 이었다.

[나 지금 한국에 왔어.]

"뭐?"

와인잔을 손에 들고 있던 혜민은 자신도 모르게 잔을 바닥에 탁 내려놓다 엎지르고 말았다. 재빨리 종이타월을 가져다 주섬주섬 엎어진 와인을 닦으면서도 그녀의 정신은 온통 그와의 통화에 몰려 있었다.

"언제?"

[지금 공항이다.]

축 처졌던 몸이 갑자기 활기를 되찾기 시작했다. 그가 지금 한국에 왔단다. 공항이라니 두어 시간 후면 그를 볼 수 있단 얘기다. 이 '크리스마스이브이브'에. 이 남자, 은근히 서프라이즈를 즐긴다니까.

[실은 말 안 하려고 했어. 지금 바로 제주도에 도착했거든.]

역시 한국말은 끝까지 들어봐야 했다. 방금 전까지 몸에 넘칠 것 같던 기운이 한순간에 쏙 빠져나갔다.

"왜?"

[아직 촬영스케줄이 하나 더 남았어.]

"대체 왜 크리스마스이브이브에 촬영스케줄을 잡는 건데?"

[크리스마스이브? 그건 내일이잖아.]

크리스마스이브가 아니라 크리스마스이브이브다. 하지만 상관없다. 굳이 크리스마스이브를 거론한다는 건 그가 그걸 염두에 뒀다는 뜻이니 갑자기 실낱같은 희망이 생겼다.

“그럼 내일 촬영 끝나?”

[하루짜리 촬영이니까 내일 끝나긴 하겠지만, 아무래도 밤까지 진행할 거 같아.]

역시, 안 되는 모양이다. 괜히 희망을 가졌잖아, 쓸데없이 힘만 들게.

“강진 씨, 악덕사장인 거 알아? 어떻게 크리스마스이브 밤까지 직원들 일을 시킬 수 있어?”

그의 직원들의 크리스마스야 알 바 아니었지만 그래도 지금은 굳이 수백만의 대한민국 노동자들의 편에 서서 대변해 주고 싶다. 그런 그녀의 마음을 아는지 강진이 웃음 흘리는 소리가 들렸다.

[그러게, 한 달 전에 스케줄 잡을 땐 이렇게 악덕사장 소릴 들을 줄은 몰랐지.]

“어디서 촬영하는데?”

[김녕 해수욕장.]

“어디서 자는데? 호텔?”

괜히 전화 끊기 아쉬워 자꾸 쓸데없는 말을 이었다.

[아니, 펜션이야. 해수욕장 바로 앞에 있는 펜션으로 잡았어. 모델들 추우면 안 되니까 안에서 대기할 수 있을만한 거리에 숙소가 있어야 하거든. 게다가 모델도 많고 스텝도 상당한데 호텔은 좀 부담스럽지.]

“강진 씨는 누구랑 자?”

그녀의 질문에서 묻어나는 질투를 읽은 강진이 또다시 웃었다.

[식구가 많아서 펜션 한 채를 다 예약했더니 다른 사람이랑 같이 방 쓰지 않아도 방이 남아도는걸. 황혜민, 질투가 심한데? 무슨 상상을 한 거야?]

질투한 건 아니다. 그냥 그가 어떻게 지내는지, 오늘은 어떻게 잘 건지, 어디서 묵을 건지, 그런 사사로운 걸 알고 있는 것이 연인, 나아가서는 와이프가 될 사람으로서의 특권이라 생각한 것이다. 그가 다른 여자랑 방을 쓸 거라고는 처음부터 생각지 않았다. 그가 그러지 않을 거라는 것은 믿고 믿지 않고를 떠나 기정사실이다.

전화기 너머로 누군가 '선배!' 하고 부르는 소리가 들리자 혜민은 입을 불쑥 내밀었다.

좀 통화하게 그냥 두지, 파리에서도 전화 한 통 안 했는데 그 잠깐을 못 참고 부르니?

하지만 혜민의 무언의 외침은 들리지 않은 듯 이내 강진의 목소리가 들렸다.

[나 이제 차에 타야 해. 모레 올라가서 보자.]

"응."

아쉬움을 삼키며 애써 태연한 목소리로 전화를 끊은 혜민은 돌아서자마자 잔뜩 튀어나온 입을 새로 따른 와인잔에 가져다 댔다.

크리스마스이브의 분위기는 크리스마스이브이브의 분위기보다 더 들떴다. 예상은 하고 있었지만 차마 실장이라는 자리에 있는 책임자로서 그런 그들에게 들뜨지 말라고 이성적으로 말할 수 없었다. 왜냐, 그녀도 강진이 서울에 있었다면 오늘 잔뜩 들떠 있었을 것이 분명하기 때문이었다.

"강진 씨는 아직이야?"

점심을 먹고 들어오는 혜민과 마주친 정수가 또다시 물었다. 괜히 얼굴 마주쳤으니 그냥 지나가는 말로 물어본 것이겠지만 지금 혜민의 심정으로는 친구고 뭐고, 그냥 목이라도 졸라 잡고 '어제 다 말했잖아! 대체 몇 번을 물어! 너 같음 애인 출장 가서 외롭고 쓸쓸해서 밤마다 송곳으로 허벅지 찌른다는 얘기를 하고 싶겠니?!' 하고 그 잡은 목을 짤짤 흔들며 악을 쓰고 싶었다. 하지만 정수는 사장이다.

만일 정수에게 애인이 있었다면 혜민은 지금 이 순간 아주 포악스러워졌을 것이다. 하지만 정수 역시 어제 홀로 외로운 밤을 보냈을 것을 알기에 혜민은 오늘만큼은 관대해 주기로 했다.

"제주도에 있대."

"왜? 언제 갔대?"

"어제, 촬영스케줄이 이어져서 어제 곧바로 제주도로 간 모양이야."

"뭐야, 그래도 이왕 들어온 거, 잠깐 서울에 들러서 도장이라도 찍고……."

혜민이 찌릿 노려보자 정수는 얼른 입을 다물었다.

"그래서 언제 온대?"

내일. 크리스마스이브 다음날. 딱 크리스마스에.

굳이 대답을 하지 않았지만 정수는 혜민의 표정만 보고도 강진이 오늘 안 온다는 것을 알아차렸다.

"산이 내게로 오지 않는다면 내가 산으로 가면 되는 것이다. 이 말 몰라?"

"김 사장님. 사장님이라서 내가 이런 말 안 하려고 했는데, 지금은 그런 헛소리를 들을 기분이……."

괜히 꼬치꼬치 묻는 정수의 말에 기분이 상해 톡 쏘아붙이려던 혜민은 한 템포 지나서야 정수가 무슨 말을 하고 있는지를 깨달았다.

산이 내게로 오지 않으면…… 내가 제주도로 가면 된다는 뜻?

"어머, 사장님. 정말 넌, 딱 사장님감이다. 어쩜 그런 아주 기발한 생각을……."

"그건 그닥 기발한 생각이 아니거든."

"정말 고마워."

"고마울 것까지는……."

"아니야, 정말 고마워."

"우리가 사장과 사원의 관계가 아니잖아. 너도 지분의 반을 가지고 있는 파드너로서 십에 가고 싶을 땐 가도 되지. 특히 요즘처럼 일이 없을 땐……."

정수는 그쯤에서 뭔가 혜민의 미안하고 고마운 표정에 이유가 있다는 사실을 깨달았다.

"너, 과도하게 고마워한다?"

"김정수, 아니, 사장님, 역시 너밖에 없다!"

혜민이 재빨리 주섬주섬 퇴근을 하고 나서야 정수는 혜민이 외롭고 쓸쓸히 보낼 오늘을 위해 특별히 일을 다 마치지 않고 남겨 두었단 사실을 깨달았다. 그리고 그건 혜민을 집으로 보낸 정수의 몫으로 고스란히 남았다.

일곱 시간 뒤, 혜민은 한 커다란 펜션 앞에서 멍한 표정으로 서 있었다.

그녀의 양손에는 비뚜름하게 세워진 캐리어의 손잡이와 아까 오는 길에 잠시 택시를 멈추게 하고 산 케이크가 들려 있었다.

당황하게 되면 목소리가 나오지 않는가 보다. 몇 번이나 입을 벙긋거리고 나서야 혜민은 간신히 목소리를 끌어냈다.

"뭐라고요?"

믿을 수 없는 현실을 받아들일 수 없는 혜민은 재차 같은 질문을 또 하고 있었다.

안 그래도 혜민이 알지 못하는 어떤 억하심정 같은 게 있어 보이는 이 여자는 아주 친절하고 똑부러지게 대답해 줬다.

"귀먹었어요? 같은 대답을 몇 번이나 하라는 거예요? 강진 선배, 서울 갔다고요. 아까 전에 비행기 타고 서울로 가버렸다고요. 보청기 집에 놓고 왔어요?"

"하지만 오늘은 일하느라고 서울 못 온다고……."

"그 일을 서둘러서 빨리 마치고는 급하게 갔다고요."

"그게 언제……."

"나 지금 바쁘거든요. 장비 다 얼기 전에 차에 들여놔야 해요. 볼일 다 끝나셨으면 이만……."

분명히 혜민의 볼일이 끝나지 않았는데 여자는 커다란 카메라 받침대같이 생긴 것을 어깨에 들쳐 메고는 저 혼자 볼일 끝난 듯 몸을 획 돌려서 저쪽으로 가버렸다.

혜민은 채 벌어진 입도 못 다물고 더 묻고 싶은 것이 남은 시선으로 여자의 등만 야속하게 바라보았다.

그러고 보니 저 얼굴, 많이 낯익다. 강진의 스튜디오 사람들은 어쩌다 한두 번 스쳐 지나가듯 본 것이 전부라 아는 사람이 하나도 없지만 저 얼굴, 살짝 기억이 난다.

그래, 그때 봤다. 처음 강진의 스튜디오에 웨딩사진 부탁하려고 갔을 때. 그때도 그렇게 자신을 박대했었다. 그런 얼굴은 잘 안 잊힌다. 자신에게 하는 태도를 보니 아마도 강진을 짝사랑하는 여자인 모양이다.

"그렇게 궁금하면 전화를 해보든가. 내가 강진 선배 비서인 줄 아나."

커다란 탑차에 장비를 실으면서 나지막이 투덜대는 여자의 목소리가 혜민이 있는 곳까지 들렸다.

아, 맞다. 전화!

공항에서 휴대폰을 켰을 때 들어와 있던 열세 통의 부재중 전화.

혜민은 그게 정수가 건 것인 줄 알고 굳이 확인도 안 하고 고이 다시 전화를 꺼두었었다. 평소의 정수라면 그렇게 전화를 안 하지만 오늘은 그럴 만하다고 생각했었다. 크리스마스이브에 홀로 보내야 할 긴 밤이 서러워 특별히 오늘을 위해 아끼고 아껴

미뤄두었던 상당량의 일을 정수에게 고스란히 떠넘겼기 때문이
다.

그래서 처음 공항으로 향하던 중에 정수가 전화해서 신경질 내
는 것을 들어주다가, 혹시라도 마음 바꿔 회사로 돌아오란 말을
할까, 배터리가 다 된 척 전화를 꺼버렸던 것이다.

휴대폰을 꺼내 전원을 켜고 다시 확인하던 혜민은 그대로 울고
싶은 마음이 되었다.

그 열세 통의 전화 중 처음 하나만 빼고는 전부 강진에게서 온
것이었다.

어쩐지 오늘 일이 이상하게 잘 풀린다 했다.

정수에게는 미안한 일이지만 어물쩍 자신의 일을 그녀에게 떠
넘긴 것도 운이 좋았고 이 크리스마스시즌에 공항에서, 비록 대기
자명단에 이름을 올렸지만 어떻게든 이곳에 오는 마지막 비행기
를 탈 수 있었던 것도 운이 좋았다.

또 강진을 놀라게 해주려던 바람대로 그에게 전화를 걸지 않고
도 강진이 준 몇 가지 힌트만으로 이곳, 강진이 묵고 있는 펜션을
찾아낸 것도 운이 좋았다고 생각했다.

하지만 오늘의 운은 그게 전부였던 모양이다.

운이 좋았다 생각했는데 가장 중요한 사람이 빠졌다.

그리고 그 사람은 지금 전화기가 꺼져 있다. 아마도 저 못된 여
자의 말대로 그는 지금 비행기 안에 있는 모양이다.

아아, 벌을 받은 것이다. 정수에게 이런 날 적지도 않은 자신
의 일을 다 떠넘기고 온 것이 너무도 극악해서 천벌을 받은 모양

이다.

장비를 탑차에 실은 그 여자가 또 와서 다른 것을 어깨에 짊어
졌다.

"좀 비켜주실래요? 마당 한가운데 그러고 있으니 자꾸 거치적
거리네요."

거, 말이 좀 거시기하네. 강진 씨 있는 데서는 아주 간드러지게
잘만 하더니. 내가 네 속을 모를 줄 알아? 강진 씨한테 마음 있는
거지? 미안하구나, 안됐구나. 그 남자, 이젠 내 거다.

속으로는 하고 싶은 말이 열 가지도 넘었지만 어쨌건 지금은 고
이 비켜주는 것이 상책이다.

그나저나 이젠 어떡해야 하나. 서울 가는 비행기는 분명 끊긴
시간이고, 크리스마스이브인 오늘, 그것도 이 시간에 어디 가서
이 한 몸 뉘일 장소를 찾는 것도 쉬운 일이 아니었다.

그렇다고 저 여자한테 이곳에서 재워달라고 말할 마음은 전혀
들지 않는다. 그런 마음이 든다 해도, 저 여자의 언행을 봐서는 자
신을 이곳에 재워줄 리가 만무했다.

그런 못된 성질머리로는 강진 씨 같은 남자는커녕 평생 독수공
방할 거다!

갑자기 여자가 어깨에 메고 있던 장비를 땅바닥에 탁 내려놓는
바람에 혜민은 자신이 속으로 했다고 생각했던 말을 실제로 입 밖
으로 냈나 생각했다.

"여기, 남자는 하나도 없어?! 이런 거 드는 것도 꼭 남녀평등 따
져야 해?!"

그러고 보니 장비를 차에 싣고 있던 건 이 여자와 한두 명의 남자들 뿐, 나머지는 저쪽 마당에서 장작을 쌓고 테이블에 술과 음식을 나르느라 온통 정신이 팔려 있다. 여자는 그게 뿔이 났던 모양이다.

"영채야, 살살 하자, 와 갑자기 신경질이노?"

어디선가 나타난 덩치 큰 남자가 얼른 영채라는 이 못된 성깔의 여자에게서 짐을 옮겨 받았다. 그러다 이만치 떨어져서 오도 가도 못하는 혜민을 발견하고는 이내 가까이 다가왔다.

"어? 서 선배님 애인님이시네."

듬직한 경상도 사투리에 혜민은 어떻게 자신을 알고 있는지에 대한 호기심보다는 안도감부터 느꼈다. 어쩐지 저 말투는 이 영채라는 못된 여자와는 달리 상당히 호의적으로 들린다. 못된 영채에게서 대답을 구걸하는 것보다 더 쉬운 길이 나타났다.

"서 선배님이 파리에서 휴대폰으로 사진 보여줬거든요. 앞으로 형수님 되실 분이구로 얼굴 잘 봐두라카며……. 그런데 여긴 어쩐 일이세요?"

역시 강진은 언제나 이렇게 선견지명이 있다. 자신의 사진을 언제 찍었는지는 모르지만 어쨌건 이렇게 큰 도움이 되지 않는가.

"네, 저……. 강진 씨 만나러 왔는데……."

혜민의 말에 그는 고개를 갸우뚱거렸다.

"길이 엇갈렸는갑네. 선배, 아까 서울 간다고 공항으로 갔어요."

“그러게요. 몰랐어요. 오늘 서울에 갈 줄은……. 어제 전화로는 그런 말 안 했거든요.”

“아까 계속 형수님한테 전화하시는 거 같던데.”

그러게요. 알았으면 받았죠.

“형수님은 무슨……. 아직 결혼도 하지 않았는데.”

뭐가 그리 꼬였는지, 툴툴거리며 못된 영채가 비꼬자 착한 후배가 당황한 표정으로 그녀를 툭 쳤다.

“전화 한 번 걸어보이소. 두 시간쯤 전에 공항으로 출발하긴 했지만 표를 미리 사둔 것이 아니라서 어쩌면 아직 비행기 못 타고 있을지도 모른께로.”

아주 실낱같던 희망이 그 말 한마디로 인해 툭 꺼지고 말았다.

그 전화기가 꺼져 있단 말이다. 전화기를 껐다는 것은 비행기를 탔단 뜻이다, 젠장.

“꺼져 있어요.”

일부러 그러려고 한 것은 아니었지만 대답하는 혜민은 맥이 탁 풀려 있었다.

“어차피 이왕 이래 된 거, 예서 주무시고 내일 저희랑 같이 출발하이소. 방도 많이 남고 먼저 올라간 강진 선배님 덕분에 비행기 표도 한 장 남으니까.”

“요 앞 게스트하우스에서도 아직 숙박객을 더 받는 거 같던데.”

못된 영채가 또 얄밉게 끼어들었지만 이내 착한 후배에 의해 저쪽으로 등을 떠밀렸다. 그렇게 돌아가면서도 언제 봤다고 혜민에게 그리 불만이 많은 것인지 나지막하게 툴툴거리는 소리가 토씨 하나 안 틀리고 다 들렸다.

"고작 하루를 못 참고 제주도까지 날아오나?"

넌 일주일이나 같이 있었지만 난 그 일주일 동안 한 번도 못 봤단 말이다. 애인, 결혼할 사이로 결정해 놓은 바로 그 다음날부터.

"저아 말은 못들은 척 하이소. 요새 뭘 잘못 먹었나, 아무한테나 저렇게 까칠하게 굴어요. 저 따라 오이소. 제가 선배가 묵을 예정이었던 방으로 안내해 드릴게요."

그나마 착한 후배가 인심 좋게 방을 내줘서 이 추운 겨울밤, 빈방을 찾아 헤매거나 혹은 공항대기실에서 쪽잠을 자야 하는 불상사까지는 생기지 않을 것 같다.

"참, 이 앞마당에서 저희끼리 조촐하게 크리스마스파티를 하기로 했거든요. 원래는 강진 선배도 같이 하기로 했는데 먼저 서울로 올라가 버리는 바람에⋯⋯. 어쨌건 그러니까 혼자 적적하다 싶으면 내려와서 같이 자리하셔도 됩니더. 바비큐도 하고 술도 종류별로 맥주, 소주⋯⋯. 페트병맥주, 팩소주, 짝맥주, 짝소주 등등 종류별로 구비되어 있슴니더. 심심하면 내려 오이소."

착한 후배가 방으로 안내하면서도 혜민에게 붙임성 있게 굴었다. 그러니까 맥주하고 소주가 전부란 얘기다. 오늘 같은 날은 그것조차도 솔깃했다. 오늘 하루 먹은 것이라고는 점심때 간단히 때운 샌드위치가 전부인데다, 잔뜩 기대하고 왔다가 허탕치고 나니 속이 더 허한 기분이었다. 이럴 땐 알코올과 육류로 빈속을 꽉꽉 채워주는 것이 좋으련만.

하지만 내내 못되게 군 영채를 또 볼 생각을 하니 솔깃한 마음도 이내 사라졌다. 웃음으로 대답을 대신하고 혜민은 그가 안내해 준 방으로 들어섰다.

14

8시. 나름 생각을 많이 했다. 이 긴 밤의 반절은 어떻게든 때울 수 있다 생각했다. 그러고 나서 잠시 눈을 붙이고 나면 이 악몽의 시간은 다 끝날 것이라고 여겼다.

9시. 샤워 대신 목욕, 무리할 정도로 길게 했지만 1시간. 덕분에 몸이 좀 가벼워졌고 비어 있던 뱃속은 더 가벼워졌다.

9시 3분. 고민할 시간도 없이 옷 입는데 3분. 대체 왜 난 잠옷을 안 가지고 왔을까? 남자들이 버글거리는 펜션에서 혼자 야한 속옷만 입고 잘 수 없어 결국 내일 편하게 입고 돌아다니려고 가져온 티셔츠와 청바지를 꺼내 입었다.

9시 5분. 아까 가지고 온 케이크에 촛불을 켜고 멍하니 바라보고 있는 시간 1분. 굳이 축하하려는 의미의 촛불은 아니었다. 그저 그렇게 하면 시간이 더 빨리 갈 것 같았다.

더 오래 있고 싶었지만 촛농이 케이크로 흘러내리는 바람에 황급히 불을 꺼버렸다.

이렇게 총 한 시간 5분을 혼자 버티던 혜민은 마침내 항복을 외쳤다.

지금까지는 2년 전의 크리스마스이브를 최악의 크리스마스이브라 꼽았다. 그전까지는 외로운 싱글들끼리 모여 나름의 파티도 했건만 그땐 어찌 된 것인지 여름부터 월동준비에 들어간 직원들이 다들 남자 하나씩 꿰차는 쾌거를 올렸고 하다못해 당연히 같이 있어야 할 싱글 동지인 정수마저도 약속을 잡는 바람에 오롯이 혜민 혼자 외롭고 춥고 긴 밤을 와인 한 병으로 보내야 했다.

물론 작년도 마찬가지긴 했지만 한 번 겪어본 것이니 작년은 그리 힘들지 않았다.

올해도 그럴 줄 알았는데, 최악의 크리스마스이브가 경신될 줄 누가 알았겠는가. 이건 외로운 걸 떠나서, 먼 타지에서 다들 시끄럽게 먹고 마시고 노는 가운데 방 밖으로 나가지도 못하고 배고픔과 설움에 치떨어야 하는 최악 오브 더 최악의 크리스마스이브가 된 것이다. 흑.

더군다나 이 상황을 약 올리기라도 하려는 듯 창문 틈으로 아까부터 마당에서 굽고 있는 저 맛있는 바비큐냄새가 혜민의 침샘과 위장을 마구 자극해 주고 있다.

꿀꺽.

혜민은 신경질적으로 주방에서 커다란 밥숟가락을 가져다 예쁘고 먹음직스럽게 장식이 된 케이크를 향해 사정없이 내리꽂았다.

결국 혜민은 케이크를 채 먹지 못하고 세 번째 숟가락에서 포기했다.

허기라도 달래고 싶었는데 결국 저 맛나게 올라오는 바비큐냄새는 그녀의 케이크에 대한 입맛을 빼앗아갔다.

꾸역꾸역 케이크를 먹다가는 비참한 기분에 눈물이라도 흘릴 것 같아서 일어나 옷을 챙겨 입고 아래층으로 향했다. 혼자 해수욕장을 거닐며 겨울바다의 거친 밤바람이라도 쐬면 피곤해서 일찍 잠이 들 것이다.

하지만 채 마당까지 가기도 전에 혜민은 아까 그녀를 강진의 방까지 안내했던 그 후배에게 붙들렸다.

"어? 형수님, 나오셨습니꺼? 이리 오이소. 저녁 식사도 안 하셨을 텐데 같이 이거 드시면서 한잔하입시더."

정말 눈물 나게 고마운 말이었지만 그렇다고 덥석 그가 잡아 끈 곳에 가서 앉을 수는 없다. '형수님' 체면이 있지.

"괜찮아요. 전 그냥 바닷바람이라도 쐬려고……."

"어차피 바닷가에 가도 몇 분 안 되면 돌아오실 겁니더. 날씨는 이래도 겨울바다라 무시 못해요. 그냥 예 앉으이소."

그러고 싶지 않았지만 혜민의 눈은 어쩔 수 없이 맛나게 지글지글 잘 구워지고 있는 바비큐를 흘끔거렸다. 뿌리치기엔 지금 이 순간 너무도 큰 유혹이다.

게다가 바닷바람이 너무 차다고 하지 않는가. 더군다나 그 못된 영채는 혜민에게는 관심도 없는지 연신 혼자 술을 잘도 따라 마시고 있다.

"그럼…… 그럴까요?"

못 이기는 척, 혜민은 그가 이끈 곳에 가서 자리 잡았다.

"참, 제 이름 아직 모르지요? 저는 엄창희이라 합니더. 다들 서 선배의 오른팔이라고도 부르기도 합니더."

창희라는 후배의 너스레에 옆에서 듣고 있던 다른 사람들이 살짝 야유를 했지만 딱히 아니라고 정색을 하는 사람도 없는 것으로 봐서 정말 오른팔이 맞는 모양이다.

"형수님, 사진으로 봤을 땐 참말로 예쁜 것 같았는데요……."

창희가 말끝을 흐리며 그녀에게 바비큐 한 꼬치를 내밀었다.

'왜요, 다 사진발이라서 실망이 크다고요?' 하고 묻고 싶었지만 그 말을 하면 자리에서 쿨하게 일어서야 한다. 지글지글 잘 익은 꼬치를 내려놓고. 지금 자존심과 배고픔의 저울은 확연히 배고픔 쪽으로 기울어져 있다.

"실물이 훨씬 더 예쁜 거 같아요. 서 선배님이 사진을 아주 잘 찍는데 왜 형수님 사진은 그래 찍었나 모르겠네."

아……. 역시 한국말은 끝까지 들어봐야 한다니까.

"강진 씨가 사진을 아주 잘 찍죠. 멋있게."

그의 모습에 반했고 또 그의 사진에 반했었다. 오래전 언젠가 그가 처음 자신의 작업실을 겸한 창고방으로 데리고 갔을 때 혜민은 창고의 초라함보다는 그가 찍은 사진의 아름다움에 반해 한동안 입을 열지 못했다.

그렇게 잘난 남자가, 그렇게 멋진 실력을 가진 잘생긴 남자가 자신을 사랑한다는 사실에 감격했었다. 그땐 그랬었다.

"형수님은 서 선배님이 찍은 사진 다 보셨죠?"

사진? 물론 전부 다 본 건 아니지만 잡지에서 그의 이름이 붙은 사진이 있으면 절대로 넘어간 적은 없다.

"예……. 어느 정도는……."

"나 좀 봐라, 물을 걸 물어야지. 당연한 걸 묻네. 그럼 그중에 어떤 게 가장 좋았어요?"

창희가 붙임성 있게 계속 말을 걸어왔다. 그녀가 자리를 불편해하지 않을까 하는 그의 배려심이 지금 당장 고기 한 꼬치를 손에 들고 있는 이 순간, 참으로 고맙다고 말하고 싶지 않다.

곰곰이 생각해 볼 것도 없이 혜민은 이내 기억을 뒤져 좋았던 추억 하나를 꺼내었다.

"저는 '첫눈 오는 날'을 좋아했어요. 오래전에 찍은 거라 그 사진 아직도 가지고 있는지 모르겠어요. 제목은 첫눈 오는 날인데 내용은 벚꽃이 한창 바람에 흩어져 내리는 사진이거든요. 흔한 모티브라고 강진 씨는 그다지 좋아하는 거 같진 않았지만……. 요즘 강진 씨가 찍는 상업사진도 전부 멋지긴 하지만 저는 그때 그 당시에 찍었던 작품사진이 더 좋더라고요."

"그 사진 저도 압니더. 서 선배가 아주 깊숙이 숨겨둔 거 한 번 봤습니더."

"강진 선배가 왜 상업사진만 찍는지 알고나 그런 말 하는 거예요?"

창희가 웃으며 대답하는데 갑자기 그때까지 조용히 술을 마시던 영채가 불쑥 중간에 끼어들었다.

"영채야, 니, 취했나? 그만 마시고 방에 들어가라."

영채가 그럴 거라는 것은 예상도 못했는지 창희가 당황해서 그녀의 말을 막으려 했다. 하지만 이미 시위에 걸어놓은 화살처럼 영채의 입은 거침없었다.

"강진 선배가 왜 상업사진 찍는지 알고 있어요? 그게 다 그쪽 때문이라는 거 모르는 거죠?"

그때까지 위태로웠던 분위기는 노골적으로 차갑게 가라앉았다.

혜민은 물끄러미 영채를 바라보다 입을 열었다.

"왜 나 때문인데요?"

"힘들어서 떠난 거죠? 강진 선배 버리고 떠났다면서요?"

"오영채, 니 미친 거 아이가? 그만 못하나? 퍼뜩 방으로 들어가레이!"

당황했는지 창희의 입에서도 여과 없는 경상도 사투리가 거침없이 흘러나왔다.

하지만 이제 와서 막는다고 수습될 일은 아니었다. 혜민의 얼굴은 파랗게 굳어 있었다.

전혀 예기치 못했던 영채의 말에 준비해 둔 대답도 없었고 또 그렇다고 틀린 말이라고 반박할 수도 없는 얘기였으니까.

"강진 선배는 말이죠, 내가 정말로 존경해 마지않는 대학 선배예요. 기수 차이가 많아서 강진 선배가 미국에서 성공한 다음에야 내가 선배하고 일하게 되었지만, 같은 대학 후배라서 다른 사람들에게 선배에 관한 얘기를 정말로 많이 들었거든요. 생활고로 아내가 떠나 버린 얘기, 그리고 한동안 망가져 있던 선배에 관한 얘기. 그 사람이 댁이라는 걸 처음 봤을 때 강진 선배 표정 보고 짐작했어요."

"……."

"왜 상업사진을 하냐고, 원래대로 작품사진을 하지 왜 상업사진을 하냐고 그랬더니 선배가 그랬어요. 돈을 벌어서 장차 처자식을 행복하게 해줄 거라고. 나 혼자 좋다고 작품사진 찍는 건 이기적인 거래요……. 그래요? 정말 그렇게 생각해요? 강진 선배 제일 잘하고, 또 제일 좋아하는 작품사진 찍는 게 이기적인 거예요?!"

영채의 말에 대꾸할 생각도 하지 못했다. 그가 자신을 위해서 작품사진을 포기한 줄은 생각도 못했다.

아니, 이건 불공평하다. 그녀는 몰랐던 일이다. 그와 헤어지고 나서 그가 어디서 무얼 하는지 혜민이 어떻게 알 수 있었겠는가.

"그런 줄…… 몰랐네요."

영채가 가득 채운 술잔을 입에 털어 넣었다.

"난, 난 말이죠……. 강진 선배를 너어무 좋아했지만 그래도 실제로는 보이지도 않는, 그 마음속에 있는 사람한테는 이길 수가 없었더란 말이죠. 그래도 선배 행복 빌어주려고 했어요. 삼정물산의 한예은 씨가 처음에 강진 선배하고 말이 잘 통하고, 그래서 자주 같이 식사도 하고, 그러는 거 보면서 한예은 씨하고 결혼하면 강진 선배 다시 작품사진을 찍을 수 있겠구나, 하면서 그 행복도 빌어주려고 했다고요."

창희는 더 이상 영채를 막을 수 없었는지 포기한 표정이었다. 중간에 말을 자르기도 하고 억지로 일으켜도 봤지만 강제로 영채를 꽁꽁 묶어서 데려가지 않는 한 그녀는 끝까지 할 말을 다 할 기세였다.

"어차피 강진 선배가 다른 사람과 결혼할 거면 그쪽보단 한예은 씨가 낫잖아요?"

"야, 영채 빨리 방에 데려다 주고 온나. 가스나, 안 되겠다."

창희가 영채의 곁에 앉은 두 남자에게 눈짓을 하며 그녀의 입을 어떻게든 막아보려 했지만 그것도 소용없었다. 영채가 너무 매몰차게 뿌리치는 바람에 두 남자는 어쩌지 못하고 눈치만 보며 엉거주춤 서 있을 뿐이었다.

"그런데 내 마지막 희망이던 한예은 씨는 다른 남자랑 결혼을 한다고 하고……. 어떻게 다시 강진 선배한테 돌아올 생각을 해요, 염치도 없이?"

"오영채! 니 그만 몬하나!"

창희가 자리에서 벌떡 일어서며 큰 소리를 냈다.

"형수님, 아가 완선 취해서 그렇습니더. 방에 데려다 수고 오겠습니더."

창희가 거칠게 반항하는 영채를 억지로 자리에서 일으켰다. 더 이상 뒀다가는 나중에 상당히 좋지 않은 일이 일어나게 될 것은 너무도 뻔하다.

"나도 인생이 편했으면 좋겠지만 그쪽처럼 살고 싶진 않네요."

하지만 끝끝내 영채는 직격탄을 날리고야 말았다.

"그만하라니까. 이 자슥, 니 내일부터 우에 고개 들고 다닐 끼고?"

창희가 억지로 영채를 펜션 안으로 끌고 가버렸지만 그건 더 이상은 의미 없는 일이었다.

뒤에 남은 혜민은 마치 자리에 다시 앉는 것조차도 잊은 듯 멍하니 서 있었다.

"마음 쓰지 마세요. 저 녀석이 원래 저런 녀석이 아닌데 오늘은 술을 너무 마셔서 사리 분간을 못 하나 봅니다. 우리 중에 그렇게 생각하는 사람은 정말로 아무도 없어요."

누군가 목석처럼 앉아 있는 혜민을 위로했지만 위로가 되지는 않았다. 혜민이 받은 상처는 영채의 독기 어린 말 때문이 아니었다.

결국 강진의 꿈을 위해 당사자인 그에게까지 상처를 주며 헤어졌는데 그는 그로 인해 꿈을 포기했단 사실이었다. 혹시라도 다시 만나면 다시는 떠나 버리지 않게 꿈을 버렸단 것이다.

그 말이 혜민의 가슴을 비수처럼 후볐다.

차갑게 굳은 얼굴로 혜민은 천천히 자리에서 일어섰다.

강진이 펜션에 도착했을 때 역시 마당에서는 예상했던 대로 모닥불파티가 열리고 있었다.

하지만 흥청망청 웃고 떠들고 즐기고 있을 줄 알았더니, 웬걸, 이상하게 분위기가 초상집처럼 착 가라앉아 있다.

"여기 분위기 왜 이래? 누가 죽기라도 했어?"

그의 목소리에 모닥불 가에서 처량맞게 소주병을 기울이던 창희가 화들짝 놀라며 뒤돌아봤다.

"서 선배님. 여긴 왜 다시……."

"어쩌다 그렇게 됐어."

비행기 표도 없었고 대기자명단까지 기다렸지만 기회는 없었다. 허탈감에 기분도 별로 좋지 않아 혼자 술 한잔하다 점점 시끄러워지는 바의 분위기가 마음에 안 들어 결국 다시 자러 돌아온 것이었다.

"표정이 왜 그래? 내가 다시 갔으면 하는 표정이다?"

"그기 아이라요, 형수님이 오셨는데요……."

"형수님? 누구 형수님?"

"그기 아이라, 선배님 결혼하실 분 있잖아요."

창희의 말에 놀란 듯 강진의 두 눈이 커졌다.

"혜민이 왔다고? 어딨어?"

"아까 바람 좀 쏘인다며 방파제 쪽으로 가시는 거 같던데요……."

뭔가 창희가 더 말을 하고 싶어하는 것 같았지만 이미 강진은 들고 있던 가방을 집어넌시듯 내려놓고 펜션마당을 나산 뒤였다.

혜민은 천천히 방파제를 걷고 있었다. 밤이라서 그런가 파도는 높지 않았고 잔잔했다. 하지만 역시 바닷바람은 칼처럼 뺨을 스친다. 바람 때문인가, 사람이 좀 있을 줄 알았던 바닷가에는 아무도 없었다. 하긴, 오늘 같은 날 사람들은 바닷가보다는 호텔이나 혹은 시내에서 산발적으로 열릴 신나는 파티를 선택할 것이다.

시린 바람이라도 고파 혜민은 길게 숨을 들이마셨다.

아까 영채가 한 말들이 자꾸 그녀의 뇌리를 맴돌았다.

"힘들어서 떠난 거죠? 강진 선배 버리고 떠났다면서요?"

"왜 상업사진을 하냐고 그랬더니 선배가 그랬어요. 돈을 벌어서 장차 처자식을 행복하게 해줄 거라고. 나 혼자 좋다고 작품사진 찍는 건 이기적인 거래요."

"어차피 강진 선배가 다른 사람과 결혼할 거면 그쪽보단 한예은 씨가 낫잖아요?"

혜민이 아무 대꾸도 못한 것은 당연한 일이었다.

강진은 언제나 입버릇처럼 얘기했다. 나중에, 언젠가 여유가 되면 파리에 가서 사진공부를 더 할 것이고 훌륭한 사진작가가 될 거라고. 커다란 미술관 같은 곳에서 개인작품 전시회를 열고 싶다고. 그리고 그는 그 꿈을 향해 아주 조금씩이나마 앞으로 나아가려 했었다.

그래서 그가 상업사진으로 성공해서 돌아왔다는 것을 알았을 때 혜민은 한편으로는 기뻤지만 또 한편으로는 아주 약간의 실망도 없지 않아 있었다. 상업사진은 결국 그가 꿈을 포기했단 뜻이 되는 것이었으니까.

그런데 그게 자신 때문이었단다. 그녀가 강진의 꿈을 포기하게 만들었단다. 꿈을 갖는 것은 이기적인 것이라 생각하게 만들었단다.

어떤 마음으로 헤어졌는데……. 어떻게 아픈 가슴을 여며 잡으며 철딱서니 없는 나쁜 속물 계집처럼 굴었었는데.

결국 그런 혜민의 마음은 그에게 사랑에 대한 깊은 불신만 안겨 줬던 것이다.

심지어 지금 그 사랑을 다시 만나고 있음에도 불구하고 그때 받은 상처가 너무 깊어서 그는 그녀를 믿지 못하는 것이다.

그녀가 그를 사랑하지 않으려 노력했다는 사실도, 또 이제 그것을 모두 포기하고 그를 사랑하는 자신을 인정하기로 했단 사실도 쉽게 믿지 못하는 것이다.

영채가 한 말을 잊어버리려는 듯 혜민은 고개를 흔들었지만 그녀의 그 앙칼진 독설은 여전히 혜민의 머릿속을 휘저어놓았다.

뺨에 뜨거운 것이 흐르는 듯하더니 이내 찬바람에 뺨 위에서 차게 식었다. 그녀도 모르는 사이 눈물이 흘렀던 모양이다. 찬바람에 젖은 뺨이 시려 혜민은 소매 끝으로 눈물을 닦으며 훌쩍였다.

괜히 왔다. 괜히 정수 말을 들었다. 그냥 얌전히 서울에 있었으면 강진 씨도 만나고 아까 그 못된 영채한테 그런 말도 안 들을 수 있었는데. 모르고 지나갈 수 있었는데.

아, 난 왜 이렇게 이기적인 것일까? 강진 씨 8년을 아파한 건 생각도 안하고 겨우 그딴 못된 계집애의 철없는 소리에 이렇게 아파하다니.

어찌됐건 김정수, 이건 다 네 책임이야. 서울 가면 너, 가만 안 둘 거야. 일주일 동안 내가 할 일을 몽땅 미뤄줄 거야.

눈치도 없이 뱃속에서 공복을 알리는 긴 비명 소리가 울렸다.

배고프다. 춥다. 그리고 외롭다. 졸리기만 하면 딱 객사할 상이
다.

그만 울어야지. 추워서 울지도 못하겠다. 아까까진 바람이 이렇
게 불지도 않았는데, 갑자기 무슨 바람이 이리도 살을 파고드는
것인지. 이래서 창희 씨가 바닷바람 무시 못 한다고 했구나.

자칫하면 바람에 떠밀려 방파제 저 아래로 떨어질 수도 있겠다.
오늘 하루 힘들었던 데다 저녁까지 굶었으니 몸무게도 많이 줄었
을 테고…….

"거기서 뭐해?"

느닷없이 등 뒤에서 남자의 목소리가 들린 것은 그 순간이었다.
아무도 없다 생각했던 혜민은 너무 놀라 펄쩍 뛰고 말았다. 뒤돌
아 등 뒤에 서 있던 남자를 힘껏 민 것은 반사적인 행동이었다.

그리고 몇 걸음 뒤로 밀려난 그와는 달리 혜민은 그 반동으로
몸의 균형을 잃고 말았다.

"어…… 어……!"

뒤로 밀려 비틀거리던 그가 자세를 바로잡을 새도 없이 혜민은
두 팔을 마구 휘젓다 그대로 방파제 아래로 떨어지고 말았다.

물이 너무도 차가워 심장마비가 일어나는 것 같았다. 이대로 죽
겠구나 싶은 순간 혜민은 어느새 수영을 하고 있었다. 차갑지만
죽을 정도는 아닌 모양이다. 게다가 물이 생각보다 깊지 않아서
간혹 발이 바닥에 닿았고 입고 있는 오리털점퍼가 공기를 잔뜩 머
금어 구명조끼 노릇을 해 힘들지 않게 물에 떠 있을 수 있었다.

"혜민아!"

그리고 그제야 자신을 놀라게 한 남자가 다름 아닌 강진이라는 것도 깨달았다.

강진이 점퍼를 벗는 것을 보며 혜민은 그 와중에도 어떻게든 말을 하려 했다. 하지만 파도가 자꾸 넘실거려 입으로 짠물이 들어가는 통에 입을 열기가 힘들었다.

“강지……. 나 괜차……. 들…… 지 마…….”

그리고 강진이 물에 뛰어들었다. 금세 혜민의 겨드랑이에 팔을 끼운 강진이 앞으로 헤엄을 쳐나가기 시작했다.

방파제는 높아서 오르기 힘들었지만 다행히 해변이 멀지 않았다. 이내 강진이 혜민을 해변으로 끌어낼 수 있었다.

“혜민아, 혜민아. 괜찮아? 괜찮아?”

혜민을 해변에 눕히고 그는 혜민의 상태를 보려는지 자꾸 어깨를 잡고 흔들어댔다. 그가 흔들어대는 통에 붙어 있던 혼도 빠져나갈 것 같다.

“괜찮아.”

“일단 업혀.”

“괜찮…….”

그녀가 반항할 새도 없이 강진은 서둘러 그녀를 등에 들쳐 업었다. 마치 등에 아무것도 업혀 있지 않은 듯 그는 펜션을 향해 달리기 시작했다.

“강진 씨……. 나 괜찮아. 내려줘.”

“내가 안 괜찮아.”

내려가려 해보지만 혜민의 엉덩이를 받쳐 든 그의 손에 힘이 바짝 들어간다. 내려주지 않겠단 뜻이다.

점퍼를 벗어 그도 추울 텐데……. 내리면 더 빨리 뛸 수 있을 텐데.

거친 숨이 바람을 타고 그녀의 귀에 들렸다. 마치 금방이라도 숨이 넘어갈 사람을 등에 업기라도 한 것처럼 그가 미친 듯이 달리고 있다.

"강진 씨……."

그의 젖은 등에 혜민은 가만히 자신의 뺨을 기댔다. 그렇게라도 하면 자신의 온기라도 나눠줄 수 있을 것 같아서였다.

"휴대폰이 꺼져 있어서 서울 간 줄 알았어."

"너 눈이 빠져라 기다리고 있을 거 같아서 서울 가려고 했지. 그런데 비행기 표가 없더라. 너 여기 온 줄도 모르고 괜히 시간만 낭비했다."

혜민의 무게가 벅찼는지 강진은 숨을 헐떡이면서도 그녀의 말에 대답을 해주었다.

"전화도 안 받고 말이야. 너한테 전화 걸다 조금 남은 배터리도 다 썼다."

그런 줄도 모르고 휴대폰이 꺼져 있어 그가 비행기 탄 줄 알고 얼마나 안타까워했는지 모른다.

"……나, 무겁지 않아? 내려놔도 괜찮은데."

"가벼워. 새털처럼 가벼워."

숨이 가빠서 말도 제대로 못하면서. 50킬로그램 넘는 새털도 있나? 옷이 물까지 먹어서 더 무거울 텐데.

“그런데 혜민아, 너, 아까 물속에서 뭐라고 했어? 뭐라고 말을 하는 거 같긴 했는데 상황이 급해서 무슨 말이냐고 못 물었다.”

하긴, 그렇게 물을 먹고 허우적대고 있는데 ‘뭐라고?’ 하고 묻고 서 있으면 그것도 나중에 중징계감이다.

“괜찮으니까 물에 들어오지 말라고. 나도 수영할 줄 알아.”

“네가 물에 빠졌는데 나더러 보고만 있으라고?”

“둘 다 젖을 필요는 없잖아. 그것도 얼음같이 찬물인데.”

“그런 계산을 하면 그건 사랑이 아니지.”

또다시 가슴이 울컥거렸다. 아무 말도 못하고 혜민은 그저 그의 등에 얼굴을 파묻고만 있었다.

잔뜩 물먹은 오리털점퍼를 입어 무거울 대로 무거워진 혜민을 등에 업고도 어찌나 빨리 달렸는지 아까 혜민이 족히 십여 분을 걸어서 간 거리를 그새 도착했다.

물에 빠진 모양새를 한 두 사람을 본 사람들이 놀라서 엉거주춤 자리에서 몸을 일으켰지만 그런 그들이 강진의 눈에 들어올 리 없었다.

아까 엉채와의 일 때문에 더 석성이 된 창희가 방문 앞까지 따라왔지만 마치 그가 없는 것처럼 강진이 코앞에서 문을 닫았다.

강진이 그녀를 안고 그대로 욕조로 직행했다.

점퍼만 벗기고는 옷을 입은 채로 따스한 물이 쏟아지고 있는 욕조에서 그는 혜민의 등 뒤에 앉아 그녀를 꼭 끌어안았다.

“이제 괜찮아질 거야. 곧 몸이 따스해질 거야.”

그제야 혜민은 자신이 떨고 있었단 사실을 깨달았다. 차가운 물에 빠졌던 것보다 강진이 똑같이 그 물에 빠지고도 자신을 등에 업고 이곳까지 온 일에 자신의 몸이 떨리고 있단 것도 느끼지 못했다.

그녀의 몸이 계속 떨리자 그가 따스한 물을 살살 그녀의 어깨에, 등에 손으로 끼얹어준다.

꽁꽁 얼었던 몸이 그의 세심한 마음에 조금씩 풀리기 시작했다.

몸의 떨림이 멈출 때까지 그는 계속 그렇게 쉬지 않고 그녀에게 따스한 물을 끼얹어주었다.

따스한 물이 복부쯤 찰 때에야 조금씩 떨리던 것이 멈추었고 그제야 그가 혜민의 몸을 가만히 감싸 안았다. 그녀의 정수리에 닿은 그의 턱, 자신을 살포시 끌어안은 그의 팔, 등에 닿은 그의 가슴.

추위가 사라지면서 혜민은 어느새 편안함을 느끼고 있었다.

가만히 두 눈을 감고 그에게 기대어 아무 생각도 않고 있는 이 시간이 생소하면서도 안락하게 느껴진다. 그의 두 팔 안에서 평온하다.

기댈 수 있는 남자가 있다는 것은 좋은 것이구나. 자신만을 사랑해 주는 존재가 있다는 것이 이렇게 마음을 편하게 해주는 것이구나. 이렇게 다르구나.

예전엔 이런 것을 몰랐다. 그때도 많이 사랑했지만 지금처럼 편안하고 안전하다는 기분이 든 적은 없었다. 너무 어렸기도 하고, 너무 힘들기도 했으니까.

그와 다시 결혼하기로 한 것은 지금껏 해왔던 결정 중에 가장 좋았던 결정이었던 것 같다. 어떤 여자가 이렇게 나만을 위해주는 남자를 만날 수 있을까. 나를 위해 헤어져 주고 나를 위해 기다려 주고 나를 위해 직업을 전향하고, 또 나를 위해 일말의 망설임 없이 차가운 바닷물에 뛰어들어 주는 남자.

그는 앞으로 살면서 절대로 내게 상처를 주지 않을 것이다. 날 아프게 하는 일도 없고 날 힘들게 하는 일도 없고 또 날 떠날 일은 절대로 없을 것이다

그가 그녀에게 준 것은 사랑과 함께 이런 강한 믿음이었다.

"강진 씨."

"응?"

"강진 씨."

"왜?"

"……나, 죽을 때까지 강진 씨 사랑할 거 같아."

짧은 순간 그는 대답을 하지 못했다. 숨이 벅찬 듯 그의 가슴이 살짝 들썩였다. 그리고 그의 두 팔이 더 강하게 그녀를 끌어안았다.

"그러니까, 잎으로…… 내가 본의 아니게 또 강진 씨한테 상처를 주는 일이 있다 해도 그게 절대로 본심은 아니라는 거 알아줬으면 해."

"……이미 알고 있어. 네가 날 사랑하는 거."

"내가 어떤 실수를 한다 해도, 무슨 짓을 해도 나 안 떠날 거지?"

"당연한 얘기잖아. 어떻게 찾았는데 널 다시 떠나겠니?"

"강진 씨."

"응?"

"나도 그래. 강진 씨가 어떤 일을 해도, 나 절대로 강진 씨 곁을 안 떠날 거야."

혜민의 말에 그의 몸이 살짝 굳었다. 마치 그녀가 무슨 말을 하려고 하는지 다 알고 있는 듯하다.

대답 대신 그는 뜻 모를 긴 한숨을 내쉬었다. 그리고 이내 부드러운 그의 음성이 귓가에 들렸다.

"나도 그 말을 믿고 싶어."

"……."

그건 혜민이 원하던 대답이 아니었다. 그도 알고 있었다고, 네가 그럴 거라고 믿고 있었다고 대답해 주길 바랐다.

"하지만 아직은 실감도 나지 않아. 솔직히 말하면, 오늘 지나 내일이 되면 네 마음이 변해서 '나, 결혼하고 싶지 않아' 하고 말할 거 같은 게 지금 기분이고."

"……."

"파리에 혼자 있을 땐 별생각이 다 들었다. 그냥 이 자체가 전부 내가 너무 원해서 꿈을 꾼 것은 아닌가 싶기도 했고. 파리에 있을 때 정말로 그런 꿈을 꿨었어. 내가 너무 바라고 원해서 네게서 사랑한다는 말을 들은 것이 전부 꿈이었다고……. 꿈에서 깨고 그게 현실하고 구분이 가지 않아서 너무 겁이 났었다. 너도 기억하지? 그때, 내가 한밤에 전화를 건 적이 있었잖아."

당연히 기억하고 있다.

[내가 너 많이 사랑하는 거 알고 있지?]

그저 잠자기 전에 인사 대신 사랑한단 말을 하나 보다 생각했었는데, 그게 아니라 악몽을 꿨기 때문인 것이다.

내가 더 사랑한다는 대답에 그가 길게 안도의 한숨을 내쉬었던 것으로 기억한다. 그저 그 말에 그가 기뻐한다고 생각했는데 그는 그게 꿈이 아니란 것을 알고 안도했던 것이다.

그녀의 가슴이 뭉클해졌다.

"나한테는 아직 그래, 네가. 아직도 네 곁에 있을 수 있다는 것이 현실 같지 않고 자꾸 확인하게 돼. 네가 날 사랑한다고 한 말이 아직도 난……."

혜민은 천천히 돌아앉았다. 손을 뻗어 그의 뺨을 쓰다듬었다.

더 이상 할 수 있는 말은 없었다. 사랑한다고, 믿어달라고, 그런 건 말로 되는 것이 아니다. 그가 보여준 것처럼 변함없는 행동만이 신뢰를 주는 것이다. 그에게 신뢰를 만들어주기엔 두 사람이 함께한 시간이 너무도 짧았고 그 짧은 동안에도 혜민은 계속 그를 밀어내려고만 했다.

지금은 이대로 두는 것이 어쩌면 최선일지도 모르겠다. 어쨌건 오늘은 크리스마스이브니까. 좋은 일만 생각하며 보내기에도 부족한 하루니까.

그녀의 입술이 강진의 입술에 살포시 맞닿았다. 따스한 물을 잔뜩 머금은 옷가지를 머리 위로 벗어 올리며 혜민은 그에게 유혹적인 미소를 지었다.

"혜민아, 오늘은 무리하면 안 돼. 겨울바다에 빠졌었……."

혜민은 그의 젖은 옷가지도 머리 위로 벗겨 버렸다.

그녀의 손이 맨 살에 닿는 순간 그는 어느새 할 말을 잃고 정신 없이 자신이 그토록 바라 마지않았던 그녀의 입술을 탐닉하고 있었다.

깊은 크리스마스이브의 밤, 한 쌍의 연인이 아직 식지 않은 욕조에서 깊고 푸른 제주도의 밤을 화려하게 불태우려 하고 있었다.

혜민의 생애 가장 행복한 크리스마스시즌이었다. 차가운 겨울 바다에 빠지고 나서야 만난 애타는 연인이었기에 둘은 더욱더 원 없이 하루를 즐겼다.

처음엔 이왕지사 이렇게 된 김에 제주도에 둘이 남을 생각이었다. 하지만 햇볕이 환하게 들어오는 창가의 침대에서 눈을 뜬 두 사람은 마음을 바꿨다.

남들처럼, 다른 연인들처럼 오늘 하루 신나게 쏘다니며 크리스마스를 즐기고 싶어졌다.

비록 혜민이 강진과 함께 김포행 비행기를 타기 위해선 누군가 한 사람이 희생을 해야 했지만.

영채가 두말없이 제주도에 남게 되었을 때 강진은 솔직히 좀 의아한 생각이 들었다.

성질이라면, 둘째가라면 성질부터 내는 영채가 그 결정에 토 한 번 달지 않고 따르는 것이다. 분명 다른 스텝들한테 뭔가 약점이 잡혀도 단단히 잡힌 모양이다. 스텝들도 별다른 심사숙고 없이 만장일치로 영채를 제주도에 버려두고 오는 것에 찬성하는 것도 그렇고, 강진에게 잘못한 것도 없는 영채가 눈도 잘 못 마주치는 것도 수상하긴 했다.

어쨌건 괜히 누가 투덜거리기라도 하면 혜민이 미안해할까 걱정했는데 저희들끼리 알아서 표를 만들어주니 굳이 나쁜 역할을 할 필요가 없었다.

김포에 내려 집으로 들어올 것도 없이 둘은 시내로 향했다.

처음엔 커다란 백화점에서 남들 그러듯 미친 듯 쇼핑하러 다녔다. 혜민에게 옷을 골라주겠다며 한 의류코너에 끌고 들어간 강진은 어디서 수녀님도 안 입을 것 같은 것들만 골라 그녀에게 들이밀었다.

"솔직히 옛날부터 이런 거 입혀주고 싶었어. 네가 입는 옷은 너무 목도 드러나 있고 팔도 드러나 있고……."

혜민은 어이없는 표정으로 강진을 쳐다보았다.

이게 뭐가 드러난다고? 젊디젊은 여자들 몸매 과시하며 입고 다니는 옷처럼 아슬아슬하게 가슴골이 보이는 옷도 아니고 기껏 파여야 쇄골 정도일 뿐이다. 다리? 직업이 직업이니만큼, 너무 짧으면 예비신랑들이 흘끔거릴까 싶어, 그러다 예비신부들에게 밉보일까 봐 너무 짧은 것은 그녀 쪽에서 삼간다.

대체 뭐가 드러난다는 것인지.

혜민의 표정에 강진이 씨익 웃었다.

"조금이라도 예뻐 보이면 다른 놈들이 집적댈 거 아냐. 좀 예뻐야 말이지."

흠, 그렇단 말이지.

그에 질세라 혜민은 바로 옆 남성복코너로 강진을 끌고 가 평소 강진에게 입히고 싶었던 옷을 골랐다. 그녀가 골라준 옷을 몸에 대고 거울에 비쳐 본 강진이 한마디한다.

"이거 나한테 아주 잘 어울리겠는데?"

설마 하면서도 혜민이 내색 않고 맞장구쳤다.

"그렇지?"

"앞으로 한 30살쯤 더 먹고 나면 말이야."

"강진 씨는 직업상 여자들을 많이 상대해서 안 돼. 꼭 이거 입어. 그래야 여자들이 이 남자 패션센스 아주 구려, 이러면서 거들떠보지도 않을 거 아냐?"

"아무리 그래도 난 사진작가인데 이런 거 입으면 직업상 문제가 생기지 않겠어?"

"나도 마찬가지야. 웨딩컨설팅을 하는 사람이 수녀복 같은 거 입고 다니면 뭘 추천해도 고리타분하단 말을 들을걸."

티격태격하다가 강진은 갑자기 감동에 젖은 표정을 지었다.

"이런 거 너하고 해보고 싶었어. 우리 이런 거 가지고 말씨름한 적 없잖아."

"그걸 바랐다면 앞으로 평생 바가지 긁어줄게. 계속 감동의 쓰나미 속에서 살게."

"그래도 괜찮아."

그래도 좋다며 웃고 있는 강진에게 혜민은 항복하고 말았다.

두 사람이 지나친 의류코너의 직원들은 반은 부러움에, 반은 닭살 돋을 정도로 낮 뜨거운 두 사람의 대화에 몸부림을 치다 쓰러져 갔다.

그렇게 백화점으로, 거리로, 다른 연인들이 하는 거 다 해보며 쏘다니던 두 사람이 마지막으로 선택한 곳은 처음 두 사람이 만났던 그 공원이었다.

비록 벚꽃이 아름답게 흩날리던 계절이 아닌지라 앙상한 나뭇가지와 두텁게 쌓인 낙엽만 한가득이었지만 둘이 처음으로 함께 맞이하는 크리스마스를 축하하기엔 완벽한 장소였다.

다정하게 손을 잡고 비록 지금은 빛바랬지만 예전엔 아름다운 붉은빛이었던 벽돌길을 말없이 걸었다.

공원 이곳저곳에 설치한 스피커에서 은은하게 크리스마스캐럴이 흘러나왔다. 혜민은 행복에 겨워 길게 한숨을 내쉬었다.

"강진 씨."

거의 삼십여 분을 말없이 걷다 마침내 혜민이 먼저 침묵을 깨고 입을 열었다.

"응?"

"나, 왜 웨딩플래너가 됐는지 알아?"

"글쎄. 적성에 맞아서?"

"……캐나다에 유학 갔을 때, 어쩌다 친구의 친구 결혼식에 참석하게 됐었거든. 그때 신부가 너무 예뻤어. 너무 부러울 만큼."

"……."

"……난 다신 저렇게 예쁜 웨딩드레스 입을 일이 없겠구나, 생각했었어. 절대로 결혼 같은 거 안 하리라 마음먹었었거든. 그래서 이왕 이렇게 된 거, 저렇게 예쁜 웨딩드레스 입고 행복해하는 신부들을 대하는 직업을 가져 보자, 그래서 웨딩플래너가 좋을 거같았어."

그는 잠시 물끄러미 혜민을 바라보았다. 분명 미소를 짓고 있는데 눈빛은 왠지 슬프다.

"강진 씨도 그런 이유로 웨딩사진은 안 찍는다고 했던 거야?"

그는 말없이 혜민을 품으로 끌어당겨 안았다. 비록 그는 대답을 하지 않았지만 혜민은 그의 대답을 알 수 있을 것 같았다.

그의 입술이 그새 참지 못하고 또다시 혜민의 입술 위로 겹쳐졌다.

RRRRR RRRRR.

하필 분위기 좋을 땐 꼭 누군가, 혹은 뭔가가 방해하는 것이 있다.

혜민은 자신의 주머니에서 좋은 분위기를 망치고 있는 휴대폰을 꺼냈다. 원래는 전원을 꺼버리려는 의도였지만 걸려온 사람을 보니 또 그분이시다. 방해의 달인, 그 이름도 아련한 엄마.

"받아."

못 본 척할까, 생각하는 걸 알아챘는지 강진이 얼른 그녀의 나쁜 마음을 미연에 방지했다.

"응, 엄마."

[어디니?]

"어디긴? 밖에 나왔지. 무슨 일 있어? 이 시간에."

[오늘이 크리스마스잖니. 혹시 혼자 집에서 궁상맞게 술병이나 기울이고 있는 건 아닌가 해서……. 그럼 엄마가 술친구라도 해줄까 하고…….]

"엄마, 지금 나 누구랑 있나 간 보려고 전화한 건 아니고?"

정곡을 찔린 효정의 목소리 톤이 커졌다.

[아, 아니야, 얘. 이 엄마도 지킬 건 지킨다. 그리고, 네가 누구랑 있으면 또 어때서? 나이 서른 넘은 딸이 누구랑 있다고 뭐라 할 것 같니?]

그럼 그렇지. 간 보려고 전화한 거 맞네.

"……강진 씨랑 있어."

[그으래? 잘됐다, 얘.]

혜민의 말에 효정의 목소리에 급 화색이 돌았다. 강진과 다시 만나기로 하긴 했지만 아직까지 그 얘기를 효정에게 하지는 않았다. 어쨌건 그때 강진은 어떤 대화를 나누기도 전에 다시 파리로 돌아가 버렸고 효정에게는 앙금이 남아 있었으니까.

"그리고 엄만 언제나 중요한 순간에 방해한다는 것만 알아줘."

[어머, 중요한 순간이었니? 미안. 난 그런 줄도 모르고. 얘, 그럼 강진이하고 다시 만난다고 나한테 미리 귀띔이라도 해줬으면 좋았잖니. 이런 일도 안 생기고. 난 또…….]

"엄마."

[알았다, 알았어. 이 방해꾼은 이만 전화를 끊어주마. 대신 내일 저녁에 집으로 찾아갈게. 어떻게 된 건지 알고 싶거든.]

"알았어."

[내일 가서 바쁘다는 둥 딴소리 없기?]

"알았다고."

[그럼 하던 일 마저 해라, 얘.]

"엄마!"

꼭 큰 소리가 나와야 엄마는 끝을 낸다니까.

전화를 끊고 나서 모친의 바람대로 다시 하던 일을 마저 하고 싶었지만 눈에 웃음을 가득 담고 있는 강진을 보니 김샜다는 것을 확실히 알겠다. 엄마 때문에 입맛만 버렸다. 쩝.

"집으로 가자."

포기할 건 일찌감치 포기하고 2라운드는 집에서 마저 하면 되는 것이다. 가만있어 봐, 그런데 누구 집으로 가지?

"강진 씨 스튜디오로 갈까? 우리 집 냉장고가 텅 비어 있어서."

"비어 있긴 내 스튜디오 냉장고도 마찬가진데. 나, 지난 2주 동안 파리에 가 있었잖아."

맞다. 그 생각을 못했네.

"그럼 우리 아파트로 갈까? 가는 길에 만들어 먹을 것도 사고."

"뭐라도 만들어 먹으려면 내 스튜디오가 낫지. 아무래도 음식은 내가 만들 거 같고, 내가 음식을 만들려면 내가 쓰는 공간이 편하니까."

들고 보니 상당히 논리적이다.

"그럼 강진 씨 스튜디오로 가자."

다시 그의 손을 꼭 잡고 붉은 벽돌길을 걸어나오기 시작했다.

“내일은 장을 봐서 우리 집 냉장고도 �꽉꽉 채워놔야겠다. 그래야 강진 씨 와서 맛있는 음식도 해주지.”

“그래, 그것도 좋지.”

“아, 내일은 안 되겠다. 우리 엄마 오시잖아. 강진 씨 보면 더 집요하게 뭔가를 캐려고 하실걸. 거기 휩쓸렸다가는 우리 사생활은 없다고 봐야 해.”

“그럼 내일은 저녁에만 잠깐 얼굴 보고 헤어져야겠네.”

그래도 안 만난단 소린 안 하네.

“당장 같이 살고 싶다.”

그건 머릿속으로 미리 계산을 하거나 그런 것이 아니라 그냥 나온 말이었다.

하지만 그 말을 한 혜민도, 강진도 그 말에 놀라 걸음을 멈추고 말았다.

“그냥, 그냥 한 말이야. 생각하고 한 말이 아니고 그냥 입 밖으로 그 말이 튀어나왔어.”

“생각 안 해본 건 아니야.”

자신이 먼저 늘이댄 것 같아 무안한 이 순간 그가 그렇게 말해줘서 얼마나 고마운지 모른다.

“그런데 새 아파트는……. 우리 결혼하고 나서, 모두에게 인정받고 나서 정말로 결혼생활을 시작할 때 그렇게 들어가고 싶어.”

“괜찮아. 강진 씨 스튜디오에서…….”

아, 그건 아니다. 매일 아침마다 출근하는 스튜디오 식구들 피해서 새벽같이 도망치듯 나가야 하는 것도 싫고 그의 셔츠만 입고 당당하다 못해 뻔뻔하게 돌아다니는 모습을 보여주는 건 더 싫다.

"또 네 아파트는……. 물론 같이 살기엔 작지 않은 집이지만 네 부모님 명의로 되어 있잖아. 그건 내가 네 부모님 집에서 사는 게 되는 거야. 나중에 네 부모님과 함께 사는 건 괜찮지만, 그건 결혼하고 나서 떳떳할 때 그렇게 하고 싶어."

또 이럴 때 쓸데없이 감동의 쓰나미가 밀려온다. 그는 나와의 결혼을 정말로 중요하게 생각하고 있단 뜻이다. 그저 전에 했던 그 결혼의 후속이 아닌 새 결혼으로, 모두에게 축복받고 시작하는 새 출발로 말이다.

"그럼, 우리 그냥 이대로, 당분간 연애하는 걸로 할까? 우리, 전에 결혼하기 전에도 우리 부모님 몰래 만나느라 연애다운 연애도 못 해보고 도망치듯 결혼해서 같이 살았잖아. 이젠 떳떳하게, 멋지게, 어른스럽게, 결혼 전까지 그렇게 연애를 해볼까?"

"어른스러운 연애는 어떤 거지?"

다 알면서도 모른 척 그가 능청스럽게 물었다.

혜민은 잔뜩 교태스러운 얼굴로 그를 쳐다보았다.

"아주 야한 거지."

15

가방 안에서 집요하게 울리는 휴대폰 벨 소리에 혜민은 하는 수 없이 전화를 꺼내 받았다.

"응, 엄마."

최대한 손으로 주위 소리를 막아가며 말을 하지만 눈치 백 단인 효정이 모를 리가 없었다.

[어디니? 백화점?]

이래서 백화점에 나오면 엄마의 전화를 받고 싶지 않은 것이다. 무슨 촉이 백화점 쪽으로만 발달을 한 건지 백화점에 왔을 때 엄마의 전화를 받으면 백 퍼센트 알아맞힌다. 여기서만 울리는 특별한 공명 같은 거라도 있나?

"응? 아냐. 지금 고객 만나고 있어."

커다란 쇼핑백 하나를 팔에 걸고 있으면서도 혜민은 거짓말을 했다.

[그러니? 난 또 백화점인 줄 알고 같이 쇼핑하자 하려고 했지.]

"이 시간에 일하고 있지, 무슨 백화점? 엄만 내가 그렇게 한가한 줄 알아?"

[아님 말지, 뭘 또 그렇게 목소리를 키우고 그러니? 그건 그렇고, 집에는 언제 올 거야? 한 번 안 다녀갈 거야?]

"요새 3월이잖아. 이제 결혼식도 많아지는 때라 고객들도 늘고, 당분간은 바빠서 못 갈 거 같아."

[그러니? 그럼 할 수 없지 뭐.]

효정의 목소리에서 기운이 쭉 빠져나가는 것이 다 느껴졌다. 웃음이 나오지만 지금 웃을 순 없다. 조금만 호흡이 흐트러져도 금세 눈치챌 테니까.

"내가 나중에 시간 나면 다시 전화할게."

[그러든가…….]

전화를 끊고 나서 혜민은 짧게 안도의 한숨을 내쉬었다.

다른 때 같았으면 쇼핑할 때 엄마에게 전화를 걸어 같이 하자고 했을 것이다. 하지만 지금 혜민이 나온 이유는 바로 2주 후에 있을 엄마의 생일선물 때문이었다.

보름쯤 전, 굳이 같이 쇼핑을 가자고 해놓고는 엄마가 명품코너로 들어가 가방 하나를 들었다 놨다 몇 번을 망설이는 척하다 나오는 것을 보고 혜민은 깨달았다.

엄마는 저 가방을 생일선물로 강렬히 원하고 있다는 것을.

마음만 먹으면 저런 가방은 어렵지 않게 살 수 있으면서 굳이 들어봤다 도로 내려놓는 이유는 딸이 그것을 선물해 줬으면 해서 그랬던 것이다.

선물을 당장 준비해야 할 정도로 시간적 여유가 없는 것은 아니었지만 눈 높은 엄마가 마음에 들어하는 것은 언제나 인기가 있는 제품이었다. 빨리 사두지 않으면 막상 사러 왔을 때 다 팔리고 다른 백화점으로 다리품 팔며 돌아다녀야 하거나 아니면 시간 안에 못 구하는 불상사가 생길지도 모르기에 일찌감치 사러 나선 것이다.

아마도 지금쯤 잔뜩 서운해하고 있을 것이다. 생일을 완전히 잊고 있는 것처럼 말했으니까. 하지만 생일을 알고 있는 것처럼 말하면 또 선물로 뭘 준비할 건가 살살 간을 보려 할 거고 거기에 넘어가지 않기 위해 머리를 굴려야 하는 소모적인 행동은 하고 싶지 않았다.

미련 없이 엘리베이터를 타기 위해 기다리던 혜민은 이내 돌아서서 에스컬레이터로 향했다.

엄마의 선물을 사기로 한 소정의 목적을 달성했으니 이제 돌아가면 되는 것이지만 그간 바빠서 백화점에 와본 적이 몇 번이던가. 어차피 퇴근했으니 회사로 돌아갈 필요도 없고 급할 것 없다.

봄맞이 정기세일이 끝나서 그런가 백화점은 전보다 더 한산하게 느껴졌다.

느긋한 마음으로 백화점을 돌아다니며 새로 나온 봄 신상코너를 지나 쥬얼리코너까지 일단 눈도장만 찍으며 걷던 혜민은 한 코너 앞에서 잠시 걸음을 멈추었다.

남성용 손목시계가 멋지게 진열되어 있었다.

그러고 보니 강진이 손목시계를 차고 있는 것을 보지 못했다. 귀찮아서 그럴까? 걷어 붙인 와이셔츠와 남성미 넘치는 손목에 찬 손목시계가 여자에게 얼마나 남성적으로 보이는데.

게다가 강진에게 선물을 준 적이 한 번도 없다. 오래전 그의 카메라가방에 달았던 은으로 된 돌고래 모양의 열쇠고리 빼고는. 하긴, 그땐 돈이 없었고 그나마 그녀가 할 수 있는 최선의 것이 바로 그것이었다.

하지만 지금은 상황이 다르다. 그녀는 성공했고 선물을 살 때 가격을 걱정하지 않아도 될 정도는 버니까.

금으로 만들어졌거나 혹은 다이아몬드가 박힌 그런 것은 차고 다니기 부담스러울 것이고, 심플하면서도 세련된 것이 좋겠다. 그래야 촌스럽다거나 부담스럽게 생겼단 이유로 안 차고 다니는 사태는 생기지 않을 테니까.

그리고 그런 조건에 딱 맞는 손목시계가 눈에 잘 띄는 곳에 진열되어 있었다. 막 시계를 꺼내달라고 하려는 순간 누군가 바로 옆에서 먼저 말을 꺼냈다.

"저 시계 좀 보여주시겠어요?"

바로 혜민이 보여달라고 하려던 그 시계다. 혜민은 여기 서서 약 5분 동안 저 시계를 노려보았는데 이제 막 온 것 같은 사람이 가로채듯 먼저 시계를 차지한 것이다.

대체 이렇게 매너 없는 사람이 누구야? 하면서 여차하면 싸워볼 생각에 혜민이 고개를 들었다.

“어?”

“어? 혜민 씨.”

혜민은 그 순간 싸워볼 생각 따위는 다 잊어버리고 정신마저 놓고 멍하니 상대를 바라보았다.

“예은 씨…….”

“와, 이런 데서 만나네요.”

“그러게요. 이런 데서 만나네요.”

혜민이 기억을 더듬어 볼 때 분명 예은과의 마지막 만남은 그리 유쾌하지 않았었다. 자세히는 기억이 나지 않지만 자신이 예은에게 뭔가 마구 퍼부었던 것만은 기억하고 있다. 그리고 그중에 이렇게 시작하는 말도 있었던 것 같다. ‘재벌들은 다 그래요?’ 비약하자면 한마디로 그녀의 집안까지도 싸잡아서 욕을 했던 것이다.

그러니 지금 이 상황이 상당히 어색하고 불편해야 하는 것이 옳은데, 어찌 된 일인지 예은은 그녀를 향해 정말로 반갑다는 듯 생글생글 웃고 있었다.

제발 무슨 말이라도 좀 해봐. 하고 혜민이 열심히 자신을 다독여 보기노 했시만 마치 초강력집착제라도 붙여놓은 깃처럼 딱 붙어버린 입은 한 마디도 나오지 않고 있었다.

안 그래도 한 달쯤 전에 전화를 하려고 했었다. 미안한 일도 있고, 또 한없이 고마운 일도 있고. 해야 할 말이 많은 건 알고 있지만 마지막 만났을 때의 기억을 더듬어보면 그게 그렇게 쉬운 일이 아니었다. 그렇게 한참이나 망설이고 연습하고 심호흡하고, 그러고 나서 전화를 걸려 했는데 강진이 옆에서 예은은 지금 출장 겸

여타 볼일로 미국에 가 있단다. 어쩔 수 없지, 하며 나중에 예은이 입국했단 말이 들리면 해야지, 미뤘던 것인데 전화보다 앞서 이렇게 얼굴부터 딱 마주쳐 버린 것이다.

그러니 예은은 모를 것이다. 자신이 그녀에게 미안한 마음을 가지고 있단 것도, 고마워하고 있단 것도, 그리고 먼저 전화를 걸려 했었다는 것도.

"오랜만이에요, 혜민 씨. 잘 지냈어요?"

"네, 잘 지냈어요. 예은 씨. 미국에 갔었다면서요?"

혜민이 그걸 알고 있었단 사실을 몰랐는지 예은의 두 눈이 살짝 커졌다.

"어떻게 알았어요? 아, 맞다. 강진 씨한테 말하고 갔었지."

"네, 안 그래도 예은 씨한테 전화하려고 했는데 강진 씨가 그러더라고요. 예은 씨 미국에 가서 한 달 정도 있다 올 생각이라고."

"저한테 전화하려고 했어요? 왜요?"

마치 전혀 모르겠다는 듯 예은이 다시 동그란 눈으로 물어오자 혜민은 쑥스러운 마음에 억지로 미소를 지어 보였다.

"그게……. 마지막에 내가 너무했던 것 같아서요. 예은 씨는 우리 둘이 잘되라고 도와준 것인데 내가 그것도 모르고 너무 오버했어요. 사과도 할 겸, 고맙다고 감사도 할 겸, 그래서 식사나 혹은 차나 한잔 마시면서 얘기하자 하려고 전화를 걸었어요."

"잘됐다. 나도 때마침 다리도 아프고 커피도 고픈 참이었는데. 그럼 같이 가서 차나 한잔하실래요?"

당장 차 마시자는 얘기는 아니었다. 이럴 줄 알았으면 미리 할 말이라도 생각하고 나왔을 것을, 너무 갑작스러운데다 어색하기까지 하니 자리가 불편할 것이다. 원래 계획은 전화로 먼저 사과하고, 분위기 어색해지지 않게 강진 씨하고 함께 나와서 고맙단 얘기와 함께 이런저런 얘기도 나누고, 나중에 우리 결혼식 때 참석해 달라는 얘기도 스리슬쩍 하는 것이었는데. 하필 강진 씨는 오늘따라 화보촬영에 들어가서 바쁘단다.

"아, 그…… 럴까요?"

"잠시만요. 이 시계 먼저 좀 보고요. 제 약혼자한테 선물 하나 빚져서요."

예은이 시계를 포장하고 값을 치르는 것을 보면서 혜민은 그 시계를 예은이 채가길 잘했다는 생각이 들었다. 쇼케이스 위로 볼 땐 그렇게 비싼 것인 줄 몰랐는데 맙소사, 명품브랜드를 달고 나온 만큼 가격이 600만원을 호가하는 것이었다.

강진에게 600만원이 아까운 것은 아니지만 어쨌건 결혼 준비를 앞둔 지금, 그런 걸 살 땐 심사숙고해야 한다고 생각하는 바이다.

예은과 식당가의 한 조용한 커피숍에 들어가 마주보고 있으려니 괜히 어색한 웃음만 비어져 나왔다.

"그간 어떻게 지내셨어요? 강진 씨하고 잘되었단 얘긴 들었는데."

처음 그 어색한 기운을 깬 건 예은이었다.

"그냥……. 좋죠. 잘 지내고 있었어요. 아시다시피 강진 씨하고 열렬한 연애도 하면서."

"결혼식은 언제예요?"

가끔 강진과 전화통화로 서로의 근황을 말해주는 줄 알았더니 그것도 아닌 모양이다. 저렇게 물어오는 것을 보면.

"아직은 계획이 없어요."

"어머, 왜요?"

혜민의 대답에 금세 예은의 눈이 안쓰럽다는 빛을 띠었다.

"그냥 전에도 제대로 못 해봤던 연애, 결혼 전까지만 이라도 화끈하게 해보려고요."

대답은 그렇게 했지만 지금 이 순간도 혜민의 속은 타들어가고 있었다.

실은 그게 이유다. 열렬히 연애만 한다는 거.

사실, 처음 연애만 하자 할 때도 그건 결혼 전까지 연애를 하자는 얘기였지 연애만 하면서 늙자는 의미는 아니었다. 연애도 하고 또 궁극적으로는 결혼을 향한 진전도 있어야 하는 것이다.

그런 것이 이 꽃피는 춘삼월에도 연애만 하게 될 줄이야.

원래 계획했던 대로 되기만 했어도 지금쯤이면 한창 혼수 준비를 하고 있었을 것이다. 물론 지선이 강진의 아파트를 당장 들어가서 살아도 될 정도로 완벽하게 세팅해 놓긴 했지만 몇 가지는 자신의 취향에 맞는 물건도 필요하고 한복도 맞춰야 하고 드레스도 봐둬야 하고, 이래저래 준비하자면 잔신경 써야 할 것이 많다.

해서, 꿈꾸던 대로 5월에 결혼식을 올리기 위해 지난 구정 때 집에서, 이미 다 알고 있는 그녀의 엄마는 물론이고 아빠에게도 강진과 결혼할 생각이라는 말을 할 예정이었다.

하지만 그 얘기를 먼저 들은 효정이 정색을 하며 손사래를 치는 것이다.

'네 아빠, 요즘 회사일로 많이 힘들어서 스트레스를 많이 받고 계셔. 거기다 대고 강진이와 결혼한다고 하면 아빠가 어떤 반응을 보이시겠니? 너도 알잖아, 예전에 너 강진이와 둘이서만 결혼식 치렀을 때 아빠가 결혼식장 근처도 안 갔고 심지어는 나도 못 가게 막았던 거. 딸바보 노릇 다 하고, 애지중지하고는 있지만 강진이에 대한 아빠의 생각은 그렇게 많이 변하지 않았을 거다. 그러니 얘기를 해도 아빠 회사 문제가 해결된 다음에 하자.'

그땐 그게 아주 좋은 생각 같았다. 이왕이면 아빠 기분 좋을 때 얘기하는 것이 강진도 힘들지 않게 하는 것이고 아빠 본인에게도 스트레스 잔뜩 받았을 때보단 나을 것이라 여겼다.

하지만 아빠의 회사 사정은 여전히 힘든지 혜민이 엄마에게 은근히 아빠의 회사 사정을 물을 때마다 돌아오는 답은 언제나 똑같았다.

'다음에, 요즘 아빠 많이 힘들어하셔.'

한편으로는 아빠 힘 안 들 때 기다리다가 노처녀로 늙어 죽겠다, 하고 화를 내고 싶다가도, 이왕이면 모든 상황이 완벽히 좋을 때 하는 것이 가장 좋은 효과를 볼 것 같아 눈물을 머금고 말도 못 꺼내고 있던 것이다.

원래 강진과 다시 결혼하기로 했을 때만 해도 부지런히 준비해 올 5월의 신부가 되는 것이 목표였지만 벌써 3월이다. 지금 얘기한다 해도 이것저것 준비하고 하다 보면 5월의 신부는 물 건

너갔다.

그나마 강진도 바빠서 인사하러 가잔 말을 안 하고 있는 것이 지금 상황에서는 다행이라 말할 수 있겠다.

그런 혜민의 속을 모르는 예은은 그녀의 말에 손뼉까지 치며 고개를 끄덕였다.

"그거 좋은 생각 같아요. 결혼 전까지만 이라도 연애를 화끈하게 해보는 거. 나도 그러고 싶은데 약혼자가 미국에 있으니 화끈한 연애를 해보고 싶어도 비행기 타고 장장 열한 시간을 날아가야 하고, 맡아서 하고 있는 회사가 있으니 자리도 오래 못 비우고⋯⋯. 부러워요, 혜민 씨."

"예은 씨는 언제 결혼식 해요?"

괜히 이러다 속내까지 털어놓을까, 혜민은 얼른 예은에게 말을 돌렸다.

"올해 7월이요. 난 빨리 해버리고 싶은데 릭, 그러니까 내 약혼자가 요즘이 사업상 중요한 시기라 시간을 낼 수 없대요."

"결혼식은 미국에서 해요?"

"영국에서요. 릭 아는 사람이 결혼식 장소로 성을 빌려주기로 했어요. 이건 아직 보도가 나간 얘기가 아니니까 어디 가서 말하면 안 돼요."

웨딩플래너인 자신조차도 상상 못한 커다란 스케일의 결혼식에 혜민은 부러움을 이기지 못하고 한숨을 크게 내쉬고 말았다.

"예은 씨 앞에서 재벌 얘기 안 하려고 했는데, 그래도 부러우니까 또 얘기하게 되네. 성에서 결혼하다니, 정말 부러워요."

그건 모든 여인들의 꿈이 아니던가. 동화책에서 나오는 이야기처럼 커다란 성에서 왕자님과 결혼한 신데렐라 같은 이야기. 물론 예은은 신데렐라라기보다는 다른 왕국의 공주에 가깝지만.

예은이 잠자코 혜민을 바라보다 입을 열었다.

"내가 부러워요? 난 혜민 씨가 부러웠는데."

이건 대체 무슨 뜻일까?

"나, 전에 강진 씨 엄청 좋아해서 계속 따라다니고 그랬던 거 알아요?"

"……."

잠시 할 말을 잃었다. 놀란 가슴을 진정시키기 위해 혜민은 아직 온기가 남아 있는 커피를 한 모금 삼켰다.

"놀랐죠? 미안해요. 내가 너무 직설적이었나 보다."

하긴, 그때 제주도에서 영채가 그런 비슷한 말을 했었다. 예은과 강진이 잘되길 바랐었다고. 아마도 영채는 예은의 마음을 눈치채고 있었나 보다.

혜민의 미간이 심각해지는 것을 본 예은이 어색하게 웃으며 사태를 수습했다.

"……그냥 그랬었다고요, 오래전에. 지금은 당연히 릭을 사랑하고 있죠. 내가 부러웠던 건 혜민 씨의 용기였어요. 강진 씨한테 혜민 씨 얘기를 들었거든요. 아무것도 없던 무일푼 사진쟁이 고아와 결혼하기 위해 부모님의 반대를 무릅쓰고 집에서 도망치기까지 했단 얘기. 난 그렇게 못하거든요, 우리 부모님 겁나서. 그래서 강진 씨 좋아하는 것도 지레 포기했어요. 그땐 강진 씨가 미국에서 나름 성공한 사진작가가 되었지만 우리 부모님 눈에는 차지 않을 사람이었으니까요……. 물론 강진 씨도 날 한 번도 여자로 쳐다봐 준 적이 없긴 하지만."

또다시 혜민은 커피잔을 입에 가져다 댔다. 뭐라 할 말이 없을 땐 그렇게라도 해야 어색하지 않다.

"그래서 내가 강진 씨 도와서 혜민 씨하고 엮어주려고 했던 거예요. 그땐 강진 씨가 잘되길 바라서 혜민 씨 입장은 생각도 못했거든요. 언제 만나게 되면 생각 없던 내 행동을 사과하려고 했어요."

"사, 사과라뇨. 오히려 제가 사과를 했어야 했는데……."

"그럼 서로 사과하고 피장파장 주거니 받거니 한 걸로 할까요?"

뭔가 굉장히 예은에게 불리한 조건 같은데, 어쨌건 받은 상처는 혜민이 더 컸으니까 피장파장이 맞을 수도 있겠다.

"참, 그리고 결혼식에 와주실 거죠? 강진 씨한테 결혼식사진 부탁했으니까 강진 씨하고 같이 오면 되겠다."

"……그래요?"

순식간에 혜민의 표정이 미묘하게 구름이 끼는 것을 보며 예은이 소리 내어 웃었다.

"강진 씨는 물어보지 않으면 대답 잘 안 하는 성격이잖아요. 괜히 가서 강진 씨 바가지 긁지는 마세요."

그건 그렇다. 뭔가를 콕 집어서 묻기 전에는 알아서 말해주는 경우는 하나도 없다. 그리고 그게 혜민이 싫어하는 서강진의 단점이기도 하다.

손목시계를 들여다본 예은이 이제 일어나려는 듯 핸드백을 손에 들었다.

"밑에 기사가 기다리다 졸고 있을 거 같아요. 혹시 차 안 가져왔으면 집까지 태워다 드릴게요."

"아니에요, 저는 아직 살 게 남아서요. 백화점 문 닫기 전에 얼른 가서 사야 할 거 같아요."

워낙 백화점이 중심가에 있다 보니 이래저래 피곤할 거 같아 차를 회사에 놓고 오긴 했지만 굳이 그런 말을 할 필요는 없었다.

"강진 씨한테 선물할 시계요?"

아까의 그 상황이 무안하게 떠올랐는지 예은이 웃으며 묻는다.

"그 시계가 너무 괜찮아서, 조금 무례했었죠? 혜민 씨인 줄 알았으면 절대 안 그랬을 텐데."

"아니에요. 안 그래도 너무 비싸서 다른 걸로 보려고요."

"다음엔 계속 전화연락하고 지내기예요. 그리고 쇼핑 즐겁게 하세요."

엘리베이터 앞으로 걸어가는 예은에게 짧게 손을 한 번 흔들어 보이고 혜민은 그간 참았던 어색함에 숨을 몰아쉬며 얼른 에스컬레이터로 향했다.

계속 건조한 날씨 때문인지 입안에 모래알이 굴러다니는 느낌이라 혜민은 일찌감치 택시에서 내렸다.

아이스크림가게에 들러 입맛에 맞는 아이스크림 한 통을 사 들고 집으로 들어가자니 왠지 오늘따라 허전하다.

이럴 때마다 강진이 자신과 함께하기로 한 것이 행복하다. 혼자 였으면 서럽게 혼자 먹는 아이스크림이 싫어 결국 냉장고 안에 처 박아두고 며칠 지나고 나서야 아쉬운 김에 먹었을 것이다.

강진이 바쁘다는 것을 알면서도 어쩔 수 없이 휴대폰의 단축다 이얼을 누른다.

[응, 혜민아.]

언제나 그가 혜민을 부르는 목소리는 정이 가득하다. 뭔가 못마 땅한 것이 있어도 그 소리만 들으면 마음이 사르르 녹아내리는 것 이, 언제 화가 났던가 싶을 정도다.

"강진 씨, 바빠?"

[바쁘긴 하지만 너하고 통화할 정도의 시간은 있지.]

아마도 일하던 중간에 받은 모양이다. 그냥 아량을 베풀어 끊어 줄까 하다 혜민은 아까 만난 예은의 말이 떠올라 심통을 부리고 싶어졌다. 7월에 영국의 성에서 열리는 결혼식 애길 아직도 안 했 다니 지금 생각해도 그건 화가 나는 일이다.

"나, 백화점 갔다가 집에 들어가는 길에 전화 걸었어."

[그래서, 장모님 가방은 무사하고?]

"응. 인기 있는 모델이라 다 팔린 줄 알고 걱정했는데 아직 있더 라고. 그런데 내가 백화점에서 누구 만났는지 알아?"

[누구 만났는데?]

"한예은 씨. 같이 차도 한잔 마셨어."

[입국했나 보네.]

"그러게. 그런데 예은 씨가 7월에 성에서 결혼한다네."

이쯤에서 강진은 혜민의 목소리가 차갑게 가라앉는 것을 느꼈는지 노련하게 입을 다물었다.

"강진 씨, 예은 씨 사진 찍어주기로 했어?"

[으…… 응. 기억이 안 나는데 그런 거 같아.]

어이가 없어 혜민은 웃고 말았다. 한예은의 결혼식사진을 찍어주기로 한 게 기억이 안 난다니, 서강진이 그런 형편없는 기억력을 가졌을 리가 없다.

"강진 씨하고 같이 오래. 결혼식에."

[그랬어? 잘됐네.]

"그랬어, 잘됐네? 서강진 씨, 나한테 그런 중요한 것도 말 안 해주고, 혹시 내가 말을 퍼뜨릴까 봐 그랬나 본데 나 그렇게 입이 싼 사람이 아니거든."

[그런 건 아니야.]

"아니면, 뭐."

[너 심란해할까 봐 그랬지. 우린 아직 결혼 준비도 못하고 있는데 주변에서 누구 결혼한단 말을 들으면 심란해질까 봐.]

변명이라도 하면 짐짓 큰 소리를 내려던 혜민은 그의 말에 목소리가 쏙 들어갔다.

"……그랬어?"

[기분 상했으면 네가 생각했던 그런 거 아니니까 풀어.]

"내가 언제 기분 상했다고……."

잠시 신호등 앞에서 멈췄다가 불빛이 바뀌자 횡단보도를 건너가던 혜민은 저쪽에서 신호위반을 하며 속도를 높여 달려오는 차를 보고 일단 걸음을 멈췄다. 뭐가 그리 급한지 머리카락이 흩날릴 정도로 바람을 일으키며 빠르게 그녀의 앞을 지나쳐 간다. 강진과 전화통화를 하는 중간에 험한 말을 할 수 없어 그저 주먹만 위협적으로 흔들어 보였다.

"……조금 서운하긴 했지만 기분이 상한 건 아니고……. 고마워, 강진 씨. 날 그렇게 생각해 주는 줄도 모르고……."

[고마우면 오늘 밤에 스튜디오로 오는 건 어때? 시간이 없어서 음식은 못해주지만 더 좋은 거 해줄 수 있는데.]

"더한 거, 어떤 거?"

머릿속으로 떠오르는 그림들을 흔들어 지우며 혜민이 낮은 목소리로 물었다.

[글쎄, 와보면 알겠지.]

"강진 씨, 꼭 이런 상황에 그렇게……."

왜 꼭 이럴 때마다 목소리가 이렇게 나오는 것인지. 누군가 자신을 본다면 분명 온몸에 돋은 닭살을 긁어댔을 것이다. 하지만 뭐, 일부러 그러는 건 아니니까.

"강진 씨는 정말 너무……."

야하다고 말할까, 아니면 정열적이야, 라고 말할까 적절한 단어를 찾지 못하고 몸만 배배 꼬며 길을 걷던 혜민이 막 모퉁이를 꺾었을 때였다.

너무 순식간에 일어난 일이라 혜민은 아무 생각도 할 수 없었다.

자신을 향해 빠른 속도로 돌진해 오는 불빛, 뭘 어떻게 해야 할지 아무것도 떠오르지 않는 상황에서 뒷걸음질 치다 혜민은 발부리에 걸려 뒤로 넘어갔다.

"아, 아앗!"

그리고 그 순간 바로 등 뒤에 있던 전봇대에 머리를 들이박고 말았다.

순식간에 주위가 어두워졌다.

눈을 한 번 깜박였다. 강진의 모습이 보인다. 누군가의 멱살을 잡고 있다.

환영인가? 우리 착한 강진 씨가 저렇게 난폭할 리가 없잖아.

다시 한 번 눈을 깜박였다.

여전히 강진은 누군가의 멱살을 쥐고 흔들고 있었다. 이마에 핏줄이 곤두서 있고 나지막한 소리로 협박을 하고 있다.

"혜민이, 어디 털끝만큼도 안 다치길 빌어. 조금이라도 다쳤다가는 네놈은 골로 가는 거라 생각해라."

역시 환영이야. 강진 씨가 누구한테든 저런 말을 할 리가 없잖아.

어떻게든 정신을 차릴 요량으로 혜민이 살짝 머리를 흔들었다. 뒤통수의 한 지점에 피가 몰렸는지 그 부위가 상당히 아프다. 간신히 손을 올려 뒤통수를 만져 보니 맙소사, 조금 과장하자면 달걀만 한 혹이 나 있었다.

그제야 혜민이 움직이는 것을 보았는지 강진에게 멱살을 잡힌 사람이 떨리는 목소리로 입을 열었다.

"지, 지금 움직이셨는데요. 보세요."

그제야 강진이 얼른 그녀의 곁으로 달려와 혜민의 손을 잡았다.

"괜찮아? 혜민아, 정신이 들어?"

"으응……. 여기가 어디야?"

"너, 오토바이 사고가 나서 병원에 와 있어."

"저 진짜로 억울하다니까요. 내가 저 여자분 안 치었어요. 혼자 뒤로 넘어졌다니까요."

뒤에 서 있던 남자가 억울하다는 듯 발까지 동동 굴렀다. 안 그래도 방금 무시무시한 협박을 당한 터라 목소리까지 덜덜 떨리고 있다.

"그러게, 누가 인도로 오토바이를 몰고 다니래?"

그래도 화가 안 풀렸는지 강진이 잇새로 말을 내뱉었다.

"차도가 좀 위험하다 보니까……. 인도에도 사람이 없었고요. 있었으면 내가 인도로 못 다니죠. 저 여자분이 갑자기 모퉁이에서 확 나타나는 바람에……."

찬찬히 남자를 훑어보니 빨간 점퍼가 낯익다. 가만 보니 가끔 배달을 시켜 먹던 피자집의 아르바이트생이다.

"혜민아, 어디 아파? 아픈 데 없어?"

"나……. 여기 왜 누워 있는 거야?"

"저기 저놈이 인도로 얌전히 걷고 있는 널 오토바이로……."

왜 아무것도 기억이 안 나지? 그녀가 기억하는 거라곤 아까 백화점에서 엄마와 강진에게 줄 선물을 샀다는 것뿐이다. 그리고……. 그래, 예은 씨를 만났었던 것 같은데 그게 꿈인지 실제 있던 일인지까지는 알 수 없다.

"내 쇼핑백……."

혜민의 말에 피자집 알바생이 얼른 응급실 한 귀퉁이에 내려놓았던 쇼핑백을 그녀의 앞으로 내밀었다.

"여, 여기요. 비싼 거 같아서 내가 챙겨 왔어요."

"혜민아, 괜찮은 거야? 정말 아픈 데 없어?"

혜민이 다시 한 번 자신의 뒤통수 한가운데 난 혹을 만져 봤다. 역시 아프다.

"거기가 아픈 거야?"

그러면서 강진이 손을 뻗어 그녀의 뒤통수를 만져 보고는 또다시 피자집 알바생을 노려보았다.

"그, 그건 저분 혼자 뒤로 넘어지다 전봇대에 부딪쳐서 그런 거지 내가 오토바이로 친 게 아니에요."

"혼자 뒤로 넘어졌어도 네놈이 오토바이를 인도로 몰고 가지만 않았으면 괜찮았잖아."

"정말 죄송합니다. 전에 같이 하던 친구가 차도에서 차하고 부딪쳐서 많이 다쳤거든요. 그래서 차도가 겁이 나서……."

"이놈이, 그럼 아르바이트를 그만두던지. 오토바이 타는 게 무서우면 오토바이 타는 아르바이트는 하지 말아야지, 그렇다고 인도로 다녀? 너 같은 녀석 때문에 겁나서 사람이 인도로 걸어다닐 수 있겠어?"

"죄송합니다. 정말 죄송합니다. 다신 인도로 안 다니겠습니다."

머리가 땅에 닿도록 조아린다. 안 그래도 빠듯한 월급인데 이 일로 인해 큰돈을 물어줘야 하진 않을까 걱정인 모양이다.

혜민이 깨어났단 소리를 듣고 의사가 달려왔다.

"찬찬히 봐주세요. 교통사고라 겉으로 외상이 없어도 속으로 골병이 들 수도 있는 거고, 머리에 커다란 혹도 있고요."

강진이 저렇게 흥분해서 말을 많이 하는 건 처음 본다. 자신의 상태보다 그의 파랗게 질린 얼굴이 더 걱정일 정도다.

의사가 펜라이트를 켜고 그녀의 눈을 들여다보았다.

"어지럼증이나 두통이나 구토 증세는 없으신가요?"

"네. 약간 정신이 없긴 한데……."

"오토바이라 해도 교통사고인데 정신이 차분하면 그게 더 이상한 거죠. 정말 두통이나 다른 이상증세 같은 건 없고요?"

"네."

아무것도 하지 않고 질문만 해대는 의사가 못미더웠는지 강진이 또 끼어들었다.

"MRI 같은 거 안 찍어봐도 됩니까? 그렇게 질문만 하고, 나중에 잘못되면 어떡합니까?"

의사가 강진을 빤히 쳐다보더니 못마땅한 듯 대답한다.

"연고 처방해 드릴 테니 집에 가서 꾸준히 환부에 바르시면 됩니다. 머리를 부딪치셨는데 두통이나 여타 뇌진탕 증세는 없으니 혹만 잘 치료하시면 생활하시는 데는 아무 무리 없을 겁니다."

"기절했잖습니까."

"……내일이라도 두통이나 구토 증상이 있다면 그때 다시 오시면 됩니다."

일일이 대답해 주기에도 지쳤는지 하던 말을 되풀이하며 의사는 때마침 저쪽 침대 위에서 곤히 잘 자고 있는 환자를 검사라도 하려는 척, 얼른 자리를 떴다.

기운이 빠지는지 강진이 그녀의 곁에 털썩 앉았다. 그때까지 안절부절못하고 서 있던 알바생에게도 말없이 가라는 듯 손짓을 한다.

"고맙습니다. 죄송합니다."

"빨리 가, 마음 변해서 경찰에 신고하기 전에."

"알겠습니다."

"또 인도로 오토바이 몰고 다니면 그땐 너 상대 안 하고 곧바로 경찰에 전화한다."

"네, 알겠습니다. 감사합니다."

몇 번을 꾸벅이며 인사하고 알바생이 돌아가자 이번엔 강진이 그녀를 보며 주위를 주기 시작했다.

"아무리 인도라 해도 그렇지, 정신 똑바로 차리고 주위를 보며 걸어야지."

"알았어."

"횡단보도 건널 때도 파란 불이 켜졌는지 꼭 확인하고 이쪽저쪽, 차가 오나 안 오나 확인하고 걷고……."

"한 손 번쩍 들고?"

"그렇지, 잘 아네."

어이가 없어 웃음만 나온다.

"그런데, 나 이 병원에 있는 거 어떻게 알고 온 거야?"

“저 학생이 네 휴대폰 주워서 말해줬어. 그때 내가 너하고 막 재 밌는 얘기하고 있었잖아.”

재밌는 얘기……. 가물가물 기억이 나는 것도 같다. 뭔가 온몸이 간질거리는 얘기라서 배배 꼬며 걷느라 다른 데 쳐다볼 정신도 없었다.

“아까 그놈도 좀 놀라긴 했을 거야. 너 쓰러지는 바람에 앰뷸런스 부르고, 여기까지 따라 오고, 나한테 멱살 잡히고…….”

그래, 깨어났을 때 정면으로 그 장면을 목격했지.

생각해 보니 괜히 웃음이 나온다. 그렇게 당황하기도 하고 화가 나기도 한 강진의 모습은 처음 보았다.

그러고 보니 전에 몸살이 났을 때도 그랬다. 파리에 있다가 아프단 전화 한 통에 잠시 일도 접고 파리에서 이곳까지 날아왔었다.

“그래도 깨어났을 때 강진 씨가 옆에 있어줘서 정말 좋아. 이래서 애인이 있어야 하나 봐.”

“아무리 좋아도 난 이런 기분은 사양하고 싶으니까 절대적으로 다치거나 아프면 안 돼. 알았지?”

빈말이 아니란 걸 아니 이젠 엄살도 못 부리겠다. 그럼 일하다가도 달려올 거 아냐. 가만, 정말로 일하다 달려온 거 아냐?

“강진 씨, 하던 일은 어떻게 됐어? 일하고 있었잖아. 오늘 바쁘다면서.”

“괜찮아. 거의 다 끝났고 마무리는 내일 하면 되니까.”

역시, 일하다 중간에 뛰쳐나온 모양이다.

“자꾸 그럼 강진 씨 일 방해될까 봐 아파도 아프단 말을 못하겠다.”

“내가 아프지 말라고 그랬지 아파도 아프다 소리 하지 말라고 그랬어? 아픈 거는 참으면 안 돼. 더 큰 병이 되니까.”

“알았어. 내가 지금 상태가 안 좋아 보이니까 아예 이참에 잔소리를 엄청 하네. 강진 씨, 그렇게 안 봤는데.”

“내가 원래 잔소리가 심해. 너한테만 안 할 뿐이지. 스튜디오 식구들도 나 없을 땐 날 잔소리쟁이 영감태기라고 불러.”

“그거, 욕쟁이 할매하고 쌍벽을 이룬다는?”

그녀의 말에 그가 피식 웃었다.

“농담하는 거 보니까 정말 괜찮긴 한 모양이다. 집에 가자. 내가 태워다 줄게. 참, 장모님께 전화드려야겠다. 장모님도 오신다고 그랬거든.”

“엄마한테 전화했어?”

“장모님한테서 전화가 왔어. 너, 오늘 혹시 백화점 간 거 아니냐고 물어 오시던걸. 아깐 내 정신이 아니어서 너 병원에 있어서 가 봐야 한단 말을 해버렸어.”

오, 마이, 갓. 안 그래도 오늘 상태 안 좋은데 강진 씨의 잔소리에 이어 엄마의 잔소리 연타를 맞겠다. 강진 씨 잔소리는 그래도 애정이 묻어나서 참을 만한데 엄마의 잔소리는 끝이 없을 것이다. 아마도 오늘 잔소리 듣다 또 실신할지도 모른다.

“빨리 집에 가자.”

이럴 땐 엄마가 병원에 오시기 전에 얼른 집으로 도망치는 것만

이 살길이다. 아니, 오늘은 강진 씨 스튜디오로 가야겠다. 집까지 찾아오실 것이다.

"나, 잠깐 화장실 갔다 올 테니까 처방전 나오면 강진 씨가 받아 줘."

서둘러 화장실로 들어가 거울 앞에 섰다.

안 그래도 아까 혹을 만져 볼 때부터 헝클어진 머리가 신경 쓰이더니, 이건 머리가 문제가 아니라 얼굴도 엉망이다. 맙소사, 이런 얼굴로 강진 씨를 봤단 말야? 피부는 거칠고 화장은 번졌다. 이건 사람의 몰골이 아니다. 가방이라도 들고 들어올걸. 립스틱이라도 다시 발라주면 조금은 괜찮아 보일 텐데.

아쉬운 대로 머리에 물을 발라 매만지고 입술도 매만져 보니 미라 같던 모습이 머리에 물 바르고 입술 매만진 미라 같은 얼굴이 되었다. 포기다.

지친 걸음으로 화장실을 나서던 혜민은 그 순간 응급실 밖으로 빠져나가고 있는 강진의 모습을 발견했다. 엄마에게 전화하려고 그러는 건가, 돌아서던 그녀는 그 순간 강진이 누군가에게 90도로 허리를 굽혀 인사하는 것을 보고 걸음을 멈춰 섰다.

효정과 함께 경욱이 서 있었다.

급하게 딸에게 오려다 남편과 마주친 효정이 딸이 아파 응급실에 있단 말을 했던 것이다. 그냥 병원도 아니고 응급실이라니, 놀란 경욱이 효정과 함께 온 것이었다.

아빠 아직 강진 씨와 내가 만나는 거 모르시는데. 많이 놀라시기도 하겠지만 혹시라도 아빠가 놀라서 강진 씨에게 험한 말이라도 하실까, 그게 더 걱정이었다.

괜히 상황이 곤란해지기 전에 얼른 가서 중재를 서는 것이 낫겠다.

하지만 혜민이 가까이 다가가기도 전에 세 사람은 저 멀리 외진 곳으로 자리를 옮겼다. 아무래도 얘기가 심각해지는 모양이다. 얼른 가서 강진을 거들어야 할 것 같다.

서둘러 가까이 다가가던 혜민은 그 순간 아빠의 첫마디에 걸음을 멈추고 말았다.

"네놈, 참 끈질기구나."

그건 반 존칭도 아닌, 양반이 상것을 대하듯 조금도 존중이 없는 호칭이었다. 혜민으로서는 처음 보는 아빠의 모습이었다.

혜민은 얼른 몸을 근처 기둥 뒤에 숨겼다.

"장인어른. 오셨습니까……. 이런 데서야 뵙게 되는군요."

"여기서 이러지 마시고, 혜민이 아프다잖아요. 일단 혜민이부터 보고 나서 나중에 다시 얘기해요."

효정이 일단 경욱을 말려보려 했다. 그러나 경욱은 강진이 이곳에 있는 것조차도 용납할 수 없었다.

"몇 번씩이나 계속 찾아오기에 경찰이라도 불러야 알겠나 싶었더니 내가 네놈을 만나고 싶어하지 않는다는 건 그래도 알고 있었던 모양이군."

혜민의 눈동자가 커졌다. 저 말은…… 강진 씨가 계속 아빠를 찾아갔단 말이다. 그렇게 찾아갔는데 한 번 안 만나주셨단 얘기다.

"……혜민이 안에 있습니다. 나중에 다시 찾아뵙겠습니다."

"나중에 찾아와도 네놈 만날 일은 없어. 열 번, 스무 번이 아니라 백 번을 찾아와도 네놈은 안 된다는 거 몰라?"

"여보, 혜민이 안에 있다잖아요. 그런 얘기는 나중에 하시고 우선……."

포기하지 않고 효정이 다시 한 번 말리려 했다. 하지만 이미 당연하다는 듯 딸의 곁을 지키고 있는 강진을 본 경욱은 분노로 이성을 잃은 상태였다.

"당장 돌아가. 네놈이 어디서 감히 우리 딸을……."

"제가 부족한 놈인 건 알고 있습니다. 하지만……."

"하지만 뭐? 둘이 서로 사랑하는 사이라고?"

"장인어른."

"너, 계속 장인어른이라 말하는데, 난 네놈 장인어른이 될 생각이 없어. 그건 예전에도 마찬가지였고. 아마도 너란 놈이 지금 돈을 좀 벌고, 이름 좀 났다고 상황이 바뀌었다고 생각하는 모양인데, 그런 생각은 꿈도 꾸지 말아. 난 그때와 마찬가지로 지금도 네놈을 한순간에 무너뜨릴 정도의 힘은 있으니까."

기둥 뒤에서 혜민은 그 말을 모두 들었다.

믿을 수 없는 말이었다. 그때와 마찬가지로 지금도 무너뜨리겠다고? 대체 그건…….

혼란이 오기 시작했다. 그때와 마찬가지로 무너뜨린다……. 그때 무너뜨렸다는 뜻이다.

그 순간 혜민의 머릿속에 힘들었던 당시의 상황이 생생하게 스처 지나갔다. 어느 날 강진이 사진관에서 이유 없이 해고를 당하고 돌아왔다. 어딜 가도, 취직이 되어도 이내 실직자의 신세를 면치 못했다. 그의 실력을 믿고 있는 혜민은 그게 그저 운이 좋지 않아서라 생각했었다.

그런데…… 그런데…….

그녀가 그 말을 듣고 혼란스러워하고 있는 것을 알 턱이 없는 강진의 목소리는 필사적이었다.

"장인어른!"

"감히 장인어른이라고 부르지 마, 네놈 따위가……."

경욱의 언성이 높아지자 효정이 얼른 끼어들었다.

"여보, 너무 안 된다 안 된다 하지 마세요. 강진이도 노력하고 있잖아요. 당신 반대하는 거 혜민이 알고 또 힘들어할까 봐, 먼저 당신 허락을 받으려고 하는 거잖아요. 당신도 혜민이 그거 아는 거 싫으시잖아요."

"그래도 저놈은 안 돼. 내 눈에 흙이 들어와도 절대로 안 돼."

"왜 제가 안 된다는 겁니까?"

"왜 그런지 굳이 말을 해줘야 아나?"

"제가 천애고아라서 안 된다는 거라면……. 그건 저도 어쩔 수 없습니다. 제가 노력해서 될 일은 아니니까요. 하지만 그런 만큼 절대로 고아 놈 소리 안 들으려고 지금까지 많이 보고 배우고, 남들 사는 모습에서 좋은 것만 배우려고 노력했습니다. 그러니 무조건 안 된다고 말씀하지 마시고……."

"그럼 지금 하는 사진 나부랭이 일을 다 때려치우고 다시 대학을 들어가게. 대학을 들어가서 경영학을 배워 내 밑으로 들어와 일을 배워. 그럼 생각해 볼 수 있지.”

이해할 수 없다는 시선의 강진을 향한 경욱의 눈에는 조소의 빛마저 보였다.

“난 자식이라곤 혜민이 하나야. 네놈이 나타나기 전까지는 말 잘 듣고 열심히 공부해서 이 애비의 회사를 물려받는다고 했던 녀석이야. 그런데 바로 네놈 때문에 그 딸이 공부를 포기했고, 또 네놈 때문에 유학을 갔다가 다른 길로 전향을 해버렸어. 내 회사는 이제 물려줄 사람도 없어. 내가 피땀 흘려 키워놓은 회사를 다른 놈이 운영하는 걸 봐야 해, 바로 네놈 때문에. 그러니 혜민이가 다른 놈과 결혼한다면 안 말려도 네놈하고는 절대로 안 돼. 그러니 헛된 망상은 포기하고 네놈도 네 꿈대로 살란 말이다.”

“……사진 그만두고 경영을 배우면 되겠습니까?”

강진의 말에 경욱이 할 말을 잃은 듯 입을 다물었다.

“사진 그만두고 경영을 배우겠다면 혜민이와의 결혼을 허락해 주시겠습니까?”

“그, 그래도 이놈이…….”

“제 꿈대로 살라고 하셨잖습니까. 제 꿈은 사진이 우선이 아닙니다. 제 꿈은…… 혜민이가 행복한 것이고 또 행복한 혜민이와 사는 게 저의 가장 큰 꿈입니다. 그러니, 사진 그만두라면 그만두고 경영 배우라면 배우겠습니다.”

“그럴 필요 없어, 강진 씨.”

바로 그 순간 혜민은 더 이상 참지 못하고 기둥 뒤에서 모습을 드러냈다.

“혜민아······.”

그녀가 그곳에 있을 거라고는 생각도 못했던 세 사람의 얼굴이 순식간에 굳어졌다.

“너······ 언제부터 거기 있던 거니?”

“처음부터.”

떨리는 효정의 목소리에 혜민은 차갑게 대답했다.

16

혜민의 두 눈은 분노에 차 있었다. 한 번도 자신의 아빠를 향해 그런 눈빛을 보인 적이 없었다. 경욱은 혜민이 유일하게 자신의 편이라 생각했던 사람이었다.

그래서 처음 자신이 부모의 허락도 없이 일방적인 통보만 하고 결혼식을 거행했을 때, 혜민은 먼발치에서나마 자신을 지켜본 효정보다는 아예 그 자리에 참석조차도 하지 않은 경욱에게 서운함조차도 가지지 못했고, 결혼생활을 끝내기로 하고 돌아왔을 때도 결국 아빠의 가슴에 깊은 상처를 새기고도 그 결혼을 행복하게 이어가지 못하고 파탄을 내고 돌아온 것이 죄스러워 지금까지 더 경욱을 따랐다.

그는 혜민에게 그런 존재였다. 언제나 혜민의 입장에 서서 때로는 자신을 구석으로 몰아붙이는 극성스러운 엄마를 막아줬고 심지어 유학을 갔다 돌아왔을 때, 웨딩컨설팅 회사를 차리겠다는 혜민의 말에 조금이나마 반대했던 엄마에 반해 그녀의 결정을 지지해 줬던 사람이었다.

자신의 회사를 혜민이 물려받기를 원하는 경욱의 마음을 알고 있는 그녀였기에, 경욱의 그런 지지가 혜민은 무척이나 고마웠고 죄송스러웠다.

그런데 그 모습이 혜민이 아는 전부가 아니었던 것이다.

"그런 거였어요, 아빠? 우리 결혼, 힘들게 만들었던 것이 전부 아빠가 한 거였어요?"

혜민의 목소리는 조용했지만 떨리고 있었다.

경욱은 무슨 말이라도 하기 위해 입을 벙긋거렸지만 차마 아무 목소리도 나오지 않았다. 아니, 해야 할 말을 찾지 못했다.

그러다 이내 시선을 강진에게로 돌린 경욱은 갑자기 강진의 멱살을 잡았다.

"네놈이 감히……. 네놈이 나와 내 딸 사이를 갈라놓으려고 이젠 별짓을 다하는구나."

강진은 그의 손을 뿌리쳤다.

"제가 부르지 않았습니다."

그 상황에 대해 강진도 화가 나 있긴 마찬가지였다. 혜민에게 이런 모습을 보이고 싶지 않았다. 경욱에게 사정하는 초라한 자신의 모습을 보이고 싶지 않았고 그녀에게 아빠의 이중적인 모습을 알게 하고 싶지도 않았다. 혜민을 사랑하기에 더욱 그녀가 사랑하는 사람들의 모습을 지켜주고 싶었다.

그것을 걷어찬 것은 결국 경욱, 스스로였다.

"내가 몰래 따라온 거예요. 강진 씨가 이런 모습을 일부러 보여서 아빠와 내 사이를 갈라놓으려 했으면 벌써 아빠가 강진 씨한테 했던 일을 말해줬겠죠. 강진 씨도 알고 있었던 거지? 옛날에 아빠가 그랬던 거. 알고 있으면서도 나한테 말을 안 한 거지?"

강진은 아무런 대답도 하지 않았다. 알고 있었다는 뜻이다. 그런데도 집에 오면 전혀 내색을 하지 않았다. 그녀의 아빠 때문에 몇 년이나 몸담고 일하던 사진관에서 마치 먼지 하나 털어내듯 쉽사리 내쳐졌는데, 억울해서 원망이라도 했을 법한데 그는 그때 그것에 대해서는 한마디 말도 하지 않았다.

"혜민아, 아빠는 널 너무 사랑해서⋯⋯. 너무 귀한 딸이니까 더 좋은 사람하고 연결해 주고 싶어서⋯⋯."

효정이 어떻게든 사태를 해결해 보려고 변명을 하려 했다.

"아빠가 날 너무 사랑해요?"

혜민은 이젠 의심이 가득한 눈으로 경욱을 바라보고 있었다. 그 또한 지금까지 경욱이 딸에게서 한 번도 받아본 적이 없는 눈빛이었다.

"그럼, 내가 이 남자면 행복해질 것 같다고, 날 행복하게 만들어 줄 사람은 이 남자 하나뿐이라고 하면, 지금이라도 결혼 허락해 줄 거예요?"

"혜민아."

경욱이 갈라진 목소리를 간신히 끌어냈다.

"지금 나, 너무 화가 나고 당황스러워서 화를 내고, 소리 지르고 싶은데, 아빠를 다시는 보고 싶지 않은 마음인데, 이 남자가 아빠의 허락을 받고 모두의 축복 속에서 결혼식 올리고 싶다고 하니까 전부 다 꾹 눌러 버리고 묻는 거예요. 그러니 대답하세요.”

“혜민아, 그건…… 네가 다른 남자를 안 만나봐서 그런 거야. 지금은. 이게 단 하나의 사랑으로 보일지 몰라도 몇 년 살다 보면 결국 이 아빠가 옳았다는 것을…….”

역시, 경욱의 입에서 나온 대답은 혜민의 예상대로였다. 경욱은 혜민이 가지고 있던 마지막 실낱같던 희망마저도 그렇게 끊어버렸다.

“내가 이렇게 말을 해도 결국 아빤 그런 생각이에요? 결국 아빠가 늘 얘기한 내 행복은 아빠의 우선순위에서는 아빠의 아집 다음으로 두 번째네요……. 더 이상은 할 말 없어요. 허락을 안 해주신다니 저희끼리 결혼하겠어요. 그리고 아빠가 무슨 짓을 하든, 이젠 우리가 헤어지는 일은 없을 거예요.”

차갑게 말하고 혜민은 돌아섰다.

“혜민이, 그렇게 가버리면 어떡하니? 그렇게 얘기를 끝내 버리면 어떡하니? 혜민아!”

효정이 등 뒤에서 애타게 그녀를 불렀지만 혜민은 돌아보지 않았다.

“다시 찾아뵙겠습니다.”

강진은 경욱에게 차가운 목소리로 말하고는 금방이라도 쓰러질 것처럼 위태롭게 걸음을 걷고 있는 혜민을 따랐다.

"강진 씨, 방에는 나 혼자 있게 해줄래?"

집에 도착한 후, 혜민은 자신의 방으로 따라 들어오려는 강진을 막으며 잠긴 목으로 애써 목소리를 끌어냈다. 더 말을 했다가는 이 자리에서 큰 소리로 울음이 터질 것만 같았다.

그녀의 심정을 아는지 강진은 방문턱을 넘어서지 않았다. 그런 그의 앞에서 문을 닫았다.

침대에 머리를 파묻은 혜민은 그제야 내내 참고 있던 울음을 터뜨렸다.

전에도 겪었던 일들이었다. 하지만 그땐 너무 어려서 용감하게, 혹은 무덤덤하게 지나쳤던 설움과 힘든 감정들이었다. 그런 것들이 아까의 일까지 더해 더 고통스러웠다.

지금은 어떤 생각도 나지 않았다. 그냥 뭔가 울분이 가슴 한 가운데 꽉 가로막고 있어 어떻게든 그것을 분출해 버리고 싶었을 뿐이다.

강진에게 그런 식으로, 조금도 가책 따위는 없는 듯 모질게 욕을 하는 아빠의 모습에 대한 충격이 컸다. 하지만 아빠에 대한 배신감보다는 강진에 대한 죄스러움이 더 컸다.

어떻게 아빠가 나한테 이럴 수가 있을까. 어떻게 그렇게 이중적으로, 내 앞에서는 뭐든지 다 해줄 것 같은 딸바보의 모습으로 어떻게 그렇게 내 뒤통수를 칠 수가 있어! 차라리 처음부터 당신 마음에 차는 놈하고 결혼하라고 등 떠밀지, 왜 내 편인 양 날 속였어! 왜 내가 강진 씨한테 고개도 못 들게 만들었어! 안 그래도 평생 갚지 못할 만큼 과분하게 사랑받는다 생각하고 있는데 왜 죄를 지은 기분까지 들게 해! 강진 씨가 무슨 죄라고……. 과분할 정도로 날 사랑해 주는 게 무슨 죄라고…… 그런 수모를 줘.

눈물이 마르지 않는다. 강진과 다시 결혼하기로 한 후, 과거의 일을 하나씩 알게 될 때마다 가슴이 미어져 죽을 것만 같이 아픈데……. 그는 대체 얼마나 커다란 상처를 안고 살았던 걸까.

"혜민아."

그녀의 울음소리가 잦아지자 문밖에서 강진의 목소리가 나직하게 울렸다.

"……."

"혜민아, 들어가게 해줘. 들어가서 널 안아주게 해줘."

또다시 가슴이 저리다. 지금 위로를 받아야 하는 건 자신이 아닌 그인데, 그는 지금도 그녀를 위로할 생각만 하고 있다. 바보같이…….

"내가 뭐라고, 강진 씨, 대체 나 같은 게 뭐라고 그런 수모를 당하고 그래? 그냥 포기하고 말지. 더럽고 치사해서 안 만난다 하고 말지, 대체 내가 뭐라고……."

"내 인생의 목적이지."

문밖에서 들리는 그의 목소리는 담담했다.

"아무도 안 쳐다보는 빈털터리 천애고아를 사랑한다고 말할 만큼 대담하고 무모하고 고집 세고, 또 그래서 더 사랑할 수밖에 없는 내 유일한 보물이지. 아무리 노력해도 절대 포기가 안 되는……."

그의 목소리가 너무도 당연하다는 듯 담담해서 오히려 더 눈물이 나왔다.

"강진 씨……."

혜민이 문을 열었을 때 그는 문가에 기대고 앉아 있었다. 그렇게 앉아 계속 혜민이 문을 열어줄 때까지 마냥 기다리고 있던 것이다.

그녀의 젖은 뺨을 보고, 결코 보이고 싶지 않았던 퉁퉁 부은 눈을 본 강진은 말없이 혜민을 끌어안았다.

그녀의 머리를 쓰다듬었다. 젖은 뺨을 닦아주었다.

"사랑해. 난 너 없인 살 수 없어."

그가 귓가에 속삭였다.

"이렇게 강진 씨 아프게 하는데도?"

"하나도 안 아파. 그런 걸 각오하지 않았다면 다시 널 찾으려고도 안 했을 거야. 너만 있으면 돼. 너만……."

뭔가 안에서 마구 들끓는 것 같던 가슴이 그제야 조금씩 진정이 되기 시작했다. 하지만 마치 뭔가 고장이라도 난 듯 눈물은 그칠 줄 몰랐다.

강진을 만나고 나니 또다시 이렇게 울 일이 자꾸 생긴다. 다시 합치기로 결정했을 때 예상은 했지만……. 또다시 그렇게 옛날처럼 힘들고 아플 줄은 예상하지 못했다. 그래도 아빠만큼은 자신의 편인 줄 알았다.

어린아이 달래듯 그는 계속해서 혜민을 품에 안고 쓰다듬어 주었다. 그녀를 침대에 눕히고 나서도 품에 꼭 끌어안고 작은 목소리로 그녀를 달랬다.

"그러니까 그만 울어. 몸도 안 좋은데 자꾸 울면 더 아플 거야."

"그만 울고 싶은데……. 자꾸 눈물이 나. 그치고 싶은데, 계속 울면 내일 두 눈이 퉁퉁 부어서 출근해야 하니 그만 그치고 싶은데……. 저 혼자서 자꾸 눈물이 나."

그는 한동안 말없이 혜민을 끌어안고 있었다. 그녀가 눈물을 멈추길 기다렸지만 그의 셔츠와 베개와 이불을 흠뻑 적실 때까지 눈물은 고장 난 수도꼭지마냥 계속해서 흘러내렸다.

"강진 씨, 그냥 우리끼리 결혼식 올리자. 싫다는 아빠 억지로 결혼식 참석하라고 하고 싶지 않아. 아빠 마음 돌릴 때까지 기다리고 싶지도 않아. 그러니까 우리끼리 결혼식 올리자. 전에도 그렇게 했었는데 또 못할 것도 없잖아."

그는 말없이 혜민의 등을 토닥였다.

"결혼 준비는 못했지만 강진 씨 아파트에 있을 거 다 있고, 드레스하고 예식장만 준비하면 더 준비할 것도 없는걸. 정수한테 얘기하면 돼. 우리 결혼식 준비하는 거, 추진해 달라고."

"……그래, 이제 결혼식 올리자. 이왕이면 아주 크고 화려하고 멋진 곳에서 남들 다 보라고 성대하고 멋지게 결혼식 올리지."

"전에 우리 결혼식 때 와줬던 그 친구들도 다 다시 부를 거야. 전에는 쫓기듯 그렇게 결혼했지만 이젠 우리 두 사람 다 멋지게 성공해서 이렇게 다시 멋진 결혼식을 올리게 되었다고 자랑할 거야."

"그래, 부르자."

"강진 씨 스튜디오 사람들도 다 부를 거지? 난 내가 아는 사람은 다 긁어모아서 예식장이 꽉꽉 들어차게 할 거야."

"그래. 한 놈도 빼놓지 않고 부를 거야. 많이 올수록 좋으니까."

"옛날 대학 동기들한테도 전부 청첩장 돌릴 거야. 바빠서 못 온다고 하기만 해봐, 내가 결혼식 끝나고 나서 집집마다 찾아다니며 따질 거야. 내가 웨딩플래너라고 저희들 결혼할 때마다 찾아오는 바람에 도매가로 서비스해 줬는데……. 왜 웃어?"

눈물을 닦으며 얘기하다 말고 혜민이 미소를 머금고 있는 강진을 발견하고는 퉁퉁 부은 목소리로 물었다.

"결혼할 상대가 웨딩플래너니까 상당히 철두철미하네."

"당연하지. 내 결혼은 꿈도 안 꿨지만 다른 사람들 결혼할 때 항상 내 결혼식처럼 그렇게…… 철두철미하게 해줬거든. 이제 내 차례인데 당연히 더 완벽하게 해야지."

"그래. 완벽한 결혼식 좋지."

강진의 목소리에 혜민은 그 순간 그만 완벽한 결혼식을 상상하고 말았다. 인생 최고의 날인 것처럼 당당한 걸음으로 입장하는 신랑, 그리고 아빠의 팔에 팔짱을 끼고 천천히 웨딩마치에 맞춰 우아하게 입장하는 신부.

"입장할 땐 우리 둘이 나란히 동시입장 하는 거야. 내가 웨딩플래너여서 수백 쌍의 커플 결혼시켰는데, 그렇게 하는 커플들이 종종 있어."

강진은 말없이 그녀가 말하고 있는 모습을 바라보고만 있다. 혜민은 그가 왜 그러는지 알고 있었지만 모른 척 다른 얘기를 꺼냈다.

"우리가 특히 신경 쓸 부분은 결혼식보다는 신혼여행이야. 결혼식이야 전에도 했었지만 신혼여행은 다음에 가기로 미뤘었잖아."

"혜민아."

"난 로마에 가보고 싶어. 전에 캐나다에 있을 때 유럽여행을 갔다가 결국 시간에 쫓겨서 거길 못 갔었거든. 신혼여행으로 로마에 가서 신전도 가보고 콜로세움도 구경하고 싶어."

"혜민아."

혜민이 못 들은 척 제 할 말만 하자 강진이 다시 한 번 그녀를 불렀다. 이번엔 혜민이 잠시 말없이 강진을 바라보았다.

"……강진 씨, 나, 아빠 얘기는 하고 싶지 않아. 지금은 아빠한테 너무 화가 나서 용서가 안 되거든. 그러니까 그런 얘기할 거면 하지 마."

"혜민아. 아빠를 용서하란 얘기가 아니야."

"용서가 아니면 뭐?"

"이해하란 얘기야. 나도 처음엔 힘들었지만 결국엔…… 이해하기로 했어. 나한테도 금지옥엽 귀한 딸이 있었다면 나도 장인어른처럼 그렇게 했을 거라는 생각이 들었어. 어디서 느닷없이 나타난 불한당 같은 놈이 내 귀한 딸을 채간다면, 그것도 천애고아에, 가진 것, 벌어놓은 것 하나 없는 녀석이라면 당연히 무슨 짓을 해서라도 둘을 갈라놓으려 들었을 거야."

"난 이해 못해! 이해 못한다고. 이해도 안 되고 용서는 더더욱 안 돼. 지금은 그냥 아무 생각도 않고 쉬고 싶어. 그러니까 더 이상 아빠 얘긴 하지 말아줘."

"……."

강진은 가만히 혜민을 등 뒤에서 끌어안았다.

"그래, 지금은 쉬자. 아무 생각하지 말고 쉬어. 나중에, 시간이 지나면 그때 다시 생각하도록 하고 지금은 그냥 마음이 편해질 때까지 쉬어."

"……."

"우리, 스튜디오에 가서 내가 찍은 사진이나 구경할까? 너, 내가 찍은 사진 직접 본 적 없지?"

한참을 말없이 그녀를 꼭 끌어안고 있던 그가 무겁게 가라앉아 있는 혜민의 기분을 바꿔주고 싶었는지 갑작스러운 제안을 했다.

"사진?"

"응. 전에 파리컬렉션에서 찍은 사진들도 있고, 또 유명한 배우 사진들도 있고."

"……할리우드 배우 사진도 있어?"

"그럼, 있지. 아주 잘 빠진 여배우 사진도 있고, 조금 살찐 여배우 사진도 있고, 조금 나이 든 여배우 사진도 있고……."

"남자배우 사진은 없어?"

"남자배우 사진도 있긴 하지만 그건 너 안 보여줄 거다."

"왜?"

"나하고 비교할 거 아냐. 이렇게 옷 좀 잘 입을 수 없어? 헤어스타일 좀 이렇게 할 수 없어? 막 이러면서 구박할 거 아냐."

표정 하나 안 바꾸면서 강진이 자신의 말투를 흉내 내는 것이 우스워 혜민은 피식 웃고 말았다.

"남자배우 사진 보여주면 그만 우울해한다고 약속할게."

그녀의 말에 그가 짐짓 심각한 표정을 지었다.

"그래도 그건 좀 나한테 불리한데……."

"좀 웃기도 할게."

"흠……."

"강진 씨하고 비교는 아주 조금만 할게."

그제야 강진은 중대한 결정이라도 내리는 듯한 표정으로 마지못해 고개를 끄덕였다.

"하는 수 없지. 약속 지키는 거다?"

할리우드 배우의 사진이 꼭 보고 싶은 건 아니었다. 그저 그런 식으로 그와 농담을 주고받으며 기분을 풀고 싶었을 뿐이다.

하지만 강진의 손에 끌려 그의 스튜디오 1층 제일 안쪽에 자리한 강진의 사무실에 앉아 있으니 정말로 기분이 많이 나아졌다. 게다가 그가 자신의 기분을 풀어주기 위해 그렇게까지 노력하는데 계속 먹구름 낀 얼굴로 앉아 있는 것을 보이고 싶지 않았다.

강진이 찍은 사진은 보기 쉽게 앨범으로 제작이 되어 있었다.

처음엔 그가 건네주니 그저 받아서 펼쳤다.

몇 장을 넘기고 난 후, 그것이 강진이 처음 받았던 일부터 한국에 오기 전까지 했던 일을 순서대로 정리한 것이라는 것을 깨달았다. 그제야 혜민은 앨범에 흥미를 느꼈다. 이건 그저 할리우드 스타들의 사진이 아니라 강진의 미국생활기나 마찬가지인 것이다.

그래서 그런가 처음 사진은 그리 이름이 알려지지 않은 모델들이었다.

그러던 것이 몇 장 넘기지도 않아 이내 낯익은 얼굴들이 보이기 시작했다. 유명한 모델도 간혹 있고 혹은 영화 속에서나 보았던 할리우드 스타들도 있다.

그들이 전문모델들처럼 멋진 포즈나 혹은 우스꽝스러운 포즈를 잡고 있는 것을 보니 혜민은 강진이 그 사진을 찍을 당시의 모습을 그릴 수 있었다.

이 사람들을 강진 씨가 직접 보고 사진 찍었어.

지금까지는 그저 막연하게 그를 성공한 사진작가로만 생각했는데 이런 사진을 보니 그가 얼마나 대단한 사람인지 알 수 있을 것 같다.

잘생긴 배우, 섹시한 여배우들이 모두 강진의 앞에서 이런 포즈를 취했다는 것이 아닌가.

이 남자는 그렇게 잘난 사람인 것이다. 이렇게 잘나고 멋진 남자가 날 사랑해 주는데…….

또다시 기분이 우울해지려 하자 혜민은 얼른 다음 장으로 앨범을 넘겼다.

그러다 사진 하나를 발견하고 이번엔 표정이 구겨졌다.

분개한 얼굴로 고개를 들다 저쪽에서 자신을 흥미로운 얼굴로 보고 있던 강진과 눈이 마주쳤다. 표정이 너무 다채로웠던 모양이다.

"이 사진 마음에 안 들어."

혜민이 손가락으로 사진 하나를 가리켰다.

강진이 흘끔 보고 피식 웃고 말았다.

사진 속에는 여배우 하나가 과하게 정면을 향해 유혹적인 표정을 지으며 가슴을 들이밀고 있었다. 강진의 기억으로 그 여배우는 자신의 가슴에 상당한 자부심을 가지고 있었다.

여배우는 자신이 가진 것을 최대한 이용한 것뿐인데 혜민은 배우가 그에게 그런 유혹적인 자세와 몸짓을 했다는 자체만으로도 화가 나는 모양이다.

"카우보이모자를 쓴 걸 보니 분명 컨셉은 카우걸인데 왜 가슴이 이렇게 파인 블라우스를 입고 한눈에 봐도 부담스러운 가슴을 반이나 드러내 놓고, 입술은 또 이렇게 쭉 내밀고 있는 거야? 이건 카우걸 컨셉이 아니라 플레이보이 컨셉이잖아. 아마도 가슴이 무기일 거야. 그것도 수술해서 무리하게 큰 실리콘을 넣은 게 틀림없어. 분명 얼굴 고치는 것보단 견적이 덜 나오니까 가슴을 수술했을걸. 시선을 밑으로 끌어내리려고 말이야."

지금 이 상황에서 웃으면 혜민이 화를 낼 것이 분명한데, 그래서 웃음을 참아야 하는데 강진은 참지 못하고 쿡 웃음을 터뜨리고 말았다. 저 분노에 찬 적개심은 질투인 것이 분명하다.

더 분노한 혜민의 시선에 강진은 얼른 발뺌을 했다.

"맞아. 정말로 별로 안 예뻤어. 게다가 아무한테나 웃어 보이고 가슴을 흔들어대서 매력도 없었어."

가슴이 커서 흔들리는 것도 눈에 잘 띄었고 원래도 잘 웃는 배우였지만 혜민을 위해 맞장구를 쳐줬다.

"강진 씨가 사진을 너무 잘 찍으니까 이런 얼굴도 예뻐 보이게 나오는 거야."

강진의 맞장구에 기분이 나아졌는지 혜민이 한술 더 떴다.

"그럼, 내가 사진은 실물보다 더 예뻐 보이게 찍지. 원래 사진작가는 그걸로 먹고살잖아."

그렇지. 그게 정답이다. 그러니까 이 여잔 사진보다 실물이 별로란 얘기다. 실제로 봤을 때 그다지 현혹되지 않았단 뜻이다.

만족스럽게 고개를 끄덕이다 갑자기 뭔가를 떠올린 혜민의 얼굴에서 짤막하나마 머물러 있던 미소가 사라졌다.

몇 달 전 크리스마스이브에 창희가 그런 말을 했었다. 여자는 원래 그런 말을 들으면 절대로 잊지 않는다.

"그런데 창희 씨 말이 내가 사진보다 실물이 예쁘다고 했는데. 강진 씨, 왜 내 사진 안 예쁘게 찍었어?"

그녀의 말에 강진이 쿡 하고 웃음이 터지더니 마침내 참지 못하고 큰 소리로 웃기 시작했다.

"그거 진심으로 묻는 거야, 아니면 사진 못 찍었다고 화를 내는 거야?"

나름 진지하다. 강진의 휴대폰에 들어 있는 사진으로는 그 누구보다 예뻐야 한다고 강력하게 주장하는 바이다.

"진지하게 묻는 거 안 보여?"

혜민의 정색한 표정에 강진은 어이없는지 웃음을 그치지 못하고 있다가 이윽고 대답했다.

"몰래 찍었으니까. 그땐 네 사진을 찍을 시간이 없었잖아. 너 만났을 때 몰래 찍다 보니까 실력발휘를 못했지. 지금이라도 제대로 찍으면 최고의 모델이 될걸."

"거짓말하시네. 이 얼굴이 어떻게 최고의 모델이 돼? 두 눈은 퉁퉁 부었고 몸이 안 좋으니까 피부도 거칠고, 뒤통수엔 커다란 혹도 하나 달려 있고, 한마디로 엉망진창인데."

"거짓말 아니야. 정말로 한 번 찍어볼까? 내 말이 거짓말인지, 정말인지 확인해 보면 되잖아."

"싫어, 다음에 예쁘게 하고 와서 찍을 거야."

"지금도 엄청나게 예쁘다니까. 사진 보면 알 거 아냐."

"지금은 그리 사진 찍히고 싶지 않다니까."

그러면서 혜민은 갑자기 제 가방을 뒤지더니 거울 하나를 꺼냈다. 그 와중에도 머리를 매만지고 얼굴을 꼼꼼히 들여다보더니 립스틱까지 꺼내 입술에 바른다.

"나 정말 사진 찍기 싫은데."

"아니야. 정말 예뻐. 지금 네 모습도 아주 자연스럽게 나올 거야."

"강진 씨가 그렇게 말한다면야……. 그 대신 이 퉁퉁 부은 눈은 강조하지 말고, 조명도 이왕이면 노란색으로 해서 잡티가 하나도 안 보이게 찍어줘야 해. 옷은……. 어쩔 수 없지. 놀러 왔다가 즉흥적으로 찍는 거니 자연스럽게 나오게 해줘야 해."

사진이 현대의학을 넘어서겠냐, 포토샵을 한참 해야겠다, 이런 말 같은 거 하면 정말로 사진 안 찍으려고 했지만 사진작가를 하면서 그런 여자의 마음은 이미 익히 알고 있는 강진은 절대로 해선 안 되는 말은 하지 않았다.

스튜디오에 들어서서 혜민은 반짝이는 눈으로 주위를 둘러보았다. 직업상 많은 스튜디오를 다녀봤고 비교적 넓고 깔끔한 시설일 뿐 별반 다를 게 없는데도 강진이 일하는 곳이라니 신기한 마음이 들었다.

한창 사진촬영 준비를 하고 있는 중인지 스튜디오 한 귀퉁이에 새하얀 카우치와 호피무늬 깔개가 깔려 있다.

"나, 강진 씨 일하는 곳 처음 와봐. 그러고 보니, 정말 그러네. 옛날에도 강진 씨가 사진을 찍는다는 것만 알았지 실내에서 일하는 건 못 봤잖아."

"사진작가들이야 많이 봤을 거 아냐. 다 거기서 거기지. 다를 게 있나?"

셀프 캐비닛을 열고 안에 진열된 카메라 중 한 대를 꺼내며 강진이 무심한 목소리로 대꾸했다.

"다르지. 내가 본 사진작가들은 강진 씨처럼 멋지지 않은걸."

캐비닛을 향해 등지고 있어 그의 얼굴은 보이지 않았지만 등을 보니 쿡쿡거리고 웃는 것이 틀림없다.

"왜 웃고 그래?"

괜히 쑥스러운 마음에 퉁명스럽게 내뱉었다.

"네가 그렇게 말하니 기분이 좋아서 그러지. 기분이 너무 좋아서 네 사진도 무척 예쁘게 나올 것 같은데. 거기 앉아서 조금만 더 기다려. 준비 좀 하고."

이 몰골을 예쁘게 찍어준다니 고맙긴 하네.

잠자코 앉아 있으려니 조금만 기다리라던 그는 혜민이 앉은 카우치 쪽으로 조명을 조정하고 삼각대를 놓고, 이리저리 신중하게 카메라 각도를 조절하는 것이 아무래도 금방 끝날 것 같지는 않다. 얼마나 신경을 쓰는 것인지 조명의 각도에도 아주 세심하게 공을 들였다. 정말로 예쁘게 찍어주긴 할 모양이다.

기다리는 것이 지루해진 혜민의 시선이 열린 캐비닛으로 옮겨졌다.

흠……. 저게 다 강진 씨 카메라인 모양이네. 잘은 모르지만 한눈에 봐도 굉장히 값비싸 보인다.

새삼 그의 성공을 실감했다. 예전엔 카메라 한 대뿐이었는데. 게다가 제법 비싼 값을 치르고 사긴 했지만 당시에도 그렇게까지 비싼 값은 아니었다.

하긴 이제 성공했으니 예전의 그 카메라 같은 건 쓰지 않겠지. 더군다나 요새 쓰는 카메라와는 달리 필름을 쓰는 거라 지금은 돈 주고 사려 해도 구하기 힘들 정도로 구닥다리가 되었을 것이다.

그래도 처음으로 그녀의 선물을 행복하게 달아줬던 추억이 있었다.

아직도 기억이 난다. 반짝이는 은으로 된 돌고래 장식. 그가 카메라를 메고 나갈 때면 그 돌고래가 흔들려서 마치 혜민에게 인사라도 하는 것처럼 보였다.

그는 언제나 집에 오면 카메라렌즈와 함께 그 돌고래도 반짝반짝 광이 나게 닦았다. 혜민은 돌고래 세수시키냐며 그에게 농담을 하곤 했다.

그래서 언제나 강진의 돌고래 장식은 반짝임을 잃지 않고 있었다.

꼭 저 아래 있는 저 은장식처럼.

일순간 그녀의 두 눈이 커졌다.

캐비닛 제일 아래 카메라가방에 달려 있는 저 돌고래 장식. 어찌나 잘 보관을 했는지 은장식은 새것처럼 조명 불빛에도 반짝였지만 한눈에 봐도 예전의 그것이었음을 알 수 있었다.

"어, 저 카메라, 찾아왔나 보네."

신기하고 반가운 마음에 자리에서 일어나 그 카메라가방을 집어 들 때까지도 자신이 무슨 실수를 했는지 알아차리지 못했다.

한 템포 늦게야, 혜민은 자신이 하면 안 되는 말을 했다는 것을 깨달았다. 그는 모른다. 자신이 그가 전당포에 카메라를 맡긴 걸 알고 있다는 사실을.

혹시나 그가 그 말을 들었을까 싶어 돌아보았다.

조명을 만지고 있는 줄 알았던 그는 이미 돌아서서 그녀를 바라보고 있었다. 두 눈썹이 내려앉은 것을 봐서는 그녀의 말을 들은 것이 틀림없었다.

"……그거 무슨 말이야?"

한참이나 지나서야 그는 간신히 입을 열었다.

"난…… 그러니까……."

당황스러운 마음에 뭐라 둘러댈 말이 쉽게 떠오르지 않았다. 대답도 못하고 흔들리는 혜민의 눈빛에 강진이 한 발 다가왔다.

"그거…… 맡긴 거 알고 있었어?"

뭔가 치밀어 오르는 듯 그의 목젖이 한 번 내려앉았다.

“……..”

난 왜 이렇게 바보 같은 걸까? 그것만큼은 절대로 그가 알게 하고 싶지 않았었는데. 세상이 무너진다 해도 절대로 비밀로 하려던 것이었는데…….

“그거 맡긴 거, 알고 있었던 거야, 처음부터?”

그의 목소리는 떨리고 있었다.

감정을 삼키려는 듯 그의 목젖이 한 번 움직였다. 하지만 그는 이내 다시 혜민을 향해 잠긴 목소리를 간신히 끌어냈다.

“그것 때문에 헤어지자 했던 거야? 겨우 이따위 것 때문에 헤어지자 했던 거야?”

“강진 씨…….”

“너, 이…… 바보같이 이까짓 게 뭐라고……. 차라리 말을 했어야지! 내가 뭐라도 변명할 수 있게 물어보기라도 했어야지!”

“그걸 어떻게 말해? 겨우 고기 한 근 살 돈이 없어서 애지중지하던 카메라를 맡겨 버린 걸 내가 알고 있다고 어떻게 말해? 강진 씨 자존심은 어쩌고? 고기 한 근하고 바꿔 버린 강진 씨 꿈은 어쩌고? 나 때문에 그 새벽에 추운 데 서서……. 그거 나한테 알리고 싶지 않았잖아. 나도, 내가 알고 있다는 거 강진 씨 알게 하고 싶지 않았어.”

“그래서…… 그렇게 모진 말을 하고 가버린 거야? 내가 그거 알아차릴까 봐?”

그의 젖은 눈빛을 바라보다 혜민도 그만 목이 메고 말았다.

“나만 없으면 그렇게 꿈까지 포기하며 힘들게 살 필요가 없으니까…….”

“이 바보, 내 꿈이 너란 걸 왜 몰라. 몇 번을 말해줘야 하니. 너 떠나고 나서 내가 얼마나 널 원망했었는데……. 죽을 만큼 보고 싶어서, 차라리 정말로 죽어버릴까 하는 생각까지 했던 적도 있었는데……. 그깟 사진이 뭐라고…….”

그가 울고 있는 혜민을 품에 끌어안았다.

“네가 그런 마음이었던 것도 모르고 난…… 네가 힘들어지면 또 떠날지도 모른다고…… 얼마나 불안해하며 살고 있는데.”

“안 떠난다고 말했잖아. 늙어 죽을 때까지 절대로 안 떠난다고, 믿으라고 했잖아.”

그녀를 품에 안은 그의 가슴이 격하게 요동쳤다. 언제나, 심지어 그녀의 부모에게 모진 꼴을 당해도 한 번 화를 내거나 내색한 적 없는 그가 처음으로 그녀의 앞에서 눈물을 보이고 있다.

“바보같이…… 그런 줄도 모르고…….”

목멘 소리로 그는 말을 잇지 못했다.

그의 눈물이 가슴 아프다. 언제나 참고 내색 않는 그가 가슴 아파 싫었는데 그가 우는 모습은 더 아프다.

“미안하다……. 그렇게 떠나게 해서 미안하다. 그런 마음으로 떠난 걸 몰라주고 원망해서 미안해.”

처음으로 혜민은 그를 위로하기 위해 그의 입술을 찾았다. 두 사람의 눈물이 입안으로 섞여 들어왔지만 개의치 않았다.

“강진 씨……. 사랑해.”

혜민이 그의 눈물을 닦아주며 잠긴 목소리로 속삭였다.

"너무 사랑해서 가슴이 벅차. 벅찬 게 아프게 느껴질 정도로 사랑해. 나도 강진 씨 없으면 죽을 거야. 그러니까……."

그녀의 마지막 말은 강진의 뜨거운 입술에 의해 끝을 내지 못했다. 뜨겁게 내리누르던 그의 입술이 천천히 그녀의 입술을 애무하고 입안으로 파고들었다.

더 이상의 대화는 없었다.

서로에 대한 진심을 알기에, 또 그들의 사랑이 이제 믿음이라는 튼튼한 반석 위에 새로 쌓아 올려졌기에 더 이상의 대화는 불필요한 과정에 불과했다.

처음 진정한 사랑을 나눴던 그때처럼 두 사람은 또다시 뜨겁게 서로를 갈구했다. 서로에 대한 감정을 남김없이 드러냈다.

서늘한 스튜디오에 소품으로 깔린 호피깔개 위에서 두 사람은 서로의 체온으로 다시 한 번 사랑을 확인했다.

17

초인종이 울렸다.

월패드로 방문자를 확인한 가사도우미가 곤란한 표정으로 소파에 앉아 있는 효정을 돌아보았다.

"저……. 사모님, 서 작가가 왔는데요."

그녀의 말에 효정의 얼굴빛이 이내 어두워졌다.

이제나저제나 딸이 찾아오길 기다렸다. 아니면 둘이 같이 올 거라 생각했는데 찾아온 사람은 강진 혼자뿐이었다.

경욱은 아직도 화를 가라앉히지 못하고 있었다. 아니, 어쩌면 충격을 받아서 그런지도 모른다. 딸에게만큼은 최고로 좋은 아빠로 있고 싶어했지만 며칠 전 그 사건으로 딸에게는 좋은 아빠로서의 입지를 잃어버렸을 뿐만 아니라 의절이라도 당할 것 같은 분노를 보았으니까.

어쩌면 그 일은 정해진 수순이었을지도 모른다. 강진이 찾아올 때마다 문도 못 열게 하고 매몰차게 쫓아낼 때부터 결말은 그렇게 흘러가도록 정해져 있었다.

그래도 한편으로는 제 아빠를 저렇게까지 만든 혜민에게도 화가 나는 것은 어쩔 수 없었다.

못된 것. 아무리 화가 났어도 그렇지, 그렇게 대들고 제 할 말만 다 하고 가는 법이 어딨어? 아빠의 얘기도 차근차근 다 들어보고 설득을 했어야지. 강진도 곁에 있으니 그렇게까지 화를 내지 않아도 제 아빠가 얘기를 들어보는 시늉이라도 할 거 아니냐고.

하지만 그렇게 또 남편의 편만 들어줄 수도 없는 입장이었다. 그 상황에서는 누가 봐도 눈이 돌아갈 정도로 경욱이 강진을 몰아세우고 있었으니까. 남편의 입장이 아니라 딸의 입장에서 보면 눈이 뒤집힐 만도 했다.

어쨌건 혜민이 오지 않았다 해도 강진만이라도 온 것이 상황을 호전시킬지도 모르겠다.

"문 열어줘요."

전에는 서 작가가 오면 항상 문을 열어주지 않고 직접 나가 밖에서 돌려보내던 효정이 이번엔 문을 열어주라 시키자 가사도우미는 조금은 의아한 표정을 지으면서도 문을 열었다. 그러면서도 혹시라도 무슨 심각한 상황이 일어나기라도 할까 그녀는 얼른 멀찌감치 주방 쪽으로 피신했다.

혼자 이곳까지 왔으니 뭔가 단단히 결심하고 온 것이라 생각했기에 분명 잔뜩 긴장을 했을 거라 예상했다. 그러나 현관문을 열고 들어오는 강진은 전과는 달리 많이 편안해진 표정이었다. 아니, 효정이 보기에 이해가 안 될 정도로 편안한 얼굴이다. 뭐 믿고 있는 것이라도 있는 것 같았다.

"혼자 온 건가?"

혹시라도 혜민이 밖에 대놓은 차 안에서 기다리고 있기라도 할까 작은 기대감을 가지고 물었지만 역시나 아니다.

"네, 장모님. 저 혼자 왔습니다. 장인어른 안에 계시죠?"

효정은 한숨을 푹 쉬며 힘없이 고개를 끄덕였다. 지금 강진을 들여보내면 무슨 사단이 일어날지도 모르지만 이미 더한 것도 본 데다, 일을 어떻게든 해결을 봐야지 이대로 상황을 계속 두고 보기만 할 수도 없는 노릇이었다.

그래도 걱정이 되는 건 어쩔 수 없다.

"괜찮겠나? 혜민이 아버지, 지금 그리 좋은 상태가 아닌데. 다음이 낫지 않겠나? 저 양반 기분이 좀 가라앉은 다음에……."

"괜찮습니다, 장모님."

"여기 앉아서 차라도 한잔하면서 기다리게. 내가 저 양반 불러내 올 테니."

"아닙니다. 제가 들어가서 뵙고 싶습니다."

"그러겠나?"

하는 수 없다는 듯 효정이 방문을 열고 남편에게 강진이 온 사실을 알렸다. 당장에 큰 소리로 썩 꺼지라고 호통이라도 칠 줄 알았던 경욱이 무슨 이유인지 아무 대답도 않는다.

"장모님, 저 잠시만 장인어른하고 단둘이 얘기하게 해주시겠습니까?”

항상 신사적이고 예의 바르게 행동했던 강진이 방 안에 따라 들어오는 자신을 밖으로 내몰자 효정은 살짝 당황하지 않을 수 없었다.

지금 자신은 어떻게든 이 사태를 해결하고자, 조금이라도 강진의 편을 들어주려는 것인데 이대로 밖으로 내몰리면 편도 못 들어줄 뿐 아니라 일이 어떻게 되어가는 것인지 알 길이 없게 되는 것이다.

“그래도 내가 혜민이 어민데, 같이 있어야…….”

“당신은 나가 있어.”

강경한 경욱의 목소리에 결국 효정은 걱정이 가득한 얼굴로 방문 밖으로 나오고 말았다.

그래도 혹시나 경욱이 고함을 치거나 더 나아가서는 장인 사위 간에 주먹다툼이라도 벌어지는 혼돈의 사태를 대비해 문밖에 조용히 귀를 대고 앉았다.

경욱은 안 그래도 생각이 많던 참이었다. 화가 치밀어 생각을 제대로 할 수 없었지만 이대로 넋 놓고 있다가는 혜민을 잃는 것은 당연한 결과가 될 것이다.

그래서 뭐라도 해야 했다. 비록 자신이 한 그 일이 또다시 혜민에게 알려지면 당장은 혜민이 자신을 원망할지도 모른다. 하지만 나중에는 자신의 뜻이 옳았다는 것을 알아줄 것이다.

한편, 그러면서도 마음 한 귀퉁이에서는 자신이 한 행동이 정말로 자신이 원하는 결말을 가져다줄까 하는 의구심을 가지던 참이었다.

강진이 찾아왔단 말을 들었을 때 그래서 이번만큼은 쫓아내지 않고 아무 말 없이 방으로 들어오게 했다.

효정을 방에서 내보낼 때부터 그는 강진이 자신에게 왜 그러셨냐며 따지고 들 것을 예상했다. 그렇게 된다면 어쨌건 절반은 성공한 것이나 다름없었다. 놈이 따지고 들면 앞으로도 계속 그런 일이 생길 거라고 엄포를 놓을 것이고, 강진은 앞으로도 얼마나 힘들고 피곤한 나날들이 남았는지 몸소 깨닫고 운이 좋으면 좌절하며 돌아가게 될 것이었다.

강진은 조용히 경욱의 앞에 마주앉았다.

강진은 잠시 말이 없었다. 그저 경욱을 한동안 쳐다보고만 있는 것이다. 하지만 그 눈빛은 경욱이 예상했던 것이 아니었다. 절박해할 줄 알았던 강진의 눈은 평온하기 그지없었다.

그러다 갑자기 안주머니에서 뭔가를 꺼내 경욱의 앞에 내려놓았다.

“그게 뭔가?”

“장인어른이 저 말고 다른 작가를 쓰라고 누군가에게 건넨 수표입니다.”

“……."

경욱의 얼굴이 굳어버렸다.

이건 기다리던 상황이 아니었다. 삼천만 원. 적은 금액도 아닌 그 수표를 강진이 지금 자신에게 도로 내밀고 있는 것이다.

"저를 무너뜨릴 만한 힘은 남아 있다고 말씀하셨죠."

강진의 목소리는 어떤 감정도 실려 있지 않고 담담했다.

"……."

"제가 이 정도 돈에 무너질 실력밖에 안 되었다면 다시 혜민이를 찾으려고 하지도 않았을 겁니다. 아니, 이 정도가 아니라 몇 곱절이 된다 해도 저를 무너뜨릴 수는 없을 겁니다. 제가 어떻게든 미리 장인어른의 허락을 받으려 했던 건 혜민이 전처럼 부모님 반대로 힘들어하지 않길 바라는 마음에서였지 장인어른의 힘이 무서워서 그런 것이 아니었습니다."

경욱은 물끄러미 강진을 바라보았다.

정말로 죽이고 싶을 만큼 싫은 녀석이었다.

오래전, 이 녀석이 나타나기 전까지는 모든 일이 순리대로 잘되어가고 있었다. 혜민은 캐나다에 유학을 갔다 와서 원래 하기로 했던 대로 경영학 공부를 마치고 자신의 회사에 들어올 것이었고 아들 없이 딸 하나에 온 정성을 키운 보상을 그렇게 받게 된다고 생각했다.

바로 그러던 때 어디서 굴러먹던 개뼈다귀 같은 이 녀석이 나타나 혜민을 가로채 갔다.

그런 식으로 자신을 거스른 적이 없는 혜민이 몰래 도망을 쳐서 이 녀석하고 혼인신고도 하고 저희들끼리 결혼식도 올리고 쥐구멍 같은 작은 빌라에 살림을 차렸단다.

제 한 몸 먹고 살기도 힘든 사진쟁이란 녀석이 금이야 옥이야 키운 딸을 그렇게 채갔던 것이다.

그래서 그렇게 할 수밖에 없었다.

그렇게 무너뜨리고 나면 다시는 일어서지 못할 줄 알았다.

그렇게 지독하게 헤어졌으니 다시는 찾아오지도 않을 줄 알았다.

그런데 어찌나 지독하고 집요한 놈인지 경욱과 대적할 힘을 만들고 있었던 것이다. 그림자도 얼씬거리지 않아 안심하고 있던 그 몇 년 사이에.

경욱은 힘없이 수표를 물끄러미 내려다보았다.

어떻게 이게 돌아온 것일까. 제 아무리 실력이 좋다 해도 실력만 가지고는 재력을 이길 수 없는 법인데.

삼천만 원이면 적지 않은 금액이었다. 저 돈을 받아가며 걱정 말라고 큰소리쳤던 놈도 결국 강진에게 진 것이다. 한 발에 깔아 뭉갤 수 있는 쥐새끼 같은 놈으로만 생각했는데 이젠 감히 상대하기 버거울 정도로 강해져서 돌아왔다.

"저는 아직도 장인어른에게서 딸을 빼앗아가고 싶지 않습니다. 천애고아라 해도 부모님과 자식간의 관계는 천륜이고 함부로 끊을 수도 없는 관계라는 건 잘 압니다."

"그걸 아는 놈이……."

"하지만 저의 부모님이 아닌 이상, 굳이 억지로 천륜을 강요하고 싶지는 않습니다."

호된 말을 한마디해 주려던 경욱의 얼굴이 바짝 굳어버렸다.

예의를 차리며 말하고 있지만 그 순간 강진은 생각했던 것만큼 순하지도, 나약하지도 않았다. 하긴, 저 수표를 코앞에 내밀 때부

터 경욱은, 강진이 자신이 생각했던 그런 놈이 아니라는 걸 이미
느끼고 있었다.

"너…… 이놈이……."

"……혜민이는 결혼식장에서 아버지 없이 우리 둘이 입장하자
했습니다."

경욱의 눈에 또다시 분기가 서렸다. 안 그래도 혜민의 마음이
그럴 것이라 예상은 했지만 그런 말을 입 밖으로 꺼냈다는 건 생
각지 못했던 것이다. 그것도 이놈에게만.

"물론 그건 지금 화가 나서 하는 말일 겁니다. 하지만…… 정말
로 혜민이를 결혼식장에서 아버지 없이 입장하게 만들면 장인어
른은 앞으로 딸이 살아가는 모습과 딸이 손주들을 데리고 놀이터
에 가거나 장 보러 가는 모습을 먼발치에서나 보시게 되겠지요."

그는 여전히 감정이 실리지 않은 톤으로 말하고 있었지만 경욱
에게는 협박으로밖에 들리지 않았다. 결혼을 순순히 허락하지 않
는다면 딸을 다신 못 볼 거라고 조용한 어조로 조근조근 풀어서
경고하고 있는 것이다.

"이, 이놈, 지금 협박을 하는 거냐?"

"협박이 아니라 제안입니다. 처음이자 마지막으로 드리는 제
제안입니다."

"너, 이놈이 상황을 이렇게 만들어놓고……."

"이 상황은 제가 아니라 장인어른이 자초하신 겁니다."

"이, 이놈!"

"제 얘기는 여기까지입니다. 가보겠습니다."

말을 마친 강진은 조용히 자리에서 일어났다. 고개 숙여 인사하고 방문을 나서려던 강진이 다시 돌아서서 한마디 더 했다.

"혜민이, 제가 여기 온 것 모릅니다. 내일 중으로 혜민이하고 통화해서 인사하러 오라는 말씀을 남기셨으면 합니다. 그게 서로에게 모양새가 좋으니까요."

"뭐? 모양새? 너, 이 후레자식 같은 놈이 감히 어디서 그따위로 말을……."

"죄송합니다, 장인어른. 하지만 장인어른에 대한 예우는 혜민이 전화를 받고 난 다음부터 하겠습니다."

"뭐…… 뭐라고?"

끝내 경욱은 뒷목을 잡고 말았다.

자신이 일방적으로 이길 수 없을 만큼 강한 존재라는 건 수표를 내밀 때부터 알고 있었기에 결국 멱살잡이 안 하고 끝까지 듣고만 있었지만 속으로 치밀어 오르는 화는 참지 못했던 것이다.

무표정한 얼굴로 고개 숙여 인사하고 나가는 강진은 경욱이 참지 못하고 목소리를 키웠음에도 전과는 달리 조금도 어려워하는 기색이 없었다.

그게 더 경욱을 분통터지게 만들었다.

강진이 문을 열고 나가다 문에 귀를 바짝 대고 있던 효정과 눈이 마주쳤다. 효정이 무안해 방문 앞에 떨어진 먼지를 훔치는 시늉을 하자 강진은 싱긋 웃으며 허리를 깊이 굽혀 인사했다.

"그럼 장모님, 가보겠습니다."

"응? 으응, 가, 가보겠나? 차 한잔 안 하고?"

“괜찮습니다. 일이 좀 바빠서요.”

현관까지 강진을 배웅하고 나서 방으로 돌아온 효정은 그제야 그때까지 뒷목을 잡고 있는 경욱을 보았다.

그 순간 그녀는 자신의 예기치 못한 반응에 스스로 놀라고 말았다. 그만 웃음이 흘러나온 것이다.

“지금 날 보고 웃어? 웃음이 나와?”

“그러게, 착한 사람을 왜 건드려요, 건드리길. 내가 그랬잖아요. 혜민이에게 강진이만 한 남자는 없을 것 같다고.”

“착하긴 누가 착해? 저놈이 나한테 무슨 말을 했는지 알기나 하고 그러는 거야?”

“다 들었어요. 뒤에서 수표 건네며 일 다른 사람 주라고 작당 꾸민 사람에게 그 정도면 착한 거 아닌가요? 전에 한 번 했으면 됐지, 사람도 바뀌었고 시대도 바뀌었는데 바보가 아닌 이상 그거 예상 못하고 덤볐을까.”

“아, 아이고…….”

예상치 못한 효정의 대답에 또다시 혈압이 치솟는지 경욱의 목이 뒤로 넘어갔다.

“당신도 그만 진정해요. 그렇게 길길이 날뛰어봤자 당신만 몸 축나요. 내가 볼 땐 이미 전세는 저쪽으로 넘어갔는데요, 뭘.”

“그럼 당신은 저놈이 내 딸, 우리 혜민이를 데려다 고생시켜도 상관없단 얘기야?”

“강진이가 혜민이를 고생시켜요? 당신 막말로 구린 짓 한 거에도 눈 하나 깜빡 안 할 만큼 강해진 강진이 보고도 그런 말을 해요? 혜민이 고생 안 시키려고 성공해서 돌아왔잖아요. 그거 하나만 생각하며 몇 년을 이 악물고 노력했다잖아요. 당신은 그 마음이 안 보여요?"

"이 사람이 오늘 못 먹을 걸 먹었나, 오늘 따라 왜 이렇게 저놈 편만 들어?"

경욱이 하는 일이 마음에 안 드는 것이 있어도, 가끔 의견이 맞지 않아도, 결국엔 언제나 그의 편을 들었고 또 그가 하자는 대로 해왔던 효정이었기에 경욱은 지금 그녀의 태도를 이해할 수 없었다.

조용히 효정이 장롱 안에 넣어두었던 지갑을 꺼내오더니 그 안에서 사진 한 장을 꺼내 그의 앞에 내밀었다.

"보세요, 그거, 혜민이에요."

"갑자기 뜬금없이 사진은 왜……."

"그러게, 한 번 보시라고요."

아내가 억지로 들이밀자 경욱은 하는 수 없이 사진을 받아들고 들여다보았다. 예쁘게 웃는 혜민의 모습. 그래, 이렇게 예쁘고 눈에 넣어도 아프지 않을 귀한 자식인데 이제 와서 저런 못된 놈에게 빼앗길 순 없지.

"혜민이 웃는 거 예쁘죠?"

"그걸 말이라고 해?"

"혜민이 그렇게 웃는 거 보신 적 있어요?"

"혜민이가 그럼 언제는 안 웃었나? 날 보면 얼마나 생글생글……."

그제야 경욱은 효정이 하려는 말이 무엇인지 깨달았다.

언제나 자신에게는 생글생글 잘 웃는 혜민이었다. 하지만 이렇게 웃는 모습은 본 기억이 나지 않는다. 뭐가 그리도 즐거운지 웃는 얼굴에서 빛이 날 정도다.

"이거…… 그놈한테서 받은 거야?"

효정이 고개를 끄덕였다.

"혜민이가…… 그놈을 보고 이렇게 웃는다는 거야?"

"그래요. 우리한테도 이렇게 웃어준 적이 없는데, 강진이 보고 이렇게 웃어요, 혜민이가."

"……."

경욱은 굳게 입을 다물었다. 그런 남편의 모습을 본 효정은 조용히 자리에서 일어섰다.

"자식 이기는 부모 없다잖아요. 아무리 해도 이건 지는 게임이에요. 절대로 우린 강진이 못 이겨요. 혜민이가 저렇게 좋아하는데……."

"……그럼 이대로 저놈에게 져주란 말이야?"

"이기고 지는 걸 떠나서 한 번 진지하게 생각을 해보세요. 이대로 혜민이 평생 못 보고 살 수 있는지, 아니면 혜민이 좋다는 사람 가족으로 받아들이고 효도하는 거 보면서 살든지. 당신이 어떤 결정을 하든 난 나대로 혜민이 축복해 주고 딸, 사위 사는 집에도 가끔 놀러가고 손주 재롱도 보며 살 거예요."

효정이 방을 나가고 나서 한참이나 경욱은 말없이 혼자 앉아 있었다.

날이 저물고 방 안에 어둠이 스며들자 앞에 놓인 혜민의 웃는 얼굴도 점차 어둠에 파묻히기 시작했다.

불조차 켜지 않고 그렇게 몇 시간을 앉아 있던 그는 마침내 일어나 방 안의 불을 켰다.

어떤 길을 찾아봐도 방법은 없었다. 저 후레자식이야 어떻게든 이길 수 있을지 몰라도 혜민이만은 이길 수 있는 방법이 없다.

결국, 자식 이기는 부모는 없다는 말이 절대적인 진리인 모양이다.

밝은 표정의 혜민이 자신의 스튜디오 건물의 문을 열고 들어오자 강진은 주위가 다 환해지는 것처럼 느껴졌다.

"형수님, 오늘따라 자체발광을 하시네요. 뭐, 억수로 좋은 일이라도 생겼는갑네요."

그가 느낀 것을 창희도 느꼈는지 곁에 서서 새로 들여온 작업대를 조립하다 말고 너스레를 떤다.

"창희 씨만 있으면 내가 정말 엄청나게 교만해지는 거 알아요? 자꾸 그러시면 내 교만에 강진 씨만 힘들어져서 나중에 창희 씨 해고해 버릴지도 몰라요."

웃는 얼굴로 둘의 농담을 듣고 있으면서도 강진은 절대로 그런 일이 일어나지 않을 거라는 말은 해주지 않았다. 슬쩍 강진의 눈치를 본 창희가 헛기침을 하며 부품이 부족하다는 둥 자리를 피해줬다.

"창희가 자꾸 너 오면 좋아서 정신을 못 차리는 게 기분이 나빠지려고 해. 정말로 잘라 버려야 할지도 모르겠어."

"미인을 싫어하는 남자도 있나? 원래 다 그런 거지, 속 좁기는……."

농담처럼 강진에게 눈을 흘기면서 혜민은 그의 곁에 있는 의자에 앉았다. 마치 뭔가를 물어오길 기다리기라도 하는 표정이다.

"이 시간에 웬일이야? 아침에 지각이라고 뒤도 안 돌아보고 뛰쳐나가더니, 혹시 정수 씨한테 잘린 건 아닐 테고."

그의 말이 농담인 걸 알면서도 혜민은 정색을 하고 고개를 내저었다.

"다시 한 번 말하지만 나하고 정수는 서로 해고하고 말고 할 수 있는 사이가 아니라니까. 동업자라고. 나 자르려면 주주총회 소집해야 해."

"그럼 어쩐 일이야? 같이 점심 먹자고 온 건가?"

지금 하려는 말이 얼마나 기쁜 일인지 짐작조차도 못하는 강진을 향해 혜민은 또다시 활짝 웃어 보였다.

"있잖아, 강진 씨. 우리 아빠한테 오늘 전화 왔었거든."

"정말?"

"그렇다니까."

"그래서, 무슨 말씀 하셨는데?"

궁금하다는 표정의 강진을 보며 혜민은 또다시 환하게 웃었다.

"둘이 날짜 잡아서 정식으로 인사하러 오래."

"정말이야?"

"응, 정말이야."

강진은 믿을 수 없다는 표정을 지었다.

“믿을 수 없어. 혜민아, 정말 꿈만 같아. 그렇게 쉽게 장인어른 허락을 받을 거라고는 전혀 생각도 하지 못했는데…….”

“그러게. 나도 생각하지 못했어. 이대로 아빠 얼굴 다신 안 보고 살아야 하나, 정말로 걱정했었는데…….”

새삼 며칠 전의 일이 떠올랐는지 또다시 혜민이 감격한 얼굴에 눈물까지 글썽였다.

“그래서, 이젠 행복해?”

“당연하지. 말로는 나한테 아빠 필요 없다고 했지만……. 그래도 우리 아빠잖아. 지금까지 나한테 당신 다음으로 최고의 남자인걸.”

혜민의 대답에 강진은 소리 없이 웃고 말았다.

“그거, 정말이지? 아빠한테 가서는 반대로 얘기하는 거 아니지?”

“당연한 얘기를 힘들게 하고 있어. 하지만 당신 만나기 전까지는 아빠가 최고였다.”

강진은 그녀를 품에 꼭 끌어안았다.

“그럼 빨리 날짜 잡자. 당장이라도 가서 우리 둘이 행복하게 잘 살겠습니다. 축복해 주세요, 하고 말하고 싶어.”

강진의 말에 혜민이 잠시 머뭇거렸다.

“그런데…… 강진 씨는 괜찮겠어?”

“뭐가?”

“며칠 전에 그런 일도 있었는데……. 당장 인사하러 가도 괜찮겠어? 아무 일도 없었던 것처럼 하기엔 너무 시간이 짧잖아. 난 더 있다 가도 상관없는데.”

“당연히 괜찮지. 아마도 장인어른도 아무렇지도 않게 날 맞아주실 거라 믿어.”

“그러실 거야. 그런 생각을 하셨으니까 전화를 하셨겠지.”

혜민은 행복한 미소를 지으며 가슴이 벅찬 듯 한숨을 뿜어냈다.

“이제 정말로 행복할 일만 남은 건가? 믿어지지 않아. 정말로 이제 아무런 제약도 없이 우리가 잘 살 일만 남았다는 게.”

“그래, 혜민아. 이젠 웃으면서 살 일만 남았어. 장인어른이 힘든 결정을 해주신 거니까, 우리…… 앞으로 정말 장인어른, 장모님께 잘하자.”

“고마워, 강진 씨.”

“고맙긴. 너처럼 예쁜 딸을 내주신 고마운 분들인걸. 나한테는 부모님이 없으니까 그 두 분을 부모님처럼 생각하고 감사하며 살 거야.”

비록 장인어른은 어제의 일을 절대 잊지 않고 두고두고 곱씹으며 살겠지만. 자신을 볼 때마다 어제의 일을 생각하며 아무리 싫다 해도 함부로 할 생각은 하지 못할 것이다. 그러니 결국 그것은 강진, 자신이 바라는 일인 것이다.

“참, 그럼 며칠 후면 엄마 생신인데, 그때 효도도 할 겸, 겸사겸사 인사도 하는 게 어때? 엄마 가방도 사났고, 두 배로 기분 좋아하실 거 같은데.”

“그거 좋은 생각이다. 황혜민, 머리 다치고 나더니 더 똑똑해졌는걸.”

짓궂은 그의 농담에 옆구리를 쿡 찌르면서도 혜민의 얼굴엔 웃음이 사라지지 않는다.

"아빠하고 통화하고는 너무 기분 좋아서 곧바로 달려왔더니, 이제 막 배가 고프려 하네. 강진 씨, 나 이렇게 좋은 소식 들고 왔으니 맛있는 거 사줄 거지?"

"당연하지. 우리, 축하하는 의미로 아주 비싸고 맛있는 거 먹으러 갈까?"

혜민의 어깨를 감싸며 강진이 한결 편안해진 얼굴로 물었다.

잠시 후, 사무실 안에서 시간을 보내던 창희가 밖으로 나오다 말고 한숨을 폭 내쉬었다.

"아, 선배, 다 조립한 줄 알았더니 그냥 가버렸네. 내일 새벽부터 촬영한다고 이거 빨리 세팅해야 한다고 할 땐 언제고. 역시 연애가 좋긴 좋은갑네. 이런 거 끝내지 않고는 못 견디는 성격이 말이야."

한껏 투덜대면서도 얼굴에 미소를 지우지 못한다.

"아, 그래도 진짜 좋겠다. 내도 연애나 할깝네."

바람은 적당히 불었고 새파란 하늘은 마치 옅게 탄 감청색 물감을 도화지에 칠해놓은 것처럼 맑고 깊은 색을 띤 아주 쾌청한 오월의 어느 날이었다.

멋진 하얀색 정장을 차려입고 꽃장식이 달린 아치형 문 앞에 아내와 함께 선 경욱의 얼굴표정은 맑고 쾌청한 날씨와는 달리 그리

밝지 않았다.

"작은 할아버지, 작은 할머니, 축하드려요."

혜민의 오촌조카인 지수가 다가와 제 엄마 다리 뒤로 숨으며 쑥스럽게 축하인사를 건넸다. 아마도 은희가 딸에게 몇 번이나 연습을 시킨 모양이다.

"지수야, 오늘 아주 예쁜 옷을 입었구나. 공주님이 따로 없네."

효정의 말에 지수가 은희의 다리 뒤에서 쑥스럽게 모습을 드러내더니 자랑하듯 제 치맛자락을 살짝 들어 보였다. 귀여운 공주 그림이 그려진 원피스지만 역시 혜민의 결혼 준비를 맡은 정수가 주문한 대로 하얀색이다.

장소가 야외이니만큼 정수는 오래전 혜민이 대학교 교정에서 치렀던 결혼식을 오늘 결혼식 컨셉으로 잡았다.

그래서 그런가 미리 와서 자리 잡고 있는 몇몇 하객들도 모두 하얀색 정장이나, 혹은 하얀 색의 포인트를 어디 한 군데에라도 걸치고 있어 마치 한 폭의 그림 같은 분위기를 연상시키고 있었다.

"작은아버지, 좋으시겠어요. 그렇게 혜민이 시집갈 생각 없다고 걱정하시더니. 이렇게 예쁜 결혼식을 치르네요. 그죠, 작은 어머니?"

은희가 그런 딸의 손을 잡아끌며 축하인사를 건넸다.

"그러게. 이렇게 빠른 시간 안에 결혼식 준비를 끝낼 수 있을 줄은 나도 몰랐다, 얘."

"굳이 이렇게 밖에서 하면서까지 빨리 준비할 필요는 없었잖

아. 뭐가 급하다고."

경욱의 대답에 효정이 은희 몰래 그의 허리를 쿡 찔렀다.

"그렇게 5월에 결혼하고 싶었으면 내년 5월도 있는 거지. 꼭 지금 해야 할 필요는 없잖아."

"여보, 오늘 같은 날까지도 꼭 그렇게 말해야 해요? 남들이 보면 야외결혼에 불만 있는 줄 알겠네."

"누가 불만이래? 그냥 그렇다는 거지. 하객들이 전부 어리둥절한 표정이잖아. 이런 결혼식은 처음이라고……."

뚱한 경욱의 말에 은희가 웃고 말았다.

"작은아버지, 혜민이 시집가는 게 그렇게 서운하세요?"

정곡을 찌르는 은희의 말에 경욱은 더 이상 말을 못하고 입을 다물었다. 곁에서 그걸 본 효정은 그저 어이없이 웃을 뿐이다.

혜민의 결혼식 날짜를 잡았던 날, 경욱은 저녁 내내 혼자 방에 틀어박혀 나오지 않았다. 말로는 이제 그냥 허락해 줘야지, 저 불한당 같은 놈이 좋다니 어쩔 수 없지, 하며 다 포기해 놓고 그래도 막상 딸 시집가는 날을 잡으니 착잡했던 모양이었다.

그날 하루 그러고 나서 다음날부터 일상으로 돌아오는 것 같더니 어제 저녁 경욱은 또 잠을 이루지 못하고 밤새 뒤척였다.

"여보, 정말 괜찮을까? 저 나쁜 놈에게 우리 딸을 순순히 보내도 괜찮은 걸까?"

효정은 그런 남편을 꼭 끌어안아 주었다.

"여보, 저는요, 혜민이 스무 살 이후로 저렇게 환하고 밝은 얼굴을 본 기억이 없어요. 그거면 됐잖아요. 얼마나 좋으면 그러겠어요? 그러니까 이젠 그냥 마음으로 행복하기만 빌어줘요."

"그래, 이젠 너무 늦었지. 내일이 결혼식인데 말리기에도 너무 늦었지."

그러면서 또 한숨을 폭 내쉬던 경욱이었다.

강진이 찾아왔을 때, 효정이 그 자리에 직접 같이 있지는 않았기에 강진이 어떻게 하는지는 보지 못했지만 뭔가 상당히 충격적이었긴 한 모양이었다. 예전에는 '자격이 안 되는 놈'이라며 멸시하더니 이젠 '나쁜 놈, 못된 놈'으로 바뀌었다.

그렇게 밤새 잠을 설치고 일어난 오늘, 모든 걸 포기한 표정으로 결혼식장에 나왔지만 경욱은 여전히 뭔가 불만이 가시지 않은 얼굴을 다 지우지 못하고 있다.

한 무리의 시끄러운 무리들이 저쪽에서 나타나자 경욱은 더욱 불만스러운 표정이 되었다.

강진의 후배들인지, 상당히 많은 무리의 사람들이 연신 카메라 셔터를 눌러대며 누군가를 찍어대고 있다.

"어머……."

시끄러운 소리와 연신 터져 대는 카메라셔터에 흥미를 느끼고 그쪽을 유심히 쳐다보던 은희가 갑자기 넋을 잃은 표정이 되었다. 오늘 같은 날 무슨 큰일이라도 일어난 건가 싶어 효정이 물었다.

"왜 그러니? 은희야."

"알렉스 헌터예요."

"누구?"

"작은 어머니, 알렉스 헌터요. 미국 영화배우예요. 엄청나게 잘

나가는 배우인데……. 어? 줄리아나 데이비슨도 왔어요."

당최 알지도 못하는 영어 이름을 말해대더니 은희는 이젠 대놓고 지수의 손을 효정에게 넘기더니 잔뜩 흥분한 얼굴로 다가오는 무리 쪽으로 달려갔다.

또다시 사람들의 탄성이 어디선가 들렸다. 경욱이 돌아보니 이번엔 그도 나름 TV로 봐서 알고 있는 얼굴들이 나타났다.

"어머, 여보, 진상준이에요, 진상준!"

이번엔 곁에서 효정이 잔뜩 들뜬 목소리를 감추지 못했다. 드라마에서 많이 봤던 인물들이 직접 이 결혼식장에 직접 찾아왔다니 효정에게 이건 세상이 뒤집어진 것보다 더 놀라운 일인 것이다.

"봐요, 최영민하고 오하나도 왔어요."

효정의 말에 두 눈을 크게 뜨고 대한민국 최고의 스타들을 찾아보던 경욱이 아내와 눈이 마주치자 헛기침을 했다.

"우리 사위가, 정말로 실력 있는 사람이긴 한가 봐요. 어쩜 저런 유명한 사람들이……."

"그, 그러게 말이야."

괜히 무안한 마음에 고개를 돌리던 경욱은 조용히 고개 숙여 인사하고 들어가는 한 여자를 발견하고 얼음처럼 굳어졌다.

밝지만 단아한 차림의 여자는 두 명의 수행원과 함께였다. 삼정물산 대기업 총수의 영양 한예은. 지난 해, 재미교포 사업가와 약혼을 하면서 자주 신문지상에 얼굴이 올라 익히 알고 있는 얼굴이었다. 그 사업가가 미국에서 하는 프랜차이즈사업이 상당히 큰 규모인 것이 알려지면서 두 기업이 합병할 거란 얘기와 함께 삼정물산의 주가가 한때 폭등하기도 했을 정도로 시끄러웠었다.

저 여자도 두 사람과 아는 사이였단 말인가?

그제야 경욱은 강진의 그 여유 만만한 태도를 이해할 수 있었다.

저런 사람들이 결혼식장까지 찾아올 정도니, 강진이 그놈이 무슨 협박에도 눈 하나 꿈쩍하지 않았던 것이다. 그런 놈을 돈으로 망하게 하겠다고 했으니 얼마나 가소로웠을까. 수천만 원이나 하는 수표가 되돌아온 이유를 알 수 있을 것 같다.

저도 모르게 그는 헛웃음을 웃고 말았다.

보아하니, 그놈, 뭘 해도 우리 딸을 고생시킬 일은 없겠구나. 못된 성질머리는 어쩔 수 없다지만 최소한 굶고 살 일은 더 이상 일어나지 않겠구나.

아직도 썩 마음에 들지는 않지만 최소한 한편으로는 마음이 놓이는 것을 보니 사람 마음이란 정말 간사한 것이 맞다.

혜민은 멀찌감치 만들어놓은 신부 대기실에 앉아 있었다.

진주장식을 단 튜브탑에 레이스프릴이 허리 아래 전체를 감싼 베라 왕의 웨딩드레스를 입은 혜민은 다른 그 어느 신부보다 더 화사하고 아름다웠다. 전에 입어보았던 그 웨딩드레스를 잊지 않고 결혼선물로 준비한 예은의 덕분이었다.

수수하고 화사한 마가렛꽃으로 만든 부케를 손에 든 혜민의 얼굴은 당연 5월의 신부답게 환하고 밝아야 했다.

"신부님, 오늘 같은 날 그런 얼굴 하시면 나중에 결혼식사진 나왔을 때 두고두고 후회해요."

혜민이 늘 찡그린 얼굴의 신부에게 하는 말을 오늘은 정수가 농담처럼 읊었다.

이 이상 좋을 수 없는 날씨에 그 누구보다 가장 행복한 얼굴을 하고 있어야 할 혜민의 얼굴이 마치 억지로 결혼식장에 끌려 나온 정략결혼의 희생자처럼 잔뜩 근심이 서려 있었기 때문이다.

그녀는 초조한 표정으로 정수에게 걱정스러운 시선을 보냈다.

그 하고 많은 날들 중에 하필, 바로 오늘, 그 정수리를 찌르는 듯한 이상야릇하고 좋지 않은 예감이 드는 이유는 뭘까?

뭔가 나쁜 일이 일어날 거 같아.

누군가 귀에 대고 그렇게 속삭이는 듯했다. 오죽했으면 정수에게 그 예감에 대해 말을 했겠는가.

"오늘 안 좋은 일이 일어날 거 같아. 아, 어떡해, 하필 바로 오늘……."

"네가 초조해서 그런 거야. 당연하지, 네 결혼식 날인데. 누구나 결혼식 날에는 그런 기분을 느껴."

혜민을 위로하기 위해 정수는 근거 없는 말을 마치 수차례 들어본 양 되풀이했다.

"그런가?"

대답을 하면서도 혜민은 표정만큼은 쉽게 바꾸지 못했다. 어찌 됐건 간에 오늘은 혜민의 신경이 지금까지 살아온 29년 중 가장 최고라 할 수 있을 만큼 예민했으니까.

계속 밖을 내다보며 나갈 타이밍을 살피던 정수가 마침내 황급히 혜민을 일으켜 세웠다.

결혼식이 마침내 시작된 것이다. 대기실 밖으로 나온 혜민은 서둘러 기다리고 있는 아빠의 곁으로 걸어갔다.

"혜민아, 미소! 미소!"

마지막까지 정수가 혜민을 향해 작은 목소리로 필사적으로 외쳤다.

마침내 웨딩마치가 울려 퍼지기 시작했다.

만면에 아주 흐뭇한 웃음을 웃는 경욱의 팔에 손을 얹고 신부입장을 하는 혜민은 자신의 예감을 애써 부인하며 모든 5월의 신부들이 가질 법한 미소를 얼굴에 띠었다.

그저 모든 신부가 가지는 그런 종류의 불안감일 거야.

저 앞에서 강진이 서 있었다. 검은 보타이에 하얀 턱시도를 입고 누가 봐도 홀딱 반할 만큼 환한 미소를 멋지게 지으며 그녀를 기다리고 있었다.

웨딩마치가 끝날 즈음, 마침내 혜민은 강진의 앞에 마주 섰다. 또 뭔가 머리를 찌르르 하고 지나가는 듯하다.

신부 아버지에게 허리를 굽혀 절을 한 강진이 공손히 혜민을 향해 한 손을 내밀었다.

혜민은 그 순간 바로 이것 때문에 그런 예감이 든 것인가 생각했다. 자신을 잡고 있는 아빠가 갑자기 손에 힘을 불끈 준 것이다. 그 손을 놓아줘야만 강진에게 가는데, 무슨 생각을 하고 있는 것인지 경욱이 그녀를 놓아주지 않는 것이다.

"아, 아빠……."

하는 수 없이 혜민은 복화술을 하듯 작은 소리로 정신줄 놓은 듯한 경욱을 일깨웠다.

그제야 경욱은 아쉽게 그 손을 강진에게 인계했다. 하지만 서로를 바라보는 눈빛에선 레이저가 나와 광선검 대결이라도 할 수 있을 것 같다.

"오늘 우리는 오랜 시간을 돌고 돌아 이 자리에 다시 선 한 커플의 결혼을, 그리고 한 남자, 한 여자의 인간승리를 마음 깊이 축하해 주고자 합니다."

강진의 대학 교수가 마침내 이례적인 축하의 말로 주례사를 시작했다. 두 사람의 사연을 아는 사람들이 여기저기서 살짝 피식거렸지만 혜민의 표정은 여전히 밝지만은 않았다.

방금 전의 일이 전부가 아니었던 것이다. 이 불안한 예감이 여전히 머리꼭지에 남아 있는 것을 보면.

혹시 금방이라도 저 뒤에서 누군가 손에 애 하나 안고 들어와 자신이 이 남자의 여자라며 이 결혼은 무효라고 소리 지르는 일이 생기지 않을까?

아니면 어떤 억하심정을 가진 남자가 느닷없이 자신이 나와 결혼을 약속했으니 사기결혼이라고 외치지는 않을까?

내내 불안감 속에서 그녀는 10여 분 동안 계속된 주례사를 한마디도 제대로 듣지 못했다.

게다가 강진과 서로 반지를 교환할 때쯤엔 뭔지 모를 이 불안감은 점점 덩치를 키워 마침내 두통으로 번지기 시작했다.

뭔가 일어날 것 같은 이 정체 모를 긴장감은 혜민에게만 존재하는 것인지, 결혼식은 내내 혜민과 강진이 원했던 대로 웅장하게, 화려하고 아름답게 또 지루하리만치 길게 이어졌다.

다음에 담당하는 결혼식은 결코 길지 않게 해야겠어.

그제야 신부들의 마음을 다시금 헤아리게 되는 순간들이었다.

그리고 마침내 그 모든 것의 종지부를 찍듯 웅장하게 결혼행진곡이 울리기 시작했다. 모든 일이 끝나기 직전인 이 순간 혜민의 가슴은 이 모든 것이 생소한 것처럼 마구 두근거리기 시작했다.

하지만 그의 단단한 팔에 한 손을 걸쳤을 때 드는 그 든든한 마음과는 달리 그녀의 머릿속은 비명이라도 지르는 듯 날카로움이 극에 달했다.

한 걸음, 또 한 걸음, 숭고한 의식처럼 그녀는 보장된 장밋빛 미래를 향해 걸음을 떼었다.

한 폭의 그림과도 같은 두 사람의 모습에 하객들은 감탄과 함께 박수로 이 재결합을 축하했다.

조금만 더 가면 돼. 그땐 이 결혼식이 끝나는 거야. 조금만 더 참으면 지금까지의 힘들었던 과거를 다 잊을 만큼 행복한 미래가 시작되는 거야.

머리끝에서 뾰족한 바늘이라도 튀어나올 것만 같았다. 결혼행진곡이 장엄할 정도로 크게 울렸지만 혜민의 귀에는 그 순간 아무 소리도 들리지 않았다. 금방이라도 무슨 일이 일어날 것만 같다.

조금만 더…… 조금만 더 가면 돼.

하지만 바로 그 순간, 언제나 비껴난 적이 없는 혜민의 예감은 역시 적중을 하고 말았다.

지금까지 아무런 느낌도 없던 발쪽에서 갑자기 뚝 하는 느낌이 들면서 혜민은 그대로 뒤로 넘어가고 있었다.

비록 찰나였지만 혜민은 그 순간이 영원과도 같았다. 놀라 동그 랗게 뜬 두 눈으로 자신을 바라보고 있는 하객, 저 멀리서 한껏 엄마 미소를 짓다가 놀라 비명을 지르고 있는 것 같은 정수의 얼굴, 또 꽃가루를 뿌릴 준비를 하고 있던 강진의 스튜디오 식구들의 얼굴이 마치 슬로비디오처럼 그녀의 뇌리에 강하게 박혔다. 이대로 이 아름다운 결혼식은 아디오스. 또다시 유튜브에 올라갈, 드레스가 뒤집혀 넘어진 신부의 모습이 그 비디오 다음으로 연결되어 생생하게 머릿속에 자리 잡았다. 결국 불길한 예감은 언제나 들어맞는다.

그러나 바로 다음 순간 혜민은 하늘을 바라보며 몸이 반쯤 젖혀진 채 공중에 머물러 있었다. 눈부신 햇살의 정 가운데에 바로 강진의 미소가 있었다.

마치 멋진 퍼포먼스의 한 장면처럼 그는 단단한 팔로 그녀의 허리를 받쳐 들고 다른 한 팔은 그녀의 몸 앞을 교차해 그녀를 감싸고 있었다.

아, 아직 실패하지 않은 것이다. 그대로 망친 채 끝날 줄 알았던 결혼식이 멋지게 이어지고 있었던 것이다.

그리고 그가 천천히 고개를 숙였다.

사랑과 감사가 가득 담긴 키스가 그녀의 놀라 벌어진 입술 위에 잠시 동안 머물렀다.

그제야 혜민의 귀에 다시 소리가 들리기 시작했다.

장난기 섞인 야유와 박수였다.

눈처럼 새하얀 꽃가루가 아직도 입술을 맞대고 있는 두 사람의 위로 축복처럼 흩어져 내렸다.

"이젠 걱정할 필요 없어. 내가 네 옆에 있을 거니까."

그가 나지막하게 속삭였다.

혜민은 고개를 끄덕였다. 거짓말처럼 자신을 괴롭히던 두통도 사라지면서 혜민은 예상할 수 있었다. 이제 더 이상 이런 느낌은 들지 않을 것이라는 것을.

그가 혜민의 앞에 천천히 무릎 꿇고 앉더니 굽이 부러진 그녀의 구두를 발에서 벗겨냈다. 그녀가 휘청이며 넘어질 뻔한 이유를 알고 있었던 것이다.

굽이 부러진 부끄러움에 혜민의 얼굴이 붉어지기도 전에 강진이 갑자기 자신의 구두를 벗고 맨발을 드러냈다. 혜민은 그런 그를 보며 자신도 치마를 살짝 들어 발을 드러냈다.

한 순간의 소동에 잠시 멈췄던 결혼행진곡이 다시 울려 퍼지기 시작했다.

아무것도 없었고 아무것도 몰랐던 그 스물두 살, 대학 교정에서 치렀던 결혼식처럼 오늘 두 사람은 또다시 맨발로 푸른 잔디 위를 걷기 시작했다.

하객들은 일제히 자리에서 일어서서 진심으로 두 사람을 위해 박수를 치기 시작했다.

비록 작은 소동이 있긴 했지만 하객들은 기억할 것이다. 오늘의 인상 깊은 결혼식을. 그리고 또한 내일이면 혜민은 또다시 인터넷을 타고 전국으로, 어쩌면 전 세계로 얼굴이 알려질 것이다.

그리고 전과는 달리 그 영상은 청실홍실의 이름을 다시금 알리는 기회가 될 것이다. 누구라도 그 동영상을 보면서 행복한 한 커플의 장밋빛 미래를 닮고 싶어할 테니까. 이왕이면 같은 장소에서.

그런 계산을 하며 캠코더를 들고 있는 정수의 얼굴은 한껏 꿈에 부풀어 있었다.

“다음 작품은……”

강진이 심각한 얼굴로 뜸을 들이자 그들 사이의 긴장감은 마치 소더비경매장에 명화가 나올 때만큼이나 팽팽하게 당겨졌다.

“바로 두부강정!”

강진이 조리대 밑에 숨겨두었던 요리접시를 꺼내며 외치자 호기심 가득한 눈으로 바라보던 그들이 잠시 머뭇거린다. 두부라는 말에 실망을 한 모양이었다.

“……일명, 양념치킨맛 두부!”

“와!”

역시나 양념치킨은 대한민국 아이들의 최대 간식이 틀림없다. 눈앞의 식탁에 올망졸망 모여 앉아 있던 이현의 반 친구들이 그제야 정신없이 달려들었다.

빛의 속도로 포크질을 해대는 아이들의 모습을 보니 뿌듯하기 짝이 없다.

"소진이, 넌 안 먹니?"

그중에 시큰둥한 반응으로 다른 아이들이 접시를 비우는 모습을 보고만 있는 아이가 눈에 띄었다.

"네, 저는 두부 싫어해요."

"저런, 안타깝다. 저거 두부맛 안 나는데. 거의 말캉거리는 양념치킨맛인데……. 안 먹으면 나중에 후회할 건데……."

후회할 거라는 말에 살짝 마음이 움직였는지 소진이는 다른 친구들이 벌써 반쯤은 먹어치운 두부강정 접시를 흘끔거렸다. 망설이다가는 두부 한 귀퉁이를 살짝 잘라 입안에 넣더니 역시, 입맛에 맞았는지 이내 나머지를 입안으로 마저 밀어 넣었다.

"그런데, 이현아. 너희 집은 항상 아빠가 요리를 해?"

두부강정 한 쪽을 더 입에 넣고 우물거리던 소진이 그제야 이상한 걸 느꼈는지 작은 소리로 물었다. 몇 달에 한 번씩 사진여행을 떠나기 전, 이렇게 이현의 반 아이들을 초대해 냉장고를 비우는 행사를 하건만 그때마다 주방에 있는 사람이 이현의 엄마가 아닌 아빠다 보니 그게 이상하게 보였던 모양이다.

"쉿, 너, 그거, 우리 엄마 있을 땐 말하면 안 돼."

이현이 다른 아이들이 들을까, 작은 소리로 주의를 주었다.

"왜?"

"그럼 우리 엄마가 음식을 하거든."

아이들이 하는 말에 웃으면 안 되지만 강진은 자신도 모르게 웃고 말았다.

그도 그럴 것이, 혜민의 음식솜씨는 옛날과 마찬가지로 지금도 젬병이었다. 보통은 음식을 좀 하다 보면 실력도 늘어나게 마련인데 혜민의 음식솜씨는 어떻게 그렇게 한결같이 일관적인지 모르겠다. 조금 달라진 게 있다면, 예전엔 너무 짰고 지금은 너무 달다는 것.

난다 긴다 하는 요리명인들이 써낸 요리책까지 보면서 해도, 보지 않고 하는 것이나 별반 다를 것이 없다는 것은 거의 불가사의에 가깝다.

그러다 보니 이현이 한창 자랄 나이에 집 음식을 잘 안 먹고 바깥의 군것질에 환호하게 되는 현상이 일어나게 되었고, 보다 못한 강진이 요리를 맡게 되었던 것이다. 강진이 요리를 맡고 나서는 이현의 군것질 버릇이 거의 없어졌다.

아직까지도 그 기억만큼은 남았기에, 엄마가 음식을 한다 하면 이현은 좋아하는 것이 아니라 거의 공포에 질리는 수준까지 된다.

다행히 지금 혜민이 외출 중이니 이현이 저런 말도 마음 놓고 하는 것이지, 만일 혜민이 집에 있었다면 이현은 자신을 위태롭게 만든 소진을 내쫓았을지도 모른다.

불과 몇 분도 안 되어, 아이들은 냉장고 안에서 얌전히 주인의 처분을 기다리던 두부 두 모를 게 눈 감추듯 싹 먹어치웠다.

드디어 냉장고를 다 비웠단 생각에 강진이 뿌듯한 미소를 지었다. 여행 준비의 제일 마지막은 언제나 냉장고를 비우는 것인데, 그게 생각보다 스트레스를 많이 받는다.

멀쩡한 음식들을 아깝게 다 버리고 갈 수도 없고, 궁여지책으로 냉장고 안의 음식을 모두 요리해 아이들에게 나눠주는 것을 생각했는데 그게 의외로 효과가 좋았다. 이현의 친한 친구들의 모습을 모두 볼 수 있고, 또한 거기서 이현의 학교생활의 단면도 볼 수 있다.

오늘 온 친구들의 해맑은 얼굴들을 볼 때 이현은 무난하고 별 탈 없이 학교생활을 하고 있다.

처음엔 이현에게 넓은 세상을 보여주는 것도 좋은 공부라 생각해 방학이 아닌 때도 그가 사진여행을 떠날 때마다 이현을 데리고 다녔다.

그리고 좋은 결과를 얻을 수 있었다. 세상의 많은 것을 보고, 많은 것을 배운 이현은 생각하는 방식이나 마음씀씀이가 남달랐고 영민한 아이란 말을 들었다.

하지만 그 반면 학교생활에 잘 적응하지 못해 힘들어했다.

세상을 보는 것도 공부라 생각했지만 이현에게는 친구들과 함께하는 시간도 필요했던 것이다.

그 이후 강진의 사진여행은 이현의 방학시즌으로 국한되었다. 그리고 이제 이현은 또래 아이들처럼 밝고 구김살 없는 것이, 딱 그 또래다. 그리고 가끔 제 엄마에게나 아빠에게 잔소리를 해댈 만큼의 영민함은 그대로다.

"아저씨, 다른 건 더 없어요?"

쇠고기탕수육을 포함한 네 접시의 음식을 모두 해치운 아이들은 그러고도 부족했는지 포크에 묻은 양념까지 쪽쪽 빨며 더한 기대감을 표했다.

그는 회심의 미소를 지었다.

냉동실 안쪽에 홀로 덩그러니 놓여 있던 아이스크림케이크를 꺼내어놓자 아이들은 지금까지 강진이 내놓았던 어떤 요리보다 더 큰 소리로 환호성을 질렀다.

바로 어젯밤, 이현의 외할머니 효정이 이현이 먹이려고 사다 준 케이크였다. 워낙 손이 큰 성격이라 이현이 혼자 먹으려면 한 달을 두어야 할 만큼 커다란 케이크를 사왔지만 너무 늦은 시간에 단 것 먹으면 이현이 잠을 안 잔다며 혜민이 빼앗아 냉동실에 넣어두었던 것이었다. 덕분에 아이스크림케이크는 어디 한 군데 파인 곳 없이 완벽하게 크고 웅장하기까지 했다.

"다 먹어도 돼요?"

네 명의 아이들이 먹기엔 너무도 큰 케이크였지만 한 아이가 욕심이 앞섰는지 먼저 강진의 허락을 구했다.

강진은 한순간 다 먹어도 좋다고 말하고픈 유혹에 빠졌다. 다 먹어주면 오히려 고맙다.

"안 돼, 한 덩어리씩만 먹어. 아이스크림을 너무 많이 먹으면 배탈이 나니까."

"에이……."

이내 아이들이 실망한 표정을 지었지만 강진은 꿋꿋하게 아이들에게 적당한 양의 아이스크림 한 덩이씩을 덜어주었다.

남은 케이크를 다시 냉동실에 넣어놓고 나서야 강진은 아이들이 아이스크림을 떠먹는 모습을 흐뭇하게 바라보았다.

전에 왔던 친구도 있고 이번에 새로 온 친구도 있네. 이현의 곁에 앉은 정민이도 오늘 처음 보는 아이였다. 개구지게 생긴 것이, 녀석 제법 장난꾸러기일 것 같지만 생긴 걸 보니 나중에 여자아이들에게 초콜릿 좀 받겠다.

그러다 그의 시선이 정민의 곁에 앉은 이현에게로 향했다.

그는 살짝 미간을 찡그렸다. 대체로 이현은 아빠가 해준 음식을 아주 잘 먹지만 아이스크림이라면 자다가 벌떡 일어날 정도로 좋아하는 것이었다.

그런 것을, 지금 이현이 스푼으로 뜨는 둥 마는 둥 깨작이고 있는 것이다.

그러고 보니 아까 강진이 해준 요리를 먹을 때도 그랬다. 먹는 둥 마는 둥, 시무룩하게 깨작깨작. 아깐 학교의 점심 급식을 잘 먹어서 입맛이 없나 생각했지만 아이스크림까지 저렇게 먹는다면 뭔가 문제 있는 것이다.

"이현아."

강진이 부르자 이현이 살짝 강진을 보는 듯하다 이내 시선을 내리고 대답만 한다.

"응."

"혹시, 어디 아픈 거야? 왜 그렇게 먹는 게 시원치 않아?"

"아니, 아픈 데 없어."

그는 가만히 딸을 바라보았다. 뭔가 이상하다. 여행을 이틀 앞둔 오늘이면 분명 이현은 잔뜩 들떠 재잘재잘 즐겁게 말도 많아야 할 때였다.

하지만 말수도 별로 없고, 잘 먹지도 않고, 뭔가 분명 이상하다.

"이현아, 아빠가 묻고 싶은 것이 있는데 잠깐만 와볼래?"

결국 그는 이현을 따로 불러 거실의 소파로 갔다.

"왜 그래, 서이현. 무슨 고민이라도 있는 거야? 말해봐. 이 아빠가 다 들어줄게."

할 말이 없지는 않은 듯 이현은 대꾸도 않고 제 손끝만 만지작거렸다.

"있구나? 왜 그래? 학교에서 무슨 문제라도 생겼어?"

"그게 아니고……."

"그래. 아빠한테 말해봐."

"있잖아, 나……."

"응."

또다시 말을 못하고 이현이 뜸을 들였다. 무슨 일이 생겼다는 생각에 강진의 속이 타들어갔지만 그는 참을성 있게 이현의 다음 말을 기다렸다.

"……이번 여행, 안 따라가면 안 돼?"

예상치 못한 이현의 말에 그 순간 강진의 머릿속은 새하얗게 변하고 말았다.

그는 자신의 귀를 믿을 수 없었다.

이현의 나이 여섯 살 때부터 늘 함께했던 사진여행이었다. 혜민과 이현과 함께하는 사진여행은 어딜 가도 그를 행복하게 했고 그의 행복은 늘 사진 속에 묻어 나왔다.

혜민과 이현은 강진에게 있어 영감을 주는 뮤즈였다.

"왜? 여행 가는 것이 싫어? 이번엔 네가 가보고 싶다고 했던 세렝게티인데도?"

항상 사진여행을 떠나는 방학을 손꼽아 기다렸고 여행이다 하면 제일 먼저 달려가 짐부터 챙기는 아이였다. 이번 탄자니아행도 세렝게티에 가보고 싶어하는 딸의 의견을 충분히 반영한 것이었다.

그런 이현이 이 여행을 따라가지 않아도 되겠냐고 조심스럽게 묻고 있는 것이다.

"가기 싫은 건 아니고……."

이현은 또다시 손끝을 만지작거렸다.

"그냥…… 집에 있는 것이 더 좋아. 나 혼자 있을 수 있으니까 그냥 집에 나 혼자 두고 엄마랑 둘이만 가면 안 돼?"

이현아, 그게 무슨 말이니! 이 아빠는 이젠 너 없이는 여행을 다닐 수 없어. 아빠를 버리지 마, 제발. 이제 아빠가 싫어진 거니?

당장이라도 이현의 손을 덥석 잡고 애원을 하고 싶었지만 강진은 애써 표정관리를 했다.

"이현아, 너 이제 아홉 살이야. 하루는커녕 한나절도 혼자 못 두는데 어떻게 한 달 가까이 혼자 집에 있을 수 있니?"

"혼자 있을 수 있어. 밥은 전에 아빠한테 배워서 해봤고, 반찬은 할머니가 가져다주시는 거 먹으면 되고, 잠은 자명종 두 개 맞춰 놓고 자면 일어날 수 있어. 오늘 아침에 해봤는데 엄마가 깨우기 전에 일어났단 말이야."

강진은 또다시 할 말을 잃고 말았다.

망설이거나 막히지 않고 다다다 말하는 것이 이건 지금 생각한 말이 아니라 미리 생각해 두었던 것이 틀림없다. 게다가 오늘 아침에 혼자 일어나는 연습까지 했다니, 며칠 전부터 생각했던 것이다.

"아무리 그래도 그건 안 될 말이야."

하고 말을 마치려던 강진은 이내 시무룩해지는 이현의 표정을 보고 이내 말을 이었다.

"……다른 방법을 생각해 보자."

언제 시무룩해졌냐는 듯 금세 이현의 표정이 확 밝아졌다.

"아빠, 정말이지?"

"생각해 볼게."

"아빠, 고마워! 그리고 사랑해!"

죽을 것 같은 심정으로 말했던 강진은 딸의 사랑한다는 말에 조금은 마음이 풀렸다. 사랑한단다. 아빠랑 여행 가는 것이 싫어서 안 간다고 한 건 아닌 모양이다.

"그래, 그럼 가서 아이스크림케이크 먹어. 다 녹겠다."

"알았어!"

방금 전과는 달리 이현이 한 톤 높아진 목소리로 대답하며 친구들이 있는 주방으로 달려갔다.

홀로 소파에 남겨진 강진은 세상을 다 잃은 것 같은 기분이었다.

이현이 따라가기 싫어한다니.

사진여행은 강진이 상업사진에서 작품사진으로 전향하던, 이현이 나이 여섯 살 때부터 지금까지 항상 같이 다녔던 일종의 가족 행사였기에 이현 없이 간다는 것을 강진은 상상한 적도 없었다.

이현의 나이 여섯 살 때, 강진은 마침내 오랫동안이나 고심했던 문제, 자신의 방향을 결정했다.

처음엔 생각도 하지 않았다. 그의 인생에 있어서 혜민과 또한 너무도 사랑스러운 딸 이현이 있었기 때문이었다. 그런 그를 설득한 것은 혜민이었다.

'강진 씨는 내가 행복해지는 것이 강진 씨 행복해지는 것이라 했잖아. 나도 똑같아. 나도 강진 씨 행복해지는 게 내가 행복해지는 길이야. 강진 씨가 작품사진을 찍어야 나도 정말로 행복해질 수 있을 거 같아.'

당시 혜민은 이미 회사를 그만둔 상태였다. 처음 이현을 임신했을 때, 자신이 행복한 결혼식을 올리고 나니 더 이상 결혼사업에 관심이 없어졌다며 청실홍실의 주주로서의 직함만 남겨두고 조금의 미련도 가지지 않고 회사를 그만뒀던 것이다.

그런 혜민과 또 한창 자신을 따르며 지금까지 느껴보지 못했던 또 다른 행복을 주는 이현을 두고 그는 그렇게 섣불리 자신이 원하는 작품사진 작가로 전향을 결정할 수 없었다.

그렇게 2년을 더 보내고 나서야 혜민이 또 다른 설득에 들어갔다.

'그럼, 우리 셋이 같이 여행을 다니는 건 어때? 이현이한테도 넓은 세상을 보여주며 세상에 보고 듣고 배울 게 얼마나 많은지 알게 하는 것도 좋은 교육이 아닐까?'

돈이야 강진이 그간 벌어놓은 돈도 충분했고 또 혜민이 주주로 있는 청실홍실에서 나오는 배당금도 만만치 않으니 문제될 것은 없었다.

그제야, 아내와 아이가 함께하기로 하고서야 그는 어렵게 작품 사진을 찍기로 결심했다. 물론, 효정과 경욱의 반대가 있었지만 결국 딸의 고집을 꺾을 순 없었다.

그렇게 처음 다녀온 여행 후, 다행히 그의 첫 전시회는 대성공을 이루었다. 아마도 상업사진을 찍으면서 얻었던 명성이 좋게 작용했던 모양이다. 그게 성공하지 못했다면 그는 어쩌면 혜민과 이현을 위해 또다시 상업사진을 찍었을 것이다.

그 이후로 강진의 가족은 언제나 함께 사진여행을 떠났었다. 그리고 오늘, 이현의 뜻밖의 결심으로 그 완벽하리만치 행복했던 시절은 끝나게 된 것이다.

그는 땅이 꺼져라 한숨을 내쉬었다.

혜민은 손에 잔뜩 들러 있는 쇼핑백을 모두 팔목에 끼우고 간신히 한 손을 올려 초인종을 눌렀다. 여행을 떠날 때마다 혹시 여행지에서 못 구할 것 같은 생필품을 사는 것은 이제 습관이 되었다. 비록 쇼핑이라는 말에 엄마까지 따라온 덕에 필요한 것 외에 쓸데없는 것도 잔뜩 사게 되었지만.

강진 씨는 아마도 오늘 집에 있겠지? 냉장고 비운다 했으니까.

조금 시간을 들이고 나서야 문이 열렸다. 이현이었다. 강진은 아직도 요리중인 모양이다.

“엄마, 또 할머니하고 백화점에서 잔뜩 사 들고 오는 거야?”

마치 한바탕 훈계라도 하려는 듯 이현이 팔짱을 끼고 문을 막고 서 있다.

“생필품이야, 애.”

“우리 선생님이 백화점보다는 시장을 이용해야 한다고 그러셨어. 그래야 시장 사람들이 생명을 유지한다고.”

“생명이 아니라 생계겠지.”

이현은 영민함에 비해 어휘력은 좀 딸린다.

잔소리가 부족한지 이현이 비켜줄 생각을 않자 혜민은 얼른 몸을 움직여 몸집 작은 딸의 옆 공간을 공략해 안으로 들어갔다. 식탁 앞에 몇 명의 아이들이 재밌다는 시선으로 모녀의 쓸데없는 신경전을 구경하고 있다.

“이현이 친구들 왔구나? 안녕, 애들아.”

“안녕하세요.”

아이들이 입을 모아 인사를 하면서 뭔가 저희들끼리 키득거리는 모습이, 이현이 요것이 또 제 엄마를 흉본 모양이다. 늘 하는 레퍼토리, ‘울 엄마가 만든 음식을 먹으면 죽을지도 몰라’ 막 이러면서.

모른 척 거실로 가던 혜민은 강진이 소파에 앉아 넋을 잃고 있는 것을 발견했다.

“강진 씨, 왜 그러고 있어?”

결혼한 지 9년이 지났어도 둘의 호칭은 아직도 변하지 못하고 있다.

혜민의 말에 그제야 정신을 차린 강진이 마치 세상이 내일이라도 무너질 것 같은 표정을 지었다.

"무슨 일 있어?"

"혜민아, 우리 딸 이현이…… 변했다."

"뭐?"

그녀는 제 친구들 곁에서 즐겁게 아이스크림을 먹으며 담소를 나누고 있는 이현을 돌아보았다. 현관문 앞에서 한바탕 늘어지게 한 잔소리며, 저 웃는 모습이며, 저 먹는 모습. 오늘 아침에 본 거에 비해 그닥 변한 게 없어 보이는데.

"이현이가…… 여행에 따라 가고 싶지 않대."

마치 실연이라도 당한 것 같은 얼굴로 털어놓는 강진을 보다 혜민은 그만 웃음을 터뜨리고 말았다.

"당신, 뭘 알고 있는 거야? 왜 웃어?"

"그거 아마……."

혹시라도 이현이 들을까 혜민이 목소리를 낮췄다.

"정민이 때문일걸."

"정민이?"

이내 강진의 미간에 내 천 자의 주름이 새겨졌다. 정민이라면 내내 이현의 곁에 앉아 열심히 먹던 그 개구쟁이 녀석이다.

"요 며칠 둘이 자주 어울려 다니더라고. 또 걸핏하면 이현이가 정민이 집에 놀러가는 것이, 아무래도 정민이를 좋아하는 게 틀림없어."

"정말이야? 저 조그만 녀석이?"

"당신, 요즘 애들이 얼마나 빠른 줄 알면 기가 막혀 할걸. 게다가 내 촉이 어떤지 몰라? 알잖아, 한 번 곤두서면 무시무시해지는 내 식스센스를."

강진이 다시 한 번 정민의 뒤통수를 노려보았다.

"저놈이 내 딸의 마음을 내게서 빼앗아갔단 말이지?"

그제야 뭔가 따끔하고 느껴지는 것이 있는지 정민이 뒤통수를 한 번 긁적인다.

"왠지 이 상황이 마음에 들지 않아. 저놈, 그러고도 뻔뻔하게 앉아 내가 해준 음식을 맛있게 먹었단 말이지."

"그럼 가서 확 쫓아버릴까?"

강진은 심각한 얼굴로 잠시 고민했다.

"그럼 이현이 날 더 미워할 거야."

"공부할 거 남았다고 하면 되지. 아니면 이현이 데리고 어디 산책이라도 갈까? 그럼 저 애도 어쩔 수 없이 집에 돌아갈 거 아냐."

"아니야, 그걸로는 부족해. 그냥 어디 멀리 확 이사하고 전학시켜 버리자."

"……."

"……."

결국 둘은 얼굴을 마주 보며 웃음을 터뜨리고 말았다.

"나는 장인어른 마음을 이해한다, 생각했는데 그게 반도 이해 못했던 거 같아. 이제야 장인어른 마음에 확실히 공감할 수 있겠어. 난 아직도 어린 딸을 두고 이런 상상을 하는데 다 큰 네가 나한테 왔을 때 장인어른 기분이 어땠겠는지."

“그러게. 그래도 강진 씨, 아빠한테 잘하잖아. 거의 한 주도 빼놓지 않고 이현이 데리고 친정집에 놀러가고.”

“멀리 떨어진 것도 아니고 차로 십여 분 거리일 뿐인데 힘든 일도 아니지.”

“실제 거리는 문제가 아니지. 마음의 거리가 문제인 거지. 그러니까 강진 씨한테 고맙게 생각하고 있어.”

“내가 친부모님처럼 잘 모신다고 했잖아.”

강진의 대답에 혜민은 말없이 미소만 지어 보였다.

친부모님처럼 모시는 것은 맞다.

하지만 친부모와도 가끔은 사이가 나쁠 때가 있는 것이다. 강진 씨와 아빠처럼.

그래도 최소한 서로 표면적으로는 적대감을 드러내지 않으니 그걸 다행이라 생각해야 할지도 모른다. 결혼 초에 비하면 그야말로 장족의 발전을 한 것이니까.

결혼식 날부터 한동안 아빠와 강진 씨는 서로 눈 한 번 마주치지도 않았었다.

“이현이, 장모님 댁에 맡겨야 되겠지?”

강진은 이미 이현을 두고 가야 한다는 현실을 받아들인 듯 보였다.

“그래야지. 지금으로서는 달리 방도가 없잖아. 싫다는 아이 억지로 끌고 갈 수도 없고.”

강진은 다시 고개를 돌려 정민을 바라보았다.

그가 지켜보고 있는 것을 모르는 정민이 그새 장난기가 발동했는지 이현의 등 뒤로 슬그머니 손을 돌려 이현의 머리카락을 잡아 당기고는 시치미 뚝 떼고 앉아 있다.

누가 머리카락을 잡아당기자 이현이 범인을 색출하려 이리저리 고개를 돌리다 다시 한 번 똑같은 장난을 시도하던 정민의 못된 손을 발견했다.

따귀라도 한 대 갈겨!

하는 강진의 바람과는 달리 이현은 대수롭지 않게 정민의 팔을 툭 치고 만다.

그는 짧게 한숨을 푹 내쉬었다. 역시 이현의 마음은 내 마음과 같지 않아.

"잘 부탁드립니다, 장인어른, 장모님."

이현을 맡기기 위해 효정의 집에 오고도 아직 마음을 굳히지 못 했는지 강진은 쉽게 이현의 손을 놓지 않았다.

"걱정 말게. 우리가 알아서 이현이 잘 데리고 있겠네."

그토록 눈에 넣어도 안 아플 귀여운 손녀딸 이현과 한 달가량을 같이 지내게 된 경욱은 기쁨을 감추지 못하고 만면에 웃음이 가득 했다.

"우리 이현이, 이 할아버지하고 여름방학 내내 놀러다닐까?"

"와, 신난다! 정말이죠, 할아버지?"

"그럼, 이 할아버지가 너한테 거짓말하는 거 봤니? 자, 어서 안 으로 들어가자."

그러나 이현은 할아버지의 뒤를 따라 안으로 들어가지 않았다.

아직 그 손이 강진의 손 안에 있었던 것이다.

결국 보다 못한 경욱이 이현의 다른 손을 잡고 살짝 잡아당겼다. 하지만 강진은 역시 쉽게 딸의 손을 놓아주지 못했다. 한 번도 이현 없이 장거리여행을 떠나본 적이 없는 강진이었기에 그는 마지막 순간까지도 이현의 마음이 변하지 않을까 하는 기대감을 놓지 못하고 있었다.

"자네, 비행기 시간 다 되지 않았는가?"

"아직 조금 더 남았습니다."

경욱의 손에 힘이 더 들어가자 강진의 손에도 역시 힘이 더 들어갔다.

이현의 머리 위에서 두 사람의 시선이 또다시 상대방을 향해 레이저를 내뿜기 시작했다.

혜민은 한숨을 내쉬었다. 또 시작이다.

결국 혜민이 강진의 손에서 이현의 손을 빼내어 경욱에게 맡기고 나서야 두 사람의 눈싸움은 끝이 났다.

아쉬운 눈길로, 자신을 향해 환하게 웃으며 손을 흔들고 있는 이현을 바라보며 강진은 결국 아내의 손에 이끌려 정 기사가 대기하고 있는 차에 태워지고 말았다.

"잘 가게나! 천천히 일 보고 오게나!"

마치 약을 올리기라도 하듯 경욱이 이현과 함께 서서 작별인사를 하자 결국 곁에 서 있던 효정이 남편을 말리기 위해 옆구리를 쿡 찔렀다.

"그러고 싶어요? 당신도 딸 키워봐서 그 심정 알면서."

“그리고 우리 딸을 홈…… 결혼한 건 저노…… 이현이 애비지.”

이현이 있으니 할 말을 제대로 하진 못했지만 그렇다고 효정이 그 말을 못 알아들은 것은 아니었다. 못 말린다는 시선으로 쳐다보는 효정을 무시하고 경욱은 아주 만족스럽다는 얼굴로 돌아섰다.

“자, 이현아, 우리는 시원한 안으로 들어가서 맛있는 아이스크림이라도 먹을까? 이 할아버지가 어제, 너 오면 주려고 냉장고에 아이스크림 사놨지.”

“……네, 할아버지.”

경욱이 신이 나서 안으로 들어가지만 이현은 조금 전과는 달리 뭔지 모르게 축 쳐진 목소리에 어깨마저 축 쳐져 있었다. 뭔가 수상하게 여긴 효정이 얼른 이현의 얼굴을 쳐다보았다. 애써 밝은 얼굴을 하려 하지만 이현의 눈에는 벌써 눈물이 그렁그렁 맺혀 있다.

“이현아, 너 왜 그러니?”

“아무것도 아니에요, 할머니.”

“아빠하고 헤어지기 싫어서 우는 거야?”

“…….”

“지금이라도 늦지 않았어. 네 아빠 다시 불러줄까?”

“아니에요. 그럼 안돼요.”

“왜 안 되는데? 그렇게 속상해하면서. 아빠 따라 가고 싶으면 지금 전화하면…….”

“그럼 동생이 안 생긴단 말이에요.”

결국 눈물을 터뜨리며 이현이 웅얼거렸다.

"뭐?"

이게 뭔소린가 싶었다.

"우리 반에 박정민이라고 있는데, 걔가 그랬어요. 자기가 작년에 한 달 동안 시골 외할머니 댁에 가 있었더니 엄마 뱃속에 동생이 생겼다고요. 몇 달 전에 그 동생이 태어났는데 너무 귀엽고 예뻐요. 그래서 매일 구경 가니까 정민이가 그랬어요. 나도 아빠 엄마 따라가지 않고 떨어져 있으면 동생이 생길 거래요. 원래 엄마랑 같이 자면 동생은 언니 오빠가 샘낼까 봐 절대로 안 생기는 법이래요."

이현은 울고 있는데 효정은 비어져 나오는 웃음을 힘들게 참고 있었다. 정민이라는 녀석, 엉터리지만 희한하게 정답을 알고 있다.

"그래서, 엄마, 아빠 따라가고 싶은데 안 따라가는 거야? 동생 가지고 싶어서?"

이현이 고개를 끄덕였다.

"우리 이현이, 정말 참을성이 대단하구나. 할머니는 이현이가 대견스러워 죽겠는걸."

할머니의 칭찬에 그나마 마음이 조금 풀린 이현은 손등으로 눈물을 훔쳐 내고 다시 굳은 의지의 표정을 지었다.

"이현이 너무 대견해서 이 할머니가 상을 주지 않고는 못 배기겠는걸. 네 엄마 아빠 가는 데가 세렝게티라고 그랬지?"

"네."

“세렝게티에 가면 뭐가 가장 보고 싶었어?”

“사자하고 기린이요.”

“좋아, 그럼 우리, 내일 동물원 가서 사자하고 기린 볼까?”

“동물원이요?”

이내 이현의 눈이 반짝반짝 빛나기 시작했다. 다른 아이들 같지 않게 여섯 살 때부터 전 세계 모든 것을 보고 다니긴 했어도 정작 국내에서는 주말마다 외가에 오느라 동물원 한 번 가본 적이 없는 이현이었기에 그 제안은 세렝게티에 가는 것만큼이나 효과적이었다.

“좋아요!”

“그래, 그럼 이제 안으로 들어가서 할아버지가 무슨 맛 아이스크림을 샀는지 확인해 볼까?”

“네!”

역시 아이들은 단순하다. 세렝게티를 포기하고 동물원에 간다는데도 저리 좋아서 뛰어들어 가는 것을 보면.

“그렇게 뛰다가 다쳐, 조심해서 들어가.”

“네!”

대답만 멀쩡하게 하면서 여전히 뛰고 있는 이현을 보며 효정은 미소를 머금었다.

그나저나, 혜민이하고 서 서방, 저리도 동생을 간절히 원하고 있는 이현의 마음을 조금이라도 알고 있다면 노력을 좀 하겠지? 되도록 열심히 노력해서 내년 이맘때쯤이면 이현이 정민이라는 아이 부러워하지 않게 제 동생을 안아볼 수 있으면 아주 좋을 것 같은데 말이야.

인천공항을 향해 달려가고 있는 차 안에서 문득 생각이 난 듯 혜민이 휴대폰을 꺼내 들더니 누군가에게 문자메시지를 보냈다.

"휴, 깜박할 뻔했네."

"뭘 깜박할 뻔해?"

"정민이 주소 말씀드리는 거. 이현이 가고 싶으면 태워다 줘야 하잖아."

혜민의 말에 강진은 씁쓸한 듯 입맛을 다셨다.

"믿어지지 않아. 우리가 이현이 놓고 여행을 가다니."

"그러게, 혼자 남겠다고 말하다니, 우리 이현이 정말로 컸나 봐."

"그러니까. 그것도 제 아빠보다, 세렝게티보다, 정민이가 더 좋아서 그렇다니, 아직도 믿어지지 않아."

괜히 얘기를 꺼내는 바람에 동시에 침울해졌다.

"아무래도 안 될 거 같아."

불현듯 생각이 난 듯 강진이 중얼거렸다.

"뭐가?"

"이현이 시집가고 나면 우리 허전해서 어떻게 살아? 아무래도 하나 더 낳아야 할 것 같아. 둘은 되어야 이현이 시집가도 또 하나가 남을 거고, 또 하나 결혼할 때쯤엔 손녀딸 키우는 재미로 살 거 아냐?"

"그 무슨 말도 안 되는 논리야? 그리고 일부러 더 안 낳은 것도 아니고."

"말이 안 되긴, 충분히 말이 되지. 그리고 이현이 이후로 아이가 더 안 생긴다고, '한 명도 괜찮아, 정성을 더 쏟을 수 있으니까' 하는 나태하고 안이했던 생각이 나로 하여금 노력을 덜 하게 했던 것 같아."

갑자기 혜민의 얼굴이 발그레해졌다.

그러고 보니 이번 여행에선 노력도 더 할 수 있을 것도 같다. 이현이 정민을 좋아하는 바람에 부부끼리 오붓하게 여행을 떠날 수 있게 되었으니까.

"강진 씨, 괜찮겠어? 사진도 찍어야 하잖아."

"걱정 마, 지금 목표가 바뀌었으니까. 사진은 나중에도 찍을 수 있지만, 아이는 나중이 되면 당신 나이 때문에 더 낳기 힘들어지 잖아."

"강진 씨……."

혜민의 눈빛이 은근하게 바뀌었다. 그런 혜민에게 강진이 속삭였다.

"지금 당장은 노력을 못하지만 탄자니아에 도착하는 즉시, 모든 것을 바쳐 노력해 보겠어."

"기대할게, 강진 씨."

그의 가슴에 얼굴을 기대며 혜민이 작은 목소리로 대답했다.

룸미러로 문득 서로를 너무 사랑하는 이 부부를 본 정 기사는 자신도 모르게 미소를 머금었다.

역시, 소문난 대로 금슬이 좋은 부부다. 저러니 독불장군 같은 사장님도 결국은 항복을 하신 거겠지.

그나저나, 올 가을쯤엔 좋은 소식이 들려오겠는걸. 분명해, 그런 쪽으로 내 예감은 틀린 적이 없었으니까.

THE END...

드디어 또 한 편의 이야기가 끝을 맺게 되네요.

언제나 글이라는 것은 힘을 안 들이고는 써지지 않는 것이지만, 이 눈물 젖은 삼겹살은 지금까지 제가 썼던 다른 그 어떤 것보다 곱절은 더 힘들었던 것 같습니다.

아마도 강진과 혜민이 지금까지 썼던 것과는 달리 힘든 사랑을 했기 때문이겠지요.

처음 제가 이 글을 쓰려고 했을 땐 5년쯤 전이었던 것 같습니다.

몇 번을 시도해 봐도 마음에 들게 써지지 않아 결국 쓸 수 있을 때까지 기다리자, 했던 것이 벌써 이렇게 오랜 시간이 지났네요.

그러고도 쉽지 않은 글이라 봄에 시작해 이렇게 가을의 초입에서 글을 끝내게 되었습니다.

한창 무더웠던 지난여름, 시원한 커피숍을 찾아 전전할 때만 해도 이 글이 영원히 끝나지 않을 것도 같았는데 마침내 이렇게 출간을 앞두고 있자니 꼭 꿈만 같단 말이 가슴에 더 와 닿습니다.

출간을 앞두고 언제나 그렇듯 떨리기도 하지만 지금은 떨리는 마음보다는 걱정이 더 앞서네요. 쓰는 동안 무척이나 힘들게 하고 애를 먹인 글이기 때문인 것 같습니다. 또 한편으로는 너무 오래 품고 있던 이야기를 떠나보내게 되었기에 후련하고도 서운한 마음도 없지 않아 있습니다.

어쨌건 얼마간의 시간이 지나야 지금 제가 느끼고 있는 이 복잡한 기분이 어떤 것인지 정리할 수 있을 것 같네요.

앞으로 언제 또 이런 글을 만날 수 있을지 모르겠지만, 언젠가 더 나은 작품으로 찾아오길 희망하며 저는 여기서 다음을 기약하려 합니다.

이 글을 쓰는 동안 저를 기다려 주시고 응원해 주시고 지지해 주셨던 독자님들, 지인들, 친구들에게 감사의 인사를 전합니다.

언제나 그렇듯 글을 쓰는 내내 걱정해 주고 응원해 줬던 유지니 님, 감사드립니다.

또 제게 좋은 영향을 끼쳐 주고 좋은 기운을 나눠주신 교월 님께 감사드립니다.

　계약기간을 훌쩍 넘긴 저를 재촉하지 않고 그대로 놔두신 청어람 이수민 팀장님께도 감사드립니다.

　그리고 언제나 글을 쓴다는 명목으로 살림을 작파하기 일쑤인 저를 여전히 지지해 주는 내 남편, 내 딸에게 감사드립니다.

가을 초입의 어느 깊은 밤, 전혜진 드림.